中国文学海外传播工程甲种丛书

新世纪国外中国文学译介与研究

文情报告（韩国卷）

（2001-2005）

【韩】文大一　编著

XINSHIJI GUOWAI ZHONGGUO WENXUE YIJIE
YUYANJIU WENQING BAOGAO

中国社会科学出版社

图书在版编目(CIP)数据

新世纪国外中国文学译介与研究文情报告·韩国卷(2001—2005)/[韩]文大一编著. —北京：中国社会科学出版社，2013.4

ISBN 978 - 7 - 5161 - 1328 - 8

Ⅰ.①新… Ⅱ.①文… Ⅲ.①中国文学—当代文学—文化交流—研究报告—韩国 Ⅳ.①I206.7

中国版本图书馆 CIP 数据核字(2012)第 199736 号

出 版 人	赵剑英
责任编辑	郭晓鸿
特约编辑	王冬梅
责任校对	孙洪波
责任印制	戴 宽

出 版	中国社会科学出版社
社 址	北京鼓楼西大街甲 158 号 (邮编 100720)
网 址	http://www.csspw.cn
	中文域名:中国社科网 010 - 64070619
发 行 部	010 - 84083685
门 市 部	010 - 84029450
经 销	新华书店及其他书店

印 刷	北京君升印刷有限公司
装 订	廊坊市广阳区广增装订厂
版 次	2013 年 4 月第 1 版
印 次	2013 年 4 月第 1 次印刷

开 本	710×1000 1/16
印 张	28.75
插 页	2
字 数	428 千字
定 价	66.00 元

《新世纪国外中国文学译介与研究文情报告》出版前言

　　《新世纪国外中国文学译介与研究文情报告》（以下简称《国外文情报告》）的课题，于 2008 年下半年由北京师范大学文学院院长张健教授领导的"中国语言文学学科 211 第三期工程建设课题组"提出，经课题组加以广泛论证，又经有关主管部门审核通过，批准立项。决定该课题项目以北京师范大学文学院比较文学与世界文学研究所为依托，王向远教授为召集人，在"211"建设工程和"985"建设经费的支持下，逐步加以实施。

　　《国外文情报告》是国外中国文学译介、评论与研究的即时跟踪与调查分析，旨在较为迅速、全面、准确地提供国外中国文学研究的文情，为国外汉学研究、中外文学交流的研究积累和提供史料，以便使国内的中国文学研究与国外的相关研究同声相应、即时互动，进一步改善目前对国外中国文学研究的文情跟踪不快、反应迟缓的状况，促进中国文学研究的世界性和国际化。从比较文学学科建设而言，通过本课题的研究，可以整合力量，凝聚方向，占据前沿，发挥特色与优势，因而选题意义重大。

　　根据现有的人手与能力，《国外文情报告》拟选取新世纪以来对中国文学的翻译、评论与研究最为重视、并富有成果的几个主要国家和地区，作为重点跟踪对象，其中包括日本、韩国、北美（美国、加拿大）、英国及澳大利亚新西兰、法国、德国、俄罗斯及东欧。

《国外文情报告》从 2001 年开始，以年度为单位，根据文献信息材料的多寡和篇幅大小，每年或每几年编为一卷，逐渐延伸至当下，此后不间断收集编纂，与时俱进，持之以恒。最终成果以《新世纪国外中国文学译介与研究文情报告》（××卷、××年度）的名称，以连续出版物的方式陆续出版。

《国外文情报告》按国别及语种，暂定为七个子项目，即：1. 日本卷；2. 韩国卷；3. 英国及澳大利亚/新西兰卷；4. 北美（美国、加拿大）卷；5. 法国卷；6. 德国卷；7. 俄国及东欧卷，并据此划分为七个相应的研究小组，由有关专家教授为具体负责人，主要聘请北京师范大学文学院比较文学与世界文学研究所的教师，在自愿的前提下参与各课题组。各子项目课题组成员，由子项目负责人聘请。在研究所内部人手不够的情况下，可以根据需要外聘若干成员，包括校内外、国内外的在职博士、博士后及相关学科的专家学者，以确保课题的顺利进行。

《国外文情报告》的课题内容大体如下：

（一）年度中国文学译本目录与简介；

（二）年度论文总目录；

（三）重要论文的翻译或编译；

（四）年度著作目录；

（五）年度重要著作内容简介；

（六）中国文学及汉学（中国学）的相关研究机构；

（七）重要期刊简介；

（八）相关学术会议情况；

（九）其他。

《国外文情报告》作为中国文学海外传播工程的基础性研究，工作细致繁琐，难度相当大，而且需要出国出境收集资料、购读相关书籍报刊，费时、费力、费钱。项目启动虽已有三四年的时间，但工作进展比预想的要缓慢。但为了保证质量，不能催稿过急，只有待各子课题的书稿成熟之后，再陆续交付出版。无论如何，应该保证资料信息收集的全面、准确和可靠，以经得住读者和时间的检验。为此，需要付出持续不断的努力，也希望国内外的同行、朋友支持这项有意义的工作，并欢迎有关方面的专家学者加盟我们的研究。

王向远

2012 年 11 月 16 日

目　　录

前　　言

自 1992 年中韩两国建交至今，中韩文学交流日趋频繁，中韩学者们相互学习、相互交流，通过著书、译作以及发表论文相互间吸收各自在文学领域中所取得的成果。尤其新千年以来——2001—2005 年韩国涌现的译介和研究中国文学方面的著作、译作以及论文不仅数量可观，而且有了质的飞跃，部分文章的研究甚至填补了一些学术上的空白。鉴于此，需要对 21 世纪初韩国的中国文学的译介与研究情况进行收集、统计、分类等，以总结这一阶段的文学交流状况，以使中韩文学交流研究更加具体、细致和深入。除此之外，这次《新世纪国外中国文学译介与研究文情报告·韩国卷》（2001—2005）的"文情报告"同时也是对中国文学在韩国介译情况的反馈，以此来保证和督促中国文学在韩国的研究质量，使研究者们能够更清楚地了解韩国的中国文学研究的历史与现状。

过去，有些学者秉承此意做了类似工作并取得了一定的成果，如 1991 年孙立川、王顺洪主编的北京大学日本文学研究丛书《日本研究中国现当文学论著索引 1919—1980》，此外 2002 年王向远编的《中国比较文学论文索引 1980—2000》，2006 年唐建清、詹悦兰编著的《中国比较文学百年书目》中部分章节涉及韩国人所研究的"中韩比较文学"的论文，曹顺庆、王向远主编的《2008 中国比较文学年鉴》涉及"外国人发表的论文"等。上述除了《日本研究中国现当文学论著索引 1919—1980》之外，其他著作和论文都是在中国国内发表的。但是进入 21 世纪以后，尚未出现如"北京大学日本文学研究丛书"这类介绍中外文学交流的工具书。

至于韩国方面，"中国学中心"这一学术机构以年为鉴编写了《中国语文学年鉴》这一工具书，内容涉及中国语言、文学、哲学、文化等方面的期刊论文和学位论文等。而釜山大学中文系金惠俊教授 2010 年 2 月在《中国学论丛》第 27 辑上发表了《韩文版中国现代文学作品目录》一文，他以 2010 年 1 月 24 日为准，整理了在韩国出版过的中国现代文学作品，并在个人博客上登载，具体如下：一、韩文版中国现代小说目录；二、韩文版中国现代散文目录；三、韩文版中国诗歌目录；四、韩文版现代戏剧文学目录；五、韩文版中国现代文学全集目录；六、韩文版中国武侠小说目录。需要注意的是金教授虽整理了中国文学译介的目录，但局限于"中国现代文学作品"的范围内，而且有些作品没有注明原著的题名，这或有所"瑕疵"。然而我们可以在借鉴金教授的研究成果的基础上，对文学研究情况进行前后的延伸。

综上所述并根据目前的研究情况，笔者认为中国国内目前还未展开比较系统完整的"在韩国中国文学译介与研究"工作，因此一份具体而全面的文情报告十分必要。除此之外，由于每个国家各自独有的政治、经济、文化、语言、民族心理等特点，使得每个国家对中国文学作品的译介情况以及研究侧重点不同，从而各国关于中国文学的"文情"也各不相同。而这次"文情报告"的结果表明韩国关于中国文学的"文情"着实有着自己的特色，不仅如此，中国文学在世界各个国家的译介与研究情况也是研究中国文学的一个重要的环节，因此一份具有韩国特色的中国文学的"文情"报告必不可少。

本书以年为单位，整理并介绍了 2001 年至 2005 年共五年时间里韩国正式出版的与中国文学有关的专著、编著、译著、学位论文、有关期刊论文目录；重要著作、译著、论文的分析；有关研究机构、期刊、学者的介绍与其内容简介、简评等。而以下问题始终贯穿整个文情报告："译介到韩国的中国文学有哪些？"、"研究中国文学的韩国学者取得了什么样的成就？"、"在韩国研究中国学（汉学）的机构及其期刊有哪些？"、"研究中国文学的学者有哪些？"、"中文系在韩国的发展状况如何？"等。这些问题的阐明有助于中国文学的研究学者更清楚地了解和把握"中国文学在韩国"的研究现状，并在此基础上深入中国文学之研究，同时笔者认为本书最有学术价值的部分在于："译本目录"、"论文总目录"、"著作目录"，在资料查找过程中，除了利用《韩国出版年鉴》、《大韩民国出版物总目录》等书籍外，还参照了前辈学者的研究成果《韩文版中国现代文学作品目录》、《中国语文学年鉴》等工具书，以期望通过对中国文学在韩国的"传播"（译书）及其"反响"（著作、论文等）现状的介绍，形成一个韩国中国文学研究成果资料的"数据库"。

　　就中国文学在韩国译介的情况而言，2001—2005 年"在韩国中国文学的研究译介与研究"无论在数量上还是质量上都是一个"大丰收"。自中国文学译作传入韩国至今，中国文学作品的读者群和研究者日益增多，这是时代发展的必然的结果。从 1992 年中韩正式建交起，在日益频繁的经济交流的带动下，"中国学"这门学科以及研究"中国学"的师资也随之日渐壮大。如，有些大学设置"中韩翻译系"、开设"中韩同声翻译专业"等，旨在培养具备一定"中韩双向"交流能力的人才，这些人毕业后很大一部分会从事翻译工作，因而必定会肩负起时代赋予他们的翻译及研究中国文学的使命，而这恰恰为中韩文学翻译与研究进入新的高峰提供了有利的条件。本书研究结果显示这段时期的翻译作品不但有具有文学性的"老牌"名作（除了"四大名著"之外，鲁迅的《阿Q正传》、林语堂的《生活的艺术》等基本上每年都重印或重新翻译出版），还有武侠小说等通俗性的读物（《复活的军团》、《马王堆的贵妇人》、《上海宝贝》等），也有"学术性"的著作并且数量呈上升之趋势（吴中杰教授的《中国现代文艺思潮史》、陈伯海教授的《唐诗学的理解》、周来祥教授的《论中国古典美学》、陈平原教授的《小说史：理论与实践》

等）。以此发展趋势，可以推断，一个氛围浓郁的中韩文学交流、中韩比较文学以及比较文化研究方面的学术圈的出现指日可待。

就韩国中国文学硕博论文而言，当年发表的论文均可通过各重点大学的网络、大型书店的网站及国会图书馆的网站（相当于中国的"知网"）以及其他相关网站查找到。2001—2005 年论文从数量上看，每年呈递增趋势，以本次研究的结果来看：与中国文学有关的硕博学位论 2001 年有 27 篇、2002 年 37 篇、2004 年 120 篇、2005 年 100 篇。不仅如此，韩国学者发挥自己的特长并利用本国的优势（如一些独有的资料等）来研究中国文学，从而使韩国的中国文学研究带有了自己的特点——中韩比较文学的研究成果多。比较文学方面的论文有：金松竹的《〈西游记〉对韩国古小说的影响——以孙悟空为中心》（仁川大学硕士论文，2001 年 6 月），南敏洙的《中国近代小说论对韩国近代"转型期"小说的影响》（《中国语文学》第 39 期，2002 年 6 月），郑有善的《关于韩中中世纪文学交流的研究——以中国宋代"说唱文学"国内传播情况为中心》（《中国文学研究》第 29 辑，2002 年 6 月），林麒默的《从比较文学视角研究徐居正文学——以中国汉诗的受容与发展为研究中心》（高丽大学博士学位论文，2002 年 2 月），李时活的《韩中现代文学中的"故乡意识"比较——以玄镇健、鲁迅、郑芝溶、戴望舒为例》（《中国语文学》第 41 辑，2003 年 6 月），钱玩希的《1930 年代中国都市小说研究》（庆北大学博士学位论文，2003 年 6 月），申昌顺的《韩中现代小说的女性形象比较研究——以 1920—1930 年代作品为中心》（成均馆大学博士学位论文，2004 年），金银珍的《韩中复调小说比较研究——论〈三代〉与〈围城〉之复调特征》（圆光大学博士学位论文，2004 年）等。值得一提的是，柳昌娇的《韩国的中国古典女性文学研究》（《中国文学》第 43 辑，2005 年 5 月），闵宽东的《朝鲜时代由于中国小说引起的论争与事件——以朝鲜朝廷的论争与其事件为中心》（《中国小说论丛》第 22 辑，2005 年 9 月）等论文都只是利用在韩国所收集到的"中国文学"资料进行研究的，不仅有利于发挥韩国学者的优势，而且这些富有"韩国特色"的文学研究，也扫除了学术史上的一个空白——从韩国的视角进行中国文学的研究。从这一点上去思考，各个国家虽然同样研究"中国文学"，但其研究的"资料"、"角度"却很不一样——"韩国的中国文学研究"、"日本的中国文学研究"、"美国的中国文学研究"等，这些研究往往是中国学者没研究过的、甚至研究不了的，而这恰好为"中国文学研究"打开了一扇大门。

而就韩国中国文学研究情况而言，根据《韩国出版年鉴》和《大韩民国出版物总目录》这些工具书中收录的在韩国出版过的与中国文学有关的著作，不难发现除了"纯粹"的中国文学研究著作之外，还有中韩比较文学方面的著作，并且中韩比较文学的研究著作越来越多，如：丁奎福的《韩国文学与中国文学》（国学资料院，2001 年 5 月），李钟振的《韩中日近代文学史的反省与摸索》（PRUN 思想社，2003 年 1 月），柳昌娇的《美国的中国文学研究》（玄岩社，2003 年 2 月），朴钟淑的《韩国视野下的中国文学史》（JIMUNSA，2003 年 12 月），全炯俊的《东亚视角下的中国文学》（首尔大学出版部，2004 年 6 月）等。作者从韩国学者的视角或立足于整个东亚的视角研究中国文学并对中韩文学进行比较，这是中韩两国在文学方面进行频繁交流的必然结果。

尤其是《韩国文学与中国文学》一书，拥有韩国国文系的学历背景、深厚的韩国文学的基础和底蕴的作者立足于韩国文学并采取比较文学的"影响研究"方法，考察了中韩文学之间的关联性。本书的"总论"可以说是中韩比较文学的"学科史"，论述了从近代到 20 世纪 70 年代的中韩比较文学的研究史，总结了过去的研究状况，并且提出了中韩比较文学的重要性，展望了未来的发展方向。

此外《韩中日近代文学史的反省与摸索》一书，超越了中韩比较文学眼光，把目光转向"东亚"，从比较文学视角研究了韩中日"近代文学"，作者认为对时间段的不同划分不会妨碍对韩中日的近代文学发展历程、各国叙事文学史的特点及其"共同规律"的理解。东亚三国的近代文学都具有"近代性"精神的文学内容和文学形式，三国的近代文学都以"自由主义"和"个人主义"思想为基础，以"自由形式"描述了当时社会错综复杂的状况。而本书有意识地尝试从思想传播的方式着手论述东亚三国的文艺思潮的情况，极具开拓意义。

再者，中国文学的研究论文、译作、著作等研究成果与其研究机构有着紧密的联系。韩国设立中文系的大学：国（公）立的十七所、私立的三十所共有四十多所。一些学校设立与"中国"有关的学科，如：中国语系、中国文化系、中国学系、中国地域系、韩中翻译系等。据《全国高校教员情报总览 2006》的资料，在韩国设置与中国及中国学有关学科的大学共有 119 所（其中私立的有 96 所）。这些教育机构基本上都有博士点，因此每年都会涌现不少与中文有关的硕博学位论文以及期刊论文，这些都是值得关注的。此外其他周边学科也有研究中国及中国学方面的跨学科研究，尤其是韩国的国文系的论文往往会涉及中韩比较文学与比较文化方面的内容，这些论文也是列入收集范围内的。其中关于论文的翻译或编译内容如下：所谓重要论文，系指有明显创新性的论文。全文翻译者，需取得原作者书面许可，并且篇目数量及字数要严加控制，"编译"不是择段翻译，而是加以概括和提炼的文章。

具体来说，在韩国共有 20 个与"中国学"有关的学术团体，每个学术团体在自己专攻的范围内进行研究，自然而然每个团体研究的侧重点各有不同。如在研究"中国语言文学"的学术团体之中，有些期刊侧重于"中国语言"方面，有些期刊强调"中国文学"方面，但是都涉及了"中国文学"。具体的学术团体与其期刊名称如下：韩国中国学会（国际中国学），韩国中国语文学会（中国文学），韩国中文学会（中国文学研究），韩国中国文学理论学会（中国文学理论）， 中国文化研究学会（中国文化研究）， 中国小说研究会（中国小说论丛），中国语言论译学会（中国语言论译丛刊），中国语文研究会（中国语言论丛），岭南中国语文学会（中国语文学），中国语文学研究会（中国语文学论集），中国语文学会（中国语文学志），韩国中国语言学会

（中国语研究），中国人文学会（中国人文科学），大韩中国学会（中国学），韩国中国文化学会（中国学论丛），韩国中国学会（中国学报），中国学研究会（中国学研究），中国现代文学学会（中国现代文学），韩国中语中文学会（中语中文学），韩国现代中国研究会（韩中言语文学研究）。

上述期刊从发行的频次来看，《中国现代文学》和《中国语文学论集》名列前茅，而研究者们的研究成果也多发表在这两个期刊上。《中国现代文学》相较于其他同类刊物其年发行次数较为频繁，每年四次，分别于每年的 3 月、6 月、9 月、12 月发行，这正好说明了在韩国中国现代文学研究成果较为丰硕这一现象。而《中国语文学论集》从 2006 年至现在每年发行六次（2 月、4 月、6 月、8 月、10 月、12 月），它是在韩国关于"中国学"研究的期刊中发行次数最多的学术期刊之一。而韩国外国语大学的中国研究所，首尔大学的中国研究所，汉阳大学中文系的"BK21 中国方言与地域文化教育研究组"等汉学研究机构，也从不同的角度和研究课题进行中国文学的研究。如汉阳大学中文系的"BK21 中国方言与地域文化教育研究组"，被选为"高等人才培养的韩国教育部事业之一"，专门承担国家研究项目，这样更激发了其对中国文学、文化、历史等的研究（《中国语文学》等期刊多次得到"韩国学术振兴财团"的赞助）。

进入 21 世纪更应高瞻远瞩地看待中国文学研究，仅就中国文学的研究来说它是一个大课题，而世界各国的中国文学研究则是构成中国文学这座大山的各"主峰"，每个山峰由于其地理位置以及气候的不同，随着其山势、植被、物种的不同而拥有别具一格的魅力，因而各国的中国文学研究是"独树一帜"的，只有在了解了世界各国研究中国文学的情况后才能看到中国文学研究这个大课题的"庐山的真面目"。以此来看，研究"国外的中国文学"也是如此，虽然研究对象都是"中国文学"，但却有着不同的研究视角，这也就不难得出每个国家的研究成果中往往都会有自己的"鲁迅"的结论。因而外国的中国学研究在成为中国文学"华彩斑斓"的组成部分的同时，又丰富深化了中国文学的内涵。

　　古语云："灯下不明。"中国文学研究也是如此，学者们往往对邻邦国家的文学研究情况是最不熟悉的，尤其对中国的近邻——韩国。这一次工作的目光转向韩国，也许既是在中国研究"中国文学"研究者的责任，同时又是在韩国研究"中国文学"学者的重任之一。研究"中国文学在韩国的译介与研究"情况，这种系统的研究目前为止尚未有之。研究"研究成果"不仅仅是对过去的总结，更是希望在此基础上继续向前发展。明确的研究对象和可吸收的研究经验无疑可以作为一种养料滋养着本国文学的发展。从这个方面来说，这次"文情报告"对研究中韩文学交流与发展具有积极推动的意义，而这也将在推动中韩比较文学研究向着更加全面发展的进程中起着"里程碑"的作用。相信这次工作可以在一定程度上推动中韩文学的交流，为学术间"影响、被影响、超影响"的研究提供基本依据和材料。与此同时，笔者也有一个打算，即希望从这次"文情报告"开始，往后以年度为单位，继续做中韩文学的"文情报告"。

　　最后，对本书编纂凡例特做如下说明：一、收录范围：2001 年至 2005 年韩国境内与中国文学有关的正式出版的著作、译作及学术期刊发表的论文（不考虑作者的国籍，韩国学者在其他国家发表的文章或著作除外），除中文研究机构之外，中韩比较文学方面的国文系、历史系、哲学系的有关著作、译作、论文等也纳入此范围。二、编排顺序：以作者（译者）为优先考虑，此后书名、题目顺序等都按拼音顺序排序（如没有汉字名的做英文标记）。三、排列方法：如果二人合著（译）则都做标记，三人以上合著则标记"头名"，同年度的译作、著作和同期刊上的论文按作者的姓氏拼音的先后顺序进行排序。

［韩］文大一

2010 年 6 月 24 日于北师大

（该文载于《焦作大学学报》2011 年第 3 期）

一 年度中国文学译本目录与简介

2001 年

艾青著《艾青诗集》、柳晟俊译《아이칭 시집》

首尔：PRUN 思想社（푸른사상사），2001 年 8 月

蔡智恒著《第一次的亲密接触》、柳索影译《첫 번째 친밀한 접촉》

首尔：HAINAM（해냄），2001 年 8 月

曹文轩著《红瓦》、Jeong Soo-Jung 译《빨간기와》（1—3）

首尔：SEAUM（새움），2001 年 6 月

曹雪芹著《红楼梦》、柳在元译《신홍루몽》（上 中 下）

首尔：时事教育（시사에듀케이션），2001 年 4 月

陈伯海著《唐诗学引论》、李钟振译《당시학의 이해》

首尔：MANNBOOK（사람과책），2001 年 9 月

译者简介：李钟振（Lee Jhong-Jin，1946— ），男，先后获得首尔大学中文系学士、硕士学位，并在台湾师范大学获得博士学位。曾任韩国中国学会会长和韩国"中语中文学会"会长，现为梨花女子大学中文系教授，主要从事中国古典诗歌研究。著述有《中国诗与诗人——宋代篇》、《中国语言文学

史》（合著）等，译书有《唐诗学的理解》等，主要论文有《柳永与周邦彦咏物诗特性比较》、《李奎报词试论》、《周邦彦词的章法小考》、《唐七绝的审美特性与其演变——以诗话为中心》等。

版本简介：2001 年 9 月由 MANNBOOK 出版，开本：16，平装本。原著是1988 年由知识出版社出版的陈伯海的《唐诗学引论》一书，本书从 1988 年出版至 1998 年这 10 年来，在中国的印刷量达到两千多万册。而译者是中韩正式建交时（1992 年）在上海古籍书店才首次与本书接触，而后在那年的第二个学期所开设的"唐诗研究"一课上，便把《唐诗学引论》作为教材讲读，并由此开始酝酿本书的翻译工作并产生把此书引进至韩国学界的念头。译者于1993 年 12 月着手翻译，1994 年几乎完成了初稿，但是由于版权等缘故，翻译工作被迫停止了。几经周折，于 1997 年再次做"初稿"的修订工作，并于1998 年完成了修订工作。译本附载了"韩文版序言"、"作者后记"、"译者后记"及"索引"。

译者在后记中提到本书的优点：首先，在源远流长的中华文化的"大框架"中横向理解唐诗，这使得作者在研究唐诗与唐诗学的总体"面貌"中又迸发出新的观点。其次，通过唐诗与六朝诗歌的比较，更能突出说明唐诗的特点。与此同时，作者倾其所能综合唐诗理解的各种方法，以求构建比较完整的"诗学体系"，书中具体地论述了唐诗的"分期"、"分派"、"分体"和"诗体"中的题材、意象、风格等。总体来说，通过本书可以对"唐诗学"有总括性的理解，因此书名译为《唐诗学的理解》。

戴厚英著《母女两地书》、Park Ji-Min 译

（《사랑하는 싱싱: 다이호우잉과 다이싱의 모녀편지》）

首尔：CHUNGABOOK（청아），2001 年 1 月

方方等著、金荣哲译《中国现代写实主义代表作家小说选》

（《중국현대신사실주의 대표작가 소설선》）

首尔：有书之村（책있는마을），2001 年 7 月

译者简介：金荣哲（Kim Yong-Chel，1956—　），男，现为东国大学外国语文学部中文系教授，兼任人文科学学院院长（庆州）。金教授是中国现代文学专业出身，近期研究范围深入到当代文学方面。曾在核心期刊上发表过《论茅盾的文艺理论和作品世界》、《新写实主义论》、《刘震云小说论》、《刘恒小说研究》等多篇文章，尤其是在2001年和2002年分别出版了《中国现代新写实主义作家小说选》和《刘震云小说选集》等译著，引起了一定的反响。

版本简介：2001年7月由有书之村出版，开本：32，精装本。原著是方方、刘恒、刘震云、池莉等当代中国作家的"代表作"。译者在《中国现代新写实主义作家小说选》中收录了中国当代作家方方的《风景》、刘恒的《白涡》、刘震云的《单位》、池莉的《烦恼人生》共四部作品。这四部作品都带有"新写实主义"色彩，反映了从"文化大革命"结束后至进入社会主义市场经济这一时期中国人民独特且多样的生活状态。这些小说的描写"还原"了社会现象、现实生活，所谓"还原"，译者认为是把现实生活原封不动地反映到小说里。作品题材都是我们周围处处能见到的。如：《风景》反映了社会最底层劳动人民的家族史；《白涡》主要以婚外情、性欲、权欲等为线索描写了中年知识分子的生活；《单位》哲理性地分析社会基础的"单位"，剖析了其内部复杂错综的权利关系；《烦恼人生》描写了在武汉工作的技术工一天的生活，是普通老百姓的生活写照。《中国现代新写实主义作家小说选》的四部作品代表了20世纪90年代中国小说界的主流，它们作为"新写实主义"的代表作，代表了中国当代文学的最高水准。通过阅读本书，可以了解中国当代文学、社会、人民生活的一个方面。译本的设计如下：一、作者简介（附照片）；二、前言（作者对韩国读者简单说明了出版韩文版的感受及作品内容）；三、作品导读（译者简单地介绍了作品的时代背景及主题、阅读重点以及值得思考的部分等），同时为了韩国读者能够对作品有更全面的了解，作者采用了脚注的方式来说明中国文化上关于习惯、称呼、地名、谐音等方面的知识。2001 年 12 月在《中国语文学》上全炯俊以《新写实主义的风闻与实际——〈中国现代新写实主义作家小说选〉的书评》为题目发表了此书的书评。

冯梦龙著《东周列国志》、金丘庸译《동주 열국지》（1—12）

首尔：SOLBOOK（솔），2001 年 6 月

傅雷著《傅雷家书》、柳泳夏译《상하이에서 부치는 편지》

首尔：民音社（민음사），2001 年 4 月

译者简介： 柳泳夏（Ryu Yeong-Ha，1962— ），男，毕业于檀国大学中文系，在香港珠海学院获得硕士学位，香港新亚书院获得博士学位，现为白石大学中国语学系教授，兼任南京师范大学中韩文化研究中心教授，主要从事中国现代文学与"香港文学"研究。著述有《香港的文化空间》、《香港——一千个表情的都市》、《中国百年散文选》（编著）等，主要论文有《香港文学的正体性——回顾与展望》、《鲁迅的香港》、《香港的文化与文学》、《香港知识分子岑逸飞的批判意识》等。

版本简介： 2001 年 4 月由民音社出版，开本：16，平装本。原著是傅雷的《傅雷家书》，是作者傅雷写给在波兰留学的长子傅聪（著名钢琴师）的信，仅从内容来看，本书既可以为学者的研究提供"文本"，也可以给普通读者提供"教育儿女"的方法。傅雷在中国是赫赫有名的翻译家、思想家，而在韩国除了研究界，一般读者对其很陌生，因此考虑到读者群接受程度的情况，译者把原书名改为《由上海寄出去的信》。译者首先用香港版的《傅雷家书》（生活·读书·新知三联书店 1989 年版）进行了翻译，后来傅雷次子傅敏从北京把"最新版"（生活·读书·新知三联书店 1995 年版）寄过来，因此校对时又对照参考了新版。从严格意义上来说，本书是一本编译书，因为"最新版"中有 185 封信，译者考虑到有些信中有"重复"述说之意以及韩文版成书的"篇幅"问题，因此只选译了其中的 110 封信。此外，对于信中作者所引用的诗歌知识方面的内容，译者则参考了池荣在编译的《中国诗歌选》一书。

高行健著《灵山》、Lee Sang-Hae 译《영혼의 산》（1—2）

首尔：现代文学 BOOKS（株）（현대문학북스），2001 年 7 月

古龙著《桃花传奇》、《新月传奇》、《午夜兰花》、Park Young-Chang
译《신초류향》

首尔：SIGONGSA（시공사），2001 年

郭沫若等著《女神》、全寅初译《여신》

首尔：HYEWON（혜원），2001 年 1 月

洪自诚著《菜根谭》、薛相泰译《채근담》

首尔：青木社（청목사），2001 年 1 月

洪自诚著《菜根谭》、丘仁焕编译《중학생이 보는 채근담》

首尔：SHINWONBOOK（신원），2001 年 6 月

黄坚编《古文真宝》、李章佑等译《고문진보》

首尔：乙酉文化社（을유문화사），2001 年 8 月

霍达著《穆斯林的葬礼》、Kim Joo-Young 译《모슬렘의 장례식》
（1—3）

首尔：JUNYEWON（준예원），2001 年 10 月

几米著《森林里的秘密》、Lee Min-Ah 译《숲속의 비밀》

首尔：CHEONGMIRAE（청미래），2001 年 5 月

几米著《月亮忘记了》、Lee Min-Ah 译《달과 소년》

首尔：CHEONGMIRAE（청미래），2001 年 5 月

金星著《半梦：金星自传》、编辑部译《신의 실수도 나의 꿈을 막지
못했다》

首尔：未来 M&B（미래 M&B），2001 年 5 月

金震坤编译《故事、小说、Novel——以西方学者视野看中国小说》
（《이야기, 소설, NOVEL：서양학자의 눈으로 본 중국소설》）

首尔：YEMOON 书苑（예문서원），2001 年 1 月

译者简介: 金震坤(Kim Chin-Kon, 1964—),男,先后在首尔大学中文系获得学士、硕士、博士学位,现为 HANBAT 大学中国语系教授,主要从事中国古典小说研究。主要译作有《中国白话小说》(美国著名汉学家韩南著)、《故事、小说、Novel》等,这两部译作出版后引起了学界强烈的反响。主要论文有《宋元平话研究》(博士论文)、《关于"西大"谴责小说研究》(硕士论文)、《中国小说的争端——神话、历史、叙事和小说》、《中国白话短篇小说中表现的女性形象考察》等,目前主要关注美国学者的中国文学研究的情况。

版本简介: 2001 年 1 月由 YEMOON 书苑出版,开本: 16,精装本,共 413 页。本书是七位研究中国文学的西方著名学者的论文合集,译者将目光转向"西方诸国"的中国文学研究,选取汉文名为大家熟知的七位西方汉学家的论文为代表。译者所编选的这七位汉学家如下:浦安迪(Andrew H.Plaks)、梅维恒(Victor H.Mair)、杜志豪(Kenneth J.DeWoskin)、伊维德(W.L.Idema)、艾德金斯(Curtis P.Adkins)、毕晓普(John L.Bishop)、普实克(Jaroslaw Prusek)。译者在第一章作了"中国小说的理解"、"西方人看中国小说"等关于本书的背景知识的论述,通过此书可以总览"1970 年以来西方的中国小说界研究前沿及关注的问题",第二章、第三章围绕着以下两大主题:一、"中国小说的起源以及中国人对'虚构'的理解"(浦安迪的《中国叙事论》、梅维恒的《中国文学的叙事革命》、杜志豪的《关于叙事革命》、伊维德的《小说的幻想》),二、"从志怪小说到传奇以及白话小说的形成过程"(杜志豪的《六朝志怪与小说的诞生》、艾德金斯的《唐传奇的英雄》、毕晓普的《中国小说的几个局限》、普实克的《都市——通俗小说摇篮》),除了杜志豪的有两篇,其他六位都是一篇论文被译成韩文。该书出版之后,2001 年 12 月全弘哲曾在《中国语文学》第 28 号上对其作了书评。

林白著《一个人的战争》、朴兰英译《한 여자의 전쟁》

首尔:MUNHAKDONGNE(문학동네),2001 年 4 月

　　林语堂著《快乐的天才——苏东坡传》、陈英姬译《쾌활한 천재：소동파 평전》

　　京畿：知识产业社（지식산업사），2001 年 6 月

　　林语堂著《生活的艺术》、Won Chang-Hwa 译《생활의 발견》

　　首尔：HONGSHIN 文化社（홍신문화사），2001 年 5 月

　　刘大白等著、许世旭译《中国现代名诗选》（《중국현대명시선》）

　　首尔：HYEWON（혜원），2001 年 8 月

　　柳残阳著《天魁星》、佐柏译《천괴성》（1—2）

　　首尔：SIGONGSA（시공사），2001 年 7 月

　　刘鸿泽著《秦始皇演义》、吴正润译《소설 진시황제》（1—3）

　　首尔：MYENGSUN 媒体（명선미디어），2001 年 7 月

　　龙吟著《知圣东方朔》、Kim Eun-Shin 译《지성 동방삭》（1—5）

　　首尔：文学世界社（문학세계사），2001 年 7 月

　　鲁迅著《坟》、洪昔杓译《무덤》

　　首尔：SUNHAKSA（선학사），2001 年 1 月

　　鲁迅著《阿 Q 正传》、许世旭译《아 Q 정전》

　　首尔：泛友社（범우사），2001 年 1 月

　　鲁迅著《阿 Q 正传》、禹仁浩译《중학생이 보는 아 Q 정전》

　　首尔：SHINWONBOOK（신원），2001 年 6 月

　　鲁迅著《阿 Q 正传》、《狂人日记》、郑锡元译《아 Q 정전 광인일기》

　　首尔：文艺出版社（문예출판사），2001 年 3 月

　　鲁迅著《阿 Q 正传》、Ahn Young-Shin 译《아 Q 정전》

　　首尔：青木社（청목사），2001 年 6 月

　　鲁小鹏著《从历史到虚构——中国的叙事学》、赵美媛等译《역사에서 허구로：중국의 서사학》

　　首尔：图书出版 KIL（도서출판길），2001 年 7 月

译本简介：赵美媛（Jo Mi-Won），女，先后在延世大学中文系获得学士、硕士和博士学位，主要从事中国古典文学与美国的中国文学研究。译书有《从历史到虚构——中国的叙事学》（合译）等，主要论文有《20 世纪"红学史"著述试探》、《1990 年以后美国的明清小说研究情势》、《美国的〈红楼梦〉研究概况》等。

版本简介：2001 年 7 月由图书出版 KIL 出版，开本：16，平装本，共 278 页。本书是一本中西比较文学著作——中国比较诗学。20 世纪 90 年代中期，在韩国研究中国文学的学者们开始关注西方学者的中国文学研究成果，在这种学术氛围之下，各大期刊和学报上附载了关于中国古典小说著作、论文等文章的目录（包含西方中国文学研究成果），当时的译者都是延世大学中文系攻读中国古典文学的研究生，他们从韩国中国小说学会期刊上看到本书，于是着手翻译。原著是鲁小鹏的 *From to Historicity to Fictionality: The Chinese Poetics of Narrative*（Stanford University Press，1994 年）一书。这是鲁小鹏在 1990 年美国印第安纳大学比较文学专业博士论文（"The Order of Narrative Discourse: Problem of Chinese Historicity and Fiction"）的基础上修改、增补后于 1994 年由斯坦福大学出版部出版的。本书涉及：中西的叙事、历史、小说的概念；唐代的刘知几与清代的章学诚的历史"叙述观"；唐传奇的从历史层面、道德哲学层面以及"幻想"层面上的解读，唐、明、清小说的"史实性"与"虚构性"等，在中西比较文学的视野下论述了中国传统叙述学的性格与特点及其变化过程。此外，译本上附载了"韩文版序言"、"致谢之文"（作者）、解说（《关于从历史到虚构》）和"译者后记"及索引。

陆幼青著《生命的留言——死亡日记》、李旭渊等译《사망일기》

首尔：LONG—SELLER（롱셀러），2001 年 9 月

吕明辉著《梅娘》、金玉姬译《사랑하기 때문에》（1—2）

首尔：BOOK&PEOPLE（북앤피플），2001 年 7 月

罗贯中著《三国演义》、金丘庸译《삼국지연의》（1—7）

首尔：SOLBOOK（솔），2001 年

罗贯中著《三国演义》、李东震译《삼국지》

首尔：HEANURI 企划（해누리기획），2001 年 7 月

罗贯中著《三国演义》、赵星基译《삼국지》（1—5）

首尔：悦林苑（열림원），2001 年 12 月

罗贯中著《三国演义》、Kang Yun 译《趣味〈三国志〉》

首尔：INHWA（인화），2001 年 5 月

梅仪慈著《丁玲的小说》、赵诚焕译《정령의 소설》

首尔：中国学@中心（중국학@중심），2001 年 10 月

敏泽著《中国文学批评史》、诚信中国语文研究会译《중국문학비평사》（양한편）

首尔：诚信女子大学出版部（성신여자대학교출판부），2001 年 11 月

慕容美著《十八刀客》、佐柏译《십팔도객》（1—3）

首尔：SIGONGSA（시공사），2001 年 9 月

岳南著《西汉亡鬼：马王堆汉墓发掘之谜》、李翼熙译《마왕퇴의 귀부인》（1—2）

首尔：ILBIT（일빛），2001 年 3 月

岳南著《复活的军团：秦始皇陵兵马俑发现之谜》、柳索影、沈揆昊译《부활하는 군단》（1—2）

首尔：ILBIT（일빛），2001 年 6 月

岳南著《清东陵地宫珍宝被盗之谜》、柳索影、沈揆昊译《구룡배의 전설》（1—2）

首尔：ILBIT（일빛），2001 年 4 月

曲春礼著《孔子传》、任洪彬译《소설공자》（1—3）

首尔：知性文化社（지성문화사），2001 年 1 月

三毛著《撒哈拉的故事》、Gu Soon-Jung 译《사막, 그 특별한 기억》

首尔：JUNGMYUNG（중명），2001 年 7 月

沈伯俊著《三国漫谈》、郑原基译《다르게 읽는 삼국지 이야기》

首尔：有书之村（책이있는마을），2001 年 5 月

施耐庵著《水浒传》、柳烘钟译《수호지》

首尔：HEANURI 企划（해누리기획），2001 年 7 月

施耐庵著《水浒传》、Yim Young-Tea 译《수호지》

首尔：HYEWON（해원），2001 年 5 月

苏轼著《成竹于胸中》、金炳爱译（《마음속의 대나무》）

京畿：太学社（태학사），2001 年 11 月

苏舜钦著《苏舜钦诗译注》、宋龙准译（《소순흠시 역주》）

首尔：首尔大学出版部（서울대학교출판부），2001 年 4 月

陶渊明著《韩译陶渊明全集》、车柱环译（《한역 도원명 전집》）

首尔：首尔大学出版部（서울대학교출판부），2001 年 12 月

陶渊明等著《中国古代名诗选》（1）、许世旭译（《중국고대명
시선》）

首尔：HYEWON（혜원），2001 年 8 月

吴承恩著《西游记》、柳在元译《신서유기》（上 中 下）

首尔：中国语文化院（중국어문화원），2001 年 4 月

吴承恩著《西游记》、Kim Hye-Sung 译《서유기》

首尔：HEANURI 企划（해누리기획），2001 年

吴中杰著《中国现代文学思潮史》、郑守国、千贤耕译《중국현대문예사
조사》

首尔：新雅社（신아사），2001 年 8 月

译者简介：郑守国（Jung Soo-Kuk, 1950— ），男，毕业于建国大学中
文系，而后在成均馆大学中文系获得博士学位，现为天安外国语大学兼职教

授。著、译作有《中国现代文学概论》、《中国现代文学讲读》、《新千年的中国现代文学》等；千贤耕（Chen Hyun-Kyung），女，毕业于成均馆大学中文系并获文学博士学位，曾在成均馆大学、国民大学、东国大学等大学担任讲师。译书有《史记》、《中国隐士文化》等。

版本简介：2001 年 7 月由新雅社出版，开本：16，平装本，共 420 页。原著是吴中杰教授的《中国现代文艺思潮史》（复旦大学出版社 1996 年版）。作者在后记中明确指出本书的基本观点：“文艺思潮受社会思潮和文化思潮所制约，但可以从审美意识的变化上反映出来。因此离开审美意识的变化而谈文艺思潮的发展，就容易混同于文化思潮和政治思潮。本书试图从审美意识的角度来观察中国现代文艺思潮的发展，同时又不脱离社会历史背景，力图把创作、理论、译介、鉴赏等几个方面结合起来进行研究。”由此可见，本书的酝酿经历了较长的时间。郑教授读博士时期就开始酝酿此书的翻译工作，而他所作的论文《20 世纪 20 年代中国象征派诗的主题研究》与本书也有一定的关联。在研究中国“文艺思潮”领域里，本书具有很高的参考价值。

萧丽红著《千江有水千江月》、南玉姬译《천 개의 강에 천 개의 달이 비치네》（1—2）

首尔：GARAM 企划（가람기획），2001 年 7 月

萧玉寒著《三国异侠传》、朴孟烈译《풍수삼국지》（1—2）

首尔：CHOROKBAEMEJIKS（초록배매직스），2001 年 10、12 月

余秋雨著《千年一叹》、柳索影等译《세계문명기행》

首尔：未来 M&B（미래 M&B），2001 年 7 月

岳南、李鸣生著《寻找“北京人”》、柳索影、沈揆昊译《주구점의 북경인》

首尔：ILBIT（일빛），2001 年 12 月

周梦蝶等著《中国古代名诗选》（2）、许世旭译（《중국고대명시선》）

首尔：HYEWON（혜원），2001 年 8 月

周伟慧著《上海宝贝》、金熙玉译《상하이 베이비》

首尔：集英出版社（집영출판사），2001 年 5 月

朱天文著《荒人手记》、Kim Eun-Jung 译《이반의 초상》

首尔：SHIYOOSHI（시유시），2001 年 12 月

2002 年

冰心主编《彩色插图中国文学史》、金泰万等译《중국문학 오천년》

首尔：YEDAM（예문），2002 年 12 月

译者简介：金泰万（Kim Tae-Man，1961— ），男，釜山大学中文系毕
业，启明大学中文系硕士，北京大学中文系博士，现为韩国海洋大学"东亚学
科"教授，主要从事中国现代文学与中国文化的研究。著述有《儒家文化与东
亚的未来》、《变化中求生存的中国知识分子》等，译书有《中国微型小说
选》、《中国现代文学史解说》（原著：《中国现代当代文学二百题》中的
"现代文学"部分）等，主要论文有《20 世纪前半期中国知识分子小说与讽
刺精神》、《鲁迅讽刺理论研究》、《论钱锺书〈围城〉的讽刺艺术》等。

版本简介：2002 年 12 月由 YEDAM 出版，开本：16，平装本，共 448 页。
原著是冰心先生主编的《彩色插图中国文学史》（1995 年 12 月由中国和平出
版社与祥云（美国）公司共同推出的简体字本）一书。本书是由釜山大学中文
系的四位同门合译的，书中各章节的翻译工作情况如下：金泰万翻译第三、八
章，河永三（现为东义大学中文系教授）翻译第一、二章，金昌庆（现为釜庆
大学"国际地域学部"教授）翻译第四、五章，张皓得（现为檀国大学中文系

教授）翻译第六、七章。本书自 2000 年 2 月首次出版后，不但受到从事中国研究的学者的青睐，而且也受到了读书爱好者的欢迎，因此于 2001 年 8 月再版，并在 2002 年 12 月出版了修订版。译者认为本书最大的长处在于采取图文并茂的形式呈现文学史上的重要历史流派、作家及作品，画图的形式有助于读者展开想象来进一步思考中国的历史、文化及作家作品的"精神世界"，从而更加形象地感受中国文学史——"一部从上古叙述到 20 世纪末的文学通史"，因此本书的译著名为《图画解读中国文学五千年》。

曹文轩著《黑瓦》、Jeong Soo-Jung 译《까만기와》（1—2）

首尔：SEAUM（새움），2002 年 7 月

陈桐生著《史魂：司马迁传》、金垠希译《역사의 혼 사마천》

首尔：IKULRIO（이끌리오），2002 年 10 月

池世桦编译《故事中国文学史》（《이야기 중국문학사》）（上 下）

首尔：ILBIT（일빛），2002 年 4 月

戴望舒著《我的恋人》、Kim Hee-Jin 译注《하늘을 향한 영원한 노스탤지어》

首尔：SAMBOART（삼보아트），2002 年 6 月

冯梦龙著"三言"、崔炳圭译《삼언》

首尔：沧海（창해），2002 年 6 月

译者简介：崔炳圭（Choi Byeong-Kyu，1960— ），男，在台湾师范大学获得博士学位，现为安东大学中文系副教授，主要从事中国古典小说与中国电影研究。著述有《以"风流精神"看中国文学史》等，主要论文有《〈聊斋志异〉中的性》、《中国"风流才子"论》、《"情欲合一"与〈红楼梦〉贾宝玉的"意淫"》等。

版本简介：2002 年 6 月由沧海出版社出版，开本：16，平装本，共 364 页。本书是"三言二拍"中"三言"部分的编译本，明代的冯梦龙写的"三言"是《喻世明言》、《警世通言》、《醒世恒言》三本书的合称。其中，本

书主要编译了"三言"中以"爱情"为主题的故事八篇，而译者参考了三本不同的书，分别是《古今小说》（许政扬校注，里仁书局 1991 年版）、《警世通言》（徐文助校订，廖天华校阅，台湾三民书局 1983 年版）、《醒世恒言》（廖吉郎校订，廖天华校阅，台湾三民书局 1988 年版）共三本，作为互补。此外，译者在序言中做了作者简介并介绍了"三言"在文学史上的意义、地位和特点等背景知识。

冯梦龙著"三言"、金震坤译《投入江中的爱情》

首尔：YEMOON 书苑（예문서원），2002 年 3 月

冯梦龙著《东周列国志》、李恒奎译《삼국지》

首尔：东海（동해），2002 年 7 月

高行健著《一个人的圣经》、Park Ha-Jung 译《나 혼자만의 성경》（1—2）

首尔：现代文学 BOOKS（株）（현대문학），2002 年 2 月

高行健著《车站》、吴秀卿译《버스 정류장》

首尔：民音社（민음사），2002 年 12 月

高阳著《胡雪岩》、Kim Tae-Sung 译《중국상도》（4—8）

首尔：ORIJIN（오리진），2002 年 1、2、3 月

归有光著、朴璟兰译《归有光小品散文集》（《아내의 방》）

首尔：太学社（태학사），2002 年 8 月

洪楩著《清平山堂话本》、白昇烨译《청평산당화본》

首尔：JUNGJIN 出版社（정진출판사），2002 年 5 月

洪自成著《菜根谭》、Choi Hyun 译《채근담》

首尔：泛友社（범우사），2002 年 11 月

解放军文艺出版社《毛泽东自传》、南钟镐译《모택동 자서전》

首尔：DARAKWON（다락원），2002 年 1 月

赖东进著《乞丐囝仔》、李宣徇译《가족》

首尔：IRUPA（이루파），2002 年 12 月

李炳赫译注《剪灯新话》

首尔：太学社（태학사），2002 年 3 月

李寿民著《蜀山剑侠传》、Lim Baek-Hwa 译《촉산전》（3—7）

首尔：SEKYO（세교），2002 年

林海音著《城南旧事》、Bang Chul-Hwan 译《우리는 바다를 보러 간다》

首尔：BETTERBOOK（베틀북），2002 年 1 月

林语堂著《中国美术理论》、崔承圭译《중국미술이론》

首尔：HANMYUNG（한명），2002 年 10 月

译者简介：崔承圭（Choi Seung-Kew，1932— ），男，在美国匹兹堡大学获得博士学位，曾任西弗吉尼亚大学美术史专业助理教授和克里夫兰博物馆研究员，并在韩国弘益大学、高丽大学、延世大学等大学教授东洋美术史，现为 HANMYENG 出版发行人，著名韩国东洋美术专家。

版本简介：2002 年 10 月由 HANMYUNG 出版，开本：大 16，平装本，共 286 页。这是一本林语堂的英文版《中国美术理论》（*The Chinese Theory of Art: Translations from the Masters of chinese Art*：G. P. Putnam's Sons, New York, 1976）的翻译书。译者除了保留了林语堂的"英文词汇"，以便研究者参考其他相关著作和论文等文献外，还在最后论述了该书的"书评"以及"中国画论"的观点。同时为了便于研究者能够通过参看"原文"来进行比较，译者还在参考文献中列出了相关的中文书目。此外英文版有 26 张图版，但韩文版有一百多张图版。此书是中国美学、文艺学专业以及中国美术爱好者的必选书目。

龙吟著《知圣东方朔》、Kim Eun-Shin 译《지성 동방삭》（3—5）

首尔：文学世界社（문학세계사），2002 年 7 月

罗贯中著《三国演义》、李恒奎译《삼국지》

首尔：东海（동해），2002 年

罗贯中著《三国演义》、赵星基译《삼국지》（9—10）

首尔：悦林苑（열림원），2002 年 2、6 月

罗贯中著《三国演义》、Choi Hyun 译《삼국지》（上 中 下）

首尔：泛友社（범우사），2002 年 3 月

罗贯中著《三国演义》、金洪信 评译《삼국지》（1—10）

首尔：SAMSUNGDANG（삼성당），2002 年 3 月

鲁迅等著《一捧"黄河水"》、许世旭译（《 한 움큼 황어 물：허세욱 교수와 함께 읽는 중국 근현대 산문 56 편》）

首尔：学古齐（학고재），2002 年 10 月

译者简介：许世旭（Xuh Se-Wook，1934— ），男，韩国著名汉学家、散文家、诗人。毕业于韩国外国语大学中国语系，在台湾师范大学中国系先后获得硕士和博士学位，回国后先后任韩国外国语大学教授（1968—1986 年），高丽大学中文系教授（1986—1999 年）。此外曾任韩国中语中文学会会长、韩国中国现代文学会会长。著述甚丰，主要著述有《中国文化概论》、《中国古典文学史》（上 下）、《中国现代文学史》、《中国随笔小史》、《中国现代诗研究》、《中国诗话渊源考》（台北黎明文化出版社 1979 年版）、《中国新诗论》（台北三民书局出版社 1998 年版）等，中文随笔集有《城主与草叶》（台北林白出版社 1998 年版）、《许世旭散文选》（百花出版社 1991 年版）等，其中《中国古典文学史》、《中国现代文学史》等书多次重印出版，成为研究中国文学学者的必读书。

版本简介：2002 年 10 月由学古齐出版，开本：16，平装本，共 288 页。本书的副标题是"与许世旭教授一起读的中国近现代散文 56 篇"，作者从1920 年至 2000 年之间的中国现当代散文中选译了 22 位作家（ 鲁迅、周作人、郭沫若、许地山、林语堂、徐志摩、郁达夫、朱自清、丰子恺、老舍、冰心、废名、梁实秋、巴金、李广田、谢冰莹、萧红、何其芳、余光中、林非、

余秋雨、贾平凹）有代表性意义的 56 篇散文，译者认为："（本书）涉及的作品虽少，但也不能轻视，篇幅虽小也不要忽视。"每一篇都是一捧"黄河水"，每一块都是组成中华文化之"鳞片"，这里的"黄河"是孕育了中华五千年文明的中国人的"精神家园"，因此把本书命名为《一捧"黄河水"》。通过本书可以欣赏中国现当代文学将近八十年之佳作，领略中华文明之"精髓"。

蒲松龄著《聊斋志异》、金光洲译《요재이지》

首尔：字音与母音（자음과모음），2002 年 8 月

蒲松龄著《聊斋志异》、金惠经译《요재이지》（1—6）

首尔：民音社（민음사），2002 年 8 月

山飒著《围棋少女》、Lee Sang-Hae 译《바둑 두는 여자》

首尔：现代文学 BOOKS（株）（현대문학），2002 年 7 月

沈绮云著《天阙碑》、金光洲译《비호》

首尔：ITREEBOOK（생각의나무），2002 年 6 月

施耐庵著《水浒传》、Kim Yong-Il 译《수호지》（1—10）

首尔：DASHAN 出版社（다산출판사），2002 年 7 月

施耐庵著《水浒传》、金洪信评译《수호지》（1—10）

首尔：SAMSUNGDANG（삼성당），2002 年 3 月

史铁生等著《我与地坛》、金惠俊译《하늘가 바다끝》

首尔：JOEUNCHEKMANDULKI（좋은책만들기），2002 年 5 月

史铁生等著《第一本书的故事》、金惠俊译《쿤룬산에 달이 높거든》

首尔：JOEUNCHEKMANDULKI（좋은책만들기），2002 年 5 月

田仲济 等主编《中国现代文学史》、赵诚焕等译，《인물로 보는 중국현대소설의 이해》

首尔：亦乐（역락），2002 年 1 月

译者简介：赵诚焕（Cho Sung-Hwan，1962— ），男，庆北大学中文系

博士，现为徐罗伐大学副教授，著述有《中国语言学者人名辞典》（编著，2003 年）、《中国语入门》等，主要论文有《孤云先生在唐足迹——第二次崔致远史记学术考察记》、《千里马与伯乐——批评家对赵树理“地位”的影响》等。

版本简介：2002 年 10 月由图书出版亦乐出版，开本：16，平装本，共746 页。原著是田仲济、孙昌熙主编的《中国现代小说史》（山东大学出版社1984 年版），这是在中国大陆最早出版的真正意义上的“第一本”中国现代小说史。此书编写的特点是以“人物形象”来分章节，如：知识人形象、女性形象、劳动者形象、农民形象、革命家形象、市民形象等。因此译者为了明确地传达作者的意图，有意把韩文版的书名改为《通过人物看中国现代小说的理解》。此书是由庆北大学“中国语文学研讨会”会员齐心协力“一气呵成”的。最后由金永文（序文、第一章至第三章）、赵诚焕（第四章至第八章、索引）二人校阅完成。此书的出版在韩国和中国现代文学界具有历史意义。参加本书翻译工作的译者如下：金永文、李知恩、权赫锡、全香姬、金源熙、李时活、沈成镐、李钟武、钱玩系、朴瑾浩、安东源、金周映、权相胎等共 16 位和诸葛庆美（做索引工作）。

王周生著《性别：女》、朴明爱译《성별：여》

首尔：KUMTO（금호），2002 年 12 月

尉迟文著《建海孤鸿》、金光洲译《정협지》

首尔：ITREEBOOK（생각의나무），2002 年 7 月

夏辇生著《回归天堂》、金泰成译《천국의 새》（上 下）

首尔：泛友社（범우사），2002 年 5 月

萧玉寒著《三国异侠传》、朴孟烈译《풍수 삼국지》 （3—5）

首尔：CHOROKBAEMEJIKS（초록배매직스），2001 年 2、4、11 月

笑笑生著《金瓶梅》、康泰权译《금병매》（1—10）

首尔：SOL（솔），2002 年 4、5、6、7 月

谢美生著《三国志补传》、郑元基译《여인 삼국지》

首尔：HYPERBOOK（하이퍼북），2002 年 8 月

卧龙生著《玉钗盟》、李宣侚译《군협지》（1—10）

首尔：ITREEBOOK（생각의나무），2002 年 7 月

徐航著《朱元璋》、Han Mi-Hwa 译《주원장》（1—6）

首尔：出版时代（출판시대），2002 年 11 月

张基槿译《新译白乐天》（《신역 백천락》）

首尔：明文堂（명문당），2002 年 9、11 月

张基槿编译《新译李太白》（《신역 이태백》）

首尔：明文堂（명문당），2002 年 1、5 月

张基槿译《新译陶渊明》（《신역 도원명》）

首尔：明文堂（명문당），2002 年 5、8 月

郑太铉译注《春秋左氏传》（1—2）（《춘추좌씨전》）

首尔：传统文化研究会（전통문화연구회），2002 年 12 月

2003 年

艾青著、柳晟俊编译《艾青诗》（《아이칭 시》）

首尔：韩国外国语大学出版部（한국외국어대학교출판부），2003 年
1 月

译者简介：柳晟俊（Yoo Sung-Joon，1943— ），男，先后在首尔大学中
文系获得学士、硕士学位，并在台湾师范大学获得博士学位，著名的中国诗歌
与诗论研究专家。曾任空军士官学校"中国语"教授、启明大学中国学研究所

所长、美国哈佛大学交换教授、韩国中语中文学会会长等，现为韩国外国语大学中国语系教授，兼任东方诗话学会会长，主要从事中国现代诗歌研究。著述有《清诗话与朝鲜诗话的"唐诗论"》、《初唐诗与诗人》、《中唐诗的理解》、《韩国汉诗与唐诗的比较》等，注解书有《唐诗选注解》、《楚辞屈原诗赋注》等，主要论文有《晚唐许浑之诗集版本及其诗风考》、《〈全唐诗〉所载新罗与唐文人之交游诗考》、《朝鲜朝后期清代诗学研究资料和其论旨》等。

版本简介： 2003 年 1 月由韩国外国语大学出版部出版，开本：16，平装本，共 442 页。本书选自艾青的诗集，译者编选了不同时期的艾青诗 200 篇，数量庞大，前所未有。这是因为："（艾青诗）在国内已经有一部分被翻译并介绍了，但以目前现状来看，介绍的受众方向大都停留在为大众为读者群的层面上，而考虑到它的学术价值，以及可以作为一种研究资料的潜质，应当翻译出版更多有分量的内容（艾青诗集）。"译者以年代为单元编选的诗歌如下：1930 年的诗歌《会合》、《当黎明穿上了白衣》、《阳光在远处》、《聆听》等 61 篇，1940 年的诗歌《愿看春天早点来》、《山城》、《船夫与船》等 43 篇，1950 年的诗歌《春姑娘》、《克里姆林》、《普希金广场》等 27 篇，1970 年的诗歌《鱼化石》、《花样滑冰》、《神秘果》等 37 篇，1980 年的诗歌《尼斯》、《天鹅湖》、《没有告别》等 32 篇。艾青 1960 年写的诗《年轻的城》一篇插在 1950 年的诗集选编当中。本书末尾译者为了便于读者理解艾青诗歌，附载了艾青年谱以及一篇解说艾青诗的形式、内容及特点的短篇论文《艾青式的"风姿"与"风度"》。

安东焕译注《韩中汉诗 150 首理解》（《한중한시 150 수 이해》）

光州：全南大学出版部（전남대학교출판부），2003 年 1 月

安吉焕译《东洋三国的名汉诗选》（《동양삼국의 명한시선》）

首尔：明文堂（명문당），2003 年 1 月

白居易著《白居易汉籍诗选：驿动的小船》、金卿东等译（《매여있지

않은 배처럼》）

首尔：成均馆大学出版部（성균관대학교출판부），2003 年 3 月

白居易著《白居易汉籍诗选：与白云一起》、金卿东等译（《백거이한적시선》）

首尔：成均馆大学出版社（성균관대학교출판부），2003 年 8 月

北岛著《北岛诗选》、郑雨光编译（《북도시선》）

首尔：MUNYIJAE（문이재），2003 年 12 月

戴厚英著《心中的愤》、Kim Taik-Kyoo 译《연인아，연인아》

首尔：HUMANIST（휴머니스트），2003 年 9 月

丁玲等著《我在霞村的时候》等、金相姝等译《중국현대여성작가작품선》

光州：全南大学出版部（전남대학교출판부），2003 年 1 月

译者简介：金相姝（Kim Sang-Joo，1938— ），女，号元峰，台湾大学博士，1981 年至 2002 年任全南大学中文系教授，现为全南大学名誉教授。著述有《中国语》、《现代中国语》、《大学中国语》等，译书有《中国现代女性作家作品选》（合译）等，主要论文有《萧红生活与散文背景论》（1—2）、《"孟子"的第三人称代词小考》、《中国语助词考》等。

版本简介：2003 年 2 月由全南大学出版部出版，开本：16，平装本，共338 页。本书是一本中国现代女性作家作品选集（以中短篇为主，包括台湾女性作家的作品在内），译者编选了丁玲、草明、张抗抗、王安忆、陈染、张梅、叶陶、苏伟贞共八位作家的作品，而八位译者分工合作，每位译者翻译一位作家的作品。译者都是全南大学中文系出身，他们都曾在全南大学中文系学习了本科、硕士及博士课程，因此他们时常开展各种形式的研讨会并组织以"中国现代文学"为主题的学术活动，而这次本书的翻译则是围绕着两个主题展开：一是为了再次发动研究"中国现代文学"活动的热潮，二是他们认为到2003 年为止在韩国还未出现真正意义上的"中国现代女性作家作品选集"，

他们希望本书能在韩国的中国现代文学界的女性研究中起到催化剂的作用。所选的作品如下：丁玲的《我在霞村的时候》、草明的《爱情》、张抗抗的《爱的权利》、王安忆的《小城之恋》、陈染的《嘴唇里的阳光》、张梅的《女人、游戏、下午茶》、叶陶的《爱情的结晶》、苏伟贞的《陪他一段》。

杜甫著《杜甫诗选》、李元燮译解（《두보시선》）

首尔：玄岩社（현암사），2003 年 3 月

冯梦龙著《东周列国志》、崔移山译解《이산 열국지》（1—12）

首尔：新书苑（신서원），2003 年 7 月

郭沫若著《郭沫若诗选》、Park Hyo-Sook 编译（《곽말약 시선》）

首尔：MUNYIJAE（문이제），2003 年 12 月

何承伟著《滴水藏海》、李再薰译《달팽이를 데리고 산책을 하면》

首尔：EYENHEART（눈과마음），2003 年 11 月

洪自成著《菜根谭》、Cho Sung-Ha 译《채근담》

首尔：SODAM 出版社（소담출판사），2003 年 1 月

金学主译《诗经选》（《시경선》）

首尔：明文堂（명문당），2003 年 3 月

金学主译《唐诗选》（《당시선》）

首尔：明文堂（명문당），2003 年 3 月

金学主译《宋诗选》（《송시선》）

首尔：明文堂（명문당），2003 年 3 月

金庸著《射雕英雄传》、金庸小说翻译研究会译《사조영웅전》（1—8）

首尔：KIMYOUNGSA（김영사），2003 年 12 月

梁羽生著《侠骨丹心》、Lee Duk-Ok 译《협골단심》（1—5）

首尔：HONGIKCNC（홍익 CNC），2003 年 8 月

李白著《李白诗选》、李元燮译解（《이백시선》）

首尔：玄岩社（현암사），2003 年 3 月

林语堂著《女人》、Kim Yong-Soo 编译《여인의 향기》

首尔：EYEFIELD（아이필드），2003 年 4 月

林语堂著《幽默人生》、Kim Yong-Soo 编译《유머와 인생》

首尔：EYEFIELD（아이필드），2003 年 4 月

刘基著《郁离子》、吴朱亨译《욱리자》

首尔：穷理出版（궁리출판），2003 年 9 月

罗贯中著《三国演义》、金丘庸译《삼국지연의》（1—10）

首尔：SOL（솔），2003 年 6 月

罗贯中著《三国演义》、黄晳映译《삼국지》（1—10）

首尔：创作与批评社（창작과비평사），2003 年 7 月

鲁迅著《阿Q正传》、洪昔杓译《아Q정전》

首尔：SUNHAKSA（선학사），2003 年 11 月

鲁迅著《坟》、洪昔杓译《무덤》

首尔：SUNHAKSA（선학사），2003 年 2 月

鲁迅著《汉文学史纲要》、《古籍序跋集》、洪昔杓译《한문학사강요》

首尔：SUNHAKSA（선학사），2003 年 2 月

译者简介：洪昔杓（Hong Seuk-Pyo, 1966—　），男，首尔大学中文系博士，现为梨花女子大学中文系教授，主要从事中国现代文学研究。著述有《中国现代文学史》、《中国近代的文学意识诞生》、《现代中国——断绝与连续》等，译书有《摩罗诗力说》、《坟——鲁迅杂文集》、《中国当代新诗史》等，主要论文有《李陆史的中国留学与北京"中国大学"》、《鲁迅的精神构造——矛盾的统一主体》、《鲁迅的启蒙与启蒙的失败叙事》等。

版本简介：2003 年 2 月由 SUNHAKSA 出版，开本：16，精装本，共 317 页。本书是鲁迅的《汉文学史纲要》和《古籍序跋集》的韩译合本。《汉文史纲要》是鲁迅 1926 年在厦门大学教授"中国文学史"的讲稿，原来称为《中国

文学史略》，但后来在中山大学教授同样的科目时又把它改成《古代汉文学史纲要》，1938 年编入《鲁迅全集》正式出版时取名为《汉文学史纲要》。而《古籍序跋集》是鲁迅 1912 年至 1935 年为自己辑录或校勘的 19 种古籍而写的 32 篇序跋。值得注意的是，这两本书此前尚未翻译成韩文，而这就是翻译本书的重要原因和意义——填补韩文版中国现代文学研究材料及"鲁迅学"研究资料的空白。译者同时把这两个不同的题目合二为一做成——《汉文学史纲要、古籍序跋集》。译者翻译的原本是 1981 年由人民文学出版社出版的《鲁迅全集》一书。本书是 SUNHAKSA 推出的《鲁迅选集》系列之鲁迅选集"2"。

鲁迅著《朝花夕拾》、李旭渊译《아침꽃을 저녁에 줍다》

首尔：YEMUN（예문），2003 年 10 月

鲁迅著《希望之路：鲁迅箴言》、李旭渊编译《희망은 길이다》

首尔：YEMUN（예문），2003 年 12 月

鲁迅著《鲁迅杂感选集》、瞿秋白编、鲁迅阅读会译《페어플레이는 아직 이르다》

首尔：KCACADEMY（케이시），2003 年 3 月

莫言著《酒国》、朴明爱译《술의 나라》（1—2）

首尔：BOOKWORLD（책세상），2003 年 2 月

莫言著《檀香刑》、朴明爱译《탄샹싱》

首尔：出版时代（출판시대），2003 年 10 月

穆旦著《穆旦诗选》、李先玉编译《목단시선》

首尔：MUNYIJAE（문이재），2003 年 12 月

穆世英等著《白金的女体塑像》等、金顺珍译《중국현대단편소설 상하이편：카지노의 여신》

首尔：GAON（가온），2003 年 10 月

琼瑶著《窗外》、Choi Hyun-Suk 译《안개꽃 은빛 사랑》

首尔：CNG（씨앤지），2003 年 4 月

沈复著《浮生六记》、权修展译《부생육기》

首尔：BOOKWORLD（책세상），2003 年 1 月

施耐庵著《水浒传》、Choi Hyun 译《수호지》（1—3）

首尔：泛友社（범우사），2003 年 8 月

舒婷著《舒婷诗选：致橡树》、Kim Tae-Sung 译《상수리나무에게》

首尔：SIPEONGSA（시평사），2003 年 8 月

孙晴峰著《狐狸卵蛋》、Park Ji-Min 译《여우가 오리를 낳았어요》

首尔：YEARIMDANG（예림당），2003 年

卧龙生著《金剑雕翔》、《岳小钗》、Lee Duk-Ok 译《금검지》

首尔：HONGIKCNC（홍익 CNC），2003 年 2 月

吴承恩著《西游记》、任洪彬译《서유기》（1—10）

首尔：文学与知性社（문학과지성사），2003 年 7 月

吴兢著《贞观政要》、金元中译《정광정요》

首尔：玄岩社（현암사），2003 年 1 月

吴战垒著《中国诗学》、俞炳礼译《중국시학의 이해》

首尔：太学社（태학사），2003 年 3 月

译者简介：俞炳礼（Yoo Byung-Rae，1954— ），女，毕业于淑明女子大学中文系，在台湾师范大学获得硕士、博士学位，现为诚信女子大学中文系教授，主要从事中国古典诗歌、诗论的研究。著述有《宋词——唱歌的"诗"》、《唐诗——金色抒情》等，译书有《长恨歌》、《中国文学理论批评史》（合译）等，主要论文有《白居易诗论的二重性》、《白居易诗中"鹤"的意象》、《〈诗经·国风〉中的女性像》等。

版本简介：2003 年 3 月由太学社出版，开本：16，平装本，共 328 页。本书是一部中国诗歌理论著作，其内容涉及了"意象"、"意境"、"声律"、"体式"等方面。译者在 1999 年冬季一个偶然的机会通过成均馆大学林荣泽教授的介绍知道了本书，在阅读之后，认为本书与以往的中国诗歌理论

方面著作的最大的不同是："本书为中国古典诗歌与诗论等所有主要概念的释义清晰明了，并认为此书可以作为研究中国诗歌的'指南书'。"因此为了给研究中国文学、汉文学的学者以及中国文学爱好者提供方便，译者着手对此书进行翻译。原著在 1991 年由人民出版社出版之后，1993 年又由台湾五南图书有限公司出版，译者用的文本是台湾发行的繁体本。译本上附载了"译者序言"和著者亲笔写的手记"韩文版序言"。

萧玉寒著《三国异侠传》、朴孟烈译《풍수 삼국지》 （6—8）

首尔：CHOROKBAEMEJIKS（초록배매직스），2003 年 4、7 月

阎真著《沧浪之水》、Park Hye-Won、Gong Bitnaeri 译《창랑지수》（1—3）

首尔：飞凤出版社（비봉출판사），2003 年 7 月

郁达夫著《沉沦》、编辑部译《침륜》

首尔：POOLMOO（풀무），2003 年

余秋雨著《山居笔记》、柳索影、沈揆昊译《천년의 정원》

首尔：未来 M&B（미래 M&B），2003 年 5 月

岳南著《千古学案》、柳索影、沈揆昊译《천년의 학술현안》 （1—2）

首尔：ILBIT（일빛），2003 年 1 月

曾先之著《十八史略》、Kim Jeong-Seok 译《십팔사략》

首尔：未来之窗（미래의창），2003 年 8 月

张爱玲著《张爱玲短篇小说选》、金顺珍译《장아이링단편소 설선》

首尔：GAON（가온），2003 年 10 月

张基槿译《杜甫》（《두보》）

首尔：明文堂（명문당），2003 年 1 月

周大荒著《反三国志演义》、金硕嬉译《반삼국지》 （上 中 下）

首尔：作家精神（작가정신），2003 年 8 月

周来祥著《论中国古典美学》、南锡宪、鲁长时译《중국고전미학》

首尔：MIJINSA（미진사），2003 年 12 月

译者简介：南锡宪（Nan Seok-Heon），男，岭南大学中文系学士，岭南大学汉文系硕士，山东大学中文系文艺学专业博士，现为韩国庆北大学汉文系在读博士生。译书有《中国古典美学》（合译），论文有《舫山许薰的汉诗研究》等；鲁长时（Noh Jang-Shi，1956— ），男，毕业于岭南大学中文系，文学博士，现任西罗伐大学中国观光事务系副教授。主要译著有《韩退之评传》（编译），《欧阳修散文选》（译注），博士学位论文是《欧阳修散文的分析研究》，发表论文有《欧阳修的文艺理论——以文·道关系为中心》、《韩愈、欧阳修二人排佛论小考——以原道佛骨表与本论为中心》等。

版本简介：2003 年 12 月由 MIJINSA 出版，开本：16，平装本，共 335 页。原 1987 年 5 月由齐鲁书社出版的周来祥教授的《论中国古典美学》一书。作者周来祥教授是译者南锡宪在山东大学攻读文艺学博士学位时候的指导老师，此书的内容译者曾经在课堂上听过。听课的经历加之译者的文学修养使其传神地表达了原著的思想。译者认为此书不是简单的译书，而比较接近于"编译书"，而为了韩国读者理解方面考虑，译者还作了不少脚注。此外在最后做了"人名辞典"并详细地介绍了中外人士，此书的出版引起了美学界的高度关注，是韩国关于中国美学译书当中影响力较大的力作之一。

周作人著《理性与人道》等、Bang Chul-Hwan 译《연애편지 쓰는 법》

首尔：太学社（태학사），2003 年 4 月

钟源著《钱王》、Sun Soo-So 译《전왕》（1—3）

首尔：出版时代（출판시대），2003 年 6 月

钟肇政著《鲁冰花》、Kim Eun-Shin 译《로빙화》

首尔：YANGCHULBOOK（양철북），2003 年 6 月

2004 年

蔡天新著《数字与玫瑰》、Huh Yoo-Kyung 译《숫자와 장미》

首尔：BOOKROAD（북로드），2004 年 3 月

曹禺著《北京人》、具洸范译《북경인》

首尔：SUNHAKSA（선학사），2004 年 6 月

译者简介：具洸范（Koo Kwuang-Beum，1966— ），男，毕业于东国大学中文系，黑龙江大学中文系硕士，华东师范大学中文系博士，现为关东大学中国学系教授，致力于研究中国现当代文学。著述有《汉语情景会话》、《读中国现当代散文》、《标准中国语》等。博士论文《徐志摩的生平与思想简论》，硕士论文《〈窦娥冤〉与〈雷雨〉比较研究》一文，可以称得上是"曹禺专家"。

版本简介：2004 年 6 月由 SUNHAKSA 出版，开本：16，精装本，共 284 页。译本以田本相编的《曹禺文集》（中国戏剧出版社 1988 年版）为主，以《中国新文学大系 1937—1949》（第 15 卷）为参考。译者在序文中写到翻译曹禺先生的《北京人》一书的背后小记。译者早在中韩建交之前的 1990 年，曾见到当时卧病在床的曹禺，当时就决心要翻译曹禺先生的代表作。译者认为此书的出版有很大的意义：一是做到了当年对曹禺先生的"许诺"，二是为中文系学生提供了韩文版的"辅导资料"。在书的第一页附上了关于"曹禺先生戏剧活动 65 周年纪念邀请函"信影以及曹禺先生在 1990 年学术会议上赠给具教授的亲笔题名照片等。

曹文轩著《草房子》、Jeong Soo-Jung 译《상상의 초가 교실》

首尔：SEAUM（새움），2004 年 2 月

陈平原著《小说史：理论与实践》、李宝暻、朴姿英译《중국소설사：이론과 실천》

首尔：ERUM（이룸），2004 年 4 月

译者简介：李宝暻（Lee Bo-Kyung，1969— ），女，先后在延世大学中文系获得学士、硕士和博士学位，曾在浙江师范大学进修一年（1999 年），此后，在首尔大学读博士后课程。著作有《"文"与"Novel"的结婚——近代中国小说理论再编》、《近代语言的诞生——中国白话文运动》等；朴姿英（Pakr Ja-Yong），女，2003 年在上海华东师范大学中文系获得博士学位，现任圣公会大学东亚研究所研究教授，主要论文有《鲁迅前期小说与近代性问题》、《小家族是怎么构成的——现代中国都市情况》等，两位女学者已经在研究中国近现代方面崭露头角，为学界的年轻骨干力量。

版本简介：2004 年 4 月由 ERUM 出版社出版，开本：32，平装本，共 440 页。原著为陈平原教授的《小说史：理论与实践》（北京大学出版社 1993 年版）。陈教授的博士论文《中国小说叙事模式的转变》在 1994 年是以《中国小说的叙述学》为名出版的。因此韩文译本《中国小说史——理论与实践》是第二次与韩国研究者见面。该书的翻译过程如下：第一章和第四章是由李宝暻翻译的，第二章和第三章是由朴姿英翻译的，翻译完成之后，她们互相交换稿子校对，从头到尾统一"写作风格"以保证其质量，虽然在韩国也有此类著作，但通过此书可以从不同的视角去理解中国小说，这本书可以称为中韩中国文学界的桥梁之作。

戴望舒著《戴望舒诗选》、Lee Kyung-Ah 编译《대망서 시선》

首尔：MUNYIJAE（문이재），2004 年 3 月

冯梦龙著《智囊》、李元吉译《지낭》（上 中 下）

首尔：SHINWON 文化社（신원문화사），2004 年 1、5、8 月

丰子恺著《缘缘堂随笔》、洪承直编译《아버지 노릇》

首尔：穷理出版（궁리출판），2004 年 6 月

译者简介：洪承直（Hong Seung-Jic, 1962— ），男，高丽大学中文系博士，现为顺天乡大学中文系教授，主要从事中国古代文学研究。著述有《趣味汉字故事》等，译书有《李卓吾评传》、《做父亲》、《论语》（译解）、《〈大学〉、〈中庸〉》（译解）等，主要论文有《柳宗元碑志研究》、《柳宗元辞赋的模仿构造考察》、《李贺文学思想研究》等。

版本简介：2004 年 6 月穷理出版，开本：16，平装本，共 300 页。本书是一本丰子恺的散文选集。1931 年《缘缘堂随笔》收录了丰子恺的散文作品，1940 年日本就出版了翻译本，而韩国 2004 年才首次翻译介绍丰子恺的散文。译者参考的原著有两本书：1992 年由百花文艺出版社出版的《丰子恺散文选集》和 1998 年由华夏出版社出版的《丰子恺代表作》，并编选了其中的 23 篇散文。译者在后记中记述了本书出版过程中的逸事："（丰子恺散文）原来很喜欢，因此把其中的几篇翻译成韩文并放在网站上，出版社有关人士找到此文章并提出了出版本书的意愿"，本书就这样"无心插柳"般地问世了。译者按主题把这 23 篇散文分为 4 个部分：一、过日子（《渐》、《车厢社会》、《大账簿》等）；二、做父亲（《华瞻的日记》、《给我的孩子们》、《做父亲》等）；三、怀旧（《忆儿时》、《学画回忆》、《我的苦学经验》等）；四、随想（《随感十三则》、《秋》、《家》等）；五、思念之脸（《我的母亲》、《伯豪之死》、《怀李叔同先生》等）。此外译者附录了丰子恺年谱和作品"原题"及其出处。

郭敬明著《幻城》、Kim Jin-Cheul 译《환상속의 성》

首尔：DREAMBOX（드림박스），2004 年 3 月

洪自成著《菜根谭》、《明心宝鉴》、林东锡编译《현문》

首尔：建国大学出版部（건국대학교출판부），2004 年 9 月

几米著《布瓜的世界》、元智明译《왜？》

首尔：SAMTOHSA（샘터사），2004 年 8 月

几米著《地下铁》、Baek Eun-Yong 译《지하철》

首尔：SAMTOHSA（샘터사），2004 年 5 月

几米著《我的心中每天开出一朵花》、Baek Eun-Yong 译《내 마음의 정원》

首尔：SAMTOHSA（샘터사），2004 年 4 月

季羡林著《牛棚杂忆》、Lee Jung-Sun、Kim Seung-Ryong 译《우붕 잡억》

首尔：MIDASBOOKS（미다스북스），2004 年 7 月

金元中译解《唐诗》（《당시》）

首尔：乙酉文化社（을유문화사），2004 年 2 月

金元中译解《宋词》（《송사》）

首尔：乙酉文化社（을유문화사），2004 年 2 月

梁守中著《武侠小说话古今》、Kim Young-Soo 译《강호를 건너 무협의 숲을 거릴다》

首尔：KIMYOUNGSA（김영사），2004 年 3 月

梁羽生著《江湖三女侠》、Park Young-Chang 译《소오강호》（1—8）

首尔：JUNGWON 文化（중원문화），2004 年 8 月

冷成金著《智典》、Chang Yeon 译《지전》（1—4）

首尔：KIMYOUNGSA（김영사），2004 年 5 月

林耀华著《金翼：中国家族制度的社会学研究》、李基勉、Moon Sung-Ja 等译《금익：근세 중국에 관한 사회학적 연구》

首尔：高丽大学出版部（고려대학교출판부），2004 年 1 月

刘震云著《一地鸡毛》、金荣哲译《닭털 같은 날들》

首尔：SONAMOO（소나무），2004 年 2 月

罗贯中著《三国演义》、郑飞石译《삼국지》（1—6）

首尔：EUNHAENGNAMU（은행나무），2004 年 6 月

罗贯中著《三国演义》、Park Sang-Ryul 译《삼국지》（1—10）

首尔：SIGONGJUNIOR（시공주니어），2004 年 10 月

鲁迅著《阿 Q 正传》、朴云锡译《아 Q 정전》

京畿：知识产业社（지식산업사），2004 年 3 月

鲁迅著《阿 Q 正传》、《狂人日记》、郑锡元译《아 Q 정전，광인일기》

首尔：文艺出版社（문예산업사），2004 年 9 月

鲁迅著《阿 Q 正传》、许世旭译《아 Q 정전》

首尔：泛友社（범우사），2004 年 4 月

鲁迅著《中国小说史略》、赵宽熙译《중국소설사》

首尔：SOMYONG 出版（소명출판），2004 年 6 月

译者简介： 赵宽熙（Cho Kwuan-Hee，1959— ），男，毕业于延世大学中文系并获得博士学位，曾担任过韩国中国小说学会会长，现为祥明大学中文系教授。作为韩国中国小说研究专家，赵教授著述颇丰，涉猎广泛，在中国历史、旅行杂记等方面也有不少著作。主要著作有《〈儒林外史〉研究》（博士论文）、《故事中国史》、《中国语文学年鉴》等，译书有《论渔新解》等，主要论文有《〈三国志演义〉中刘备形象》、《韩国中国学（汉学）信息化状况：兼论中国古代小说数字化方案探索》、《金圣叹小说的评点研究：从创作过程中主题的主观能动性》等，其中赵教授翻译的《中国小说史》一书获得了中国文学研究界的交口称赞，同时也赢得了广大读者的一致好评。此书 2004年改版后印刷了第二版。

版本简介： 2004 年 6 月由 SOMYONG 出版，开本：16，精装本，共 882页。原著是鲁迅的《中国小说史略》（《鲁迅全集》第九卷，人民文学出版社1981 年版）。此书曾经在 1998 年 9 月出版，5 年之后由 SOMYONG 出版 "修订版"，译者除了修改错别字之外，还纠正了日语人名和书名。译者为慎重起见，还参考了 1987 年由陕西人民出版社出版的赵景深的《〈中国小说史略〉

旁证》和日文版的《中国小说史略》（今村兴志雄译，《鲁迅全集》第 11
卷，学习研究社 1986 年版）。因此，注释的标记一共有三个《补》、
《日》、《译》，《补》是赵景深的补注；《日》是今村兴志雄的译注；
《译》是韩文译注，以求正确无误。此书附录载入内容为：相关论文、参考文
献书目和索引。论文题目为"对鲁迅的中国小说史学批判与检讨——以他的
《中国小说史略》为中心"（此论文载于《中国小说论丛》第 6 辑，1997
年），参考文献是译者选编的和《中国小说史略》有关的著述以及论文，给读
者和研究学者提供了有益的资料。

鲁迅著《鲁迅情书鉴赏》、Lim Ji-Yong 等译《루쉰의 편지》

首尔：EROOM（이룸），2004 年 4 月

毛泽东著、孔冀斗编译《诗人毛泽东与革命》（《모택동의 시와혁명》）

首尔：PULBIT（풀빛），2004 年 3 月

莫言著《丰乳肥臀》、朴明爱译《풍유비둔》（1—3）

首尔：RANDOMHOUSE（랜덤하우스），2004 年 9 月

山飒著《围棋少女》、Lee Sang-Hae 译《바둑 두는 여자》

首尔：现代文学 BOOKS（株）（현대문학），2004 年 10 月

山飒著《则天武后》、Lee Sang-Hae 译《측천무후》（上 下）

首尔：现代文学 BOOS（株）（현대문학），2004 年 10 月

山飒著《天安门》、Sung Kwi-Soo 译《천안문》

首尔：BOOKPOLIO（북폴리오），2004 年 10 月

沈复著《浮生六记》、池荣在译《부생육기》

首尔：乙酉文化社（을유문화사），2004 年 9 月

石楠著《画魂》、Kim Yoon-Jin 译《화혼》

首尔：BOOKFOLIO（북폴리오），2004 年 10 月

谭卓颖著《活着的时候应当做 49 件事》、Kim Myung-Eun 译《살아 있는
동안 꼭 해야할 49 가지》

京畿：WISDOMHOUSE（위즈덤하우스），2004 年 12 月

王蒙著《活动变人形》、全炯俊译《변신인형》

首尔：文学与知性社（문학과지성사），2004 年 6 月

王蒙著《王蒙自述：我的人生哲学》、Lim Kook-Woong 译《나는 학생이다》

首尔：DULNYOUK（들녘），2004 年 10 月

吴承恩著《西游记》、首尔大学《西游记》翻译研究会译《서유기》（1—10）

首尔：SOL（솔），2004 年 2 月

吴承恩著《西游记》、延边人民出版社译《서유기》（1—5）

首尔：玄岩社（현암사），2004 年 7 月

吴承恩著《西游记》、延边人民出版社译《서유기》（6—10）

首尔：玄岩社（현암사），2004 年 7 月

萧玉寒著《三国异侠传》、朴孟烈译《풍수 삼국지》 （9—10）

首尔：CHOROKBAEMEJIKS（초록매메직스），2004 年 1 月

阳阳著《时光魔琴》、Im Ji-Young 译《마법의 바이올린》

首尔：字音与母音（자음과모음），2004 年 1 月

余华著《在细雨中呼喊》、Choi Yong-Man 译《가랑비 속의 외침》

首尔：PRUNSOOP（푸른숲），2004 年 1 月

余秋雨著《行者无疆》、柳索影、沈揆昊译《유럽문화기행》

首尔：未来 M&B（미래 M&B），2004 年 7 月

张华著《博物志》、林东锡译注《박물지》

首尔：GODSWIN（고즈윈），2004 年 10 月

张基槿编译《唐代传奇小说的女人像》（《당대 전기소설의여인 상》）

首尔：明文堂（명문당），2004 年 6 月

译者简介：张基槿（Jang Ki-Gun，1922— ），号玄玉，男，韩国著名汉

学家，现为东洋古典学术研究会会长，曾任首尔大学中文系教授和圣心女子大学中文系教授，张教授著述甚丰，主要著述有《中国的神话》、《李太白评传》、《儒家思想与道德政治》等；译著有《李太白》、《陶渊明》、《杜甫》、《屈原》、《论语》、《孟子》等，张教授在研究中国古典文学方面独树一帜，他翻译的中国古典文学著作赢得了学界的一致好评，也受到了广大读者的欢迎，可以说，他是韩国古典文学研究的开创者。

版本简介：2004 年由明文堂出版，开本：16，平装本，共 354 页。译者选了唐代传奇当中的 18 篇，通过这些作品可以了解唐代的生活风貌和时代特点，译者采用了意译的方法进行表述，必要时附加故事情节的说明，此书可以称为"韩文版唐代传奇小说"。该书的作品内容涉及范围较为广泛：爱情故事（《莺莺传》、《霍小玉传》、《李娃传》、《杨娼传》、《长恨歌传》），人与"神怪"（《古镜记》、《白猿传》、《任氏传》、《柳毅传》），幻想与灵魂世界（《杜子春传》、《枕中记》、《南柯太守传》、《离婚记》），女侠客（《虬髯客传》、《无双传》、《柳氏传》、《昆仑奴》、《红线传》）等。译者在"解说"一栏，总括地介绍了传奇小说的定义、特点以及分类，而在附录一栏详尽地叙述了作品的相关内容。

张笑天著《太平天国》、Chun Ok-Hwa 译《태평천국》（1—5）

首尔：出版时代（출판시대），2004 年 2—8 月

张云成著《假如我能行走三天》、Kim Taik-Kyoo 译《사흘만 걸을 수 있다면》

首尔：HWANGMAE（황매），2004 年 10 月

赵晔著《吴越春秋》、Shin Dong-Jun 译《조엽의 오월춘추》

首尔：INGANSARANG（인간사랑），2004 年 11 月

朱自清著《背影》、许世旭译《아버지의 뒷모습》

首尔：泛友社（범우사），2004 年 2 月

2005 年

巴金著《巴金随想录》、权锡焕译《파금 수상록》

首尔：学古房（학고방），2005 年 9 月

白居易著《琵琶行》、Oh Se-Joo 译《비파행》

首尔：DASANBOOKS（다산북스），2005 年 7 月

北岛著《千夜歌手》、裴桃任译《한밤의 가수》

首尔：文学与知性社（문학과지성사），2005 年 5 月

卞之琳著《卞之琳诗选》、郑圣恩编译《변지림 시선》

首尔：MUNYIJAE（문이재），2005 年 6 月

曹文轩著《红瓦》、Jeong Soo-Jung 译《빨간기와》（1—3）

首尔：SAEUM（새움），2005 年 3 月

曹文轩著《更鸟》、Jeong Soo-Jung 译《꿈의 무늬》

首尔：SAEUM（새움），2005 年 10 月

陈志红著《反抗与困境——女性主义文学批评在中国》、金惠俊译《중국의 여성주의 문학비평》

釜山：釜山大学出版部（부산대학교출판부），2005 年 10 月

译者简介：金惠俊（Kim Hye-Joon），男，高丽大学中文系文学博士，曾做过中国社会科学院以及加拿大 UBC 的访问学者，现为釜山大学中文系教授，是韩国中国现当代文学界的领军人物，最近主要从事香港文学与海外中国文学方面的研究。主要著作有《中国现代文学的"民族形式论证"研究》、《中国

现代散文论》、《中国的女性主义文学批评》等，合译书有《中国现代文学发展史》、《中国当代文学史》等。

版本简介：2005 年 10 月由釜山大学出版部出版，开本：16，平装本，共256 页。译者 2004 年 1 月访问中山大学时在其附近的书店里看见这本书，一口气读完此书之后产生了翻译的念头，机缘巧合，当时作者正好在广东工作，因此译者回国前见到了本书的作者。翻译工作进行得很顺畅，2005 年 10 月在韩国便出版了此书的韩译本——《中国的女性主义文学批评》。

本书的原著是 2003 年 3 月由中国美术学院出版社出版的《反抗与困境——女性主义文学批评在中国》一书。从原著书名"女性主义文学批评在中国 "一题中不难发现这是一本比较文艺书，通过本书可以看到中国当代文学研究中"女性问题"研究往往是被忽略的一大课题，内容介绍中指出本书的基本观点："研究了近 20 年来女性主义批评如何传入中国大陆，如何与整个大陆的批评思潮融合及其如何逐步被接受的问题。"在韩文版上，译者专设"凡例"一章简单地解释了韩文版翻译文本的用词及概念问题（女权主义和女性主义，性别与社会性别（Gender））并说明文学时期的划分（中国的近代、现代、当代、新时期的文学时期划分与韩国不同）。

程登吉著《幼学琼林》、林东锡译《유학경림》（1—2）

首尔：GODSWIN（고즈원），2005 年 7 月

戴思杰著《巴尔扎克与小裁缝》、Lee Won-Hee 译《발자크와 바느질하는 중국소녀》

首尔：现代文学（현대문학），2005 年 4 月

二月河著《乾隆皇帝》、Han Mi-Hwa 译《건륭황제》（1—18）

首尔：SANSUYA（산수야），2005 年 11 月

二月河著《雍正皇帝》、Han Mi-Hwa 译《옹정황제》（1—10）

首尔：SANSUYA（산수야），2005 年 9 月

恩佐著《海豚爱上热咖啡》、Kim Sung-Hae 译《불치병》

首尔：弘益出版社（홍익출판사），2005 年 6 月

恩佐著《因为心在左边》、Kim Wha-Suk 译《불면증》

首尔：弘益出版社（홍익출판사），2005 年 6 月

冯国超著《中华上下五千年》、李元吉译《중국 상하오천년사》
（1—2）

首尔：SHINWON 文化社（신원문화사），2005 年 9、11 月

高行健著《灵山》、Lee Sang-Hae 译《영혼의 산》（1—2）

首尔：BOOKFOLIO（북폴리오），2005 年 3 月

郭敬明著《幻城》、Kim Taik-Kyoo 译《환성》

首尔：HWANGMAE（황매），2005 年 5 月

郭沫若著《郭沫若戏剧选》、河炅心、申振浩译《말곽약 희곡선》

首尔：学古房（학고방），2005 年 10 月

郭沫若著《蔡文姬》、Kang Young-Mae 等译《채문희》

首尔：泛友社（범우사），2005 年 2 月

郭沫若著《屈原》、Kang Young-Mae 等译《굴원》

首尔：泛友社（범우사），2005 年 2 月

郭沫若著《豕蹄》、Lee Yong-Cheul 译《사람 냄새가 그립다》

首尔：历史 NET（역사넷），2005 年 4 月

韩愈著《要剪掉就剪》、高光敏译《자를 테면 자르시오》

首尔：太学社（태학사），2005 年 10 月

虹影著《英国情人》、Kim Taik-Kyoo 译《영국여인》

首尔：HANJILSA（한길사），2005 年 4 月

虹影著《饥饿的女儿》、Kim Taik-Kyoo 译《굶주린 여자》

首尔：HANJILSA（한길사），2005 年 4 月

胡应麟著《诗薮》、奇泰完等译《호응린의 역대한시 비평》

首尔：成均馆大学出版部（성균관대학교출판부），2005 年 1 月

金庸著《神雕侠侣》、Lee Duk-Ok 译《신조협려》（1—8）

首尔：KIMYOUNGSA（김영사），2005 年 2 月

金钟均编译《中国传奇小说选》（《중국전기소설선》）

首尔：博而精（박이정），2005 年 3 月

焦波著《俺爹俺娘》、Park Ji-Min 译《집으로 가는 길》（1—2）

首尔：DASANCHODANG（다산초당），2005 年 12 月

李家同著《钟声又再响起》、Lee Kyung-Min 译《종소리가 다시 울려 퍼질 때》

首尔：字音与母音（자음과모음），2005 年 5 月

梁启超著《清代学术概论》、全寅永译《중국근대지식인》

首尔：HYEAN（혜안），2005 年 11 月

译者简介：全寅永（Jeon In-Yong，1947—　），延世大学历史系毕业，台湾师范大学博士，专研中国近代史。现任梨花女子大学师范学院社会生活学科历史专业教授，清华大学中韩历史文化研究院客座研究员。在台湾师大求学时，曾受过李国祁教授、张玉法教授、张朋园教授等名师的指导，专门研究中国近代史以及梁启超思想，被誉为韩国的“梁启超专家”。

版本简介：2005 年 11 月由图书出版 Hyean 出版，开本：32，精装本，共 295 页。本书是梁启超的著作《清代学术概论》的韩文版，译者有意把书名改为《中国近代的知识人》，他在后记中解说：“这本书的书名不为《清代学术概论》而改称为《中国近代的知识人》是为了获得更多的读者群，而且希望通过此本书帮助读者了解中国，这是我的心愿。”在本书中，译者专门设置一节附录，收录梁启超的年谱、译者解说、后记以及人名索引，并用尾注对全文进行注释。难解之处译者给出自己的解释以供读者参考。此书精练的语言和传神的表达使其受到历史系、中文系、哲学系等人文社会类学者和历史爱好者的广泛好评。

罗贯中著《三国演义》、罗彩勋译《전략삼국지》（1—5）

首尔：SAMYANGMEDIA（삼양미디어），2005 年 10 月

罗贯中著《三国演义》、Lee Jae-Ki 译《삼국지》（1—10）

首尔：YUIMAE 出版社（열매출판사），2005 年 2 月

鲁迅著《华盖集》、《华盖集续集》、洪昔杓译《화개집，화개집속편》

首尔：SUNHAKSA（선학사），2005 年 4 月

穆陶著《屈原》、任季宰译《소설 굴원》

首尔：DAPGAE（답게），2005 年 8 月

朴璟实、李济雨编译《简易中国散文》（《알기쉬운 중국산문》）

蔚山：UUP（울산대학교출판부），2005 年 2 月

译者简介：朴璟实（Park Kyung-Sil，1955— ），女，淑明女子大学中文系毕业，台湾辅仁大学中文研究所硕士，成均馆大学中文系博士，现为蔚山大学中国语中国学系教授，主要从事中国散文研究，著述有《韩愈散文的理解》等，论文有《梁启超散文中的现实意识》、《王安石散文中的现实意识》、《柳宗元散文中的现实意识》等；李济雨（Lee Je-Woo，1957— ）男，韩国外国语大学中国语系毕业，台湾师范大学国文研究所博士，现为崇实大学中文系副教授，著述有《中国现实主义文学论》、《清代民间笑话集〈笑得好〉的人物类型与社会性》等，论文有《晚明小品之文艺理论及其艺术表现》、《中国语修辞与语文教育》等。

版本简介：2005 年 2 月由 UUP（蔚山大学出版部）出版，开本：16，共178 页。本书是一本"中国散文"的教科书，是先秦到当代具有代表性的作品的编译，虽然涉及的年代非常长，但编选的作品不是很多，因为本书是专门为中文系以及学习中国文学的学生而编的"入门书"。译者编选了从先秦至当代具有代表性的 26 位作家的 25 部散文作品（《渔夫辞》、《过秦论》、《出师表》、《兰亭集序》、《五柳先生传》、《春夜宴桃李园徐》、《伯夷颂》、《柳子厚墓志铭》、《捕蛇者说》、《醉翁亭记》、《名儿子说》、《读孟尝君传》、《赤壁赋》、《上枢密韩太尉书》、《墨池记》、《极乐寺纪游》、

《夏梅说》、《答友人》、《与陈眉公》、《湖心亭看雪》、《梦忆许》、《马说》、《登泰山记》、《回音壁》、《快乐的死亡》），译著的亮点在于：译者首先在原文上作了注脚以便读者阅读，并且在每个作品上附作者简介及其作品的鉴赏重点等。其次，在书的末尾附载作品对应的译文，以此给普通读者和中文系学生在理解上提供方便。此书适合初中级汉语水平的中文系学生和中国文学爱好者阅读，非专业学生也可以通过此书简单地了解中国散文的魅力，同时亦可以中韩文对照阅读，作为中韩互译练习的一种锻炼。

岳南著《风雪定陵：地下玄宫洞开之谜》、柳索影、沈揆昊译《북경의 명십삼릉》（1—2）

首尔：ILBIT（일빛），2005 年 7 月

岳南著《千古学案：夏商周断代工程纪实》、柳索影、沈揆昊译《하상주단대공정》

首尔：ILBIT（일빛），2005 年 11 月

岳南著《日暮东陵：清东陵地宫真宝被盗之谜》、柳索影、沈揆昊译《하북성 준화의 청동릉》

首尔：ILBIT（일빛），2005 年 10 月

岳南著《热河的冷风：避暑山庄历史文化之谜》、柳索影、沈揆昊译《열하의 피서산장》（1—2）

首尔：ILBIT（일빛），2005 年 6 月

岳南著《世界第八奇迹：秦始皇陵之谜》、柳索影译《진시황릉》

首尔：ILBIT（일빛），2005 年 7 月

山飒著《则天武后》、Lee Sang-Hae 译《측천무후》

首尔：现代文学（현대문학），2005 年 9 月

石评梅等著《中国现代女性小说名作选》、金垠希、崔银晶译《중국 현대 여성소설명작선：1920 년대 여성소설 단편선》

首尔：语文学社（어문학사），2005 年 9 月

译者简介: 金垠希(Kim Eun-Hee,1963—),女,毕业于梨花女子大学中文系,首尔大学中文系博士,现为全北大学中文系教授,主要论文有《老舍的〈月牙儿〉研究》、《新文化运动时期中国的新女性研究》等;崔银晶(Choi Eun-Jung),女,现为启明大学中文系副教授,译书有《阿Q正传》等,论文有《都市与女性——以铁凝〈永远有多远〉与池莉的〈生活秀〉为中心》等,两位学者在"90年代中国女性小说"研究方面有突出的贡献。

版本简介: 2005年9月由语文学社出版,开本:16,平装本,共355页。译者选译了20世纪20年代女性的小说作品,包括石评梅(《奇妇》、《林南的日记》)、冰心(《两个家庭》、《最后的安息》)、丁玲(《梦珂》、《莎菲女士的日记》、《阿毛姑娘》)、冯沅君(《隔绝》、《旅行》)、庐隐(《丽石的日记》、《何处是归程》、《蓝田的忏悔录》)、凌淑华(《酒后》、《绣针》、《花之寺》)和陈衡哲(《洛绮思的问题》、《一只针的故事》)共七位作家的作品。此书选了每位作家具有代表性的两到三篇作品。此外,还附了作者的照片及简介,以给读者提供更全面的资料。译者的"中国女性小说"研究可追溯到2002年,当时由韩国学术振兴集团赞助并研究了《韩中日近现代女性小说比较研究》这一课题,此书正好是其第一个研究成果,填补了"中国现代女性小说"研究的学术空白,同时也赢得了读者的广泛赞赏。

舒婷著《舒婷诗选》、张允瑄编译《서정 시선》

首尔:MUNYIJAE(문이재),2005年8月

王蒙著《蝴蝶》等、李旭渊译《나비》

首尔:文学与知性社(문학과지성사),2005年2月

王文华著《倒数第二个女朋友》、文炫善译《끝에서 두번째 여자친구》

首尔:SOL(솔),2005年8月

王弼著《老子注》、林采佑译《王弼的老子注》

首尔:HANJILSA(한길사),2005年7月

辛苗著《辛苗诗选》、洪昔杓编译《신적 시선》

首尔：MUNYIJAE（문이재），2005 年 8 月

无外者著《续三国志》、李元燮译《속삼국지》（1—5）

首尔：明文堂（명문당），2005 年 8 月

俞智先著《成吉思汗》、金燦渊译《칭기즈칸》（1—3）

首尔：BANDI 出版社（반디출판사），2005 年 10 月

张爱玲著《赤地之恋》、金仁哲译《붉은 중원》

首尔：SHINSUNG 出版社（신성출판사），2005 年 12 月

张爱玲著《第一炉香》、金顺珍译《첫 번째 향로》

首尔：文学与知性社（문학과지성사），2005 年 12 月

张爱玲著《倾城之恋》、金顺珍译《경성지련》

首尔：文学与知性社（문학과지성사），2005 年 12 月

关鸿编《百年激荡——记录中国 100 年的图文经典》、林大根译《격동의 100 년 중국》

首尔：ILBIT（일빛），2005 年 1 月

译者简介：林大根（Lim Dae-Gun），韩国外国语大学中文系文学博士，现任韩国外国语大学外国文学研究所专职研究员。林博士致力于研究中国电影和近现代文艺艺术，著作和译书有《中国电影故事》、《现代中国的戏剧和电影》（合著）《阿 Q 与流氓谈艺术》、《世界电影理论与批评的新发现》（合译），硕士、博士学位论文分别为《初期中国电影的文艺传统继承 1896—1931》（2002 年）和《郁达夫小说的"纠葛构造"研究》（1995 年），主要论文有《在中国文艺史中电影的地位》、《今日中国电影：以改革开放为中心》等多篇，是文艺学界青年带头人物。

版本简介：2005 年 1 月由 ILBIT 出版社出版，开本：16，平装本，共601 页。 原著是关鸿编的《百年激荡——记录中国 100 年的图文经典》（复旦大学出版社 2001 年版），中文版有 473 页，韩文版却长达 601 页但没有分

为上下两册。本书韩文版书名为《激动的100年中国》，书中涉及从张元济到马立诚共四十位作者的四十篇文章，"本书提供了回顾历史和阅读历史的新角度，是以个人眼光和亲身经历叙述的百年历史。书中精彩的图片记录了历史事件最重要的场面和历史人物最具个性的瞬间"，其中，有不少近现代文学家如沈尹默、鲁迅、谢冰莹等关于历史中被遗漏的"逸事"的自述，从中我们可以获悉作家们的性格、生活、经验、个人感受等信息，这是任何一个历史书上都看不到的。译者在翻译的过程中，曾在韩国外国语大学讲授"中国的近现代"，其间和同学们进行过讨论，由此获得了翻译此书的一些有益"启发"，由此可见此书对深入研究中国近现代文学也是有一定的帮助的。此外译者考虑到 "可读性"，翻译人名时采用"音译法"（又称为"读音法"）并在括号内写了中文名，读者可以对照阅读。

二 年度论文总目录

2001 年

2001 年度硕、博学位论文

硕士论文

崔恩珍《中国现代文学韩译问题研究——以在韩国出版的〈中国现代文学史〉类著、译书为中心》

（《中国现代文学关联书上의 韩译问题研究——韩国에서 출간된 中国现代文学史类著、译书들의 중심으로》），韩国外国语大学硕士论文，2001 年

韩少慧《中韩"蛇新郎"故事比较研究——以小说主题为研究对象》

（《中韓 뱀신랑 설화 比較研究——주요 話素와 主题를 중심으로》），忠南大学硕士论文，2001 年

洪京兑《老舍〈骆驼祥子〉的近代性研究》

（《老舍〈駱駝祥子〉의 近代性 研究》），高丽大学硕士论文，

2001 年

姜玉《韩国文学对中国朝鲜族文学的影响》

(《한국문학이 중국 조선족문학에 끼친 영향》), 培材大学硕士论文, 2001 年

金南利《从郁达夫的小说作品看作家的内心世界》

(《郁達夫의 內心意識 研究——小說을 중심으로》), 岭南大学硕士论文, 2001 年

金松竹《〈西游记〉对韩国古小说的影响——以孙悟空为中心》

(《〈西遊記〉가 韓國 古小說에 끼친 影響——孫悟空을 중심으로》), 仁川大学硕士论文, 2001 年

金孝真《近代中国侦探小说形成过程研究》

(《근대중국 탐정소설 형성에 관한 연구》), 首尔大学硕士论文, 2001 年

金炫廷《中国现代儿童文学形成过程研究——以梁启超、鲁迅和周作人为中心》

(《中國現代兒童文學 形成過程 研究——梁啟超、魯迅和周作人을 중심으로》), 延世大学硕士论文, 2001 年

李东二《"现代评论派"与"语词派"的论争研究——以"改良主义"与"革命主义"对立构思为中心》

(《"現代評論派"와 "語詞派"의 論爭 研究——"改良主義"와 "革命主義"의 對立 構圖를 중심으로》), 延世大学硕士论文, 2001 年

李泰昌《屈原的〈天问〉研究——以神话与历史传说为中心》

(《屈原의 〈天問〉 研究——神話와 歷史傳說을 중심으로》), 中央大学硕士论文, 2001 年

李垠周《陈师道五言律诗的用事研究》

(《陳師道 五言律詩의 用事 研究》), 韩国外国语大学硕士论文, 2001 年

朴春植《朦胧诗论争研究》

（《朦朧詩論爭研究》），岭南大学硕士论文，2001 年

申修英《〈谚文志〉的体系与柳僖的语言观研究》

（《〈언문지〉의 체계와 유희의 언어관연구》），梨花女子大学硕士论文，2001 年

宋美南《中国现代文学的"民族形式"论研究》

（《중국현대문학의 "민족형식"론 연구》），仁荷大学硕士论文，2001 年

吴昡妵《朱自清散文历程研究》

（《朱自清 散文의 發展過程 研究》），岭南大学硕士论文，2001 年

吴有美《中国"蛇"神话的象征性研究》

（《中國 뱀 神話의 象征性 研究》），延世大学硕士论文，2001 年

张智慧《张爱玲长篇小说〈半生缘〉研究》

（《장애령 장편소설 〈반생연〉 연구》），成均馆大学硕士论文，2001 年

Go Seung-Joo《许地山前期小说中的"宿命论"思想》

（《허지산의 전기소설 속에 나타난 숙명론적 사상》），庆熙大学硕士论文，2001 年

Song Min-Jung《许地山短篇小说研究》

（《허지산의 단편소설 연구》），庆熙大学硕士论文，2001 年

博士论文

高真雅《唐宋杜诗学研究》

（《唐宋杜詩學研究》），韩国外国语大学博士论文，2001 年

金景南《韩国古小说的战争素材研究》

（《한국고소설의 전쟁소재 연구》），建国大学博士论文，2001 年

金南伊《集贤殿学士的文学研究》

(《집현전 학사의 문학 연구》),梨花女子大学博士论文,2001 年

金善子《中国神话传说变异研究》

(《중국 변화신화전설 연구》),延世大学博士论文,2001 年

金顺珍《张爱玲小说研究——以女性主义视角下的"身体、权利、叙事"为中心》

(《張愛玲 소설 연구——여성주의 시각으로 본 몸、권력、서사를 중심으로》),韩国外国语大学博士论文,2001 年

金越会《20 世纪初中国的文化民族主义研究》

(《20 세기초 중국의 문화민족주의 연구》),首尔大学博士论文,2001 年

裴真永《中国古代燕文化研究——燕文化的形成与发展》

(《中國古代燕文化研究——燕文化의 形成과 展開》),梨花女子大学博士论文,2001 年

张贞兰《李可染的漓江山水画研究》

(《李可染의 漓江山水畫 研究》),诚信女子大学博士论文,2001 年

2001 年度期刊论文

《国际中国学研究》（年刊）（국제중국학연구）第 4 辑

边成圭《谢云连其人其诗——创作背景和作品分析》

(《謝雲連其人其詩——創作背景和作品分析》),2001 年 12 月

陈浦清、权锡焕《韩愈〈毛类传〉与韩国的"假传"》

(《韓愈〈毛類傳〉與韓國的"假傳"》),2001 年 12 月

铃木将久《中国近代媒体的发展与国民文学的成立》

(《中國近代媒體的發展與國民文學的成立》),2001 年 12 月

田宝玉《中国古典叙事诗所见女性与国家》

（《中國古典敘事詩所見女性與國家》），2001 年 12 月

《中国人文科学》（半年刊）（중국인문과학）第 22 辑

崔银晶《再论丁玲女性意识的演变 1927—1942》

（《再論丁玲女性意識的演變 1927—1942》），2001 年 8 月

崔泳准《姚鼐杂记研究》

（《姚鼐雜記文研究》），2001 年 8 月

姜昌求《唐代宫怨诗与创作背景考》

（《唐代 宮怨詩의 創作背景과 內容考》），2001 年 8 月

金光永《明代"职业戏班"与群众性戏曲活动研究——以〈陶庵梦忆〉的记述为中心》

（《明代 職業戲班과 群眾性 戲曲活動에 관한 연구——〈陶庵夢憶〉의 記述을 중심으로》），2001 年 8 月

宋幸根《"盛唐"禅诗考察》

（《盛唐에 나타난 禪詩 考察》），2001 年 8 月

《中国人文科学》（半年刊）（중국인문과학）第 23 辑

边成圭《毛泽东诗词特点》

（《毛澤東 詩、詞의 특질》），2001 年 12 月

姜昌求《唐代闺怨诗及发展》

（《唐代 閨怨詩의 發展과 內容》），2001 年 12 月

金亨兰《〈奇隆白虎团〉与〈智取威虎山〉分析考》

（《〈奇隆白虎團〉과 〈智取威虎山〉 分析 考》），2001 年 12 月

李昌铉《20 世纪〈歧路灯〉研究状况考察——以对〈歧路灯〉的品评为中心》

（《20 世紀〈歧路燈〉研究狀況考察——評價을 중심으로》），2001 年

12 月

李敬一《白居易中期的"出处"意识》

（《白居易中期的出處意識》），2001 年 12 月

李哲理《随俗而雅——名公巨相晏殊父子的词作》

（《隨俗而雅——名公巨相晏殊父子的詞作》），2001 年 12 月

李政林《从汉代思维体系看〈乐记〉的音乐思想小考》

（《從漢代思維體系看〈樂記〉的音樂思想小考》），2001 年 12 月

梁忠烈《叶燮的"诗法论"小考》

（《葉燮의 詩法論 小考》），2001 年 12 月

柳在润《欧阳修音韵文风格考察》

（《歐陽修 音韻文風格 考察》），2001 年 12 月

王垅《试论冰心散文》

（《試論冰心散文》），2001 年 12 月

吴济仲《古代中国神话图腾形象演变初探》

（《古代中國神話圖騰形象演變初探》），2001 年 12 月

郑荣豪《〈镜花缘〉中的神话收录情况考》

（《〈鏡花緣〉에 나타난 神話의 수용양상》），2001 年 12 月

朱志荣《论曹操对乐府诗的贡献》

（《論曹操對樂府詩的貢獻》），2001 年 12 月

《中国散文论丛》（年刊）（중국산문논총）第 2 辑

洪炳惠《欧阳修文章的时代特点——以〈丰乐亭记〉、〈醉翁亭记〉、〈采桑子〉的"治世"特点为中心》

（《歐陽修 文章에 반영된 시대 특징——〈豐樂亭記〉、〈醉翁亭記〉와〈采桑子〉에 공유하고 있는 治世 특징을 중심으로》），2001 年 12 月

洪润基《谢云运对〈文心雕龙〉的批判》

（《謝雲運에 대한 〈文心雕龍〉의 批判》），2001 年 12 月

林春英《中唐经学与柳宗元散文》

（《中唐 經學과 柳宗元 散文》），2001 年 12 月

林振镐《高积文赋的艺术风格论考》

（《高積 文賦의 藝術風格論考》），2001 年 12 月

朴禹勋《"骈丽文"与"韵·散文"的关系》

（《駢麗文과 韻·散文의 關系》），2001 年 12 月

唐润熙《〈东坡志林初探〉——苏轼的笔记文》

（《〈東坡誌林初探〉——蘇軾의 筆記文 쓰기》），2001 年 12 月

翟满桂《永州的私人交往对柳宗元创作的影响》

（《柳宗元在永州的私人交往及其對創作的影響》），2001 年 12 月

《中国文学》（半年刊）（중국문학）第 35 辑

崔炳学《李贽"童心说"的思想含义》

（《李贄"童心說"의 思想涵義》），2001 年 5 月

洪尚勋《关于汉代文人形成的考察——以汉赋与〈论衡〉为中心》

（《漢代 文人의 形成에 대한 고찰——漢賦와〈論衡〉을중심으로》），2001 年 5 月

洪昔杓《中国新时期文学的模式变化研究》

（《중국 新時期의 문학적 패러다임의 변화 연구》），2001 年 5 月

金南钟《关于宋代"题画诗"的类型与其意境考察——以〈声画集〉的美人"题画诗"为中心》

（《宋代 題畫詩의 類型과 意境에 관한 고찰——〈聲畫集〉의 美人 題畫詩를 중심으로》），2001 年 5 月

金寅浩《〈远游〉的游魂文学的性格考察》

（《〈遠遊〉의 遊魂文學的 性格 考察》），2001 年 5 月

金元东《明末妓女的生活、文学和艺术——马守珍、薛素素、柳如是》（1）

（《明末 妓女들의 삶과 文學과 藝術——馬守珍、薛素素、柳如是》），2001 年 5 月

金震共《文革时期文艺出版动向》

（《文革 시기의 문예 출판 동향》），2001 年 5 月

金钟美《〈烈女传〉的礼与女性空间》

（《〈烈女傳〉의 禮와 여성 공간》），2001 年 5 月

李廷宰《宋金元演义文学史的再认识和其若干问题》

（《宋金元 演行文學史의 再認識과관련된 몇 가지 문제》），2001 年 5 月

柳钟陆《第二次"贬谪"时期的东坡词》

（《第二次 貶謫時期의 東坡詞》），2001 年 5 月

宋龙准、郑镇杰《白居易诗中"宋诗的特点"考察》

（《白居易 詩의 宋詩의 특징 考察》），2001 年 5 月

唐润熙《苏轼题跋文初探——实用性与个性的发现》

（《蘇軾 題跋文 初探——實用性과 個性의 發現》），2001 年 5 月

吴洙亨《唐代散文美学研究——以韩愈、柳宗元为中心》

（《唐代의 散文美學 研究——韓愈、柳宗元을 중심으로》），2001 年 5 月

《中国文学》（半年刊）（중국문학）第 36 辑

边成圭《杜甫诗评的发展变化——宋代杜甫再评价》

（杜甫 평가의 시대적 변화——宋代의 두보 재평가》），2001 年 11 月

金美廷《周作人与日本》

（《周作人과 日本》），2001 年 11 月

金元东《明末妓女的生活与文学、艺术——马守珍、薛素素、柳如是》（2）

（《明末　妓女들의　삶과　文學과　藝術——馬守珍、薛素素、柳如是》），2001 年 11 月

金越会《中国文学思维的模式及其内涵——试论中国文学史的多角度叙述》

（《중국의　문학사유와　그　내면——중국문학사 서술 시각의 다양화를 위한 시도》），2001 年 11 月

金庠澔《传统时期中国"知识人"与"诗文学"的存在方式研究》

（《전통　시기 중국지식인과　詩文學의　존재　방식에　관한　검토》），2001 年 11 月

金垠希《试论冰心小说创作》

（《冰心의　小說創作에　관한　試論》），2001 年 11 月

金钟美《"游"的精神与东亚美学》

（《遊의　정신과　동아시아 미학》），2001 年 11 月

金钟燮《元好问的"碑志类"散文研究》

（《元好問의　碑誌類　散文에　관한　研究》），2001 年 11 月

柳钟陆《盛、中唐时期的文人词》

（《盛、中唐 시기의　文人詞》），2001 年 11 月

罗善姬《明代小说〈西游记〉中表现的世界与其意义》

（《明代小說　〈西遊記〉에　나타나는세계와　그 의미》），2001 年 11 月

朴永焕《苏轼的文学理论与禅宗》

（《蘇軾의　文學理論과　禪宗》），2001 年 11 月

全炯俊《解读〈废都〉》

（《〈廢都〉의　분석과　해석》），2001 年 11 月

宋龙准《范仲淹的诗及诗论》

（《范仲淹의　詩論과　詩》），2001 年 11 月

元钟礼《苏轼的诗"旷"——逍遥游的"超旷"与无住清静的"清旷"》

（《蘇軾 詩의 "曠"——逍遙遊의 超曠과 無住清靜의 清曠》），

2001 年 11 月

《中国文学研究》（半年刊）（중국문학연구）第 22 辑

姜必任《〈相和歌词〉小考》

（《〈相和歌詞〉小考》），2001 年 6 月

金银雅《刘禹锡古题乐府的模拟和创新》

（《劉禹錫 古題樂府의 模擬와 創新》），2001 年 6 月

金镇永《〈世说新语〉主要人物的"鉴定内容"分析》

（《〈世說新語〉 中 주요인물의 품평내용 분석》），2001 年 6 月

李浚植《〈孔雀东南飞〉六朝创作说考察》

（《〈孔雀東南飛〉 六朝創作說 고찰》），2001 年 6 月

吕承焕《唐代大曲〈霓裳羽衣〉考》

（《唐代大曲〈霓裳羽衣〉考》），2001 年 6 月

尹顺《桓雄与炎帝神农之神格比较研究》

（《桓雄與炎帝神農之神格比較研究》），2001 年 6 月

赵洪善《论巴金的主题经验与其凡人悲剧小说的人格模式》

（《論巴金的主題經驗與其凡人悲劇小說的人格模式》），2001 年 6 月

郑守国《冯乃超的〈红纱灯〉研究》

（《馮乃超의 〈紅紗燈〉 研究》），2001 年 6 月

郑相泓《〈诗经〉中"风"的诗歌发生学研究》

（《〈詩經〉 "風"의 詩歌發生學的 樣相 研究》），2001 年 6 月

《中国文学研究》（半年刊）（중국문학연구）第 23 辑

曹圭百《苏东坡之海南岛"流配诗"探索》

（《蘇東坡의 海南島 流配詩 探索》），2001 年 12 月

韩相德《曹禺〈蜕变〉考》

（《曹禺의 〈蜕變〉考》），2001 年 12 月

姜必任《东晋〈兰亭诗〉研究》

（《東晉〈蘭亭詩〉研究》），2001 年 12 月

金尚源《新文化运动时期的"人"的文学与"女性"文学》

（《신문화운동시기 "인간"의 문학과 "여성"의 문학》），2001
年 12 月

李埰文《先秦诸家的〈诗经〉特色引用》

（《先秦諸家의 〈詩經〉引用 특색》），2001 年 12 月

李政林《论汉代天地人合一的音律观念》

（《論漢代天地人合一的音律觀念》），2001 年 12 月

吕承焕《"唐诗"中"唐戏"的特点》

（《唐詩에 기록된 唐戲의 성격》），2001 年 12 月

朴晟镇《试论〈左传〉中的战争描写》

（《〈左傳〉戰爭描寫試論》），2001 年 12 月

权锡焕《关于中国古典散文的中世纪"典范"研究》

（《중국 고전 산문의 중세적 典范에 관한 연구》），2001 年 12 月

沈禹英《"望黄山诗"的表现形象研究》

（《"望黃山詩"에 나타난 시인별 형상화 연구》），2001 年 12 月

宋琬培《关汉卿戏剧的"伦孝"研究》

（《關漢卿 戲劇의 倫孝思想 연구》），2001 年 12 月

《中国现代文学》（半年刊）（중국현대문학）第 20 号

艾晓明《戏弄古今——谈香港女作家李碧华的三部小说：〈青蛇〉、〈潘
金莲之前世今生〉和〈霸王别姬〉》

（《戲弄古今——談香港女作家李碧華的三部小說：〈青蛇〉、〈潘金蓮之前世今生〉和〈霸王別姬〉》），2001 年 6 月

陈思和《20 世纪中外文学关系研究中的"世界性因素"的几点思考》

（《20 世紀中外文學關系研究中的"世界性因素"的幾點思考》），2001 年 6 月

洪昔杓《鲁迅的方向——双重"抗拒"与第三条路》

（《魯迅의 방향, 이중 "항거"와 제 3 의 길》），2001 年 6 月

姜鲸求《韩中现代家族史小说的比较研究——以连相涉与巴金、蔡万植与老舍的小说为例》

（《韓中 현대 가족사 소설의 비교연구——염상섭과 巴金 그리고 채만식과 老舍의 소설을 중심으로》），2001 年 6 月

金良守《台湾作家陈映真的"中国意识"问题》

（《臺灣作家 陳映真에 있어 中國意識의 問題》），2001 年 6 月

金美兰《从〈母亲〉看丁玲的女性意识》

（《〈母親〉을 중심으로 본 정령의 여성의식 연구》），2001 年 6 月

金美廷《中日战争时期周作人的"亲日行为"考察》

（《중일전쟁시기 周作人의 친일행위에 대한 일고찰》），2001 年 6 月

金明石《以文化领域视角看"京派"与"海派"的距离》

（《문화영역에서 본 京派와 海派의 거리》），2001 年 6 月

金希珍《冰心"问题小说"中表现的女性意识》

（《冰心의 문제소설에 나타난 여성의식》），2001 年 6 月

金秀延《文化的记忆、历史和"诗公"——以"诗集村"与张爱玲的文本分析为中心》

（《문학적 기억、역사 그리고 시공——시집촌과 장애령의 텍스트 분석을 중심으로》），2001 年 6 月

李旭渊《在小说中的文化大革命——1980—1990 年代中国文化大革命小

说比较研究》

（《소설 속의 문화대혁명——중국 80，90 년대 문화대혁명 소설 비교 연구》），2001 年 6 月

刘志荣《关于 1949—1976 年代中国文学中的"潜在写作"的几点思考》

（《關於 1949—1976 年代中國文學中的"潛在寫作"的幾點思考》），2001 年 6 月

朴鲁宗《〈雷雨〉与"水"的意象》

（《〈雷雨〉와 물의 이미지》），2001 年 6 月

朴宰范《丁玲的〈太阳照在桑乾河上〉研究》

（《丁玲의 〈太陽照在桑乾河上〉 연구》），2001 年 6 月

朴钟淑《韩中女性主义文学的理解》

（《韓中 페미니즘 문학의 이해》），2001 年 6 月

千贤耕《中国的台湾文学研究初探》

（《中國의 臺灣文學研究 初探》），2001 年 6 月

严英旭《中国与北韩——两个社会主义国家的文学史叙述现状》

（《중국과 북한，두 사회주의 문학사 서술 현황》），2001 年 6 月

张新颖《没有凭借的现代搏斗经验——与胡风理论关系紧密的路翎创作》

（《沒有憑借的現代搏鬥經驗——與胡風理論關系緊密的路翎創作》），2001 年 6 月

张允瑄《"把文学回复到文学本身"——先锋作家的文学观研究》

（《"把文學回復到文學本身"——선봉작가의 문학관 연구》），2001 年 6 月

郑圣恩《30 年代中国〈汉园集〉的传统意识和现代性》

（《중국 30 년대 〈漢園集〉의 傳統意識과 現代性》），2001 年 6 月

郑守国《艾青的诗与人生的悲哀意识》

（《艾青 詩의 대립적 세계와 화합의 미학》），2001 年 6 月

《中国现代文学》（半年刊）（중국현대문학）第 21 号

艾晓明《戏剧性讽刺——论萧红小说文体的独特气质》

（《戲劇性諷刺——論蕭紅小說文體의 獨特素質》），2001 年 12 月

韩相德《中国的抗战与曹禺的戏剧活动》

（《中國의 抗戰과 曹禺의 戲劇活動》），2001 年 12 月

金河林《中国现代文学史叙述之韩国视角的确立》

（《中國現代文學史 敘述과 韓國的 視角 定立에 관해》），2001 年 12 月

金景硕《艾芜的〈南行记〉小考——以人物形象为中心》

（《아이우의 〈남행기〉 소고——인물형상을 중심으로》），2001 年 12 月

金龙云《中国现代诗的民族性》

（《중국 현대시의 민족성》），2001 年 12 月

金素贤《关于土地的"宿命"与人的欲望之诗——海子的〈太阳·土地篇〉》

（《땅의 숙명과 인간 욕망에 관한 시—— 海子의 〈태양·땅의 노래〉》），2001 年 12 月

金泰万《1989 年以后文学的写作与国家之间的关系》

（《1989 년 이후의 문학적 글쓰기와 국가》），2001 年 12 月

李时活《中国现代文学中的故乡与自然——以鲁迅与郁达夫为中心》

（《중국 현대소설에 나타난 고향과 자연——魯迅과 郁達夫를 중심으로》），2001 年 12 月

李先玉《穆旦的诗——旷野中受伤的野兽》

（《穆旦의 詩——曠野의 상처 입은 野獸》），2001 年 12 月

李旭渊《小说中的文化大革命——1980—1990 年的文革小说比较研究》

（《소설 속의 문화대혁명——중국 8，90 년대 문화대혁명 소설

비교연구》），2001 年 6 月

李寅浩《高行健〈一个人的圣经〉漫谈》

（《高行健〈一個人的聖經〉漫談》），2001 年 12 月

李怡《“重估现代性”思潮与中国现代文学传统的再认识》

（《“重估现代性”思潮與中國現代文學傳統的再認識》），2001 年 12 月

裴丹尼尔《丰子恺散文里的闲情雅致》

（《豐子愷의 산문에 나타난 閑雅한 興趣》），2001 年 12 月

裴渊姬《“孤岛时期”丁玲剧作中的女性形象》

（《在“孤島時期”丁玲的劇作中出現的女性形象》），2001 年 12 月

文丁珍《文明与迷信——在清末“新小说”中表现的文明与反迷信运动的意义》

（《文明과 迷信——清末 新小說 에 타나난 文明과 反迷信運動의 의미》），2001 年 12 月

王润华《沈从文——中国现代小说的新传统》

（《沈從文——中國現代小說的新傳統》），2001 年 12 月

严英旭《关于鲁迅和申采浩的作家意识小考》

（《關於魯迅和申采浩的作家意識小考》），2001 年 12 月

《中国小说论丛》（半年刊）（중국소설논총）第 13 辑

崔溶澈《近代中国知识分子的红学观研究》

（《近代中國知識分子的紅學觀研究》），2001 年 2 月

金明信《清代女侠的特征》

（《清代 女俠의 特征에 대한 소고》），2001 年 2 月

闵宽东《〈列国志〉的国内接受情况研究》

（《〈列國誌〉의 國內 수용양상에 관한 研究》），2001 年 2 月

宋伦美《〈玄怪录〉叙事构造的"依次"分析》

(《〈玄怪錄〉 서사 구조의 순차적 분석》),2001 年 2 月

Lee Jung-Ok《科学小说——崭新的文学领土》

(《과학소설, 새로운 문학적 영토》),2001 年 2 月

《中国小说论丛》（半年刊）（중국소설논총）第 14 辑

曹萌《再论明末夫妻离合小说的情节结构模式》

(《再論明末夫妻離合小說的情節結構模式》),2001 年 8 月

崔真娥《从传奇中看唐代男性的欲望——以"爱情传奇"为中心》

(《傳奇로 읽는 唐代 남성의 욕망——愛情類 傳奇를 중심으로》),

2001 年 8 月

高淑姬《犯罪与推理的世界——公案小说以〈龙图公案〉为中心》

(《犯罪와 推理의 世界——公案小說 〈龍圖公案〉을 중심으로》),

2001 年 8 月

闵宽东《中国古典小说在国内受容》

(《中國古典小說在國內受容》),2001 年 8 月

吴淳邦《韩日学者研究中国小说的一些优势》

(《韓日學者研究中國小說的一些優勢》),2001 年 8 月

杨绪容《〈百家公安〉的版本系统》

(《〈百家公安〉的版本系統》),2001 年 8 月

郑荣豪《〈镜花缘〉有关"游艺"的接受情况》

(《〈鏡花緣〉에 나타난 유희의 수용양상》),2001 年 8 月

郑在书《禁欲与水的叙事——洪水神话、〈雷阵雨〉、〈雨〉》

(《금지된 욕망과 물의 서사——홍수신화、〈소나기〉、〈비〉》),

2001 年 8 月

《中国学》（年刊）（중국학）第 16 辑

崔成卿《中国新诗革命与公安派的影响——以胡适为中心》

（《中國의 新詩革命과 公安派의 影響——胡適을 중심으로》），2001
年 8 月

韩相德《曹禺〈原野〉人物考》

（《曹禺의 〈原野〉 人物考》），2001 年 8 月

《中国学报》（半年刊）（중국학보）第 43 辑

安载晧《王夫之"心论"研究——以理性具有的两个意义与其关系为中心》

（《王夫之心論 研究——이성이 갖는 두 가지 의미와 관계를 중심으
로》），2001 年 8 月

崔日义《"意境"的概念分析》

（《意境의 개념 분석》），2001 年 8 月

金遇锡《泗川大圣与〈大圣宝卷〉的初步考察》

（《泗川大聖과 〈大聖寶卷〉에 대한 초보적 고찰》），2001 年 8 月

李奭炯《蒋敦复词考》

（《蔣敦復詞倫考》），2001 年 8 月

朴宰范《韩中现代文学交流考——以"素描"韩国的中国现代文学研究史
与其课题为中心》（2）

（《韓中 現代文學 交流史考——韓國의 中國現代文學研究史 素描와
그 課題를 중심으로》），2001 年 8 月

吴秀卿《明代前期民间演剧环境》

（《明 前期 民間演劇 環境에 관한 연구》），2001 年 8 月

《中国学报》（半年刊）（중국학보）第 44 辑

车雄焕《〈大众生活〉周刊与抗日问题》

（《〈大众生活〉周刊과 抗日問題》），2001 年 12 月

韩惠京《〈红楼梦〉的梦与其象征性》

（《〈홍루몽〉의 꿈과 상징성》），2001 年 12 月

金泰风《芝溶诗的汉诗倾向考察》

（《芝溶詩의 漢詩的 傾向에 대한 시론》），2001 年 12 月

裴丹尼尔《比较陶渊明和华兹华斯诗中表现的"自然美"》

（《도연명과 워즈워즈의시에 나타난 자연미 비교》），2001 年 12 月

《中国学论丛》（半年刊）（중국학논총）第 11 辑

姜正万《晚明时期对古派文人思维观的反思考》

（《晚明時期 反擬古派 文人들의 思維觀》），2001 年 6 月

金明学《20 世纪中国传统戏曲的继承与改革》

（《20 세기 중국 전통희곡의 계승과 개혁》），2001 年 6 月

具景谟《沈从文〈边城〉小考》

（《沈從文〈邊城〉小考》），2001 年 6 月

裴丹尼尔《山水诗的兴起与儒道佛思想》

（《山水詩의 興起와 儒道佛思想》），2001 年 6 月

禹埈浩《辞赋诗歌的特性》

（《辭賦의 詩歌的 特性》），2001 年 6 月

郑守国《艾青诗的意义空间》

（《艾青 詩의 意味 空間》），2001 年 6 月

《中国学论丛》（半年刊）（중국학논총）第 12 辑

姜正万《从柳如是的爱情诗反观她的一生》

（《柳如是의 愛情詩를 통해서 본 그녀의 生涯 研究》），2001 年
12 月

李埰文《政治与诗——以先秦诸家的引用〈诗经〉为中心》

（《政治와 詩——先秦 諸家의 〈詩經〉引用을 中심으로》），2001 年 12 月

俞景朝《郭沫若的爱国诗》

（《郭沫若의 애국시》），2001 年 12 月

《中国学研究》（半年刊）（중국학연구）第 20 辑

池世桦《刘桢诗的"气过其文，雕润恨少"考察》

（《 劉楨詩的 "氣過其文，雕潤恨少" 考察 》），2001 年 6 月

洪炳惠《欧阳修词风考》

（《歐陽修詞的 風格考》），2001 年 6 月

金贤珠《试探敦煌乐谱与敦煌民间歌词的关系》

（《敦煌樂譜와 敦煌民間歌詞와의 關系試探》），2001 年 6 月

林大根《关于中国文学与电影关系试论》

（《중국의 문학과 영화의 관계에 관한 시론》），2001 年 6 月

朴宰雨《中国近现代文学史起点论译状况考》

（《中國近現代文學史起點論譯狀況考》），2001 年 6 月

全弘哲《平安朝物语与唐代小说的比较》

（《헤이안 모노가타리와 唐代 小說의 比較》），2001 年 6 月

杨竟人《国际比较文学的历史——危机与时代的变迁》

（《國際比較文學的歷史——危機與時代的變遷》），2001 年 6 月

俞圣浚《刘禹锡的屈原继承》

（《劉禹錫의 屈原 계승》），2001 年 6 月

郑炳润《敦煌讲唱文学的"口碑文学"特点》

（《敦煌講唱文學의 口碑文學的 특징》），2001 年 6 月

《中国学研究》（半年刊）（중국학연구）第 21 辑

姜贤敬《"夫妇之道"的女戒文学的考察》

（《"夫婦之道"의 女戒文學的 考察》），2001 年 12 月

柳晟俊《〈明诗综〉所记载高丽文人诗考究》

（《〈明詩綜〉所載 高麗 文人詩 考》），2001 年 12 月

全弘哲《中国民间文学在文学史上的地位》

（《中國 民間文學의 문학사적 자리》），2001 年 12 月

《中国语文论丛》（半年刊）（중국어문논총）第 20 辑

白永吉《抗战时期徐讦小说的浪漫主义》

（《抗戰時期 徐訏 小說의 浪漫主義》），2001 年 6 月

成玉礼《通过〈狂人日记〉看鲁迅的小说意识》

（《〈狂人日記〉를 통해 본 魯迅의 소설 인식》），2001 年 6 月

金明石《"小说之力"与受容"意象"之间》

（《소설의 힘과 이미지의 수용 사이》），2001 年 6 月

金钟珍《初探中国早期近代剧的美学》

（《중국 초기 근대적의 미학적 모색》），2001 年 6 月

刘宁《宋词的形成与韩白欧三家诗》

（《宋詞的形成與韓白歐三家詩》），2001 年 6 月

朴成勋《李渔的演技美学》

（《李漁의 演技美學》），2001 年 6 月

朴现圭《探讨韩国古文献中有关北宋柳永的作品与其收录情况》

（《한국 고문헌 속의 북송柳永 작품과 기록 검토》），2001 年 6 月

文丁珍《清末"新小说"的叙事构造研究》

（《清末 新小說의 敘事構造 研究》），2001 年 6 月

吴宪必《王安石"书信文"的说理性》

（《王安石 書信文의 說理性》），2001 年 6 月

宣钉奎《归墟神话研究》

（《歸墟神話研究》），2001 年 6 月

赵得昌《清末民初改良戏曲的嬗变》

（《清末民初改良戲曲的嬗變》），2001 年 6 月

《中国语文论丛》（半年刊）（중국어문논총）第 21 辑

车美京《朱权〈太和正音普〉的戏曲理论》

（《朱權〈太和正音普〉的戲曲理論》），2001 年 12 月

高旼喜《〈红楼梦〉的浪漫性小考》

（《〈紅樓夢〉의 浪漫性 小考》），2001 年 12 月

姜忠姬《闻一多早期诗歌语言环境的再"照明"》

（《聞一多 早期 詩歌 語言環境의 再照明》），2001 年 12 月

金明石《韩中大众小说比较研究》

（《韩中 대중소설 비교연구》），2001 年 12 月

金荣哲《刘恒小说研究》

（《劉恒小說研究》），2001 年 12 月

金正起《论〈水浒传〉中的粗俗语言》

（《論在〈水滸傳〉中的粗俗語言》），2001 年 12 月

李再薰《朱熹〈诗集传〉、〈周南〉新旧传比较研究》

（《朱熹〈詩集傳〉、〈周南〉 新舊傳 比较연구》），2001 年 12 月

李致洙《中韩古典诗论的相关性研究》

（《中韓 古典詩論의 相關性 研究》），2001 年 12 月

李壮鹰《中国古典诗歌中的"情"和"景"》

（《中國古典詩歌中的"情"和"景"》），2001 年 12 月

朴兰英《论 1920 年代巴金与申采浩的无政府主义》

（《論 1920 年代巴金與申采浩的無政府主義》），2001 年 12 月

朴仁成《在刘禹锡诗中表现的"贬谪克服"情况》

（《劉禹錫詩에 표현된 貶謫克服 樣相》），2001 年 12 月

钱振纲《30 年代中国文坛的重要一翼》

（《30 年代中國文壇的重要一翼》），2001 年 12 月

吴宪必《〈临川集〉中折射出的王安石的历史观研究》

（《〈臨川集〉에 반영된 王安石의 歷史觀 研究》），2001 年 12 月

徐盛《中唐咏物诗的发展方向与其特点》

（《中唐 詠物詩의 발전방향과 특징》），2001 年 12 月

《中国语文论译丛刊》（半年刊）（중국어문논역총간）第 7 辑

高玉海《明清小说叙述理论初探》

（《明清小說敘述理論初探》），2001 年 6 月

金俸延、吴淳邦、赵晨元译《中国近代翻译文学的发展脉络与其主要特点》（一）（郭延礼著）

（《중국 근대번역문학의 발전맥락과 주요특징》），2001 年 6 月

李承信《欧阳修祭文小考》

（《歐陽修祭文小考》），2001 年 6 月

朴璟实《在柳宗元散文中表现的现实意识》

（《柳宗元 散文에 나타난 現實意識》），2001 年 6 月

钱明奇《论李渔红颜薄命的情爱思想》

（《論李漁紅顏薄命的情愛思想》），2001 年 6 月

王小舒《王渔洋神韵说的三部曲》

（《王漁洋神韻說的三部曲》），2001 年 6 月

吴淳邦《中国古典小说的现代化过程研究》

（《中國古典小說의 現代化過程 研究》），2001 年 6 月

查屏球《晚唐"尚学之风"与"咏史之风"》

（《晚唐尚學之風與詠史之風》），2001 年 6 月

《中国语文论译丛刊》（半年刊）（중국어문논역총간）第 8 辑

金俸延、吴淳邦、赵晨元译《中国近代翻译文学的发展脉络与其主要特点》（二）（郭延礼著）

（《중국 근대번역문학의 발전맥락과 주요특징》），2001 年 12 月

金银雅译《近体诗的类型与格律》（程毅中著）

（《近體詩의 類型과 格律》），2001 年 12 月

李济雨《〈声律〉与中国古典散文鉴赏》

（《〈聲律〉과 중국고전산문의 감상》），2001 年 12 月

李康齐译《论语古注考译》（1）

（《論語古註考譯》），2001 年 12 月

刘世钟《鲁迅的女性解放运动》

（《루쉰의 여성 해방 운동》），2001 年 12 月

《中国语文学》（半年刊）（중국어문학）第 37 辑

河运清《李商隐的〈祝文〉与〈祭文〉的差别考》

（《李商隱〈祝文〉與〈祭文〉的差別考》），2001 年 6 月

姜鲸求《中国现代归乡小说的研究》

（《中國 現代 歸鄉小說의 研究》），2001 年 6 月

金周淳《南北朝诗人与陶渊明》

（《南北朝 詩人과 陶淵明》），2001 年 6 月

李钟汉《评〈道教及其想象力与文学〉》（郑在书著）

（《評〈도교와 문학 그리고 상상력〉》），2001 年 6 月

柳中夏《评〈中国当代文学思潮史研究 1949—1993〉》（金时俊著）

（《評〈中國當代文學思潮史研究 1949—1993〉》），2001 年 6 月

裴得烈《评〈中国古典文学风格论〉》

（《評〈중국고전문학 풍격론〉》），2001 年 6 月

宋永程《鲍照的散文——以〈登大雷岸与妹书〉为中心》

（《鮑照의 散文——〈登大雷岸與妹書〉를 중심으로》），2001 年 6 月

张玲霞《论吴组缃清华大学时期的小说创作》

（《論吳組緗清華大學時期의 小說創作》），2001 年 6 月

诸海星《〈左传〉叙事的小说特征》

（《〈左傳〉敘事의 小說的 特征에 관하여》），2001 年 6 月

《中国语文学》（半年刊）（중국어문학）第 38 辑

卞贵南《〈观世音应验记〉小考》

（《〈觀世音應驗記〉小考》），2001 年 12 月

崔南圭《杜甫五言律诗的类型研究》

（《杜甫 五言律詩의 類型 연구》），2001 年 12 月

河运清《李商隐〈黄箓齐文〉考》

（《李商隱〈黃箓齊文〉考》），2001 年 12 月

姜昌求《“沈佺求”诗的风格考》

（《沈佺求 詩의 風格考》），2001 年 12 月

金元中《魏晋玄学家的自然观和陶渊明自然观的关联性考察》

（《魏晉 玄學家의 自然觀과 陶淵明 自然觀의 關聯性 檢討》），2001 年 12 月

李永朱《评〈杜甫——忍苦的诗史〉》（全英兰著）

（《評〈杜甫，忍苦의 詩史〉》），2001 年 12 月

彭铁浩《评〈中国文学史论〉》

（《評〈중국문학사론〉》），2001 年 12 月

全弘哲《评〈故事、小说、Novel——西方学者眼中的中国小说〉》

（《評〈이야기、小說、Novel——서양학자의 눈으로 본 중국소설〉》），2001 年 12 月

全炯俊《新写实主义的风闻与其实体——评〈中国现代新写实主义代表小说选〉》

（《신사실소설의 풍문과 실제——評〈중국 현대 신사실주의 대표작가 소설선〉》），2001 年 12 月

权应相《唐代妓女诗人的范围与其在文学史上的性格》

（《唐代 妓女詩人의 범위와 문학사적 성격》），2001 年 12 月

慎锡赞《80 年代"新时期"小说的转换过程》

（《80 년대 新時期小說의 轉換過程》），2001 年 12 月

吴台锡《魏晋南北朝文艺思潮论》

（《위진남북조 문예사조론》），2001 年 12 月

《中国语文学论集》（四月刊）（중국어문학논총）第 16 号

金长焕《〈世说新语〉续书研究：〈世说新语补〉》

（《〈世說新語〉續書研究：〈世說新語補〉》），2001 年 2 月

李金恂《金圣叹〈西厢记〉评点的人物结构论考察》

（《金聖嘆 〈西廂記〉 評點의 人物結構論 고찰》），2001 年 2 月

李相雨《〈救风尘〉的戏剧性考察》

（《〈救風塵〉의 戲劇性 고찰》），2001 年 2 月

李宣侚《通过〈醇言〉看栗谷如何理解〈道德经〉》

（《通過〈醇言〉看栗谷如何理解〈道德經〉》），2001 年 2 月

《中国语文学论集》（四月刊）（중국어문학논총）第 17 号

崔亨旭《梁启超的文体改革与其散文的特征》

（《梁啟超의 文體改革과 그 散文의 特征》），2001 年 6 月

李相雨《现代杂剧研究——"序说"》

（《现代雜劇研究 序說》），2001 年 6 月

《中国语文学论集》（四月刊）（중국어문학논총）第 18 号

河炅心《奇论的理解——以李渔的新奇论为中心》

（《奇論의 이해——李渔의 新奇論을중심으로》），2001 年 10 月

金锡准《胡适的中国现代"文学革命运动"考察》

（《호적의 중국현대 문학혁명운동 고찰》），2001 年 10 月

金东震《〈说文解字〉中表现的中国古代社会》

（《〈說文解字〉에 나타난 中國古代社會相考》），2001 年 10 月

李仁泽《中国巫俗神话的比较分析》

（《中國 巫俗 神話의 比較 分析》），2001 年 10 月

朴桂花《关于〈聊斋志异〉的文体》

（《〈聊齋誌異〉의 文體에 관하여》），2001 年 10 月

宋承锡《台湾文学的"中国情结"与"本土情结"》

（《"타이완 문학"의 중국결과 타이완결》），2001 年 10 月

《中国语文学志》（半年刊）（중국어문학지）第 9 辑

车泫定《明清临川派的爱情剧研究》

（《明清 臨川派의 愛情劇 研究》），2001 年 6 月

高仁德《以风格用语"新奇"来考察"公安派"与"竟陵派"的文学理论》

（《風格用語"新奇"로부터 고찰한 公安派와 竟陵派의 문학이론》），
2001 年 6 月

姜玲妹《汤显祖〈牡丹亭〉的诗空间构造》

（《湯顯祖〈牡丹亭〉의 詩 空間構造》），2001 年 6 月

柳晟俊《中唐卢允言诗的写实表现考》

（《中唐 盧允言 詩의 寫實的 表現 考》），2001 年 6 月

朴英姬《女性传奇构成研究》

（《여성 전기의 구성 원리》），2001 年 6 月

宋贞和《从神话中的"姑娘"到历史中的"母亲"》

（《신화 속의 처녀에서 역사 속의 어머니로》），2001 年 6 月

宋真荣《〈孽嬖传〉的"恶女"意象研究》

（《〈孽嬖傳〉을 통해 본 "惡女"이미지 연구》），2001 年 6 月

孙蓉蓉《"宗经"还是"重文"——刘勰〈文心雕龙辩骚〉篇辨析》

（《"宗經"還是"重文"——劉勰〈文心雕龍辯騷〉篇辨析》），2001
年 6 月

郑台业《宋初词坛边缘作品研究》

（《宋初詞壇少數作研究》），2001 年 6 月

《中国语文学志》（半年刊）（중국어문학지）第 10 辑

崔银晶《论中国现代女作家作品中的女性性爱意识》

（《論中國現代女作家作品中的女性性愛意識》），2001 年 12 月

金学主《先秦中国文学的"正典"性格》

（《선진 중국문학의 정전의 성격》），2001 年 12 月

金英淑《清陆贻典抄本〈新刊元本蔡伯琵琶记〉新论》

（《清陸貽典抄本〈新刊元本蔡伯琵琶記〉新論》），2001 年 12 月

李政林《论汉代乐律理论及其思维方式》

（《論漢代樂律理論及其思維方式》），2001 年 12 月

柳昌娇《美国的中国女性文学研究资料》（1）

（《미국의 중국여성문학 연구자료》），2001 年 12 月

朴卿希《唐宋集部学研究》

(《唐宋 集部文學 研究》)，2001 年 12 月

申夏闰《中国古典诗歌教育意义与其方案》

(《중국고전시가교육의 의의와 방안》)，2001 年 12 月

孙玉石《中国新时期的鲁迅研究》

(《中國新時期的魯迅研究》)，2001 年 12 月

吴建民《中国古代诗法论》

(《中國古代詩法論》)，2001 年 12 月

吴台锡《"大雅之堂"与"雅俗共赏"——黄庭坚诗学的宋代"变容性"》

(《"大雅之堂"과 "雅俗共賞"——黃庭堅 시학의 송대적 變容性》)，2001 年 12 月

郑台业《欧阳修〈蝶恋花〉考》

(《歐陽修〈蝶戀花〉一考》)，2001 年 12 月

郑在书《〈山海经〉中的生活与死亡》

(《〈山海經〉에서의 삶과 죽음——변형의 동력과 도교의 발생》)，2001 年 12 月

《中语中文学》（半年刊）（중어중문학）第 28 辑

白光俊《袁枚文章的思维与其含义》

(《文章에 대한 袁枚의 思維와 그 含義》)，2001 年 6 月

金美兰《通过〈莎菲女士的日记〉与〈杜晚香〉看丁玲的女性意识》

(《〈莎菲女士的日記〉와〈杜晚香〉을 통해 본 丁玲의 여성의식》)，2001 年 6 月

金民那《六朝文艺风格论研究——以刘勰的〈文心雕龙〉为中心》

(《六朝文藝風格論 연구——劉勰의 〈文心雕龍〉을 중심으로》)，

2001 年 6 月

柳泳夏《高行健的诺贝尔文学奖》

(《高行健의 노벨 문학상》），2001 年 6 月

裴丹尼尔《元代"自然诗歌"创造倾向》

(《元代 자연시의 창작 경향》），2001 年 6 月

宋永程《张协的诗》

(《張協의 詩》），2001 年 6 月

田炳锡《中国近现代通俗小说界的怪侠——徐桌呆》

(《中國近現代通俗小說界의 怪俠——徐桌呆》），2001 年 6 月

郑台业《晏殊词与前代词文化》

(《晏殊詞與前代詞文化》），2001 年 6 月

《中语中文学》（半年刊）（중어중문학）第 29 辑

崔炳圭《中国红学研究的动向把握——以"小说批评派"红学为中心》

(《中國紅學研究의 動向把握——"小說批評派"紅學을 중심으로》），

2001 年 12 月

洪光勋《中国文学理论中的"修养论"问题》

(《中國文學理論에서의 修養論의 問題》），2001 年 12 月

姜贤敬《班昭〈东征赋〉的文学成就》

(《班昭〈東征賦〉의 文學的 成就》），2001 年 12 月

金桂台《苏轼的前期散文和其特点》

(《蘇軾의 前期散文 및 그 특징》），2001 年 12 月

金惠经《李贺的文学论》

(《李賀의 文學論》），2001 年 12 月

金基哲《〈诗经讲义〉引经考》

(《〈詩經講義〉引經考》），2001 年 12 月

金胜心《周代诗歌美学》

(《周代詩歌美學》),2001 年 12 月

金万源《汉诗〈上山采蘼芜〉的意义和构造研究》

(《漢詩〈上山采蘼蕪〉의 의미와 구조에대한 검토》),2001 年 12 月

金宜镇《老舍〈正红旗下〉研究》

(《老舍의〈正紅旗下〉研究》),2001 年 12 月

李昌淑《明清文人的戏曲认识》

(《明清 文人의 戲曲 認識》),2001 年 12 月

刘丽雅《成长小说中的中韩小说》

(《從成長小說觀點中의 中韓小說》),2001 年 12 月

柳泳夏《在权位主义体制下作家的世界观"止扬"(Aufhenben)问题》

(《權位主義 體制에서 作家의 世界觀 止揚(Aufhenben)問題》),
2001 年 12 月

裴丹尼尔《中国文学与美国文学的"自然诗歌"创作背景比较》

(《중문학과 영문학의 自然詩 창작배경 비교》),2001 年 12 月

朴敬姬《〈世说新语〉人物品评的审美意识》

(《〈世說新語〉 인물품평의 審美意識》),2001 年 12 月

权锡焕《韩中寓言的同质性研究——以〈艾子杂说〉、〈郁离子〉、〈浮休子谈论〉为中心》

(《한중 우언의 동질성에 관한 연구——〈艾子雜說〉、〈郁離子〉、〈浮休子談論〉을 중심으로》),2001 年 12 月

宋贞和《〈山海经〉神话的女性形象分析》

(《〈山海經〉 신화의 여성 이미지 분석》),2001 年 12 月

魏辛复《曾璞诗歌研究》

(《曾璞詩歌研究》),2001 年 12 月

徐裕源《中国主要始祖神话中出现的"感盛神话"研究》

（《中國 주요 始祖神話에 보이는 感盛神話 연구》），2001 年 12 月

2002 年

2002 年度硕、博学位论文

硕士论文

安炳三《张资平早期爱情小说研究》

（《장자평 초기 애정소설 연구》），成均馆大学硕士论文，2002 年

崔恩京《余华小说研究——以主题与叙述形式为中心》

（《여화 소설의 연구——주제와서술형식을 중심으로》），韩国外国语大学硕士论文，2002 年

崔元贞《〈说文解字〉中引用的〈诗经〉的字解研究》

（《〈說文解字〉에 인용한 〈詩經〉의 字解 研究》），高丽大学硕士论文，2002 年

姜熙娃《中国五四时期"言论抵制"的"西欧"》

（《中國 五四期 저항담론으로서의 "西歐"》），延世大学硕士论文，2002 年

金都根《李白诗的叙述方式研究》

（《이백 시의 서술방식 연구》），岭南大学硕士论文，2002 年

李凤相《白居易诗中的女性研究》

（《백거이 시의 여성상 연구》），成均馆大学硕士论文，2002 年

李姬贞《创造社研究——以文学观转变的背景与情况为中心》

(《創造社 研究——文學觀 변모의 背景과 그 양상을 中心으로》),
成均馆大学硕士论文,2002 年

李京珉《中国"自然神话"的构造与其意义》

(《중국 자연신화의 구조와 의미》),梨花女子大学硕士论文,2002 年

李珍淑《冯骥才的〈啊!〉研究》

(《馮驥才의 〈啊!〉에 대한 研究》),圆光大学硕士论文,2002 年

林芮辰《茅盾的〈子夜〉研究——以作品的艺术性为中心》

(《茅盾의 〈子夜〉 研究——작품의 예술성을 中心으로》),仁荷大
学硕士论文,2002 年

南贤玉《〈红楼梦〉中的佛教观》

(《〈紅樓夢〉에 나타난 佛教觀》),淑明女子大学硕士论文,2002 年

裴秀晶《中国现代文学史的叙事与意识观》

(《중국현대문학사 서술과 이데올로기》),延世大学硕士论文,2002 年

朴恩珠《沈从文小说的女性形象研究》

(《심종문 소설의 여성상 연구》),高丽大学硕士论文,2002 年

朴秀美《韩愈的"古文运动"研究》

(《한유의 고문운동 연구》),京畿大学硕士论文,2002 年

朴姻熹《曹禺的早期戏剧研究——以悲剧人物形象为中心》

(《曹禺의 初期戲劇研究——人物과 悲劇의 形象을 中心으로》),檀
国大学硕士论文,2002 年

朴秀美《韩愈的"古文运动"研究》

(《韓愈의 古文運動 研究》),京畿大学硕士论文,2002 年

朴真《柳永的精神世界研究——以词中的"夜"为中心》

(《柳永의 精神世界 研究——그의 詞에 나타난 밤을 中心으로》),
檀国大学硕士论文,2002 年

权惠秀《早期创造社研究》

（《초기 창조사 연구》），京畿大学硕士论文，2002 年

孙宗旭《鲁迅前期小说的抒情性研究》

（《노신 전기 소설의 서정성 연구》），成均馆大学硕士论文，2002 年

萧河《韩中新小说中新女性形象比较研究》

（《한중 신소설의 신여성상 비교연구》），全北大学硕士论文，2002 年

郑有真《韩国、中国、越南前期小说中女性形象比较研究——以〈金鳌神话〉、〈剪灯新话〉、〈传奇曼录〉为中心》

（《한국 중국 베트남 전기소설의 여성형상 비교 연구——〈금오신화〉、〈전등신화〉、〈전기만록〉을 중심으로》），仁荷大学硕士论文，2002 年

博士论文

卞贵男《六朝佛教类志怪小说研究》

（《육조 불교류 지괴소설 연구》），岭南大学博士论文，2002 年

韩燕《韩中童话文学比较研究》

（《한중 동화문학 비교연구》），全南大学博士论文，2002 年

洪炳辉《欧阳修"词"研究》

（《歐陽修 词 연구》），韩国外国语大学博士论文，2002 年

金宏谦《"狐狸精"原型及其在中国小说里的文化意涵》

（《〈狐貍精〉原型及基在中國小說裏的文化意涵》），东海大学博士论文，2002 年

李铁熙《秋史金正喜诗论研究——以中国诗论的接受情况为中心》

（《추사 김정희 시론 연구——중국시론의 수용과 조정을 중심으로》），成均馆大学博士论文，2002 年

李垠尚《〈穆天子传〉研究——以远游、文士为研究中心》

（《〈穆天子傳〉 연구——遠遊와 文士에 관한 연구를 중심으로》），
檀国大学博士论文，2002 年

李宗顺《中国朝鲜族文学教育研究——以初高中阶段朝鲜语文科目为中心》

（《중국 조선족 문학교육 연구——중、고등학교 조선어문과목을 중심으로》），首尔大学博士论文，2002 年

林麒默《在比较文学视角下研究徐居正文学——以中国汉诗在韩国的接受与发展情况为研究中心》

（《서거정 문학의 비교문학적 연구——中國 漢詩의 수용과 변형을 중심으로》），高丽大学博士论文，2002 年

奇修延《〈后汉书〉〈东夷列传〉研究——比较〈三国志〉〈东夷传〉》

（《〈後漢書〉〈東夷列傳〉研究——〈三國誌〉〈東夷傳〉과의 비교를 중심으로》），檀国大学博士论文，2002 年

权都京《朝鲜后期爱情传奇小说的"变心"主旨研究》

（《朝鮮後期 愛情 傳奇小說의 變心 主旨 研究》），梨花女子大学博士论文，2002 年

权惠庆《徐志摩文学研究——以主题思想与艺术性为中心》

（《徐誌摩 文學 研究——主題思想과 藝術性을 중심으로》），韩国外国语大学博士论文，2002 年

申宏铁《早期鲁迅的近代思想研究》

（《초기 노신의 근대적 사상연구》），韩国外国语大学博士论文，2002 年

吴相烈《中国的朝鲜族故事研究》

（《중국 조선족설화 연구》），韩国精神文化研究院博士论文，2002 年

周在熙《陈英真小说研究》

（《진영진 소설 연구》），韩国外国语大学博士论文，2002 年

2002 年期刊论文

《国际中国学研究》（年刊）（국제중국학연구）第 5 辑

白水纪子《从日中女性文学看近代家族批判》

（《從日中女性文學看近代家族批判》），2002 年 12 月

陈友冰《新时期的中国唐代文学研究趋势及其特点》

（《新時期中國唐代文學研究趨勢及其特征》），2002 年 12 月

柳晟俊《半世纪以来韩国唐诗研究历程》

（《半世紀韓國唐詩研究之歷程》），2002 年 12 月

马仲可《中国二十世纪散文研究》

（《中國二十世紀散文研究》），2002 年 12 月

千炳敦《辨析〈易传〉是否受到〈道德经〉的影响》

（《〈易傳〉是否受〈道德經〉的影響》），2002 年 12 月

邱贵芬《从家族到全球化——新世纪台湾文学史的写作》

（《從家族比喻倒全球化敘述——新世紀臺灣文學史的寫作》），2002
年 12 月

沈揆昊《试论汉代抒情小赋》

（《試論漢代抒情小賦》），2002 年 12 月

章培恒《中国古代文学中所见的家长制下的婚恋悲剧——从〈孔雀东南
飞〉到〈浮生六记〉》

（《中國古代文學中所見家制下的婚戀悲劇——從〈孔雀東南飛〉到〈浮
生六記〉》），2002 年 12 月

《中国人文科学》（半年刊）（중국인문과학）第 24 辑

黄毅《〈金瓶梅〉叙事范式论》

（《〈金瓶梅〉敘事范式論》），2002 年 6 月

林春城《中国近现代文学的大众化与武侠小说》

（《중국 근현대문학의 대중화와 무협소설》），2002 年 6 月

任振镐、郑玉顺《〈说文解字〉中引用的〈诗经〉释例研究》

（《〈說文解字〉에 인용된 〈詩經〉釋例研究》），2002 年 6 月

《中国人文科学》（半月刊）（중국인문과학）第 25 辑

陈桂声《宋前话本散论》

（《宋前話本散論》），2002 年 12 月

姜昌求《李白的闺怨诗考》

（《李白의 閨怨詩考》），2002 年 12 月

金光永《吕天成的〈曲品〉研究》

（《呂天成의 〈曲品〉 研究》），2002 年 12 月

金钟燮《关于元好问的〈济南行记〉考察》

（《元好問의 〈濟南行記〉에 관한 考察》），2002 年 12 月

李宇正《关于唐诗的"特殊价值"试探——以"离别诗"为中心》

（《唐詩의 특수한 가치에 관한 試探——離別詩를 중심으로》），
2002 年 12 月

李哲理《略说"元嘉体"的几位代表作家——〈昭明文选〉的产生与
影响》

（《略說"元嘉體"의 幾位代表作家——〈昭明文選〉의 產生與影
響》），2002 年 12 月

梁忠烈《叶燮的诗学观点》

（《葉燮의 詩學的 觀點》），2002 年 12 月

柳昌辰《试论〈丈夫〉和〈骤雨〉的主题比较》

（《試論〈丈夫〉和〈驟雨〉之主題比較》），2002 年 12 月

翁敏华《〈春香传〉与〈桃花扇〉比较研究》

（《〈春香傳〉與〈桃花扇〉比較研究》），2002 年 12 月

苏杰《〈三国志〉中有关〈论语〉叙述转引的研究》

（《〈三國誌〉稱述引用〈論語〉現象研究》），2002 年 12 月

《中国文化研究》（年刊）（중국문화연구）第 1 辑

崔秀景《"锦香亭"研究——以女性人物与"女性性"表现为中心》

（《"錦香亭"연구——女性人物과 女性性의 표현을 중심으로》），

2002 年 12 月

崔允瑄《现代派诗歌意象追求的历史背景和文学渊源》

（《現代派詩歌意象追求的歷史背景和文學淵源》），2002 年 12 月

黄修己《徘徊于灵肉之间——中国现代作家笔下的性爱》

（《徘徊於靈肉之間——中國現代作家筆下的性愛》），2002 年 12 月

金明石《写作意识的剧变与海派的想象力》

（《寫作意識的劇變與海派的想象力》），2002 年 12 月

金鲜《敦煌曲中的女性》

（《敦煌曲中的女性》），2002 年 12 月

林伟民《背离与超越——左翼文学与"五四"新文学传统的关系》

（《背離與超越——左翼文學與"五四"新文學傳統的關系》），2002

年 12 月

柳昌娇《苏舜钦的生活与诗》

（《蘇舜欽의 삶과 시》），2002 年 12 月

卢昇淑《中国新时期初期女性小说与母性》

（《중국 신시기 초기 여성소설과 모성》），2002 年 12 月

朴成勋《李渔的戏剧言语论》

（《李漁의 戲劇言語論》），2002 年 12 月

申旻也《对"白沙子古诗教解"的白沙诗正反两面考察》

（《"白沙子古詩教解"의 白沙詩 해석에 대한正反 양면고찰》），

2002 年 12 月

宋贞和《韩中神话中的女神比较》

(《한중 신화에 나타난 여신비교》), 2002 年 12 月

赵得昌《曹禺代表剧中反映的"西方名剧"影响》

(《曹禺 대표극 중에 반영된 西方名劇의 영향》), 2002 年 12 月

赵映显《李锐"厚土"系列中的"性"》

(《李銳의 "厚土"시리즈에 나타난 "性"》), 2002 年 12 月

《中国文学》（半年刊）（중국문학）第 37 辑

白恩姬《通过〈孟子〉译本分析"汉文"翻译问题》

(《〈孟子〉 번역본을 통해서 본한문번역의 문제점에 대한 분석》), 2002 年 5 月

曹淑子《通过〈山歌〉看明代老百姓的爱情》

(《〈산가〉를 통해본 명대 민간인의 사랑》), 2002 年 5 月

韩钟镇《〈离骚〉中中国人的"合一"思维》

(《〈離騷〉에 나타나는 중국인의 合一 指向의 思維》), 2002 年 5 月

金昌焕《"言意之辩"与中国文学》

(《言意之辩과 中國文學》), 2002 年 5 月

金美廷《关于 1990s 的中国散文》

(《1990 년대 중국 산문에 대하여》), 2002 年 5 月

金永文《清末诗界革命中的传统与近代》

(《清末 詩界革命에서의 전통과 근대》), 2002 年 5 月

金遇锡《关于民间神"宝卷"研究》

(《民間神 寶卷 연구》), 2002 年 5 月

金越会《〈大同书〉的"消极"读法》

(《〈大同書〉에 관한 "内向的" 독법》), 2002 年 5 月

金震共《"示众"、"三突出"、"替罪羊"》

（《示衆、三突出、희생양》），2002 年 5 月

李廷宰《元明时期南方戏曲及由此产生的戏曲性词语的探讨》

（《元明代 南方戲曲과 관련된 용어들의대한 재검토》），2002 年 5 月

李永朱、姜旼昊《杜甫诗中表现出的"悲哀中的幽默"考察》

（《杜甫에 나타난 비애 속의 유머에 대한 고찰》），2002 年 5 月

李珠鲁《王蒙小说的文学空间研究》

（《王蒙小說의 文學空間研究》），2002 年 5 月

全炯俊、金孝珍《鲁迅作品的"小说创作"意义》

（《鲁迅의 글쓰기에서 소설 쓰기가갖는 의미》），2002 年 5 月

宋龙准《司马光的诗与诗论》

（《司馬光의 詩論과 詩》），2002 年 5 月

孙娅爱《唐代〈江南曲〉的继承与发展》

（《唐代 〈江南曲〉의 계승과 발전》），2002 年 5 月

吴台锡《王安石诗歌美学与唐宋诗史》

（《王安石 시가 미학과 唐宋詩史》），2002 年 5 月

郑镇杰《白居易诗中的"相反"意向研究》

（《白居易 詩에 보이는 상반된 반응의 의미 연구》），2002 年 5 月

《中国文学》（半年刊）（중국문학）第 38 辑

洪昔杓《鲁迅的生命意识》

（《鲁迅의 生命意識》），2002 年 11 月

金光永《祁彪佳的"曲调论"与"意境论"研究》

（《祁彪佳의 曲調論과 意境論 研究》），2002 年 11 月

金美廷《林语堂的家族文化观》

（《林語堂의 가족문화관》），2002 年 11 月

金越会《关于中国近代"语文改革运动"与"新体"散文的考察》

（《중국 근대의 語文改革運動과 新體 散文에 관한 고찰》），2002年11月

李廷宰《关于清末传统演义文学的近代"指向"研究》

（《清末 傳統 演行文學의 近代指向에 대한 연구》），2002年11月

刘跃进《世纪之交的中国古典文学研究》

（《世紀之交의 中國古典文學研究》），2002年11月

柳茎杓《曾巩与王安石的交游》

（《曾鞏과 王安石의 교유》），2002年11月

柳种睦《苏轼与高丽》

（《蘇軾과 高麗》），2002年11月

申夏闰《中国古典文学与汉文教育》

（《중국고전문학과 한문교육》），2002年11月

孙志凤《中国古典文学与中国语教育的关联性》

（《중국문학과 중국어교육의 관련성》），2002年11月

元钟礼《李梦阳的绝句研究》

（《李夢陽의 絕句 研究》），2002年11月

郑在书《苑囿——"帝国叙事"的空间》

（《苑囿——帝國 敘事의 空間》），2002年11月

《中国文学理论》（年刊）（중국문학이론）第1辑

崔日义《王国维对神韵与"境界位相"的评论考察》

（《신운과 경계의 위상에 대한 왕국유의 논평 고찰》），2002年6月

金民那《宏观看待中国文学的"内"与"外"——〈中国文学的认识与其"地平线"〉》

（《거시 담론으로 본 중국문학의 안과 밖——〈중국문학의 인식과

지평〉》），2002 年 6 月

李永朱《唐诗研究"地平线"的扩张——〈初唐诗与盛唐诗研究〉》

（《당시 연구의 지평 확장——〈초당시와 성당시 연구〉》），2002 년 6 월

柳晟俊《赵执信〈谈龙录〉中的神韵说》

（《조립신은 〈담용록〉에서 신운설을 어떻게 보고 있는가》），2002 년 6 월

柳昌娇《美国的中国文学批评研究》

（《미국의 중국 문학비평 연구》），2002 년 6 월

卢相均《中国文学理论的主题——〈中国文学理论的世界〉》

（《중국문학 이론의 주제적접근——〈중국문학 이론의 세계〉》），2002 년 6 월

闵正基《21 世纪我们中国文学史"写作"的基石——〈中国文学史论〉》

（《21 세기 우리의중국문학사 "쓰기"의 디딤돌——〈중국문학사론〉》），2002 년 6 월

朴泓俊《"雄浑"风格含义的考察》

（《"웅혼" 풍격의 의미 고찰》），2002 년 6 월

朴英顺《〈沧浪诗话〉的理论意义》

（《〈창랑시화〉의 이론적 의의》），2002 년 6 월

朴永焕《黄庭坚禅诗的主题》

（《황정견 선시의 주제》），2002 년 6 월

沈揆昊《风格批评的现代化体系化——〈中国古典文学风格论〉》

（《풍격 비평의 현대적 체계화——〈중국고전문학의 풍격론〉》），2002 년 6 월

沈南淑译《当代文学创作中的性谈论》（蒋晖著）

（《당대 문학창작에서의 성에 대한 담론》），2002 年 6 月

宋龙准《关于诗歌风格“柔靡”的含义》

（《시가풍격 “완약”의 의미에 대하여》），2002 年 6 月

严贵德《神韵说解释方法的探索——〈王士祯诗论研究〉》

（《신운설 설명의 방법적 모색——〈왕사정 시론 연구〉》），2002
年 6 月

《中国文学研究》（半年刊）（중국문학연구）第 24 辑

黄炫国《〈浣纱记〉的故事底本与主题》

（《〈浣紗記〉의 本事와 主題》），2002 年 6 月

姜戾范《袁宏道〈觞政〉研究》

（《袁宏道〈觴政〉研究》），2002 年 6 月

金银雅《乐府古题〈白头吟〉小考》

（《樂府古題〈白頭吟〉小考》），2002 年 6 月

梁东淑《甲骨文研究》

（《甲骨文研究》），2002 年 6 月

吕承焕《唐代科白讽刺戏考》

（《唐代科白諷刺戲考》），2002 年 6 月

裴仁秀《鲁迅小说的“调皮劲”艺术研究》

（《魯迅 小說의 “장난기” 藝術 研究》），2002 年 6 月

朴晟镇《关于韩中中世纪知识疏通研究——通过茶山的“春秋观”看“春
秋学”的疏通》

（《韓中 中世紀知識疏通에 관한 연구——茶山의 春秋觀을 통해 본
春秋學의 疏通》），2002 年 6 月

朴英顺《严羽的诗歌创作与理论之关系》

（《嚴羽的詩歌創作與理論之關係》），2002 年 6 月

朴永钟《〈三言〉中传统道德概念间的背道而驰与相互补充》

（《〈三言〉중의 전통 도덕개념간의 상충과 선택》），2002 年 6 月

权锡焕《韩中中世纪知识疏通之研究——以崔致远的空间认识为中心》

（《韓中中世紀知識疏通之研究——以崔致遠的空間認識為中心》），

2002 年 6 月

申铉锡《"常州词派"词论考——以张惠言与周济为中心》

（《常州詞派詞論考——張惠言과 周濟를 중심으로》），2002 年 6 月

沈成镐《楚辞的"咏物"》

（《楚辭의 詠物》），2002 年 6 月

宋琬培《关汉卿戏剧的儒家思想研究》

（《關漢卿 戲劇의 儒家思想 研究》），2002 年 6 月

吴允淑《关于〈国风〉"恋诗"的民俗学试论》

（《〈國風〉 戀詩에 관한 民俗學的 試論》），2002 年 6 月

尹寿荣《陶渊明诗中的"守拙"与"固穷"的意义》

（《陶淵明詩에 守拙과 固窮의 意味》），2002 年 6 月

张秀烈《〈文心雕龙〉文学观研究》（1）

（《〈文心雕龍〉文學觀研究》），2002 年 6 月

郑有善《关于韩中中世纪文学交流的研究——以中国宋代"说唱文学"国内传播情况为中心》

（《韓中 中世紀文學 疏通에 관한 연구——中國宋代說唱文學의 國内疏通樣相을 중심으로》），2002 年 6 月

钟名诚《论朱光潜的文学语言观》

（《論朱光潛的文學語言觀》），2002 年 6 月

《中国文学研究》（半年刊）（중국문학연구）第 25 辑

郭树竞《鲁迅小说的"改编"与中国电影史》

（《鲁迅 소설의 각색과 중국 영화사》），2002 年 12 月

金东旭《传奇的野谈〈李义男〉故事的产生和演变》

（《傳奇的 野談 〈李義男〉의 生成과 流變樣相》），2002 年 12 月

金卿东《白居易"咏鹤诗"考——以其类型与意义为研究中心》

（《白居易 詠鶴詩 考——그 類型과 意味를 중심으로》），2002 年 12 月

金希珍《戴望舒诗中"空间构造"的自我形象》

（《戴望舒 詩의 空間構造과 自我形象》），2002 年 12 月

沈禹英《〈武夷山志〉的"朱子诗"内容研究》

（《〈武夷山誌〉의 朱子詩 내용 연구》），2002 年 12 月

《中国现代文学》（半年刊）（중국현대문학）第 22 号

白元淡《鲁迅的"宇"与"宙"》

（《鲁迅의 "宇"와 "宙"》），2002 年 6 月

韩秉坤《鲁迅与知识分子——鲁迅在反抗什么？》

（《鲁迅과 知識人——노신은 무엇에저 항하였는가》），2002 年 6 月

吉贞杏《沈从文与北京文化》

（《심종문과 북경문화》），2002 年 6 月

姜鲸求《韩中现代"自传体"小说的比较研究》

（《한중 현대 자전체 소설의 비교연구》），2002 年 6 月

金明石《鸳鸯蝴蝶派论争——分析中国最初的大众文学论争》

（《鴛鴦蝴蝶派論爭——중국최초의 대중문학논쟁 분석》），2002 年 6 月

金时俊《申彦俊的〈鲁迅访问记〉》

（《申彦俊의 〈鲁迅訪問記〉에 관하여》），2002 年 6 月

金素贤《反叛与尊崇的双重结构——胡适诗论的性格与其局限》

（《打到와 嘗試의 이중구조——胡適 詩論의 성격과 한계》），2002
年 6 月

金希珍《1920s 女性小说中的女性意识——以女性人物的现实对应为中心》

（《1920 년대 여성소설에 나타난 여성의식 —— 여성인물의 현실 대응양상을 중심으로》），2002 年 6 月

金越会《章太炎国家论的文化起源》

（《章太炎국가론의 문화적 기원》），2002 年 6 月

金钟珍《上海地区初期现代剧中的"新"意识形态倾向研究》

（《上海 지역 초기 극대극에 나타난 "新"이데올로기의 추이 연구》），2002 年 6 月

李宝暻《东西文明的遭遇与近代中国知识分子的翻译观》

（《동서문명의 조우와 근대 중국 지식인의 번역관》），2002 年 6 月

李庚夏《〈现代〉杂志与"现代派"诗潮的嬗变》

（《〈现代〉雜誌與"现代派"詩潮的嬗變》），2002 年 6 月

李先玉《文革结束后中国文坛考察 1976—1982》

（《文革 종결 후（1976—1982） 中國 文壇에 대한 고찰》），2002 年 6 月

林春城《通过金庸小说看"伪君子"与"真小人"的实用理性》

（《金庸 소설을 통해 본 "偽君子"와 "真小人"의 實用理性》），2002 年 6 月

刘世钟《鲁迅与韩龙云革命的现代价值》

（《魯迅과 韓龍雲 혁명의 현재적 가치》），2002 年 6 月

朴宰雨《韩中现代文学比较研究的历史现状及其课题研究》

（《韓中現代文學 比較研究의 歷史와 現況 및 課題》），2002 年 6 月

朴在范《钱锺书的〈围城〉——作为"世态小说"的真实与战略》

（《錢鐘書의 〈圍城〉——世態小說로서의 真實과 戰略》），2002 年 6 月

朴正元《中国当代文学与“个人化”写作——以“女性文学”为中心》

（《중국당대문학과 개인화 글쓰기——여성문학을 중심으로》），

2002 年 6 月

全炯俊《现代中国的文言文运动研究》

（《현대 중국의 文言文運動 연구》），2002 年 6 月

唐小兵《鲁迅与早期木刻运动》

（《魯迅與早期木刻運動》），2002 年 6 月

赵映显《贾平凹的“商州”与其“整体性”探索》

（《賈平凹의 “商州”와 그 정체성탐색》），2002 年 6 月

《中国现代文学》（半年刊）（중국현대문학）第 23 号

方长安《17 年文学与外国文学的关系》

（《17 年文學與外國文學關系》），2002 年 12 月

高旭东《现代中国文学摄取外来文学的深层语法》

（《現代中國文學攝外來文學的深層語法》），2002 年 12 月

洪昔杓《传统中华主义与文化同质性的否定》

（《전통적인 중화주의의식과 문화적 동일성의 부정》），2002 年 12 月

姜鲸求《中国现代小说中的“恶人”研究——以老舍〈四世同堂〉与巴金的〈家〉为中心》

（《중국현대소설에 나타난 악인연구——老舍의 〈四世同堂〉과 巴金의 〈家〉를 중심으로》），2002 年 12 月

金尚浩《痛苦的美学——陈千武和金光林的战争伤痕诗之比较研究》

（《痛苦的美學——陳千武和金光林的戰爭傷痕詩之比較研究》），2002 年 12 月

金垠希《中国新时期小说的文学空间研究——以“女性身体”为中心》

（《중국 신시기소설의 문학적 공간 연구——여성의 몸을 중심으로》），

2002 年 12 月

李珠鲁《鲁迅与近代思想——以尼采思想的接受为中心》

（《魯迅과 近代思想——니체 사상의 수용을 중심으로》），2002 年 12 月

林春城《1997 年回归前后香港人的"文化政体性"——以〈东邪西毒〉与〈中国箱子〉为中心》

（《1997 년 회귀를 전후한 홍콩 중국인의 "문화적 정체성"——〈東邪西毒〉과 〈中國箱子〉를 중심으로》），2002 年 12 月

刘丽雅《白先勇笔下的知识分子形象》

（《白先勇筆下의 知識分子 形象》），2002 年 12 月

朴钟淑《四片叶子、两条树枝以及一个树干——关于迟子建、申京淑，徐坤、殷熙庆》

（《네 잎、두 가지 그리고 한 줄기——關於迟子建、申京淑，徐坤、殷熙慶》），2002 年 12 月

钱理群《鲁迅：中国"真的知识阶级"的历史命运——兼论鲁迅与毛泽东的关系》

（《魯迅：中國"真的知識階級"的歷史命運——兼論魯迅與毛澤東的關系》），2002 年 12 月

沈亨哲《关于 19 世纪末至 20 世纪初韩中日三国的小说观念变化比较研究——以启蒙主义观点为中心》

（《19 세기말 20 세기초 한중일 3 국의 소설관념 변화양상에 관한 비교연구——계몽주의적 관점을 중심으로》），2002 年 12 月

王晓明《面对"全球化"——鲁迅式的眼光》

（《面對"全球化"——魯迅式的眼光》），2002 年 12 月

温儒敏《鲁迅对文化转型的探求与焦虑》

（《魯迅對文化轉型的探求與焦慮》），2002 年 12 月

吴秀卿《韩中话剧10年间交流的"反思性"考察》

(《한중 연극 교류 10년에 대한 반성적 고찰》),2002年12月

严家炎《东西方现代化的不同模式和鲁迅思想的超越》

(《東西方現代化的不同模式和鲁迅思想的超越》),2002年12月

严英旭《鲁迅和传统文化——以文化鲁迅的当代价值为中心》

(《鲁迅和傳統文化——以文化鲁迅的當代價值為中心》),2002 年
12月

张允瑄《80年代末中国文坛的文学观与文化意识》

(《80년대 말 중국 문단에 나타난 새로운 문학관과 문화의식》),
2002年12月

赵得昌《20世纪初中国传统剧的改编——纷扰中的探索前进》

(《20세기 초 중국 전통극 개량의 모색과 갈등》),2002年12月

《中国小说论丛》(半年刊)(중국소설논총)第15辑

高淑姫《〈百家公案〉与〈龙图公案〉的双重"时空性"》

(《〈百家公案〉과 〈龍圖公案〉의이중 시공간》),2002年2月

洪允姫《"重、黎"神话与"Meta"神话》

(《重、黎신화와 메타신화》),2002年2月

姜宗妊《〈异梦录〉中的作家意识——以邢凤的梦为中心》

(《〈異夢録〉에 顯示된 作家 意識——邢鳳의 꿈을 중심으로》),
2002年2月

金明信《关于〈好述传〉的主人公的"侠义"性格小考》

(《〈好述傳〉의 主人公 俠義的 性格에 대한 小考》),2002年2月

李淑娟《张爱玲的叙述策略——多重时空》

(《張愛玲的叙述策略——多重時空》),2002年2月

李腾渊《中国小说史的主流叙述观点分析——探讨鲁迅〈中国小说史略〉

的视角》

（《주요 소설사의 서술관점 분석——魯迅〈中國小說史略〉의 시각 검토》），2002 年 2 月

卢惠淑《中国女性文学的发展过程与其特点》

（《中國女性文學의 發展過程과 特征》），2002 年 2 月

闵宽东《西汉演义研究——以传入国内的译作为中心》

（《西漢演義研究——국내 유입과 번역 및 출판을 중심으로》），2002 年 2 月

朴完镐《以敦煌讲唱文学作为桥梁——从说唱至话本》

（《敦煌講唱文學을 징검다리로說唱에서 話本으로》），2002 年 2 月

申秉澈《朝鲜正祖时代文人的中国小说观试探》

（《朝鮮 正祖時代 文人의 中國小說觀試探》），2002 年 2 月

魏幸复《〈鲁男子〉研究》

（《〈鲁男子〉研究》），2002 年 2 月

俞炳甲《沈既济的〈任氏传〉研究》

（《沈既濟의 〈任氏傳〉 研究》），2002 年 2 月

张春锡《中国"老子故事集"研究》

（《중국 老子故事集 연구》），2002 年 2 月

赵宽熙《韩国的中国小说研究——以徐敬浩的小说论为中心》（1）

（《한국에서의 중국소설 연구——徐敬浩의 소설론을 중심으로》），2002 年 2 月

赵大浩《杨朔的韩国战"参战文学"——以〈三千里江山〉为中心》

（《楊朔의 韓國戰 參戰文學 연구——〈三千裏江山〉을 중심으로》），2002 年 2 月

郑宣景《中韩"神仙说话"的类型与其叙事构造比较考察 ——以〈列仙传〉、〈海东异迹〉为中心》

（《中韓 神仙說話의 類型 및 敍事構造 比較考察——〈列仙傳〉、〈海東異蹟〉을 중심으로》），2002 年 2 月

《中国小说论丛》（半年刊）（중국소설논총）第 16 辑

崔溶澈《朝鲜刊本中中国笑话〈钟离葫芦〉的发掘》

（《朝鮮刊本 中國笑話 〈鐘離葫蘆〉의 發掘》），2002 年 9 月

崔琇景《清代才子佳人小说的"小人"研究》

（《清代 才子佳人小說의 "小人"研究》），2002 年 9 月

崔银京《苏青创作小考》

（《쑤칭 창작에 관한 소고》），2002 年 9 月

金道荣《〈东游记〉中"冶炼术"式的叙述构造》

（《〈東遊記〉의 연금술적 서사구조》），2002 年 9 月

金璟硕《被现实主义融化的浪漫主义》

（《현실주의에 융화된 낭만주의》），2002 年 9 月

金敏镐《从"系谱学"的角度看"伯夷、叔齐故事"》

（《系譜學的 側面에서 接近한 伯夷、叔齊故事 研究》），2002 年 9 月

金锡起《欧阳钜源的〈负曝闲谈〉考察》

（《歐陽鉅源의 〈負曝閑談〉考察》），2002 年 9 月

朴捧淳《四大谴责小说的创作动机》

（《4 대 견책소설의 창작동기》），2002 年 9 月

孙皖怡《〈白蛇传〉中的同性恋倾向研究》

（《〈白蛇傳〉속의 동성애 양상 연구》），2002 年 9 月

吴淳邦《"基督教信仰小说"许地山的〈玉官〉研究》

（《基督教 信仰小說 許地山의 〈玉官〉 연구》），2002 年 9 月

赵宽熙《中国古典小说评点研究》

（《中國古典小說評點研究》），2002 年 9 月

赵冬梅《谈才子佳人小说对〈玉麟梦〉等朝鲜汉文小说的影响》

（《談才子佳人小說對〈玉麟夢〉等朝鮮漢文小說的影響》），2002 年 9 月

《中国学》（四月刊）（중국학）第 17 辑

崔成卿《新诗发展中〈尝试集〉的定位》

（《新詩發展에 있어 〈嘗試集〉의 자리매김》），2002 年 3 月

河永三《楚亭朴齐家的〈六书策〉译注》

（《초정 박제가의 〈六書策〉역주》），2002 年 3 月

金素贤《"新月流派"的性格》

（《新月의 流派的 性格》），2002 年 3 月

闵惠贞《赵树理小说中的农民形象》

（《趙樹理小說中의 農民形象》），2002 年 3 月

《中国学》（四月刊）（중국학）第 18 辑

蒋寅《李因笃诗学述评》

（《李因篤詩學述評》），2002 年 9 月

林孝燮《柳宗元悲剧生活与诗的审美特点——以其在永州后期的诗为中心》

（《柳宗元의 비극적삶과 詩의 심리적 특징——永州 後期 詩를 중심으로》），2002 年 9 月

刘福春《关于"现代诗批评"、"知识分子创作"和"民间立场"论争》

（《"포스트현대시"비평 및 "지식인 창작"과 "민간입장"에 관한논쟁》），2002 年 9 月

沈履伟《关于龙朔诗风的再评价》

（《關於龍朔詩風的再評價》），2002 年 9 月

孙民乐《中国新诗的现代性问题——世纪之交的诗歌自述》

（《中國新詩的現代性問題——世紀之交的詩歌自述》），2002 年 9 月

孙玉石著、金慈恩译《"现代"诗歌的历史地位与艺术探索》

（《〈現代〉詩歌的歷史地位與藝術探索》），2002 年 9 月

Park In-Ho《生物学者——青年鲁迅》

（《 生物學者 청년루쉰》），2002 年 9 月

《中国学》（四月刊）（중국학）第 19 辑

安承雄《沈从文与游侠精神》

（《沈從文과 遊俠精神》），2002 年 12 月

蒋寅《中国现代诗歌中的传统因素》

（《中國現代詩歌中的傳統因子》），2002 年 12 月

金龙云《中国诗歌会简介》

（《中國詩歌會簡介》），2002 年 12 月

蓝棣之《九叶派诗批评理论探源》

（《九葉派詩 비평이론 탐원》），2002 年 12 月

林春英《柳宗元散文的山水意象——以永州时期"山水记"为中心》

（《柳宗元 散文의山水 이미지——永州時期 山水記를 중심으로》），

2002 年 12 月

林莽《诗歌白洋淀之"村落"小考》

（《"白洋澱 시 촌락"에 관한 小考》），2002 年 12 月

林孝燮《中唐新兴士大夫的成长与文坛变化》

（《中唐 新興士大夫의 성장과 文壇의 변화》），2002 年 12 月

刘福春《20 世纪中国新诗史料工作述评》

（《20 世紀中國新詩史料工作述評》），2002 年 12 月

谢冕著、Won So-Yoon 译《论新诗潮流》

（《신시의 흐름을 논함》），2002 年 12 月

《中国学报》（半年刊）（중국학보）第 45 辑

安载皓《王夫之"理欲观"研究》

（《왕부지 理欲觀 研究》），2002 年 8 月

姜必任《晋宋士族家风与文学的相关性研究》

（《晉宋 土族 家風과 文學의 相關性 研究》），2002 年 8 月

金民那《〈世说新语〉中"魏晋名士"的审美观——以〈赏誉篇〉为中心》

（《〈世說新語〉에 표현된 魏晉名士의 審美觀——〈賞譽篇〉을 중심으로》），2002 年 8 月

金卿东《白居易〈池鹤八绝句〉小考》

（《白居易〈池鶴八絕句〉小考》），2002 年 8 月

李奭炯《郑文焯词论研究》

（《鄭文焯詞論研究》），2002 年 8 月

朴胜显《〈淮南子〉中的道家思想倾向》

（《〈淮南子〉에 나타난 道家思想의 傾向》），2002 年 8 月

朴英姬《骈俪文的"影视表现"与其特点——中国古代散文中的意象作用与实现》

（《騈儷文의 영상적 표현 양상 및 특징——중국고대 산문에서의 이미지 작동과 구현》），2002 年 8 月

郑淳模《唐代士人的隐居观念与其变迁》

（《唐代 士人의 隱居 觀念과 그 變遷》），2002 年 8 月

《中国学报》（半年刊）（중국학보）第 46 辑

宾美贞《试探中国始祖神话的解释》

（《中國始祖神話의 解釋 試探》），2002 年 12 月

河炅心《宋元戏曲中的家庭女性形象》

（《宋元代戲曲所描寫的家庭中女性形象》），2002 年 12 月

李钟振《中国古典文学中的家族》

（《中國古典文學에서의 家族》），2002 年 12 月

刘丽雅《巴金的〈家〉和〈憩园〉研究》

（《 巴金的〈家〉和〈憩園〉研究》），2002 年 12 月

柳晟俊《王梵志诗的家庭伦理意识考》

（《王梵誌詩의 家庭倫理意識 考》），2002 年 12 月

卢在俊《唐代诗人的性格研究》

（《당대 시인의 성격 연구》），2002 年 12 月

吴台锡《汉代“爱情类”乐府民歌研究》

（《漢代 愛情類 樂府民歌 研究》），2002 年 12 月

《中国学论丛》（年刊）（중국학논총）第 14 辑

安熙珍《李白与苏轼诗的“豪放风格”比较》

（《李白과 蘇軾 시의 豪放풍격 비교》），2002 年 12 月

姜信硕《中国近代诗论——“尊情论”一考》

（《中國近代詩論——“尊情論”一考》），2002 年 12 月

金炳基《“秋史书艺”的转变对中国诗、诗论的影响研究——以朴珪寿与权敦仁的评点为中心》

（《秋史書藝의 轉變에 대한 중국 시 서론의 영향 연구——朴珪壽와 權敦仁의評語에 대한 분석을 중심으로》），2002 年 12 月

金元中《西浦金万重对中国文学的鉴赏眼光》

（《中國文學에 대한 西浦 金萬重의 鑒賞眼》），2002 年 12 月

李揆一《西晋学术风潮对其文学创作的影响》

（《西晉學術風潮對其文學創作的影響》），2002 年 12 月

李泰俊《吴宓的新人文主义文学思想分析》

（《吴宓的新人文主義文學思想分析》），2002 年 12 月

钟名诚《朱光潜的比较诗学思想及其实践》

（《朱光潛的比較詩學思想及其實踐》），2002 年 12 月

《中国学研究》（半年刊）（중국학연구）第 22 辑

金世焕《文学的"反思"》

（《문학의 反思》），2002 年 6 月

李台薰《周作人的初期散文研究》

（《周作人의 初期散文 研究》），2002 年 6 月

李治翰《试论〈红楼梦〉与北京》

（《〈紅樓夢〉과 北京 試論》），2002 年 6 月

裴丹尼尔《晚唐方干的"隐逸诗"》

（《晚唐 方幹의 隱逸詩》），2002 年 6 月

朴佶长《"左联"的"两个口号"论争考察》

（《〈左聯〉의 〈兩個口號〉論爭 考察》），2002 年 6 月

朴正元《"新历史主义理论"的传入与"新历史小说"的产生》

（《"신역사주의 이론"의 유입과 "신역사 소설"의 발생》），
2002 年 6 月

权修展《关于田汉的"话剧民族化"的小考》

（《田漢의 "話劇 民族化"에 대한 小考》），2002 年 6 月

任元彬《唐末诗歌与科举文化》

（《唐末詩歌와 科舉文化》），2002 年 6 月

田立立《唐宋诗之争的焦点以及尊唐、尊宋两派的偏颇》

（《唐宋詩之爭의 焦點以及宗唐、尊宋兩派의 偏頗》），2002 年 6 月

周宰嬉《陈映真前期小说的叙述特色》

（《陳映真 前期소설의 서사특색》），2002 年 6 月

《中国学研究》（半年刊）（중국학연구）第 23 辑

洪炳惠《北宋前期的词坛考》

（《北宋前期의 詞壇 考》），2002 年 12 月

柳晟俊《南宋陈与义诗的"师承关系"与其创作意识考》

（《南宋 陳與義 詩의 師承關系와 創作意識 考》），2002 年 12 月

朴南用《艾青〈诗论〉的现代性研究》

（《艾青〈詩論〉의 現代性 研究》），2002 年 12 月

朴正元《小说的"欲望"，"欲望"的叙事——中国当代小说的叙事方式的演变》

（《小說의 欲望，欲望의 敘事——中國 當代小說의 敘事方式의 變遷》），2002 年 12 月

权容玉《梁漱溟的"文化三路向说"研究》

（《梁漱溟의 文化三路向說 대한 研究》），2002 年 12 月

《中国语文论丛》（半年刊）（중국어문논총）第 22 辑

白永吉《抗战时期"战国策派"的浪漫主义》

（《抗戰期 戰國策派의 浪漫主義》），2002 年 6 月

蔡守民《明代后期关于角色体验的戏曲表演论》

（《明代後期關於角色體驗的戲曲表演論》），2002 年 6 月

崔琇景《清初才子佳人小说中的叙述与作家意识特点》

（《清初 才子佳人小說에 나타난서술과 작가 의식의 특징》），2002 年 6 月

高点福《关于郭沫若〈女神〉浪漫主义的批判考察》

（《郭沫若〈女神〉의 浪漫性에 대한 비판적 고찰》），2002 年 6 月

洪承直《柳宗元辞赋"讽刺性模仿"构造考察》

（《柳宗元 辭賦의 패러디 구조 고찰》），2002 年 6 月

黄珵喜《韩愈散文中理想的"士"研究》

（《韓愈 散文에 나타난 理想的 선비 연구》），2002 年 6 月

康泰权《清代"禁毁小说"研究》

（《清代"禁毁小說"研究》），2002 年 6 月

金河林《鲁迅与金台俊的小说史研究》

（《魯迅과 金臺俊의 小說史연구》），2002 年 6 月

金敏镐《关于〈豆棚闲话〉第 7 则〈首阳山叔齐变节〉的另一种解释》

（《〈豆棚閑話〉第 7 則〈首陽山叔齐變節〉 또 다른 해석의 가능성에 대하여》），2002 年 6 月

金银珠《张爱玲〈十八春〉的女性形象》

（《張愛玲〈十八春〉의 여성형상》），2002 年 6 月

李东乡《王国维的词论与其词作》

（《王國維의 詞論과 詞作品》），2002 年 6 月

李陆禾《〈双渐小卿诸宫调〉辑佚考》

（《〈雙漸小卿諸宮調〉 輯佚考》），2002 年 6 月

李知恩《〈红楼梦〉中的疾病分析》

（《〈紅樓夢〉에 나타난 질병의 분석》），2002 年 6 月

柳存仁《从〈金云翘传〉到〈红楼梦〉》

（《從〈金雲翹傳〉到〈紅樓夢〉》），2002 年 6 月

马华《后戴震到龚自珍》

（《後戴震到龔自珍》），2002 年 6 月

徐盛《盛唐诗与书画乐舞——与艺术关系》

（《盛唐詩와 書畫樂舞 예술과의 관계》），2002 年 6 月

赵成千《王夫之的诗道性情论》

（《王夫之의 詩道性情論》），2002 年 6 月

张东天《废名诗中的"禅"与其意象》

（《廢名의 시에 나타난 "禪"과 이미지》），2002年6月

郑圣恩《朦胧诗人舒婷诗的意象与抒情性研究》

（《朦朧詩人 舒婷 詩의 이미지와 抒情性研究》），2002年6月

《中国语文论丛》（半年刊）（중국어문논총）第23辑

白永吉《王安忆小说的"虚无意识"与宗教性——以〈乌托邦诗篇〉为中心》

（《王安憶小說의 虛無意識과 宗教性——〈유토피아 詩篇〉을 중심으로》），2002年12月

陈惠琴《探讨"红楼"语义和〈红楼梦〉命名的意义》

（《"紅樓"語義和〈紅樓夢〉命名의 意義》），2002年12月

崔世崙《试探郭璞〈游仙诗〉中多层次"仙境"的空间意识》

（《試探郭璞〈遊仙詩〉中多層次"仙境"的空間意識》），2002年12月

方准浩《〈故事新编〉——其世界的复活》

（《〈故事新編〉——그 世界의 復活》），2002年12月

高旼喜《〈红楼梦〉故事构思研究》

（《〈紅樓夢〉의 구송양성에 관한 연구》），2002年12月

金桂台《苏轼议论文中的历史评论》

（《蘇軾의 議論文中의 歷史評論》），2002年12月

金良守《"日帝时期"韩国与中国台湾作家的"双重言语"文学》

（《日帝時期 韓國과 臺灣작가의 二重言語 文學》），2002年12月

金元中《魏晋六朝时期"雅俗之辩"探讨——以〈文心雕龙〉为中心》

（《魏晉六朝 시기에있어서의 雅俗之辯 검토——〈文心雕龍〉을 중심으로》），2002年12月

金贞熙《〈丁凤泰〉旧藏本之中国文献初探》

（《丁鳳泰 舊藏本 中國 관련 文獻에 대한 試探》），2002年12月

金正起《论〈水浒传〉中"发愤之语"》

（《論〈水滸傳〉中"發憤之語"》），2002 年 12 月

朴兰英《中日战争时期巴金的"无政府主义"研究》

（《중일 전쟁기 巴金의 아나키즘연구》），2002 年 12 月

朴英顺《从明代的"格调"向"性灵"、"神韵"的转变与严羽诗学》

（《從明代的"格調"向"性靈"、"神韻"的轉變與嚴羽詩學》），

2002 年 12 月

俞炳礼《李辰冬〈诗经通释〉在"诗经学"史上的地位》

（《李辰冬〈詩經通釋〉의 詩經學史上 位相》），2002 年 12 月

赵成千《王夫之诗论中的"意势论"》

（《王夫之 시론상의 "意勢論"》），2002 年 12 月

赵得昌《吴梅戏曲批评方法继承与创新》

（《吳梅戲曲批評方法繼承與創新》），2002 年 12 月

郑在书《东亚文化谈论与其性别——以"孝女叙事"为中心》

（《동아시아 문화담론과성——효녀 서사를 중심으로》），2002 年 12 月

郑雨光《探求〈预言〉中的何其芳诗的现代性》

（《〈預言〉에 나타난 何其芳 詩의 현대성 탐구》），2002 年 12 月

《中国语文论译丛刊》（半年刊）（중국어문논역총간）第 9 辑

蒋登科《中国式现代主义诗歌的演变轨迹》

（《中國式現代主義詩歌的演變軌跡》），2002 年 6 月

金基哲《〈诗经·国风·召南·野有死麕〉研究》

（《〈詩經·國風·召南·野有死麕〉研究》），2002 年 6 月

金尚源《蔡元培的"近代"认识与新文化创造论》

（《蔡元培의 "近代"認識과 新文化創造論 》），2002 年 6 月

金希珍《戴望舒诗的空间与自我》

（《戴望舒詩的"空間"與自我》），2002 年 6 月

李济雨《中国散文韩译的现状及其研究》

（《中國散文 韓譯의 현황과 과제》），2002 年 6 月

李康齐译《论语古注考释》（2）

（《論語古註考釋》），2002 年 6 月

刘世钟《黄世仲政论佚文说明及解析》

（《黃世仲政論佚文說明及解析》），2002 年 6 月

任元彬《中国诗歌翻译的诸问题》

（《中國詩歌 翻譯의 諸問題》），2002 年 6 月

吴淳邦《20 世纪中韩小说的双向翻译试论》（1）

（《20 세기 中韓小說의 雙方向 翻譯 試論》），2002 年 6 月

《中国语文论译丛刊》（半年刊）（중국어문논역총간）第 10 辑

高玉海、娄秀荣《明清小说续书艺术得失及其成因》

（《明淸小說續書藝術得失及其成因》），2002 年 12 月

金希珍《戴望舒诗论的特性分析》

（《戴望舒 詩論의 特性 分析》），2002 年 12 月

金永哲《清末词家的"双白说"》

（《清末 詞家의 雙白說》），2002 年 12 月

李康齐译《论语古注考释》（3）

（《論語古註考釋》），2002 年 12 月

李翼熙《南朝齐、梁四萧的文论与辞赋》

（《南朝 齊、梁 四蕭의 文論과 辭賦》），2002 年 12 月

沈揆昊《探究中国文学写作之于文学及社会的意义》

（《중국문학에서 글쓰기의 문학적사회적 의미에 대한 연구》），

2002 年 12 月

孙红《郭象注庄——继承与创造性误读》

（《郭象註莊——繼承與創造性誤讀》），2002 年 12 月

吴淳邦译《20 世纪中国学者的自述》（陈平原著）

（《20 세기 중국학자의 自己記述》），2002 年 12 月

谢超凡《枕上晨钟为谁而鸣——初读〈枕上晨钟〉》

（《枕上晨鐘為誰而鳴——初讀〈枕上晨鐘〉》），2002 年 12 月

尹银廷《九叶诗派的诗论特点》

（《九葉詩派의 詩論 特性》），2002 年 12 月

袁进《从士大夫到作家》

（《從士大夫到作家》），2002 年 12 月

《中国语文学》（半年刊）（중국어문학）第 39 辑

安重源《宋代传奇小说研究——通过与唐代传奇的比较》

（《唐代 傳奇와의 비교를 통한 宋代 傳奇 研究 視點을 중심으로》），2002 年 6 月

陈为逢《作为世界文化遗产的中国昆曲艺术》

（《作為世界文學化遺產의 中國昆曲藝術》），2002 年 6 月

崔雄赫《高启的诗论与他的"田园诗"》

（《高啟의 詩論과 그의 田園詩》），2002 年 6 月

河运清《刘勰的文学理想论考——〈文心雕龙〉、〈原道〉、〈征圣〉》

（《劉勰의 文學理想論考——〈文心雕龍〉、〈原道〉、〈徵聖〉의 새로운 조명》），2002 年 6 月

金荣哲《茅盾的〈蚀〉研究》

（《茅盾의 〈蝕〉研究》），2002 年 6 月

金英淑《〈琵琶诗〉的版本演变与中国戏曲史研究意义》

（《〈琵琶詩〉의 판본 流變과 중국희곡사 연구에 있어서의 의의》），

2002 年 6 月

金元中《先秦文学史叙述中的先决要素》

(《先秦 文學史 敘述의 몇 가지 선행 條件》),2002 年 6 月

李国熙《庾信的〈拟连珠〉研究》

(《庾信의 〈擬連珠〉 연구》),2002 年 6 月

林春城《东亚文学论的"批判"探讨》

(《동아시아문학론의 비판적 검토》),2002 年 6 月

南敏洙《中国近代小说论对韩国近代"转型期"小说的影响》

(《한국 근대전환기소설에 미친 중국 근대소설론의 영향》),2002
年 6 月

朴永焕《宋初的"晚唐体"与自然》

(《宋初의 晚唐體와 自然》),2002 年 6 月

申载焕《朝鲜后期清代"性灵说"作家小考——以"汉诗四家"为中心》

(《조선후기 清代 性靈派 작가소개 小考——漢詩四家을 중심으
로》),2002 年 6 月

金周淳《〈桃花源诗并记〉创作背景研究》

(《〈桃花源詩並記〉 創作背景의 研究》),2002 年 6 月

《中国语文学》（半年刊）（중국어문학）第 39 辑

安赞淳《明代理学家与文人论——"情"、"真"》

(《明代理學家與文人論——"情"、"真"》),2002 年 12 月

成润淑《中国古代笔记小说叙述特点与语言风格的演变》

(《中國古代筆記小說敘述特點與語言風格的演變》),2002 年 12 月

蒋寅《顾炎武诗的诗学史意义》

(《顧炎武詩的詩學史意義》),2002 年 12 月

金英淑《汲古阁本〈琵琶记〉反映的明代文人思想与审美观——以与"六

朝本"的比较为中心》

（《급고각본 〈비파기〉에 반영된 명대 문인의 사상과 심미관——육초본과의 비교를 중심으로》），2002 年 12 月

李洪波《试论西崑体与宋初诗风》

（《試論西崑體與宋初詩風》），2002 年 12 月

李雄吉《刘宋时期诗韵小考》

（《劉宋時期詩韻小考》），2002 年 12 月

马仲可《中国当代散文浅论》

（《中國當代散文淺論》），2002 年 12 月

朴世旭《敦煌"赋"作品研究——以〈子灵赋〉为中心》

（《敦煌에서발견된"賦"로명명된작품연구——〈子靈賦〉를중심으로》），2002 年 12 月

朴永焕《王安石禅诗研究》

（《王安石禪詩研究》），2002 年 12 月

全赫锡《中国古代童谣的语言特点》

（《中國 古代童謠의 語言 特性》），2002 年 12 月

全英兰《杜甫青壮年时期的游历与作品研究》

（《杜甫 青壯年時期의 南北遍歷과 作品에 대한 연구》），2002 年 12 月

宋熹准《〈韩诗外传〉考察》

（《〈韓詩外傳〉에 관한 고찰》），2002 年 12 月

陶礼天《六朝"艺味说"的形成 ——从语词角度的考察》

（《六朝"藝味說"的形成 ——從語詞角度的考察》），2002 年 12 月

吴怀东《心灵的挣扎与生命的超越——论陶渊明的人生问题及其"田园咏怀诗"创作》

（《心靈的掙紮與生命的超越——論陶淵明的人生問題及其田園詠懷詩創作》），2002 年 12 月

诸海星《试论〈左传〉人物描写的小说因素》

（《試論〈左傳〉人物描寫的小說因素》），2002 年 12 月

《中国语文学论集》（四月刊）（중국어문학논집）第 19 号

崔真娥《唐代"爱情类"传奇形成背景探索——以"色情性"叙事为中心》

（《唐代 愛情類 傳奇의 형성배경 탐색——에로티즘적 서사를 중심으로》），2002 年 2 月

河炅心《关于中国传统剧的"结局"处理小考》

（《中國 傳統劇의 結末 처리에 관한 小考》），2002 年 2 月

金桂台《〈赤壁赋〉与〈后赤壁赋〉比较分析》

（《〈赤壁賦〉와 〈後赤壁賦〉의 비교 분석》），2002 年 2 月

金永哲《周济的碧山词〈人门阶陛〉说》

（《周濟의 碧山詞〈人門階陛〉說》），2002 年 2 月

金元揆《〈河岳英灵集〉研究》

（《〈河嶽英靈集〉研究》），2002 年 2 月

李珠海《中国古典散文中的"说体"》

（《중국 고전산문에서의 "설체"》），2002 年 2 月

梁会锡《"萨满教"与中国文艺理论试论》

（《샤머니즘과 중국 문예이론에 대한 시론》），2002 年 2 月

南哲镇《柳宗元寓言形象塑造法研究》

（《柳宗元寓言形象塑造法研究》），2002 年 2 月

田宝玉《中国古典叙述诗的"典故"形成背景——以魏〈左延年〉、晋〈传玄〉、李白的〈秦女休行〉为中心》

（《중국고전서사시의고사성립배경——以魏〈左延年〉、晋〈傳玄〉、李白的〈秦女休行〉을 중심으로》），2002 年 2 月

许庚寅《〈洪吉童传〉中有关继承性与独创性的研究》

（《〈洪吉童傳〉的"接受性"與獨創性研究》），2002 年 2 月

《中国语文学论集》（四月刊）（중국어문학논집）第 20 号

崔亨旭《梁启超的小说界革命对"旧韩末"小说界的影响》

（《梁啟超의 小說界革命이舊韓末 小說界에 미친 影響》），2002
年 6 月

李炳官《〈说文解字〉译注》（3）

（《〈說文解字〉譯註》），2002 年 6 月

李光哲《北魏诗研究——以文人诗为中心》

（《北魏詩研究——文人詩를 중심으로》），2002 年 6 月

李科《〈释大〉探微》

（《〈釋大〉探微》），2002 年 6 月

李有镇《中国神话的"历史化"试论》

（《中國神話의 歷史化에 관한 試論》），2002 年 6 月

卢在俊《〈唐才子传〉研究——以出身地区与官职为中心》（2）

（《〈당재자전〉 연구——출신지역과 관직획득을 중심으로》），
2002 年 6 月

南哲镇《中唐寓言"体裁"分化研究 ——以柳宗元"寓言文"为中心》

（《中唐 寓言의장르 分化 研究 ——柳宗元 寓言文을 중심으로》），
2002 年 6 月

朴璟兰《明末清初时代钱谦益的文学主张》

（《明末清初 시대와 錢謙益의 文學主張》），2002 年 6 月

郑宣景《"神话说话"与乌托邦》

（《神話說話와 유토피아》），2002 年 6 月

《中国语文学论集》（四月刊）（중국어문학논집）第 21 号

安东焕《〈木兰诗〉艺术特色》

（《〈木蘭詩〉藝術特色》），2002 年 10 月

李炳官《〈说文解字〉译注》（4）

（《〈說文解字〉譯註》），2002 年 10 月

李相雨《曹禺〈原野〉考察》

（《曹禺의 〈原野〉 考察》），2002 年 10 月

南哲镇《讽喻文的范畴与其类型考察》

（《諷喻文의 范疇와 類型에 관한 考察》），2002 年 10 月

张永伯《中国古典散文中"风"的性质与其作用研究》

（《中國 古典散文에 나타난 "風"의 성격과 역할연구》），2002 年
10 月

郑荣豪《〈镜花缘〉中的女性主义因素》

（《〈鏡花緣〉에 나타난 페미니즘적 요소》），2002 年 10 月

郑锡元《梁启超〈清代学术概论〉阐释》

（《梁啟超 清代學術概論 闡釋》），2002 年 10 月

郑宣景《史传文学与神仙说话》

（《史傳文學과 神仙說話》），2002 年 10 月

《中国语文学志》（半年刊）（중국어문학지）第 11 辑

崔顺美《〈四世同堂〉中老舍的译书》

（《사세동당에 나타난 노사의 언어예술》），2002 年 6 月

河炅心《〈远山堂曲品剧品〉的理解》

（《〈遠山堂曲品劇品〉의 이해》），2002 年 6 月

吉贞杏《沈从文与上海文化》

（《심종문과 상해문화》），2002 年 6 月

姜庆姬《韩愈绝句研究》

(《韓愈絕句研究》)，2002 年 6 月

金始衍《〈玉篇〉残卷汉字考释》

(《〈玉篇〉殘卷漢字考釋》)，2002 年 6 月

金鲜《温庭筠词中的梦》

(《溫庭筠詞中的夢》)，2002 年 6 月

金垠希《1920s 中国女性文学与大众媒体》

(《1920 년대 중국여성문학과 대중매체》)，2002 年 6 月

金英淑《〈锦囊〉本〈琵琶记〉的改编特点与明中叶的舞台表演》

(《〈錦囊〉本〈비파기〉의 개편 특징과 明中葉의 무대 공연》)，
2002 年 6 月

李淑娟《闺秀文学之外——台湾 80 年代以后女性小说观察》

(《閨秀文學之外——臺灣 80 年代以後女性小說觀察》)，2002 年 6 月

李寅浩《中国语文学"网络"教育的历史理论实务》

(《中國語文學 Cyber 教育의 歷史 理論 實務》)，2002 年 6 月

柳昌娇《美国的中国女性文学研究资料——从宋代女性文学至清代女性文学》(2)

(《미국의 중국여성문학 연구자료——송대의 여성문학에 청대의 여성문학까지》)，2002 年 6 月

朴卿希《宋代以来历代"书志"中的小说家研究》

(《宋代까지 歷代 書誌에 나타난 小說家 연구》)，2002 年 6 月

全炯俊、金兑妍《钱锺书的写作与"解析"理由——以〈写在人生边上〉为中心》

(《錢鐘書의 글쓰기와 해체적 사유——〈寫在人生邊上〉을 중심으로》)，2002 年 6 月

吴建民《中国古代诗歌鉴赏论》

（《中國古代詩歌鑒賞論》），2002 年 6 月

张允瑄《马原新的写作》

（《馬原의 새로운 글쓰기》），2002 年 6 月

朱鸿《生命激情的绚丽虹彩——汤显祖和他的〈牡丹亭〉》

（《生命激情的絢麗虹彩——湯顯祖和他的〈牡丹亭〉》），2002 年 6 月

《中国语文学志》（半年刊）（중국어문학지）第 12 辑

蔡钟翔《中国古代文学的发展论》

（《中國古代文學的發展論》），2002 年 12 月

崔真娥《唐代“爱情类”传奇中“仙妓合流”的现象》

（《唐代 愛情類 傳奇에 투영된 仙妓合流 현상》），2002 年 12 月

韩相德《关于〈北京人〉的素材小考》

（《〈北京人〉의 素材에 관한 小考》），2002 年 12 月

金宜贞《李贺诗中的神话与女性形象》

（《李賀의 詩에 나타난 神話와 女性 이미지》），2002 年 12 月

金芝鲜《〈博物志〉中的空间意义》

（《〈博物誌〉에서의 공간의 의미》），2002 年 12 月

李揆一《魏晋文学中的“天人合一”思想》

（《魏晉文學속에 나타나는 天人合一 사상》），2002 年 12 月

李仁泽《魏晋南北朝文学中的“神话”考察》

（《魏晉南北朝 文學의 神話 運用 考察》），2002 年 12 月

李旭渊《新时期文学中的民间与国家》

（《新時期 文學 속의 民間과 國家》），2002 年 12 月

宋贞和《志怪与道教的幻想》

（《誌怪와 道教的 幻想》），2002 年 12 月

俞为民《南戏〈张协状元〉考论》

（《南戲〈張協狀元〉考論》），2002 年 12 月

张贞海《唐人小说中的"龙宫世家"》

（《唐人 소설 속의 龍宮世家》），2002 年 12 月

郑暋暻《唐代侠义小说中的女侠》

（《唐代俠義小說속의 女俠》），2002 年 12 月

《中语中文学》（半年刊）（중어중문학）第 30 辑

陈友冰《海峡两岸古典文学研究的百年演进与思考》

（《海峽兩岸古典文學研究的百年演進與思考》），2002 年 6 月

崔炳圭《通过〈红楼梦〉人物看生活与艺术》

（《〈紅樓夢〉 人物을 통해서 본 삶의 藝術》），2002 年 6 月

韩惠京《〈红楼梦〉的叙述者》

（《〈홍루몽〉의 서술자》），2002 年 6 月

金庆国《桐城派文论的集大成者——论姚鼐及其古文理论》

（《桐城派文論的集大成者——論姚鼐及其古文理論》），2002 年 6 月

金永哲《关于清代词学家碧山与玉田的评论》

（《清代 詞學家의 碧山과 玉田에 대한 평론》），2002 年 6 月

李仁泽《中国少数民族神话比较分析——以韩国"弃子"神话比较为中心》

（《중국 少數民族 神話 비교 분석——한국 棄子 神話와의 비교를 중심으로》），2002 年 6 月

李淑娟《文学中的国家认同想象和主题建构——以陈若曦、李昂、朱天心的文本为例》

（《文學中的國家認同想象和主題建構——以陳若曦、李昂、朱天心的文本為例》），2002 年 6 月

李珠鲁《重读鲁迅的〈狂人日记〉——以"沟通结构"为中心》

（《魯迅의 〈狂人日記〉 다시읽기——그 의사소통구조를 중심으로》），2002 年 6 月

罗善姬《中国小说里活下来的"杂种生物"——以〈西游记〉为中心》

（《중국 소설 속에서 살아온 잡종생물——〈西遊記〉를 중심으로》），2002 年 6 月

裴丹尼尔《中国自然诗与华兹华斯自然诗中的"自然观"叙事比较》

（《중국 자연시와워즈워드 자연시에 나타난 자연관 서사 비교》），2002 年 6 月

朴兰英《20 世纪 30 年代巴金与无政府主义研究》

（《1930 년대 巴金 아나키즘 연구》），2002 年 6 月

宋伦美《中国古代"女仙类"故事中叙事构造因素——以〈太平广记〉为中心》

（《中國古代女仙類 故事에 敍事 構造의 分析——〈太平廣記〉을 중심으로》），2002 年 6 月

申铉锡《宋代词论中"尊体论"考》

（《宋代 詞論중의 尊體論 考》），2002 年 6 月

《中语中文学》（半年刊）（중어중문학）第 31 辑

姜必任《"东魏北齐"人文风格研究》

（《東魏北齊 人文風格 研究》），2002 年 12 月

李济雨《"晚明小品"批评的历史》

（《"晚明小品"批評의 歷史》），2002 年 12 月

刘民红、张修龄《论高启生命的悲剧意蕴》

（《論高啟生命의 悲劇意蘊》），2002 年 12 月

朴泓俊《试论李渔戏曲的研究方向》

（《李漁 戲曲 研究의 방향 모색을 위한 試論》），2002 年 12 月

朴敬姬《通过谢道韫看"清谈时代"的女性》

(《謝道韞을 통해 본 清談時代의 여성》），2002 年 12 月

权锡焕《试论韩中寓言文学研究史》

(《試論韓中寓言文學研究史》），2002 年 12 月

权应相《唐诗妓女——诗人与诗歌传播者》

(《唐詩 妓女——시인과 시가전파자로서의만능 엔터테이너》），

2002 年 12 月

孙皖怡《〈白蛇传〉中的"性"意识考察》

(《〈白蛇傳〉의 性의식 고찰》），2002 年 12 月

徐贞姬《孙悟空"求道记"》

(《孫悟空 求道記》），2002 年 12 月

2003 年

2003 年硕、博学位论文

硕士学位论文

表兰姬《张爱玲〈传奇〉研究》

(《장애령 〈전기〉 연구》），东国大学硕士论文，2003 年

崔钟太《〈红楼梦〉中的佛教思想分析》

(《〈홍루몽〉에 반영된 불교사상의 분석》），庆熙大学硕士论文，

2003 年

方水京《老舍小说中的传统观念的继承与批判研究——以人物形象为中心》

（《노사소설에 나타난 전통적 사상관념의 수용과 비판연구——인물형상을 중심으로》），蔚山大学硕士论文，2003 年

方知暎《周邦彦爱情词研究》

（《주방언 애정사 연구》），东国大学硕士论文，2003 年

韩美希《张爱玲小说〈传奇〉与〈半生缘〉比较研究》

（《장애령 소설의 〈전기〉와 〈반생연〉의 비교 연구》），水原大学硕士论文，2003 年

金明姬《曹禺戏剧的人物形象研究》

（《조우 희곡의 인물형상 연구》），成均馆大学硕士论文，2003 年

金仁善《中国现代文学的神话运用研究——以郭沫若、大荒、王润华、鲁迅的代表作为研究中心》

（《中國現代文學의 신화운용연구——곽말약、왕윤화、노신의 대표작을 중심으로》），蔚山大学硕士论文，2003 年

金兑垠《李商隐与杜牧的爱情诗比较研究》

（《이상은과 두목의 애정시 비교연구》），详明大学硕士论文，2003 年

金贤淑《李清照词的前后期作品比较与其语言运用研究》

（《이청조 사의 전후반기 작품비교와 언어운용에 관한 연구》），公州大学硕士论文，2003 年

金珍奎《中国报告文学的发展过程考察》

（《중국 보고문학 발전과정 고찰》），庆熙大学硕士论文，2003 年

李广荣《梁启超的"小说界革命"研究》

（《양계초의 소설혁명론 연구》），忠南大学硕士论文，2003 年

李丽秋《中韩妓女诗人薛涛与李梅窓比较研究》

（《중한 기녀시인 설도와 이매창의 비교연구》），首尔大学硕士论文，2003 年

李亨花《公安小说〈错斩崔宁〉研究》

（《공안소설 〈착참최녕〉 연구》），东国大学硕士论文，2003 年

朴英子《王维的送别诗研究》

（《왕유의 송별시 연구》），详明大学硕士论文，2003 年

施淑玲《黄春明小说研究》

（《황춘명 소설연구》），忠北大学硕士论文，2003 年

吴 NABINA《1949 年之前艾青诗的艺术美研究——以象征美、绘画美、韵律美为中心》

（《1949 년 이전 애청시의 예술미 연구》），韩国外国语大学硕士论文，2003 年

赵姗姗《韩中"梁祝说话"比较研究》

（《한중 "양축설화" 비교 연구》），忠北大学硕士论文，2003 年

Cho Won-Sun《杜甫前期诗研究——以"心理纠葛"为中心》

（《두보시의 전기시 연구——심리적 갈등을 중심으로》），公州大学硕士论文，2003 年

Choo Wei-Shan《中国"才子佳人"小说与韩国"爱情小说"的比较研究》

（《중국 재자가인소설과 한국애정소설의 비교연구》），首尔大学硕士论文，2003 年

Ha Yoon-Jeong《王维诗的"思慕之情"研究》

（《왕유시의 사모지정 연구》），蔚山大学硕士论文，2003 年

Lee Eun-Jin《冰心"问题小说"的女性观研究》

（《빙심 "문제소설"의 여성관 연구》），淑明女子大学硕士论文，2003 年

博士学位论文

白池云《梁启超的启蒙思想再考察——以"近代性谈论"为基点》

(《근대성 담론을 통한 양계초 계몽사상 재고찰》),延世大学博士论文,2003 年

崔桂花《1930s 韩中"家族史"小说比较研究》

(《1930 년대 한중 가족사 소설비교 연구》),全南大学博士论文,2003 年

高淑姬《包公公安小说研究——以〈百家公安〉与〈龙图公案〉为中心》

(《包公 公安小說研究——〈百家公安〉과 〈龍圖公案〉을 중심으로》),成均馆大学博士论文,2003 年

金镇永《〈世说新语〉人物品评研究》

(《世說新語 人物品評研究》),成均馆大学博士论文,2003 年

李廷吉《胡适对中国新文学的认识与实践》

(《호적의 중국신문학에 대한 인식과 실천》),忠南大学博士论文,2003 年

林春英《柳宗元散文的艺术特性研究》

(《柳宗元 散文의 藝術的 特性 研究》),韩国外国语大学博士论文,2003 年

林孝燮《柳宗元诗的"思想意识"变化研究》

(《유종원시의 내면의식 변화 연구》),韩国外国语大学博士论文,2003 年

朴瑾浩《〈原诗〉诗学体系分析》

(《〈原詩〉 시학체계 분석》),庆北大学博士论文,2003 年

朴鲁宗《曹禺戏剧研究——以〈雷雨〉、〈日出〉、〈原野〉、〈北京人〉为中心》

(《조우 희곡 연구——〈뇌우〉、〈일출〉、〈원야〉、〈북경인〉을

中심으로》），岭南大学博士论文，2003 年

钱玩希《1930s 中国都市小说研究》

（《1930 년대 중국도시소설 연구》），庆北大学博士论文，2003 年

权赫律《春园与鲁迅的比较》

（《춘원과 루쉰에 관한 비교문학적 연구》），仁荷大学博士学位论文，2003 年

宋贞和《中国神话中的女神研究》

（《중국신화에 나타난 여신 연구》），高丽大学博士论文，2003 年

徐光德《东亚的近代性与鲁迅——以日本鲁迅研究为中心》

（《동아시아의 근대성과 노신——일본의 노신 연구를 중심으로》），延世大学博士论文，2003 年

郑大雄《〈白蛇传〉研究》

（《〈백사전〉 연구》），韩国外国语大学博士学位论文，2003 年

郑智仁《京派"乡土小说"的民俗性研究——以废名、沈从文、萧乾、汪曾祺为中心》

（《"향토소설"의 민족성 연구——廢名、沈從文、蕭乾、汪曾祺를 중심으로》），檀国大学博士论文，2003 年

Kim Eun-Joo《孔尚任的文学理论与其实践》

（《경과（《공상임의 문학이론과 실제——시와 전기를 중심으로》），全南大学博士论文，2003 年

Kim Jean-Kyung《黄州时期苏轼诗作研究》

（《소식 황주시기 시 연구》），首尔大学博士论文，2003 年

Kim Jin-Yong《〈世说新语〉人物品评研究》

（《〈世說新語〉 人物品評 研究》），成均馆大学博士论文，2003 年

2003 年度期刊论文

《国际中国学研究》（年刊）（국제중국학연구）第 6 辑

陈友冰《二十世纪的中国宋诗研究历程及未来》

（《二十世紀中國宋詩研究歷程及前瞻》），2003 年 12 月

成润淑《〈齐东野东〉中小说题材分析及艺术成就研究》

（《〈齊東野東〉中小說題材分析及藝術成就研究》），2003 年 12 月

崔在赫《苏轼文艺创作之修养与"至境"》

（《蘇軾文藝創作之修養與至境》），2003 年 12 月

金良守《战后中国台湾文学与中国现代文学的传统——以陈映真为个案》

（《戰後臺灣文學與中國現代文學的傳統——以陳映真為個案》），2003 年 12 月

李济雨《晚明小品现象及其文学社会学分析》

（《晚明小品現象及其文學社會學分析》），2003 年 12 月

李浚植《纯然的自言自语——论高行健与〈灵山〉》

（《純然的自言自語——論高行健與〈靈山〉》），2003 年 12 月

林春城《〈霸王别姬〉与〈活着〉细究——我们应该承担"电影批评和研究"的责任》

（《〈霸王別姬〉〈活著〉細究——我們應該擔"電影批評和研究"為自己的課題》），2003 年 12 月

刘世钟《鲁迅和韩龙云"革命"的现在性价值》

（《魯迅和韓龍雲"革命"的現在性價值》），2003 年 12 月

柳晟俊《1998 年以来中国大陆唐诗研究之概况——以文论为主》

（《1998 以來中國大陸唐詩研究之概況——以文論為主》），2003 年 12 月

千贤耕《郭沫若的"选择"与"转变"试探》

（《郭沫若的"選擇"與"轉變"試探》），2003 年 12 月

宋伦美《〈玄怪录〉叙事结构的顺序性分析——普洛普〈民间故事形态

论〉的对比》

（《〈玄怪錄〉敘事結構的順序性分析——普洛普〈民間故事形態論〉的對比》），2003 年 12 月

咸恩仙《"三言"、"二拍"中商人形象的社会意义》

（《"三言"、"二拍"中商人形象的社會意義》），2003 年 12 月

谢明娟《台湾地区"六朝志怪小说"研究回顾与前瞻》

（《臺灣地區"六朝誌怪小說"研究回顧與前瞻》），2003 年 12 月

衣若芳《观看叙述审美——中国题书文学研究方法论之我见》

（《觀看敘述審美——建中國題書文學研究方法論之我見》），2003 年 12 月

元钟礼《对杨万里和袁枚 "性灵美感"的比较》

（《楊萬裏與袁枚對性靈美感的比較》），2003 年 12 月

《韩中言语文化研究》（半年刊）（한중언어문학연구）第 4 辑

艾晓明《戏剧性讽刺——论萧红小说文体的独特性质》

（《戲劇性諷刺——論蕭紅小說文體的獨特素質》），2003 年 3 月

金长善《伪满洲国时期朝鲜人文学与中国人文学的总体特征》

（《偽滿洲國時期 朝鮮人文學과 中國人 文學의 總體的 特征比較》），2003 年 3 月

金春仙《周立波〈暴风骤雨〉与李箕永的〈土地〉中的主要人物形象之比较》

（《周立波〈暴風驟雨〉與李箕永的〈土地〉中的主要人物形象之比較》），2003 年 3 月

柳晟俊《王维诗与李朝"壬辰乱"前后左右诗人之关系考》

（《王维诗与李朝"壬辰乱"前后左右诗人之关系考》），2003 年 3 月

全寅初《中国小说与韩国小说的过去、现在、未来》

（《中國小說과 韓國小說의 過去、現在、未來》），2003 年 3 月

王达敏《两部史著一个话题——思考中国当代文学史写作的跨学科现象》

（《兩部史著與一話題——中國當代文學史寫作的跨學科思考》），2003
年 3 月

谢昭新《论 20 世纪 30 年代的历史小说理论及创作》

（《論 20 世紀 30 年代的曆史小說理論及創作》），2003 年 3 月

张春植《“中国体验”与韩国现代小说》

（《中國體驗과 韓國現代小說》），2003 年 3 月

张中良《20 世纪初中韩日启蒙文学的比较》

（《20 世紀初葉中韓日啟蒙文學的比較》），2003 年 3 月

《韩中言语文化研究》（半年刊）（한중언어문학연구）第 5 辑

葛涛《鲁迅与果戈理、但丁——以鲁迅对但丁的接受为中心》

（《魯迅與果戈理、但丁——以魯迅對但丁的接受為中心》），2003 年 9 月

何锡章、李俊国《从历史的单一裁判到历史的多元解释——对中国现代文
学的学科检讨兼谈研究方法的失误与转型》

（《從歷史的單一裁判到歷史的多元解釋——對中國現代文學的學科檢討
兼談研究方法的失誤與轉型》），2003 年 9 月

金长善《伪满洲国时期朝鲜人小说与中国人小说的主要特征比较研究——
以中、短篇小说为中心》（1）

（《偽滿洲國時期 朝鮮人 小說과 中國人 小說의 主要 特征 比較研
究——以中、短篇小說의 共同한 談論과 그 發散인 意味》），2003 年 9 月

金英今《关于梁建植的中国文学翻译与介绍的研究——“殖民时期”中国
文学的特征》

（《梁建植의 中國文學 翻譯과 介紹에 對한 研究——殖民地時代
중국문학의 성격과 관련하여》），2003 年 9 月

刘聪《激情年代的古典守望——论梁实秋的文学批评》

（《激情年代的古典守望——論梁實秋的文學批評》），2003 年 9 月

柳晟俊《盛唐时期王维诗的地位及其对唐宋自然诗之影响考》

（《王維在盛唐詩之地位及其對唐宋自然詩之影響考》），2003 年 9 月

柳珍姬《清代戏曲中的关公》

（《清代戲曲中的關公》），2003 年 9 月

孟庆澍《从翻译到文本——"观念之争"的再阐释》

（《從翻譯到文本："觀念之爭"的再闡釋》），2003 年 9 月

闵定庆《〈潮州诗萃〉的编辑策略初探》

（《〈潮州詩萃〉的編輯策略初探》），2003 年 9 月

朴正元《"女性主义"话语与新时期小说写作》

（《"女性主義"話語與新時期小說寫作》），2003 年 9 月

任元彬《韦庄诗歌的感伤色彩》

（《韋莊詩歌의 感傷色彩》），2003 年 9 月

藤田梨那《论郭沫若的诗〈天狗〉》

（《論郭沫若的詩〈天狗〉》），2003 年 9 月

魏红珊《郭沫若美学思想的理论来源》

（《郭沫若美學思想的理論來源》），2003 年 9 月

《中国人文科学》（半年刊）（중국인문과학）第 26 辑

扈光秀、金昌辰、宋镇韩《近代韩中知识分子在"韩国题材"汉诗中采用
的"比喻手法"》

（《근대 한중 지식인의 "한국" 제재 漢詩에 나타난 비유 표현》），
2003 年 6 月

韩宗完《"狭邪小说"的类型变化》

（《狹邪小說의 類型變化》），2003 年 6 月

洪在玄《通过唐朝边塞诗看周边的民族关系》

(《唐 邊塞詩를 통해본 주변민족과의 관계》)，2003 年 6 月

金庆国《论曾国藩的古文理论》

(《論曾國藩的古文理論》)，2003 年 6 月

李相雨《初探老舍的〈茶馆〉》

(《初探老舍的〈茶館〉》)，2003 年 6 月

李珠鲁《中国的乡土小说与韩国的农民小说比较研究》

(《중국의 향토소설과 한국의 농민소설 비교연구》)，2003 年 6 月

梁贵淑、宋镇韩、李腾渊《梁启超诗文中的"朝鲜问题"意识》

(《梁啟超의 詩文에나타난 朝鮮問題 인식》)，2003 年 6 月

柳昌辰、郑荣豪、宋镇韩《中国近代文学中有关"韩国题材"的作品目录与其解题》

(《"韓國題材" 中國 近代文學 作品目錄 및 解題》)，2003 年 6 月

朴佶长《鲁迅眼中的对外美术小考》

(《魯迅이 소개한 對外 美術의 고찰》)，2003 年 6 月

任振镐《苏轼"记文"的道家倾向考察》

(《蘇軾 記文의 道家的 傾向考察》)，2003 年 6 月

王国德《苏轼的散文和唐宋古文运动》

(《蘇軾의 散文和唐宋古文運動》)，2003 年 6 月

吴万钟《从巫歌到诗歌——〈诗经〉中的萨满教》

(《巫歌에서 詩歌로——〈詩經〉 속의 샤머니즘》)，2003 年 6 月

俞圣浚《盛唐崔国辅和他的交游》

(《盛唐 崔國輔와 그의 交遊》)，2003 年 6 月

《中国人文科学》（半年刊）（중국인문과학）第 27 辑

高真雅《屈原与杜甫的类似性——以"改变现实"的意识表现为中心》

（《屈原과 杜甫의 類似性——現實改良 의지 표현을 中心으로》），
2003 年 12 月

葛乃福《历史需要沉淀——论朦胧诗》

（《歷史需要沈澱——論朦朧詩》），2003 年 12 月

金元中《唐代"分科取士"制度与唐诗的关联——以科举制与行卷为中心》

（《唐代 取士제도와 唐詩의 상호관련양상 검토——科擧制와 行卷을 中心으로》），2003 年 12 月

金周淳《陶渊明诗中表现的技巧特点》

（《陶淵明 詩에 나타난 表現技巧의 特征》），2003 年 12 月

李相雨《中国戏曲脸谱的符号意义》

（《中國戲曲臉譜的符號意義》），2003 年 12 月

任振镐《浅论齐梁时期丘迟的〈与陈伯之书〉》

（《齊梁代의 丘遲〈與陳伯之書〉 淺論》），2003 年 12 月

孙多玉《论柳宗元人物传记的社会功用》

（《論柳宗元人物傳記의 社會功用》），2003 年 12 月

涂小马、陈宇俊《樊增祥诗歌成就探论》

（《樊增祥詩歌成就探論》），2003 年 12 月

王国德《梁启超政治小说初探》

（《梁啟超政治小說初探》），2003 年 12 月

严英旭《鲁迅与宗教文化——以佛教、道教、基督教文化为中心》

（《노신과 종교문화——불교、도교、기독교 문화를 中心으로》），
2003 年 12 月

殷雪征《鲍照生平述论》

（《鮑照生平述論》），2003 年 12 月

郑荣豪《清代小说中科举制度批判与知识分子——以〈聊斋志异〉、〈儒

林外史〉、〈镜花缘〉为中心》

（《청대 소설 속의 과거제도 비판과 지식인——〈聊齋誌異〉、〈儒林外史〉、〈鏡花緣〉을 중심으로》），2003 年 12 月

郑元祉《明末清初时期的戏曲活动与文化社会的背景》

（《明末清初 時期의 戲曲活動과文化社會的 背景에 관한 연구》），2003 年 12 月

赵炳奂《韩中文学"社团"比较论——创办〈创造〉的同名之路》

（《韓中文學"社團"比較論——創辦〈創造〉的同名之路》），2003 年 12 月

赵浚熙《话剧〈家〉研究》

（《話劇〈家〉 연구》），2003 年 12 月

《中国文化研究》（半年刊）（중국문화연구）第 2 辑

蔡守民《关于李渔显现"角色"的戏剧演技论》

（《李漁의 역할 顯現에 관한 희곡연기론》），2003 年 6 月

高淑姬《〈百家公安〉与〈龙图公案〉中的"双重空间"》

（《〈百家公安〉과 〈龍圖公案〉에 나타난 이중시공간》），2003 年 6 月

林伟民《试论中国左翼文学的审美特点》

（《試論中國左翼文學的審美特征》），2003 年 6 月

申柱锡《元好问〈论诗绝句三十首〉》

（《元好問〈論詩絕句三十首〉》），2003 年 6 月

《中国文化研究》（半年刊）（중국문화연구）第 3 辑

金进暎《通过〈世说新语〉的品评看王导与谢安》

（《〈世說新語〉의 품평을 통해본 王導와 謝安의 인물형상》），

2003 年 12 月

金胜心《中国诗歌中的隐逸类型》

（《중국 시가에 나타난 隱逸의 類型》），2003 年 12 月

金钟《六经皆史说与战国之文》

（《六經皆史說과 戰國之文》），2003 年 12 月

鲁惠淑《从唐代传奇到明代传奇》

（《從唐代傳奇到明代傳奇》），2003 年 12 月

申旻也《"白沙诗论"中的"自然"之含义》

（《백사시론에 나타난 "자연"의 함의》），2003 年 12 月

王一川《中国文学与电影的关系——以影片〈天上的恋人〉为个案》

（《中國文學與電影的關系——以影片〈天上的戀人〉為個案》），2003
年 12 月

吴京嬉《中韩二十年代女性小说的现代性比较》

（《中韓二十年代女性小說的現代性比較》），2003 年 12 月

俞泰揆《孟姜女故事的演变过程考察》

（《孟姜女故事的演變過程考察》），2003 年 12 月

《中国文学》（半年刊）（중국문학）第 39 辑

金昌焕《通过〈论语〉看孔子的教授法》

（《〈論語〉를 통해 살핀 孔子의 教授法》），2003 年 5 月

金光永《吕天成〈曲品〉中的戏曲论研究》

（《呂天成 〈曲品〉中의 戲曲論 研究》），2003 年 5 月

金俊渊《胡应麟唐代近体诗论研究》

（《胡應麟唐代近體詩論研究》），2003 年 5 月

金美廷《关于余秋雨文化散文与其"批判热"随想》

（《余秋雨 문화산문과 余秋雨 비판붐에 관한 단상》），2003 年 5 月

李奭炯《朱彝尊词论研究》

（《朱彝尊詞論研究》），2003 年 5 月

李先玉《九叶诗派的"现代性"研究》

（《九葉詩派의 "現代性" 연구》），2003 年 5 月

梁会锡《复古的类型与其文学功能——以明代李梦阳与李卓吾为中心》

（《復古의 유형과그 문학사적 기능——明代 李夢陽과 李卓吾를 중심으로》），2003 年 5 月

申智英《清代宫廷的"月令承应戏"研究》

（《清代 宮廷의 月令承應戲 研究》），2003 年 5 月

宋龙准《后西昆体诗研究》

（《後西昆體詩研究》），2003 年 5 月

《中国文学》（半年刊）（중국문학）第 40 辑

安正熏《中国文学与目录学中"类书"的位置》

（《中國文學과 目錄學에서의 類書의 자리》），2003 年 11 月

陈光宏《秦纳的文学史观与早期中国文学史叙述模式的构建》

（《秦納의 文學史觀與早期中國文學史敘述模式의 構建》），2003 年 11 月

金美廷《上海"近代性"读书市场形成与其变迁》

（《上海에서의 근대적 독서시장의 형성과 변천에 관하여》），2003 年 11 月

金庠澔《序文：中国语文学研究、教育者的作用与其落脚点》

（《서문：중국어문학 연구교육자의 역할과 지향점》），2003 年 11 月

金越会《为实现"人文教学"提议》

（《人文教學의 실현을 위한 제언》），2003 年 11 月

金震共《文化大革命时期"知青"文学研究》

（《문화대혁면 시기의 "知青" 문학 연구》），2003 年 11 月

李康齐《中国语文学研究、教育现状与其发展变化》

（《중국어문학 연구 교육자의 현황과 수요 변화의 양상》），2003
年 11 月

李南钟《王禹称的生涯与诗》

（《王禹稱의 생애와 詩》），2003 年 11 月

李先玉《大学概念与中语中文学教育》

（《대학의 이념과 중어중문학 교육》），2003 年 11 月

李永朱《杜诗的句法与序法研究》

（《杜詩의 句法과 序法 연구》），2003 年 11 月

李章佑、徐敬浩、曹明和《回顾韩国中国语文学会》（交谈）

（《한국중국어문학회를 돌아봄》），2003 年 11 月

梁会锡《中国语文学研究者的"中国专业家"对社会的作用》

（《중국어문학연구자의 중국전문가로서의 사회적 역할》），2003 年
11 月

柳昌娇《作为"人文学"教授中国文学》

（《인문학으로서 중국문학 가르치기》），2003 年 11 月

闵正基《21 世纪如何安排韩国的中国语文学专业的"研究生课程"？》

（《21 세기 한국의 중국어문학 대학원 과정은 어떤 인재를 어떻게
양성할 것인가?》），2003 年 11 月

彭铁浩《传统继承与中国模型》

（《전통 계승의 중국적 모델》），2003 年 11 月

朴正九《"中国语学"教育现状与其任务》

（《중국어학 교육의 현황과 과제》），2003 年 11 月

全炯俊《中国的比较文学研究史与其东亚视角》

（《중국의 비교문학 연구사와 동아시아적 시각》），2003 年 11 月

权应相《中国古典文学教育现状与其任务》

(《중국고전문학 교육의 현황과 과제》），2003 年 11 月

吴洙亨《〈郁离子〉的特点及其在中国寓言发展史上的意义》

(《〈郁離子〉의 특징과 中國 寓言發展史上의 意義》），2003 年 11 月

沈惠英《从"人文学危机论"基点上看中国语文学教育多种问题》

(《"인문학 위기론"의관점에서 본 중국어문학 교육의 제 문제》），

2003 年 11 月

《中国文学理论》（半年刊）（중국문학이론）第 2 辑

车柱环《〈文心雕龙〉词话》

(《〈문심조룡〉 사화》），2003 年 6 月

崔日义《〈文心雕龙〉的"翻译"概念分析》

(《〈문심조룡〉 "통변"의 개념분석》），2003 年 6 月

崔在赫《苏轼文论中的作家修养论》

(《소식 문론 속에 보이는 작가 수양론》），2003 年 6 月

高真雅《寻觅诗话沙滩上的"金沙"——〈中国诗话的诗论〉》（柳晟俊

著)（书评）

(《시화의 모래속에서 찾아낸 시론의 금씨라기——〈 중국시화의

시론〉》），2003 年 6 月

李知芸《评〈美国的中国文学研究〉》

(《 우리만의 "새로운 것"을 위하여—— 〈 미국의중국문학 연

구〉》），2003 年 6 月

柳晟俊《李重华的"贞一斋时说"——唐诗"诗体论"与风格论》

(《이중화 〈정재일시설〉의 당시 시체론과 풍격론》），2003 年 6 月

彭铁浩《〈序志〉中记载的〈文心雕龙〉 基本性格》

(《〈서지〉편에 기술된 〈문심조룡〉 의기본 성격》），2003 年 6 月

元钟礼译《解构诗学与中国古典诗学的二元互补美学》（灵石著）

（《해체주의 시학과 중국고전시학의 이원 상호보완의 미학》），
2003 年 6 月

《中国文学理论》（半年刊）（중국문학이론）第 3 辑

崔在赫《诗歌是心声的表现和自我的镜子——评〈袁枚诗与诗论〉》

（《시는 마음의 표현이자 자아의 모습——〈원매의 시와
시론〉》），2003 年 12 月

金钟燮《三苏的史论散文比较研究》

（《三蘇의 史論 散文의 比較研究》），2003 年 12 月

李炳汉《〈东海竹枝〉考》

（《〈東海竹枝〉考》），2003 年 12 月

李容宰《王维诗中的"月"意象考》

（《王維詩에 나타난 "달" 이미지 考》），2003 年 12 月

柳昌娇《阅读中国人的关键词——〈随机应变的中国人〉》

（《중국인을 읽는 키워드——〈임기응변의 중국인〉》），2003 年 12 月

彭铁浩《刘勰的生涯——以〈梁书·刘勰传〉与〈南史·刘勰传注〉的阐
释为中心》

（《劉勰의 生涯——〈梁書·劉勰傳〉과 〈南史·劉勰傳註〉에 대한
해설을 중심으로》），2003 年 12 月

权镐钟《〈文心雕龙〉第十四〈杂文〉篇辨释》

（《〈文心雕龍〉第十四〈雜文〉篇辨釋》），2003 年 12 月

文明淑《中国女性诗人作品的特征》

（《중국 여성시인들 작품에 나타난 특성》），2003 年 12 月

尹锡惕《中国诗与饮酒的关系——以汉魏时期为中心》

（《中國詩와 飲酒의 관계——漢魏 시기를 중심으로》），2003 年 12 月

徐榕浚《关于〈宋诗选注〉中论述的范成大的田园诗意义考察》

（《〈宋詩選註〉가 논한 范成大 田園詩의 의미에 대한 고찰》），

2003 年 12 月

文炫善《〈文心雕龙·诗序〉》

（《〈文心雕龍·詩序〉》），2003 年 12 月

《中国文学研究》（半年刊）（중국문학연구）第 26 辑

洪焌荧《二十世纪初中国文学"情感"话语建构与现代性》

（《二十世紀初中國文學"情感"話語建構與現代性》），2003 年 6 月

黄炫国《〈台北人〉的创作技巧分析》

（《〈臺北人〉의 創作技巧分析》），2003 年 6 月

金仁哲《中国封建大家庭中的女仆——以〈激流三部曲〉为中心》

（《中國封建大家庭에서의 女僕——〈激流三部曲〉을 중심으

로》），2003 年 6 月

金尚源《胡适的"近代"受用与"社会进化论"》

（《胡適의 "近代"受用과 "社會進化論"》），2003 年 6 月

金银雅《〈文心雕龙〉〈乐府〉篇考释》

（《〈文心雕龍〉〈樂府〉篇考釋》），2003 年 6 月

李熙贤《通过陈梦家诗看后期新月诗派的特点》

（《陳夢家 詩를 통해 본 後期新月詩派의 特征》），2003 年 6 月

林承坯《词作中用典效用性——以豪放派词人词作为主》

（《詞作에서 用典의 효용성——豪放派詞人词作為主》），2003 年 6 月

吕承焕《白居易〈听歌六绝句〉中表现的唐代歌曲》

（《白居易 〈聽歌六絕句〉에 표현된 唐代 歌曲》），2003 年 6 月

郑在亮《毛宗岗的人物象论初探》

（《毛宗崗의 人物象論 初探》），2003 年 6 月

《中国文学研究》（半年刊）（중국문학연구）第 27 辑

崔在赫《苏洵的文学观考察》

（《蘇洵의 文學觀 考察》），2003 年 12 月

姜炅范《陈继儒清言小品考》

（《陳繼儒清言小品考》），2003 年 12 月

金金南《敦煌歌词中的唐代女性形象与意识》

（《敦煌歌詞에 나타난 唐代女性의 形象과 意識》），2003 年 12 月

金卿东《白居易与高丽文人的"唱词"与"诗歌"研究》

（《白居易와 高麗文人의 唱詞詩 研究 서설》），2003 年 12 月

金银雅《刘禹锡与屈原——以屈原对刘禹锡的影响为中心》

（《劉禹錫과 屈原——劉禹錫의 屈原 受容樣相을 中心으로》），2003
年 12 月

吕承焕《宋代"影戏"考》

（《宋代 影戲考》），2003 年 12 月

南宗镇《中国传统穆道文的文学特点——以欧阳修的〈泷冈阡表〉为
中心》

（《中國 傳統穆道文의 文學 特性에 대하여——歐陽修의 〈瀧岡阡表〉
를 一列로》），2003 年 12 月

许根培《从"分析心理学"看阿 Q 的自我实现》

（《분석심리학으로 본 阿 Q 의 自己實現》），2003 年 12 月

严贵德《梁代宫体诗人的"观淫症"》

（《梁代 宮體詩人들의 觀淫癥》），2003 年 12 月

张美卿《中韩笑话考察——以相互之间的影响和发展演变过程为中心》

（《中韓笑話考察——受容과 變異樣相을 中心으로》），2003 年 12 月

张秀烈《〈文心雕龙〉文体论研究》

（《〈文心雕龍〉文體論研究》），2003 年 12 月

赵映显《〈西便制〉与〈霸王别姬〉——小说与电影的叙事考察》

(《〈서편제〉와 〈패왕별희〉——소설과 영화의 서사 고찰》), 2003
年12月

《中国现代文学》(季刊)(중국현대문학)第24号

崔亨旭《中国近代的启蒙主义文学思潮研究》

(《中國 近代의 啟蒙主義 文學思潮 研究》), 2003年3月

崔然淑《〈野草〉的空间美学》

(《〈草野〉의 空間美學》), 2003年3月

代田智明《日本的近代批判与鲁迅》

(《日本的近代批判與魯迅》), 2003年3月

葛涛《中国大陆近期关于鲁迅的论争——鲁迅的四个未解之谜》

(《中國大陸近期關於魯迅的論爭——魯迅的四個未解之謎》), 2003
年3月

金美兰《1980—1990年韩中日女性谈论的指向特殊性与交叉性》》

(《1980—90 년대 韓中日 여성담론의 지향과 교차》), 2003年3月

金明姬《鲁迅〈祝福〉中的"灵魂"问题》

(《魯迅의 복을 비는 제사에 나타난 "靈魂"의 문제》), 2003年3月

金尚浩《论〈笠〉刊创办期陈千武的诗》

(《論〈笠〉刊創辦期陳千武的詩》), 2003年3月

金越会《试析近代文学的"读法"——以"己亥杂诗"为中心》

(《근대문학 독법의 다변화를 위한 시도——"己亥雜詩" 읽기를
사례로》), 2003年3月

金垠希《1920年代中国女性小说的"性欲"》

(《1920 년대 중국 여성소설의 섹슈얼리티》), 2003年3月

李珠鲁《鲁迅的"旧体诗"小考——作为诗人的鲁迅》

（《魯迅의　舊體詩　小考——시인으로서의　魯迅》），2003 年 3 月

柳泳夏《"流体脱离"——翻译文学家傅雷与中国社会主义》

（《유체　이탈——번역문학가　傅雷의　중국사회주의　살아내기》），
2003 年 3 月

闵正基《崔健与"一无所有"和 1989 年的北京——中国大都市的"底层文化"》

（《崔健과　一無所有　그리고 1989 년의　北京：중국　대도시의　하위문화》），2003 年 3 月

朴正元《中国当代文学创作与〈白鹿原〉》

（《中國　當代文學　創作과　〈白鹿原〉》），2003 年 3 月

藤田梨那《郭沫若与朝鲜——以狼群中一只白羊为中心》

（《郭沫若與朝鮮——以狼群中一只白羊為中心》），2003 年 3 月

《中国现代文学》（季刊）（중국현대문학）第 25 号

崔然淑《〈野草〉的"时间美学"》

（《〈野草〉的"時間美學"》），2003 年 6 月

金素贤《文革时期牛汉诗研究》

（《文革時期牛漢詩研究》），2003 年 6 月

林春城《细究〈霸王别姬〉、〈活着〉中的政治、暴力、同性恋、理念主题》

（《정치　폭력　동성애　이데올로기적　주체——〈霸王別姬〉、〈活著〉細究》），2003 年 6 月

闵正基《金天羽的〈国民唱歌〉》

（《金天羽의　〈國民唱歌〉》），2003 年 6 月

朴贞姬《毛泽东新文化的建立——1950—1970 年代文学"经典"再评价》

（《毛澤東 신문화의 건립——1950—70 년대 문학 "경전" 재평가를 통하여》），2003 年 6 月

朴正元《中国当代文学与外来影响——以批评谈论与创造实践为中心》

（《中國當代文學與外來影響——以批評談論與創造實踐為中心》），2003 年 6 月

藤田梨那《关于郭沫若〈牧羊哀话〉的背景及创作意图之考察》

（《關於郭沫若〈牧羊哀話〉的背景及創作意圖之考察 》），2003 年 6 月

张东天《自后花园的"出走"与"回归"—— 路翎〈财主底儿女们〉中折射出的四十年代中国家庭》

（《自後花園的"出走"與"回歸"——路翎〈財主底兒女們〉裏所見得四十年代中國家庭》），2003 年 6 月

《中国现代文学》（季刊）（중국현대문학）第 26 号

曹惠英《考察过去、映射现在——文革时期"知青题材"及红卫兵写作研究》

（《考察過去、映射現在——文革時期知青題材及紅衛兵寫作研究》），2003 年 9 月

葛涛《中国大陆近期关于鲁迅的论争——鲁迅的四个未解之谜》

（《中國大陸近期關於魯迅的論爭——魯迅的四個未解之謎》），2003 年 9 月

金光永、金炡旭《1980s 中国戏剧的"年代记"整理性研究》

（《1980 年代 中國 연극의 年代記的 整理性 研究》），2003 年 9 月

金亨兰《样板戏的"失"与"得"》

（《樣板戲的失與得》），2003 年 9 月

金美兰《90 年代中国大众文化——电视剧〈渴望〉分析》

（《90 년대 중국 대중문화：드라마渴望 분석》），2003 年 9 月

金尚光《内心独白外界的故事——论巫永福诗中的节制和观照》

（《内心獨白外界的故事：論巫永福詩中的節制和觀照》），2003 年 9 月

刘世钟《阅读韩龙云诗的方法论——通过与鲁迅做比较阅读东亚的含义》

（《한용운시 읽기의 한 방법론——通過與魯迅做比較閱讀東亞的含義》），2003 年 9 月

朴钟淑《用身体抒写小说与性——以卫慧的〈上海宝贝〉与九丹的〈乌鸦〉为中心》

（《몸으로쓰는 소설과 性——衛慧의 〈上海寶貝〉와 九丹의 〈烏鴉〉를 중심으로》），2003 年 9 月

钱玩希《穆世英小说中的两个女性形象考察》

（《穆世英 소설 속의 두 가지 여성상 고찰》），2003 年 9 月

魏红珊《郭沫若文艺美学思想研究》

（《郭沫若文藝美學思想研究》），2003 年 9 月

郑雨光《新月的"自我"和形式》

（《新月의 자아와 형식》），2003 年 9 月

《中国现代文学》（季刊）（중국현대문학）第 27 号

曹俊兵《另类书写与本土皈依——"韩国新电影"与中国电影的"新生代"的比较》

（《另類書寫與本土皈依——"韓國新電影"與中國電影的"新生代"的比較》），2003 年 12 月

崔成卿《胡适新诗的空间构造分析》

（《胡適新詩的空間構造分析》），2003 年 12 月

金尚浩《包容的美学——论 90 年代初期陈千武的诗》

（《包容的美學——論 90 年代初期陳千武的詩》），2003 年 12 月

金时俊《亚洲文化圈与现代韩中作家的体验——20 世纪二、三十年代文学下的韩中知识分子之间的相互关系》

（《亞洲文化圈與現代韓中作家的體驗——通過文學多看到的 20 世纪二、三十年代韓中知識分子之間的相互關系》），2003 年 12 月

金彦河《鲁迅〈野草〉的诗世界——"极端对立"与"荒唐美学"》

（《루쉰 〈야초〉의 시 세계——극단적 대립과 터무니없음의 미학》），2003 年 12 月

李珠鲁《中国现代小说与政治权利——以农民小说的党派性为中心》

（《中國現代小說과政治權利——農民小說의 黨派性을 중심으로》），2003 年 12 月

朴正元《"寻根小说"与"先锋小说"的书写策略》

（《"尋根小說"與"先鋒小說"的書寫策略》），2003 年 12 月

任佑卿《鲁迅的〈伤逝〉再读》

（《루쉰의 〈상서〉 재독》），2003 年 12 月

魏幸复《民国"旧派小说"的历史地位》

（《民國舊派小說의 史的 位相》），2003 年 12 月

徐光德《竹内好的日本近代批判与鲁迅研究》

（《竹内好의 일본근대비판과 鲁迅연구》），2003 年 12 月

赵映显《"白马非马"的世界——李锐的"吕浪山"素描》

（《"白馬非馬"의 세계——李銳의 呂浪山 素描》），2003 年 12 月

《中国小说论丛》（半年刊）（중국소설논총）第 17 辑

曹萌《中国古代文学婚姻理想模式的嬗变与〈红楼梦〉的终结性地位》

（《中國古代文學婚姻理想模式의 嬗變與〈紅樓夢〉의 終結性地位》），2003 年 3 月

金敏镐《关于明代女性贞节的观点》

（《明代 女性의 貞節에 대한 觀點들》），2003 年 3 月

金明信《〈儿女英雄传〉中表现的语言现象》

（《〈兒女英雄傳〉에 나타난 언어현상》），2003 年 3 月

金晓民《韩中知识分子社会与其伦理》

（《한중 지식인 사회와 그 윤리》），2003 年 3 月

金震坤《初探历史记述与历史小说之关系——以〈三国志演义〉为例》

（《역사 기술과 역사소설의 관계 탐색을 위한 서설：〈三國誌演義〉의 경우》），2003 年 3 月

李玫淑《〈阅微草堂笔记〉的表现手法》

（《〈閱微草堂筆記〉의 표현기법》），2003 年 3 月

朴完镐《一个"树根"下的不同体裁——小说、清唱、戏曲》

（《한 뿌리의 다른 體裁인小說、清唱과 戲曲》），2003 年 3 月

朴昭贤《再读公案小说》

（《공안소설 다시 읽기》），2003 年 3 月

尚基淑《中国清代的"岁时风俗"考察》

（《中國 清代의 歲時風俗 考察》），2003 年 3 月

申秉澈《从"子不语"中表现的清代知识人的苦恼》

（《〈子不語〉에 나타난 清代 知識人의 苦惱》），2003 年 3 月

田城芸《17 世纪长篇国文小说与明末清初人情小说的相关性》

（《17 세기 장편국문소설과 명말 청조 인정소설의 상관성》），2003 年 3 月

赵宽熙《韩国的中国小说研究》（2）

（《한국에서의 중국소설 연구》），2003 年 3 月

郑东补《〈笑傲江湖〉叙述原理与象征性研究》

（《〈笑傲江湖〉의 서사원리와 상징성 연구》），2003 年 3 月

《中国小说论丛》（半年刊）（중국소설논총）第18辑

白浣等《〈八月乡村〉的时间构造分析与其韩中关系史的意义》

（《〈八月鄉村〉의 時間構造 分析과 그 韓中關系史的 意義 》），

2003 年 9 月

曹萌《关羽性格的嬗变与〈三国演义〉人格教育倾向》

《 關羽性格的嬗變與〈三國演義〉人格教育倾向 》），2003 年 9 月

程国赋《论"三言二拍"嬗变过程中所体现的文人化创作倾向》

（《論三言二拍嬗變過程中所體現的文人化創作倾向》），2003 年 9 月

成允淑《初探〈齐东野语〉中的小说题材类型分析》

（《〈齊東野語〉중의 小說題材類 유형분석 初探》），2003 年 9 月

崔银晶《试论 1920s 中国女性小说中的"他者性"》

（《1920 년대 중국 여성소설에 나타난 타자성에 관한 시론》），

2003 年 9 月

高淑姬《从历史到文学中的"包公"》

（《包公，從歷史에서 文學 속으로》），2003 年 9 月

金道荣《铁拐李的"由来"与韩国的接受情况》

（《鐵拐李의 由來와 한국적 變容》），2003 年 9 月

金埈亨《〈钟离葫芦〉与我国稗说文学关系》

（《〈鐘離葫蘆〉와 우리나라 稗說 문학의 관련 양상》），2003 年 9 月

金明求《宋元话本小说之"市井空间"探讨》

（《宋元話本小說之"市井空間"探討》），2003 年 9 月

金明信《〈绿牡丹〉的思想与人物类型研究》

（《〈綠牡丹〉의 사상과 인물 유형에 대한 연구》），2003 年 9 月

金胜渊、金顺慎《中国、日本的近代主流小说的理论特点研究》

（《中國、日本의 주요근대소설 이론의 특징 연구》），2003 年 9 月

金修研《海派小说中的性与都市叙述》

（《해파소설 중의 젠더와 도시서술》），2003 年 9 月

李权洪《沈从文的文学观》

（《沈從文의 文學觀》），2003 年 9 月

南敏洙《〈聊斋志异〉的志怪传统小说》

（《〈聊齋誌異〉의 誌怪傳統小說》），2003 年 9 月

朴宰范《王统照的〈山雨〉研究》

（《王統照의 〈山雨〉研究》），2003 年 9 月

朴在渊、金长焕《延世大学所藏的翻译古代小说〈玉支机〉研究》

（《연세대 소장 번역 고소설 필사본 〈玉支机〉연구》），2003 年 9 月

申正浩等《"朝鲜作者"小说与中国现代文学的视角》

（《"조선작가"소설과 중국 현대문단의 시각》），2003 年 9 月

田若虹《〈新石头记〉与〈新红楼梦〉著者考》

（《〈新石頭記〉與〈新紅樓夢〉著者考》），2003 年 9 月

文丁珍等《清末的"韩国"题材小说研究》

（《清末的"韓國"題材小說研究》），2003 年 9 月

吴淳邦《科技启蒙到小说启蒙——晚清时期傅兰雅的启蒙运动》

（《科技啟蒙到小說啟蒙晚清時期傅藍雅的啟蒙運動》），2003 年 9 月

郑荣豪《〈格列佛游记〉与〈镜花缘〉中表现的社会批判与其社会理想》

（《〈걸리버여행기〉와 〈鏡花緣〉에 나타난 사회비판과 이상향》），

2003 年 9 月

《中国学》（半年刊）（중국학）第 20 辑

崔成卿《关于胡适诗的抒情性研究》

（《胡適 詩의 抒情性에 관한 研究》），2003 年 6 月

金龙云《80 年代中国现代诗概观》

（《80 년대 中國 現代詩 개관》），2003 年 6 月

金明求《试探〈勘皮靴单证二郎神〉之情节结构与内容》

（《試探〈勘皮靴單證二郎神〉之情節結構與內容》），2003 年 6 月

刘美景《中国近代短篇小说和作家"声音"》

（《中國近代短篇小說과 작가 목소리》），2003 年 6 月

柳福春《读诗笔记》

（《讀詩筆記》），2003 年 6 月

权修展《李清照的生活与其作品世界》

（《李清照의 삶과 작품세계》），2003 年 6 月

孙民乐《"手"的阅读——启蒙意识形成解魅》

（《"手"的閱讀：解魅啟蒙意識形態》），2003 年 6 月

郑沃根《〈西游记〉在古代韩国》

（《〈西遊記〉在古代韓國》），2003 年 6 月

《中国学》（半年刊）（중국학）第 21 辑

金镇永《明代"格调说"探索》

（《명대 격조설 탐색》），2003 年 12 月

李在夏《崔述与〈朱泗考信馀录〉》

（《崔述과 〈朱泗考信餘録〉》），2003 年 12 月

柳明熙《〈诗经〉"情歌"中的审美意识——以"恋爱诗"为中心》

（《〈詩經〉의 情歌 속에 나타난 審美意識——戀愛詩을 중심으로》），2003 年 12 月

朴孝燮《柳宗元山水诗的特点研究——与孟浩然、王维、韦应物做比较》

（《柳宗元 山水詩의 특징 연구——與孟浩然、王維、韋應物과의 비교를 통하여》），2003 年 12 月

《中国学报》（半年刊）（중국학보）第 47 辑

安祥馥《韩中木偶戏比较研究》

（《한중 인형극의 비교연구》），2003 年 6 月

卞贵南《〈高僧传〉的志怪叙事形式小考》

（《〈高僧傳〉의 誌怪的 敘事形式 小考》），2003 年 6 月

崔桓《中国类书〈白眉故事〉研究》

（《中國 類書〈白眉故事〉 연구》），2003 年 6 月

河炅心《凌廷堪的"论曲绝句三十二首"小考》

（《淩廷堪의 論曲絕句三十二首 小考》），2003 年 6 月

洪尚勋《SF（科幻小说）的近代企划——以〈新石头记〉为中心》

（《SF 의 근대 기획——〈新石頭記〉를 중심으로》），2003 年 6 月

金惠经《李卓吾的出家及其背后的缘由》

（《이탁오의 출가와 그 배경》），2003 年 6 月

金良守《胡风与〈朝鲜台湾短篇集〉》

（《胡風과 〈朝鮮臺灣短篇集〉》），2003 年 6 月

金旻钟《扬雄的文学理论——以赋的"讽刺功能"和其前后论调的差别为中心》

（《揚雄的文學理論——賦의 諷刺 功能에 관한 前後論調을 중심으로》），2003 年 6 月

金明姬《鲁迅写作的意义》

（《魯迅에게 있어서 글쓰기의 의미》），2003 年 6 月

李桂柱《贾宝玉的诗》

（《賈寶玉의 詩》），2003 年 6 月

鲁贞银《胡风与林和的现实主义考察》

（《胡風과 林和의 리얼리즘론 고찰》），2003 年 6 月

裴丹尼尔《厉鹗自然诗的风格特点》

（《厲鶚 자연시의 풍격 특성》），2003 年 6 月

朴卿希《北宋文学的"文字狱"》

（《北宋의 문학 文字獄》），2003 年 6 月

严英旭《春园与鲁迅的"历史小说"比较研究》

（《春園과 魯迅의 歷史小說比較研究》），2003 年 6 月

尹贤淑《〈一捧雪〉故事的形成与其变化的意义》

（《〈一捧雪〉 故事의 形成과 變容의 意義》），2003 年 6 月

郑台业《宋初以"文学环境"看诗与词》

（《宋初 文學環境으로 본 시와 사》），2003 年 6 月

《中国学报》（半年刊）（중국학보）第 48 辑

宾美贞《中国神话中的"神树"与其意义》

（《中國神話에서 神樹와 그 의미》），2003 年 12 月

卢相均《明代浪漫主义思潮的主要"美学价值"形成背景与其发展情况分析》

（《명대 낭만사조 주요미학가치의 형성배경 및 그 발전양상 분석》），

2003 年 12 月

鲁长时《〈六一诗话〉中的欧阳修文学观》

（《〈六一詩話〉에 나타난 歐陽修의 문학관》），2003 年 12 月

彭铁浩《〈文心雕龙·丽词〉篇的主旨》

（《〈文心雕龍·麗詞〉편의 主旨》），2003 年 12 月

吴台锡《韩国的中国诗研究论》

（《한국의 중국시 연구론》），2003 年 12 月

郑台业《花间词中的花、柳、泪》

（《花間詞의 花、柳、淚》），2003 年 12 月

《中国学论丛》（半年刊）（중국학논총）第 15 辑

陈明舒《钱锺书关于比喻创作的理论体系》

（《錢鐘書關於比喻創作的理論體系》），2003 年 6 月

崔昌源《中国〈文公家礼〉中丧葬仪礼与其结构分析》

（《中國〈文公家禮〉中喪葬儀禮與其結構分析》），2003 年 6 月

李海元《历代咏梅诗词中梅花的象征意义研究》

（《歷代 詠梅詩詞에 나타난 梅花의 象征 意味 研究》），2003 年 6 月

李揆一《魏晋名理学与陆机文学》

（《魏晉名理學與陸機文學》），2003 年 6 月

李相雨《中国戏剧美学中的文化底蕴》

（《中國戲劇美學中的文化底蕴》），2003 年 6 月

申镇植《〈吕氏春秋〉整体结构体系辨析》

（《〈呂氏春秋〉整體結構體系辨析》），2003 年 6 月

申柱锡《关于汉代乐府民歌的言语技巧小考》

（《漢代 樂府民歌의 言語技巧에 대한 小考》），2003 年 6 月

吴允淑《穆旦诗歌中的基督教因素》

（《穆旦詩歌中的基督教因素》），2003 年 6 月

钟名诚《茅盾的解构与建构》

（《茅盾中的解構與建構》），2003 年 6 月

《中国学论丛》（半年刊）（중국학논총）第 16 辑

金周昌《王弼周易的言象意知识体系理论考察》

（《王弼 周易의 言象意 知識體系 理論 考察》），2003 年 12 月

李相雨《〈牡丹亭〉的艺术价值考察》

（《〈牡丹亭〉的藝術價值考察》），2003 年 12 月

朴永焕《王安石的诗与禅》

（《王安石의 詩와 禪》），2003 年 12 月

任振镐《汉代经学之上的汉代辞赋创作》

（《漢代의 辭賦創作과 經學》），2003 年 12 月

赵美娟《释〈四声猿〉》

（《釋〈四聲猿〉》），2003 年 12 月

郑智仁《沈从文的乡土文学中的婚姻文化》

（《沈從文의 鄉土文學에 나타난 婚姻文化》），2003 年 12 月

《中国学研究》（四月刊）（중국학연구）第 24 辑

崔雄赫《〈清诗话〉与〈清诗话续编〉中陶渊明诗评的研究》

（《〈清诗话〉와 〈清诗话续编〉의 陶渊明 시에 관한 평어 연구》），

2003 年 6 月

高真雅《金元"杜诗学"》

（《 金元代 杜詩學》），2003 年 6 月

李翼熙《通过北朝的赋看北方文学》

（《北朝 賦를 통해본 북방문학》），2003 年 6 月

林大根《1920s 中国诗"流派论"批判》

（《1920 년대 중국 시 유파론 비판》），2003 年 6 月

柳晟俊《盛唐陶翰的诗》

（《盛唐 陶翰의 시》），2003 年 6 月

朴正元《中国当代小说的"世代更替"》

（《중국 當代 소설의 세대교체》），2003 年 6 月

吴淳邦《上海与中国近代小说的变化》

（《上海와 中國近代小說의 변화》），2003 年 6 月

张俊宁《孟棨〈本事诗〉研究》

（《孟棨 〈本事詩〉 연구》），2003 年 6 月

《中国学研究》（四月刊）（중국학연구）第 25 辑

高真雅《关于王夫之的杜诗批判观点考察》

（《王夫之의 杜詩에 대한 비판적 견해 고찰》），2003 年 9 月

金旻钟《汉代"美刺说"类型与其发展过程》

（《漢代 美刺說의 유형과 전개 과정》），2003 年 9 月

金顺珍《陈染作品中"女性"的意义》

（《천란 글쓰기의 여성적 의미》），2003 年 9 月

金贤珠《中唐民间词的"文化词化"过程考察》

（《中唐 民間詞의 文化詞化 과정 고찰》），2003 年 9 月

金英美《从水浒"传"到水浒"戏"——以京剧〈乌龙院〉为中心》

（《수호"전"에서 수호"희"로——경극 〈오룡원〉을 중심으로》），

2003 年 9 月

李浚植《〈孔雀东南飞〉"新妇初来时"4 句诗考释》

（《〈孔雀東南飛〉"新婦初來時"4 句解釋考》），2003 年 9 月

裴丹尼尔《中国古典诗论中"自然"概念论议考察》

（《중국 고전시론에서 이루어진 "自然"개념 논의 고찰》），2003

年 9 月

任元彬《罗隐诗歌的现实意义》

（《羅隱詩歌의 現實意義》），2003 年 9 月

文承勇《曹丕"文气论"演变考》

（《曹丕 文氣論 演變 考》），2003 年 9 月

尹银廷《穆旦诗中的心理意识》

（《穆旦 詩에 나타난 心理意識》），2003 年 9 月

张峻荣《关于"郊寒岛瘦"小考》

（《"郊寒岛瘦"에 대한 小考》），2003 年 9 月

赵美娟《关汉卿作品中的三个妓女形象》

（《關漢卿 작품 속에 나타난 세 가지 妓女形象》），2003 年 9 月

郑大雄《"白蛇故事" 说话形式的演变类型及变化特点》

（《변신설화 "백사고사"의 유형과변용》），2003 年 9 月

《中国学研究》（四月刊）（중국학연구）第 26 辑

高八美《韩孟诗派的创作论与其审美倾向》

（《韓孟詩派의 創作論과 審美傾向》），2003 年 12 月

金容杓《高行健〈灵山〉的言语与其"声音"》

（《高行健 〈영혼의 산〉의 언어와 소리》），2003 年 12 月

李济雨《通过清代〈四库全书总目〉看"晚明小品"的现象与其评价》

（《清代 〈四庫全書總目〉을 통해 본 "晚明小品"의 현상과 평가》），2003 年 12 月

李受珉《世情小说中的"夫君形象"小考——以否定的"夫君形象"为中心》

（《世情小說中의 夫君形象 小考——否定的인 夫君形象을 중심으로》），2003 年 12 月

柳晟俊《申纬与王维诗的"神韵味"与"绘画技法"比较考》

（《申緯와 王維 詩의 神韻味와 繪畫技法 比較考》），2003 年 12 月

马仲可《关于中国九十年代的"散文现象"》

（《중국의 90 년대 "산문현상"에 관하여》），2003 年 12 月

吴淳邦《19 世纪末中文译书〈文学兴国策〉研究》

（《19 세기 末의 中文 譯書 〈文學興國策〉 研究》），2003 年 12 月

张伯伟《17—18 世纪中国诗歌美学的系谱》

（《十七、十八世紀中國詩歌美學의 系譜》），2003 年 12 月

《中国语文论丛》（半年刊）（중국어문논총）第 24 辑

白永吉《中国现代文学批评的宗教性——以刘小枫的基督教批评为中心》

（《中國 現代文學 批評의 宗教性——劉小楓의 基督教 批評 談論을 중심으로》），2003 年 6 月

崔成卿《关于周作人的"人的文学"的考察》

（《周作人의 "人的文學"에 관한 고찰》），2003 年 6 月

洪润基《关于〈文心雕龙〉的政治创作动机——以对东昏侯政权的暗示批判为中心》

（《〈文心雕龍〉의 정치적 저작동기에 대하여——東昏侯 정권에 대한 암시적 비판을 중심으로》），2003 年 6 月

金道荣《文学作品中吕东宝宝剑的双重象征》

（《문학 속에 나타난 呂東寶 보검의 이중성》），2003 年 6 月

金明求《为爱而再生——韩冯故事之"死而求爱"的精神意志》

（《為愛而再生——韓馮故事之"死而求愛"的精神意誌》），2003 年 6 月

金钟珍《韩中现代剧——"新派剧"与新剧比较》

（《한중 근대극의 신파극——신극 이행 비교》），2003 年 6 月

康泰权《〈金瓶梅〉研究——以作品中的"春药"与"淫器具"分析为中心》

（《〈金瓶梅〉研究——작품 속의 春藥과 淫器具 分析을 중심으로》），2003 年 6 月

李东乡《中国古典诗歌中的"言外之意"》

（《中國古典詩歌中의 "言外之意"》），2003 年 6 月

李寅浩《文史哲论〈史记伯夷列传〉》

（《文史哲論〈史記伯夷列傳〉》），2003 年 6 月

李再薰《朱熹〈诗集传〉与召南"新旧传"比较研究》

（《朱熹 〈詩集傳〉 召南 新舊傳 비교연구》），2003 年 6 月

李致洙《范成大的"使金诗"研究》

（《范成大의 使金詩 研究》），2003 年 6 月

闵正基《"诗界革命"与新式唱歌——"军歌"的发现与"诗"的否定》

（《"시계혁명"과 신식 창가——"군가"의 발견과 "시"에 대한 부정》），2003 年 6 月

朴英顺《试评〈李太白诗集〉与严羽的诗论》

（《試談評點〈李太白詩集〉與嚴羽的詩論》），2003 年 6 月

王一川《全球化与中国当代文艺状况》

（《全球化與中國當代文藝狀況》），2003 年 6 月

郑雨光《中国新诗中表现的"继承"与"移植"问题研究》

（《중국 新詩에 나타난 繼承과 移植 문제 연구》），2003 年 6 月

《中国语文论丛》（半年刊）（중국어문논총）第 25 辑

安芮璇《苏轼"题跋文"考察——宋代文人 "载道"之外的写作》

（《蘇軾 题跋文 考察——宋代 文人의 "載道" 밖 글 쓰기》），2003 年 12 月

蔡守民《清中期戏曲演技论小考》

（《清 中葉 戲曲演技論 小考》），2003 年 12 月

陈惠琴《桃园与花园——论大观园意象的创造》

（《桃園與花園——論大觀園意象的創造》），2003 年 12 月

崔宇锡《初唐沈佺期与宋之问诗歌内容考察》

（《初唐 沈佺期와 宋之問 詩歌 내용 고찰》），2003 年 12 月

方准浩《诗与小说的形式"和谐"——〈故事新编〉的叙事形式研究》

（《詩와 小說의 形式 的 和諧——〈故事新編〉의 叙事 形式 研究》），2003 年 12 月

高旼喜《〈红楼梦〉中的人道主义研究》

（《〈紅樓夢〉에 나타난 휴머니즘 연구》），2003 年 12 月

黄珵喜《韩愈散文中的人格美研究》

（《韓愈 散文에 나타난 人格美 研究》），2003 年 12 月

金道荣《"棒子"与"拐杖"——其生命的象征性，钟馗与铁拐》

（《"방망이"와 "지팡이"——그 생명의 상징성 ：钟馗와 铁

拐》），2003 年 12 月

金会埈《香港文学的独特性与其范围》

（《홍콩문학의 독자성과 범주》），2003 年 12 月

金晓民《简论批判科举文化的明清小说》

（《簡論批判科舉文化的明清小說》），2003 年 12 月

金正起《论〈水浒传〉中的色彩》

（《論〈水滸傳〉中的色彩》），2003 年 12 月

金芝鲜《东亚叙事中的"变身"母体研究——以韩中叙事为中心》

（《동아시아 서사에서의 변신 모티브 연구——한국과 중국의 서사를

중심으로》），2003 年 12 月

李光步《〈红楼梦〉的性与主题》

（《紅樓夢의 性과 主題》），2003 年 12 月

李显雨《关于"乱世、亡国之音论"的考察》

（《亂世、亡國之音論에 관한 고찰》），2003 年 12 月

朴成勋《元杂剧的演出与戏台》

（《元雜劇의 演出과 戲臺》），2003 年 12 月

朴兰英《巴金与韩国的无政府主义》

（《巴金과 한국의 아나키스트》），2003 年 12 月

沈文凡《唐宋诗分题材参论与研究构思》

（《唐宋詩分題材參論與研究構思》），2003 年 12 月

赵成千《对王夫之〈诗译〉的译注》

（《王夫之 〈詩譯〉에 대한 譯註》），2003 年 12 月

《中国语文论译丛刊》（年刊）（중국어문논역총간）第 11 辑

刘顺利《一个朝鲜使臣眼里的"清朝"——无名氏〈燕辕日录〉研究》

（《一個朝鮮使臣眼裏的"清朝"：無名氏〈燕轅日録〉研究》），2003

年 7 月

金俸延《阿城小说的人物形象——以"王三连"作为中心》

（《阿城 소설의 인물형상："王三連"作을 중심으로》），2003 年 7 月

金钟声《柳宗元的"人物传记"创造研究》

（《柳宗元의 人物傳記 창작연구》），2003 年 7 月

朴璟实《王安石散文中表现的现实意识》

（《王安石 散文에 나타난 現實意識》），2003 年 7 月

郭延礼著、吴淳邦等译《20 世纪初期外国科学小说翻译》

（《20 세기 초기 외국 과학소설의 번역》），2003 年 7 月

徐裕源《中国洪水神话类型研究》

（《중국 홍수신화 유형의 연구》），2003 年 7 月

徐元南《清代学者对〈史记〉体例的研究》

（《清代學者對〈史記〉體例의 研究》），2003 年 7 月

《中国语文学》（半年刊）（중국어문학）第 41 辑

安重源《大邱庆北地区的中国语文学研究史——从 1945 年至今》

（《대구경북 지역의 중국어문학 연구사——1945 년에서 현재까지》），

2003 年 6 月

崔恒《"韩国类"书籍的综合研究——"中国类"书籍的传入与流

行》（1）

（《한국類書의 종합적 연구——중국 유서의 전입 및 유행》），2003

年 6 月

姜鲸求《神话般的"幻想复活"——贾平凹的〈废都〉与陈忠实的〈白鹿

原〉研究》

（《신화적 환상의 부활——賈平凹의 〈廢都〉와 陳忠實의 〈白鹿原〉 연구》），2003 年 6 月

金永文《近代"转型期"知识分子"学问观"变化——大邱庆北文集以中国资料为主》

（《근대 전화기 지식인들의 學問觀 변화의 이론적 기반——대구경북문집 중 중국학관련 자료를 중심으로》），2003 年 6 月

卞贵南《汉译经典与佛教类志怪小说的影响关系》

（《漢譯經典과 佛教類誌怪小說의 영향관계 小考》），2003 年 6 月

李时活《韩中现代文学中的"故乡意识"比较——以玄镇健、鲁迅、郑芝溶、戴望舒为例》

（《韓中 현대문학에 나타난 고향의식 비교——현진건과 魯迅、정지용과 戴望舒를 중심으로》），2003 年 6 月

李章佑《评〈美国的中国文学研究〉》

（《〈미국의 중국문학연구》），2003 年 6 月

南敏洙《中国古代神仙类志怪小说小考》

（《中國古代神仙類誌怪小說小考》），2003 年 6 月

朴明真《明代公案小说专集的创作与刊行》

（《明代 公案小說 專集의 創作과 刊行》），2003 年 6 月

朴贞姬《现代文学学科的建立——1950—1970 年文学史著述与其"经典之作"再评价》

（《現代文學學科의 건립——1950—70 년대 문학사 저술과 "경전" 재평가를 통해서》），2003 年 6 月

沈成镐《〈高唐赋〉与〈神女赋〉的关系》

（《〈高唐賦〉와 〈神女賦〉의 관계》），2003 年 6 月

宋幸根《陆机〈文赋〉注解研究》（1）

（《陆機〈文賦〉註解研究》），2003 年 6 月

张伯伟《佛教科判与初唐文学理论》

（《佛教科判與初唐文學理論》），2003 年 6 月

郑焕钟《阮籍的思想原貌》

（《阮籍의 本有的 思想》），2003 年 6 月

《中国语文学》（半年刊）（중국어문학）第 42 辑

陈广宏《曾毅〈中国文学史〉与儿岛献吉郎〈支那文学史纲〉之比较研究》

（《曾毅〈中國文學史〉與兒島獻吉郎〈支那文學史綱〉之比較研究》），2003 年 12 月

崔在赫《从苏轼文论写作时期探讨其文艺创作理论》

（《從蘇軾文論寫作時期探討其文藝創作理論》），2003 年 12 月

巩本栋《论辛弃疾南归前期词的创作》

（《論辛棄疾南歸前期詞的創作》），2003 年 12 月

姜鲸求《戴厚英的〈人啊，人！〉三部曲研究》

（《戴厚英〈人啊，人！〉3 부작 연구》），2003 年 12 月

金海明、李宇正译《沧浪诗话》（严羽著）

（《滄浪詩話》），2003 年 12 月

金南喜《李商隐诗中的色彩表现》

（《李商隱詩中的色彩表現》），2003 年 12 月

金周淳《〈归去来辞〉与李仁老〈和归去来辞〉的比较研究》

（《〈歸去來辭〉와 李仁老〈和歸去來辭〉의 比較研究》），2003 年 12 月

李商千《关于韩愈与白居易的"对立纷争"小考》

（《韓愈와 白居易의 對立與否에 관한 小考》），2003 年 12 月

李相圭《朱熹的"文道关系"论》

（《朱熹의 文道關系論》），2003 年 12 月

刘石《中国古代文史中的美人鱼丑人》

（《中國古代文史中的美人魚醜人》），2003 年 12 月

吕武志《怎样编写一本中国古典散文教材——以欧阳修〈送徐无党南归序〉为例》

（《怎樣編寫一本中國古典散文教材——以歐陽修〈送徐無黨南歸序〉為例》），2003 年 12 月

朴安洙《徐志摩爱情诗考察》

（《徐誌摩愛情詩考察》），2003 年 12 月

朴泓俊《〈闲情偶寄〉与中国古典通俗戏曲的美学》

（《〈閑情偶寄〉와 中國古典 通俗戲曲의 美學》），2003 年 12 月

朴贞姬《教科课程的历史变迁与中国古典文学"经典之作"的"竞争"》

（《教科課程의歷史 的 變遷과 競爭하는 中國古典文學"經典"》），2003 年 12 月

杨俊蕾《当代后殖民文本中的身份与其地位》

（《當代後殖民文本中的身份與身位》），2003 年 12 月

禹在镐《关于袁宏道与汤显祖的交游》

（《袁宏道와 湯顯祖의 交遊에 관하여》），2003 年 12 月

张伯伟《关于新世纪中国古典文学研究的两点思考》

（《關於新世紀中國古典文學研究的兩點思考》），2003 年 12 月

《中国语文学论集》（季刊）（중국어문학논집）第 22 号

安东焕《乐府民歌中的六朝妓女之歌》

（《六朝 妓女의 노래——樂府民歌를중심으로》），2003 年 2 月

成谨济《新民歌与革命的浪漫主义》

（《新民歌와 革命的 浪漫主義》），2003 年 2 月

崔世谷《王弼言意之辩与〈文心雕龙·神思〉的思维模式比较》

（《王弼言意之辯與〈文心雕龍·神思〉的思維模式比較》），2003年2月

河炅心《潘之恒"演剧论"的理解》

（《潘之恒 演劇論의 이해》），2003年2月

金长焕《〈世说新语〉翻译——其"传神"的困难》

（《〈世說新語〉 번역——그 "傳神"의 어려움》），2003年2月

金海明《〈诗经〉的音乐文学的解剖》

（《〈詩經〉의 音樂文學的 解剖》），2003年2月

金宜贞《李贺神话诗歌研究——死亡的恐怖与生命的愿望》

（《李賀 神話詩歌 研究——죽음의 공포와 생명의 염원》），2003年2月

具教贤《公安派与朴趾源的文学理论比较》

（《公安派와 朴趾源의 文學理論 比較》），2003年2月

李康范《五帝本纪的叙述起点与五德终始说》

（《五帝本紀의 서술 起點과 五德終始說》），2003年2月

李相雨《古代历史剧与新编历史剧的比较考察》

（《古代歷史劇과 新編歷史劇의 比較考察》），2003年2月

李珠海《略谈两汉六朝游戏散文》

（《略談兩漢六朝遊戲散文》），2003年2月

罗琼《论中国新时期文学的演变》

（《論中國新時期文學的演變》），2003年2月

朴永钟《论〈聊斋志异〉中的伦理相》

（《論〈聊齋誌異〉中의 倫理相》），2003年2月

王国德《词曲评析》

（《詞曲評析》），2003年2月

郑晋培《中西文化比较研究论小考》

（《中西 문화 비교 연구론에 관한 小考》），2003 年 2 月

《中国语文学论集》（季刊）（중국어문학논집）第 23 号

洪允姬《20 世纪初中国语与"神话学"的相识》

（《20 세기 초 중국과 신화학의 만남》），2003 年 5 月

宋承锡《掠夺与抵抗的神话——台湾"皇民文学"研究考察》

（《수탈과 저항의 신화——타이완 "황민문학" 연구에 대한 일고
찰》），2003 年 5 月

徐元南《汉·唐之间〈史记〉注释考察》

（《漢·唐間 〈史記〉 註釋에 대한 고찰》），2003 年 5 月

赵美媛《美国〈红楼梦〉研究概况》

（《미국의 홍루몽 연구 개황》），2003 年 5 月

赵显国《瞿秋白文学思想形成中"菩萨行"的影响》

（《瞿秋白 文學思想 形成에 있어서 "菩薩行"의 影響》），2003 年
5 月

郑宣景《中韩神仙故事的"时间性"比较考察——以〈太平广记〉与〈海
东异迹〉为中心》

（《中韓 神仙故事의 時間性 比較考察——〈太平廣記〉와 〈海東異
蹟〉을 중심으로》），2003 年 5 月

《中国语文学论集》（季刊）（중국어문학논집）第 24 号

白元淡《归还与实感——近期中国小说的趋向》

（《귀환 그리고 실감——최근 중국 소설의 추향》），2003 年 8 月

金长焕《〈古小说钩沈〉校译——〈青史子〉和〈笑林〉》（1）

（《〈古小說鉤沈〉 校譯——〈青史子〉、〈笑林〉》），2003 年 8 月

金芝鲜《〈新罗殊异传〉与六朝志怪的创作基础构架比较研究》

（《〈新羅殊異傳〉과 六朝誌怪의 창작 토대에 대한 비교연구》），

2003 年 8 月

李康范《通过王国维的死亡看陈寅恪的"文化本位论"》

（《王國維의 죽음으로 본 陳寅恪의 "文化本位論"》），2003 年 8 月

卢在俊《〈唐才子传〉中描写的诗人的"文学才能"研究》

（《〈唐才子傳〉에 묘사된 시인의 문학재능에 대한 연구》），2003 年 8 月

权锡焕《唐宋山水记景观描写——唐宋山水记研究试论》

（《唐宋 山水記의 경관 표현——당송 산수기 연구의 시론으로서》），

2003 年 8 月

许庚寅《从韩中比较文学的角度看朴趾源小说研究》

（《朴趾源小說研究——以韓中比較文學的角度為中心》），2003 年 8 月

郑沃根《通过朝鲜时代的中国小说看儒教制度的坚固过程——朝鲜燕山朝
至中宗朝》（2）

（《朝鮮時代 中國小說을 통하여 본 儒教制度의 堅固過程——朝鮮 燕
山 朝에서 中宗 朝까지》），2003 年 8 月

《中国语文学论集》（季刊）（중국어문학논집）第 25 号

崔世谷《试探阮籍嵇康文学的玄理化现象》

（《試探阮籍嵇康文學的玄理化現象》），2003 年 11 月

高仁德《韩国文学汉译现状研究》

（《중국어로 번역 소개된 한국문학의 현황 연구》），2003 年 11 月

金桂台《三苏的〈六国论〉》

（《三苏의 〈六国论〉》），2003 年 11 月

李有镇《中国神话的历史化与"大一统"的欲望》

（《중국신화의 역사화와 大一統의 욕망》），2003 年 11 月

卢在俊《乐府〈少年行〉研究》

(《樂府 〈少年行〉 연구》), 2003 年 11 月

任佑卿《民族的境界与文学史——以台湾文学史与张爱玲为中心》

(《민족의 경계와 문학사——타이완신문학사와 張愛玲을 중심으로》),
2003 年 11 月

宋承锡《"皇民文学"追求的民族本性》

(《황민문학이 추구하는 민족정체성》), 2003 年 11 月

宋源灿《〈左传〉的"神秘记录"研究》

(《〈左傳〉의 神秘記錄에 관한 연구》), 2003 年 11 月

《中国语文学志》（半年刊）（중국어문학지）第 13 辑

金惠经《古典小说翻译的条件》

(《고전번역의 조건》), 2003 年 6 月

金元东《明末叶绍袁、〈午梦堂集〉与其记忆》

(《明末 葉紹袁、〈午夢堂集〉 그리고 記憶》), 2003 年 6 月

金镇卿《关于苏轼广州时期诗的编年考察》

(《蘇軾 廣州時期 詩 編年에 관한 考察》), 2003 年 6 月

李庚夏《上海文学期刊对 1930s 现代派诗潮的影响》

(《上海文學期刊對 1930 年代現代派詩潮의 影響》), 2003 年 6 月

李钟振《李奎报词试论》

(《李奎報詞試論》), 2003 年 6 月

鲁贞银《另一个自我否认——近代作家与读者的形成》

(《또 하나의 자기부정——근대적 작가와 독자형성》), 2003 年 6 月

申智英《试探戏曲艺人教育的发展》

(《戲曲 藝人 교육의 발전에 대한 試探》), 2003 年 6 月

宋真荣《明清通俗文化的两面》

（《明清 通俗文化의 두 얼굴》），2003 年 6 月

吴建民《张戒〈岁寒堂诗话〉诗学思想述评》

（《張戒〈歲寒堂詩話〉詩學思想述評》），2003 年 6 月

张允瑄《中国当代小说中的博尔赫斯影响》

（《중국 당대 소설에서 나타나는 보르헤스의 영향》），2003 年 6 月

赵殷尚《初期古文运动家的"江左文学"论》

（《初期 古文運動家들의 江左文學論》），2003 年 6 月

郑圣恩《卞之琳的爱情诗解读》

（《卞之琳의 愛情詩 解讀》），2003 年 6 月

郑台业《唐代科举文化与唐诗的兴盛》

（《唐代 科擧文化와 唐詩의 興盛》），2003 年 6 月

《中国语文学志》（半年刊）（중국어문학지）第 14 辑

崔日义《试论中国古典诗论的分类方法确立》

（《중국 고전시론의 갈래분류 방법론 정립을 위한 시론》），2003 年 12 月

洪昔杓《中国现代文学研究中的"断绝"意识 与"连续"意识》

（《中國現代文學 연구에있어 "단절"의식과 "연속"의식》），

2003 年 12 月

金鲜《清末民初柳永词的雅俗论争》

（《청말민초 柳永詞의 雅俗에 대한 논쟁》），2003 年 12 月

李仁泽《唐传奇和宋元话本中的神话操作手法研究》

（《唐 傳奇 및 宋元 話本에서의神話 운용 연구》），2003 年 12 月

朴兰英《巴金的革命三部曲〈火〉与韩国人》

（《巴金의 항전삼부작〈불〉과 한국인》），2003 年 12 月

朴英姬《八股文论议中的"雅"与"俗"》

（《八股文 論議 속의 "雅"와 "俗"》），2003 年 12 月

申夏闰《李白诗中"时空意象"考察》

（《이백 시에서의 시공간 이미지에 관한 고찰》），2003 年 12 月

吴台锡《中国文学与"温故知新"》

（《중국문학과 "温故知新"》），2003 年 12 月

徐光德《东亚"悟性史"中鲁迅的意义》

（《동아시아 지성사에서 루쉰의 의미》），2003 年 12 月

张伯伟《论日本诗话——兼谈中日韩诗话的关系》

（《論日本詩話——兼談中日韓詩話的關系》），2003 年 12 月

张贞海《武则天传奇中表现的语言与其征兆》

（《武則天 설화에 나타난 예언과 징조》），2003 年 12 月

郑瞖暻《关于笔记小说概念的小考》

（《筆記小說 概念에 대한 小考》），2003 年 12 月

郑台业《高丽与宋代文人的结识》

（《高麗와 宋代 文人의 相互認識》），2003 年 12 月

钟振振《宋代爱情词的现代意义》

（《宋代愛情詞的現代意義》），2003 年 12 月

《中语中文学》（半年刊）（중어중문학）第 32 号

崔溶澈《〈效颦集〉的传播与其版本研究》

（《〈效颦集〉의 傳播와 版本 연구》），2003 年 6 月

崔银晶《1920s 中国女性小说的"女性写作"》

（《1920 년대 중국 여성 소설의 여성적 글쓰기》），2003 年 6 月

韩惠京《〈红楼梦〉的叙事构造考察》

（《〈홍루몽〉의 서사구조에 대한 고찰》），2003 年 6 月

金炅南《苏童小说的女性相》

（《쑤퉁 소설의 여성상》），2003 年 6 月

李珠鲁《鲁迅与近代思想——以进化论的吸收与接受为中心》

（《鲁迅과 近代思想——進化論의 수용과 극복을 중심으로》），2003 年 6 月

裴丹尼尔《清初吴伟业的自然诗》

（《清初 吳偉業의 자연시》），2003 年 6 月

任元彬《佛教（禅宗）文化与唐末的诗歌》

（《佛教（禪宗）文化와 唐末의 詩歌》），2003 年 6 月

沈成镐《辞赋文学的"好修"母题》

（《辭賦文學의 "好修" 모티브》），2003 年 6 月

孙皖怡《〈白蛇传〉的时代意识与其象征——以白娘子为中心》

（《〈白蛇傳〉의 時代의식 및 상징——白娘子를 중심으로》），2003 年 6 月

赵洪善《再读〈灭亡〉——寻找巴金》

（《〈滅亡〉 다시 보기——巴金을 찾아서》），2003 年 6 月

《中语中文学》（半年刊）（중어중문학）第 33 号

曹惠英《80 年代初期中国文学的"主流"与"非主流"》

（《80 년대 초반 중국 문학의 "주류"와 "비주류"》），2003 年 12 月

崔炳圭《通过〈世说新语〉看"痴情"与"无情"的境界》

（《〈世說新語〉를 통해서 본 "癡情"과 "無情"의 경지》），

2003 年 12 月

崔世峜《试探义理派易学的思维体系——以韩康伯〈系辞传〉注为文本》

（《試探義理派易學的思維體系——以韓康伯〈系辭傳〉註為文本》），

2003 年 12 月

韩惠京《高行健的戏剧〈车站〉的演戏技法》

（《고행건의 희곡 〈버스 정류장〉의 연극적기법》），2003 年 12 月

姜必任《唐代庾信文学论考》

（《唐代庾信文學論考》），2003 年 12 月

金炳基《中国文学与古书画的鉴赏、识别相关性研究——国内个人所藏的〈东坡画像〉二幅与秋史中的书法作品分析》

（《중국문학과 古書畫 鑒識의 相關性 연구——국내 개인 소장본 東坡畫像 2幅과 秋史의 일부 서예작품에 대한 분석을 통하여》），2003年12月

金海明《中国雅乐的形成与〈诗经〉的关系》

（《중국 雅樂의 형성과 〈詩經〉의 관계》），2003年12月

金俊渊《沉沦与孤独——李商隐的五言绝句论》

（《沉淪과 孤獨——李商隱의 五言絕句論》），2003年12月

金民那《〈文心雕龙〉的文艺创作美学论——以探讨作者的"为文之用"为中心》

（《〈文心雕龍〉의 文藝創作美學論——作者의 "爲文之用"에 대한 탐색을 중심으로》），2003年12月

金明石《创作与抄袭之间》

（《창작과 표절사이》），2003年12月

金宰民《通过西门庆看〈金瓶梅〉中的贿赂研究》

（《西門慶을 통해본 〈金瓶梅〉 속의 뇌물 研究》），2003年12月

李济雨《"晚明小品"创作理论背景与其实践》

（《"晚明小品" 창작의 이론 배경과 실천》），2003年12月

李玲子《中国现当代小说作品中的性本体性研究》

（《중국 현당대 소설작품에 나타난성 정체성 연구》），2003年12月

梁忠烈《明代后期"异端"知识分子李贽的价值观》

（《명대 후기 이단적 지식인 李贄의 가치관》），2003年12月

林春城《中国近现代文学中的大众化与金庸作品中人物的实用主义理性观》

（《中國近現代文學中的大眾化與金庸作品中人物的實用主義理性觀》），2003年12月

裴丹尼尔《17—18 世纪明清自然诗"美"的特点》

(《17—18 세기 明清 自然詩의 미적 특색》),2003 年 12 月

彭铁浩《〈文心雕龙·丽辞〉篇的翻译文章研究》

(《〈文心雕龍·麗辭〉篇의 두 문장의 번역에 대한 연구》),2003
年 12 月

权宁爱《〈夜雨秋灯录〉的神仙"模样"与其意义》

(《〈夜雨秋燈録〉의 神仙 양상과 그 의의》),2003 年 12 月

徐贞姬《〈西游记〉的主题研究——以内丹说的"修行理论"中心》

(《〈西遊記〉의 주제연구——内丹說의 수행이론을 중심으로》),
2003 年 12 月

俞炳礼《白居易〈长恨歌〉的主题》

(《백거이 〈장한가〉의 주제》),2003 年 12 月

郑在书《旅行的象征意义与其文学的"吸纳"——从〈穆天子传〉到崔仁
勋的〈西游记〉》

(《여행의 상징의미 및 그 문학적 수용:〈穆天子傳〉에서 최인훈의
〈서유기〉까지》),2003 年 12 月

2004 年

2004 年硕、博学位论文

硕士论文

安志暎《元杂剧〈窦娥冤〉与〈哈姆雷特〉比较研究——以悲剧性为

中心》

（《원잡극 〈두아원〉과 〈햄릿〉의 비교：연구비극성을 중심으로》），
淑明女子大学硕士论文，2004 年

边晟珠《林语堂的〈京华烟云〉研究》

（《林語堂의 〈京華煙雲〉研究》），庆熙大学硕士论文，2004 年

陈美洙《创造社前后文学思想继承及其转变》

（《창조사 전후기 문학사상의 계승과 전변》），梨花女子大学硕士论
文，2004 年

池宜嬅《诗经的〈国风〉研究》

（《시경의 〈국풍〉연구》），明知大学硕士论文，2004 年

崔康姬《〈阿 Q 正传〉研究》

（《〈아 Q 정전〉연구》），京畿大学硕士论文，2004 年

崔美玉《〈阿 Q 正传〉中的讽刺性研究》

（《〈아 Q 정전〉에 나타난 풍자성 연구》），忠南大学硕士论文，2004 年

崔文英《徐订小说的"幻想性"研究》

（《서우 소설의 환상성 연구》），高丽大学硕士论文，2004 年

崔允瑛《王蒙"反思小说"〈布礼〉研究》

（《王蒙反思小說〈布禮〉研究》），东国大学教育学院硕士论文，2004 年

崔真淑《南宋"雅词论"研究》

（《남송아사론연구》），中央大学硕士论文，2004 年

崔正任《路遥的〈人生〉研究——以主人公高加林悲剧人生的原因分
析为中心》

（《노요의 〈인생〉 연구주인공 고가림의 비극적 삶의 원인분석
중심으로》），全北大学硕士论文，2004 年

高道旭《欧阳修"序跋文"研究》

（《歐陽修"序跋文"研究》），全北大学硕士论文，2004 年

郭银京《陶渊明"仕隐士"研究》

(《陶淵明 仕隱士 研究》),明知大学硕士论文,2004 年

姜京实《巴金〈家〉中的人物形象研究》

(《巴金의 〈家〉에 나타난 人物形象 研究》),圆光大学硕士论文,
2004 年

姜贤静《中国与希腊、罗马神话中的女神比较》

(《中國과 그리스 로마 神話의 女神 比較》),蔚山大学硕士论文,
2004 年

蒋在姬《1980s"寻根"文学论争研究》

(《1980 년대 "뿌리찾기" 문학논쟁에 관한 연구》),仁荷大学硕
士论文,2004 年

金成姬《韩国语与中国"朝鲜语"翻译文比较研究——以中国小说〈三国
演义〉翻译为中心》

(《한국어와 중국 조선어의 번역문 비교 연구: 중국소설 〈三國
演義〉의 번역을 중심으로》),高丽大学硕士论文,2004 年

金慈恩《李金发的"象征诗"研究》

(《이금발의 상징시 연구》),庆北大学硕士论文,2004 年

金恩景《陆游词研究》

(《육사 사 연구》),大学教育学院硕士论文,2004 年

金恩珠《〈活动变人形〉的人物形象研究——通过家族故事叙述历史》

(《〈活動變人形〉의 人物 形象 연구——가족 이야기를 통한 서술》),
东国大学硕士论文,2004 年

金恩珠《沈从文小说〈边城〉研究》

(《沈從文小說〈邊城〉研究》),成均馆大学硕士论文,2004 年

金福姬《高适边塞诗研究》

(《高適 邊塞詩 研究》),成均馆大学硕士论文,2004 年

金柳京《巴金作品中的韩国人》

(《巴金의 작품에 나타난 한국인》)，东国大学硕士论文，2004 年

金美爱《〈庄子〉与〈韩非子〉的寓言比较分析》

(《〈莊子〉、〈韓非子〉의 寓言 比較 分析》)，庆熙大学硕士论文，2004 年

金润秀《萧红〈生死场〉的民族意识研究——以文体论为中心》

(《소홍 〈생사장〉의 민족의식 연구：문체론을 중심으로》)，高丽大学硕士论文，2004 年

金世敬《越剧〈梁山伯与祝英台〉研究——以悲剧性为中心》

(《월극 〈양산백여축영대〉 연구：비극성을 중심으로》)，淑明女子大学硕士论文，2004 年

金孝炡《郭沫若的〈女神〉研究》

(《郭沫若의 〈女神〉 研究》)，成均馆大学硕士论文，2004 年

金洙景《〈世说新语〉的讽刺性研究》

(《〈世說新語〉의 諷刺性 研究》)，成均馆大学硕士论文，2004 年

具仙智《曹操诗的内容研究》

(《曹操 詩의 内容研究》)，蔚山大学硕士论文，2004 年

李赫《苏童的女性小说中表现的"生命意识"研究》

(《蘇童의 여성소설에 나타난 생명의식 연구》)，韩国外国语大学硕士论文，2004 年

李承娟《李昌祺的〈剪灯余话〉研究》

(《李昌祺의 〈剪燈餘話〉 研究》)，高丽大学硕士论文，2004 年

李和英《〈述异记〉试论与译注》

(《〈述異記〉 시론 및 역주》)，梨花女子大学硕士论文，2004 年

李尚熹《茅盾的〈子夜〉研究》

(《茅盾의 〈子夜〉》)，庆熙大学硕士论文，2004 年

李泰恒《吴文英妓女词研究》

（《오문영 기녀사 연구》），首尔大学硕士论文，2004 年

李贤贞《〈左传〉中使用的〈诗经〉诗研究——以"外交辞令"为中心》

（《〈좌전〉에 사용된 〈시경〉 시 연구：외교사령을 중심으로》），

淑明女子大学硕士论文，2004 年

李贤贞《巴金〈家〉研究》

（《파금의 〈가〉 연구》），明知大学硕士论文，2004 年

李贤珠《〈山海经〉版本研究》

（《〈산해경〉 판본연구》），梨花女子大学硕士论文，2004 年

李相宪《张爱玲的〈怨女〉研究——以"主题表现"为研究对象》

（《장애령의 〈원녀〉 연구：주제구현 양상을 중심으로》），高丽大学硕士论文，2004 年

李银顺《柳宗元"记"文中"美"的研究》

（《유종원 "기" 문의 미적 표현 연구》），圣信女子大学硕士论文，2004 年

李元道《茅盾的〈蚀〉三部曲中知识分子形象研究》

（《모순의 〈식〉 삼부곡의 지식인 군형상 연구》），延世大学硕士论文，2004 年

李哲键《中国古代"修养论"研究——以老子〈道德经〉与〈周易〉为中心》

（《중국 고대의수양론에 대한 연구：〈노자도덕경〉 과 〈주역〉을 중심으로》），大邱韩医大学硕士论文，2004 年

李正爱《廉想涉〈三代〉与巴金〈家〉的现实主义比较研究》

（《염상섭의 〈삼대〉와 파금의〈가〉리얼리즘 비교 연구》），蔚山大学硕士论文，2004 年

李株燕《路遥小说的主题倾向——以近现代"转型期"下中国背景的文学

作品为中心》

（《경요 소설에 나타난 주제의 경향성：근현대 전환기의 중국을 배경으로 한작품을 중심으로》），启明大学硕士论文，2004 年

林星希《18 世纪爱情传奇小说的女主人公研究》

（《18 세기 애정전기소설의 여성주인공연구》），庆北大学硕士论文，2004 年

柳炳恩《赵树理小说创作研究——以社会主义的现实主义特点为中心》

（《趙樹理 小說創作 研究：사회주의 현실주의적 특징을 중심으로》），仁荷大学硕士论文，2004 年

柳承罗《关于巴金的〈寒夜〉》

（《巴金의 〈寒夜〉에 대하여》），成均馆大学硕士论文，2004 年

闵惠莲《〈木兰诗〉研究》

（《〈木蘭詩〉研究》），明知大学硕士论文，2004 年

闵英淳《钱锺书〈围城〉的"二种构图"研究》

（《錢鐘書〈圍城〉의 二種構圖 研究》），东国大学硕士论文，2004 年

朴慧银《中国新时期小说的现实主义研究》

（《중국 신시기 소설의 리얼리즘 연구》），朝鲜大学硕士论文，2004 年

朴玟贞《韦应物的山水诗研究》

（《위응물의 산수시 연구》），高丽大学硕士论文，2004 年

朴明珠《茅盾的〈子夜〉研究》

（《茅盾의 〈子夜〉 研究》），蔚山大学硕士论文，2004 年

朴荣子《田汉剧作中的"新女性"研究——以早期剧作为中心》

（《田漢 劇作속의 "新女性" 研究：초기 극작을 중심으로》），大邱大学硕士论文，2004 年

朴胜千《李白诗歌思想研究》

（《李白의 詩를 通한 思想性 研究》），群山大学硕士论文，2004 年

朴信荣《〈三国演义〉关羽的想象对其"神化"影响》

（《〈삼국연의〉의 관우형상화가 그신격화에 끼치는 영향》），釜山大学硕士论文，2004 年

朴炫贞《宋代公案小说研究》

（《송대 공안소설 연구》），东国大学硕士论文，2004 年

朴贞淑《王褒边塞诗研究》

（《왕포 변새시 연구》），启明大学硕士论文，2004 年

朴正镐《假传文学研究》

（《假傳文學研究》），全北大学硕士论文，2004 年

朴祗滢《通过〈枕中记〉与〈南柯太守传〉比较唐传奇的"梦幻性"研究》

（《〈枕中記〉와 〈南柯太守傳〉의 비교를 통한 唐傳奇의 몽환성 연구》），东国大学硕士论文，2004 年

朴志英《鲁迅〈呐喊〉主要人物形象研究》

（《鲁迅〈呐喊〉主要人物形象研究》），庆熙大学硕士论文，2004 年

千喜淑《沈从文的〈边城〉研究》

（《沈従文의 〈邊城〉 研究》），水原大学硕士论文，2004 年

全元柱《李白"饮酒诗"研究——以内容分析为中心》

（《李白飲酒詩研究：以內容分析為中心》），庆南大学硕士论文，2004 年

任惠仁《茅盾〈农村三部曲〉研究》

（《모순의 〈농촌삼부곡〉 연구》），明知大学硕士论文，2004 年

文星己《舒婷诗研究》

（《서정 시 연구》），梨花女子大学硕士论文，2004 年

吴凤英《钱锺书的〈围城〉研究》

（《錢鐘書의 〈圍城〉 연구》），韩国外国语大学硕士论文，2004 年

徐甫庚《张爱玲〈半生缘〉研究》

（《張愛玲 〈半生緣〉 연구》），庆熙大学硕士论文，2004 年

严基铁《苏轼山水诗研究》

（《蘇軾 山水詩 研究》），东国大学硕士论文，2004 年

禹根荣《〈西汉演义〉研究——以〈西汉演义〉形成与国内传入为中心》

（《〈西漢演義〉研究：서한연의의 형성과 국내유입을 중심으로》），
庆熙大学硕士论文，2004 年

禹钟心《左翼作家联盟研究》

（《左翼作家聯盟研究》），成均馆大学硕士论文，2004 年

张辰光《胡适的"传记文学"研究》

（《胡適의 傳記文學 研究》），蔚山大学硕士论文，2004 年

张嬉真《中国现代戏剧发展研究——1970—1945》

（《중국현대희극발전연구：1970 년—1945 년을 중심으로》），明知大
学硕士论文，2004 年

赵显雅《杂剧〈西厢记〉的构造与其人物形象研究》

（《雜劇〈西廂記〉의 構造와 人物形象研究》），成均馆大学硕士论
文，2004 年

赵玹珠《〈聊斋志异〉的通俗性研究》

（《〈요재지이〉의 통속성 연구》），东国大学硕士论文，2004 年

郑恩英《王安忆"三恋"研究》

（《왕안억 "삼연" 연구》），全北大学硕士论文，2004 年

郑顺美《鲁迅小说的"儿童形象"研究——以〈呐喊〉与〈彷徨〉为中心》

（《노신 소설의아동형상 연구：〈납함〉과 〈방황〉을 중심으
로》），东国大学硕士论文，2004 年

郑相守《苏轼的文学与其"书法观"研究》

（《소식의 문학과 서예관 연구》），圆光大学东洋学学院硕士论文，

2004 年

郑银淑《〈桃花扇〉中的"悲剧意识"分析》

(《〈桃花扇〉에 나타난 悲劇意識 分析》),庆熙大学硕士论文,
2004 年

郑智英《曹植后期诗研究》

(《조식 후기 시 연구》),庆南大学硕士论文,2004 年

诸那美《韩中现代文学对西方文化接受发展情况比较研究——以代表作家
(郭沫若、金素月和老舍、蔡万植)与其作品为中心》

(《한중 현대문학의 서구문화 수용과 발전양상 비교연구:대표작가
(곽말약、김소월、노사、채만식)와 작품을 중심으로》),蔚山大学硕士
论文,2004 年

Choi Hee-Young《中韩翻译理论与其实际—— 以余华中篇小说〈1986
年〉为例》

(《중한번역의 이론과 실제: 여화의 중편소설 〈1986 년〉을
실례로》),大学教育学院硕士论文,2004 年

Choi Suk-Won《〈芝峰类说〉中的杜诗批评情况研究》

(《〈지봉유설〉에 나타난 두시 비평 양상 연구》),首尔大学硕士
论文,2004 年

Dam Ni-Yeo《〈镜花缘〉中的道教"成仙"思想研究》

(《〈鏡花緣〉에 나타난 道教 "成仙"思想 研究》),汉阳大学硕士
论文,2004 年

Ham Hyun-Joo《中韩爱情传奇小说比较研究》

(《中韓 愛情傳奇 小說의 비교 연구》),东国大学教育学院硕士论
文,2004 年

Huh Kwi-Soon《小说〈太阳照在桑干河上〉中的文化大革命探究》

(《소설〈태양조재혜명조상〉에 나타나 문화대혁명 연구》),东义

大学硕士论文，2004 年

Huh Yoo-Jin《〈郁离子〉的"历史寓言"研究》

（《〈옥리자〉의 연사우언 연구》），首尔大学硕士论文，2004 年

Hwang Sun-Mi《张戒〈岁寒堂诗话〉诗论研究》

（《張戒〈歲寒堂詩話〉詩論研究》），韩国外国语大学硕士论文，2004 年

Jun Mi-Sun《李贺"讽喻诗"研究》

（《李賀 諷喻詩 研究》），韩国外国语大学硕士论文，2004 年

Kang Mi-Sun《韩中古典小说的比较研究——以中国才子佳人小说与 17 世纪韩文小说为中心》

（《한중 고전소설의 비교연구：중국재가인소설과 17 세기 한글소설을 중심으로》），Catholic 大学硕士论文，2004 年

Kang Sun-Muk《郁达夫的散文研究》

（《郁達夫의 散文 研究》），汉阳大学硕士论文，2004 年

Kim Kyung-Hee《中国〈梁、祝〉故事在韩国的接受情况》

（《중국 〈梁、祝〉故事의 한국적 수용 양상》），首尔大学硕士学位论文，2004 年 2 月

Kim Yoo-Kyung《刘恒的"新写实小说"研究》

（《유항의 신사실소설 연구》），釜山大学硕士论文，2004 年

Lee Eun-Jung《赵树理小说研究——以抗战期代表作为中心》

（《趙樹理 소설 연구：항전기 대표작을 중심으로》），忠南大学硕士论文，2004 年

Lee Han-Na《刘向的〈说苑〉研究》

（《劉向의 〈說苑〉 研究》），庆熙大学硕士论文，2004 年

Lee Myung-Soon《李白乐府诗中的戏剧性》

（《이백 악부시의 연극성》），首尔大学硕士论文，2004 年

Lee Ok-Hee《通过"启蒙思想"看鲁迅的教育观》

（《계몽사상을 통해 본 노신의 교육관》），详明大学硕士论文，2004 年

Lee Young-Mi《唐代传奇小说研究——以中期作品为中心》

（《唐代傳奇小說研究：중기 작품을 중심으로》），公州大学硕士论文，2004 年

Nam You-Sun《1930 年中国女性运动与〈玲珑〉杂志》

（《1930 년대 중국 여성운동과 〈영롱〉잡지》），檀国大学硕士论文，2004 年

Oh Kum-Soon《归有光的女性题材散文研究》

（《귀유광의 여성소재 산문연구》），首尔大学硕士论文，2004 年

Shim Jung-Su《〈金瓶梅〉的性别观——以"贤妻良母"形象为中心》

（《젠더의 관점에서본 〈金瓶梅〉：현모양처 이미지를 중심으로》），梨花女子大学硕士论文，2004 年

Suk Sun-Hwa《韩中"外传童话"的比较研究》

（《한국과 중국의 전래동화 비교연구》），釜山大学教育学院硕士论文，2004 年

Yang Sun-Hye《刘长卿的"五言律诗"研究》

（《유장경 오언율시 연구》），首尔大学硕士论文，2004 年

博士论文

表彦福《"解放前"的中国小说研究》

（《해방전 중국 유이민소설 연구》），建国大学博士论文，2004 年

金银珍《韩中复调小说比较研究——论〈三代〉与〈围城〉之复调特征》

（《한중 현대소설의 다성성 시학 연구：〈삼대〉와 〈위성〉의 비교연구》），圆光大学博士学位论文，2004 年

李有镇《中国神话的历史化研究》

（《中國神話의 歷史化 研究》），延世大学博士论文，2004 年

朴安洙《徐志摩诗歌研究》

（《徐誌摩 詩 研究》），岭南大学博士论文，2004 年

朴桂花《清初文言文小说的叙事特点研究》

（《清初 文言小說의 叙事特征 研究》），延世大学博士论文，2004 年

孙皖怡《白蛇故事研究——以性意识为中心》

（《白蛇故事 研究：성 의식을 중심으로》），全南大学博士论文，
2004 年

任佑卿《中国反传统主义民族叙事与性》

（《중국의 반전통주의 민족서사와 젠더》），延世大学博士论文，
2004 年

申昌顺《韩中现代小说的女性形象比较研究——以 1920—1930 年的作品
为中心》

（《韓中小說의 女性形象 比較研究：1920—1930 년대 작품을
중심으로》），成均馆大学博士学位论文，2004 年

吴贞慧《1950s 中国朝鲜族诗研究》

（《1950 년대 중국 조선족 시 연구》），东亚大学博士论文，2004 年

杨兑银《鲁迅现实主义研究》

（《노신 리얼리즘 연구》），延世大学博士论文，2004 年

赵冬梅《冯梦龙〈情史〉研究》

（《馮夢龍〈情史〉研究》），高丽大学博士论文，2004 年

赵美媛《〈红楼梦〉中"情"的叙事化情况研究》

（《〈紅樓夢〉에 나타난 情의 敘事化 樣相 研究》），延世大学博士
论文，2004 年

赵淑子《〈第六才子书西厢记〉研究》

（《〈제육재자서서상기〉 연구》），首尔大学博士论文，2004 年

诸章宦《温庭筠诗研究》

（《온정균 시 연구》），韩国外国语大学博士论文，2004 年

2004 年期刊论文

《国际中国学研究》（年刊）（국제중국학연구）第 7 辑

高光敏《试探〈毛颖传〉之寓意》

（《試探〈毛穎傳〉之寓意》），2004 年 12 月

洪国梁《〈诗经〉研究方法举隅——以〈齐风 · 南山〉为例》

（《〈詩經〉研究方法舉隅——以〈齐風 · 南山〉為例》），2004 年 12 月

金白铉《由神明看庄子与韩国神仙》

（《由神明看莊子與韓國神仙》），2004 年 12 月

金旻钟《春秋时期"赋诗言志"现象的探析》

（《春秋時期"賦詩言誌"垷象的探析》），2004 年 12 月

金守良《"日帝时代"韩国和台湾接受鲁迅之比较》

（《日帝時代韓國和臺灣接受魯迅之比較》），2004 年 12 月

金泳信《晚清学会运动与谭嗣同》

（《晚清學會運動與譚嗣同》），2004 年 12 月

刘权钟《儒教的礼文化与心学——以朝鲜时代的李退溪思想为中心》

（《儒教的礼文化与心学——以朝鲜时代的李退溪思想为中心》），2004
年 12 月

柳晟俊《朝鲜朝以来清代诗学研究概述》

（《朝鲜朝以來清代詩學研究概述》），2004 乢 12 月

朴永焕《洪州禅与中晚唐诗坛》

（《洪州禪與中晚唐詩壇》），2004 年 12 月

尹恩子《清代哥老会与乡村寺庙》

（《清代哥老會與鄉村寺廟》），2004 年 12 月

《韩中言语文化研究》（年刊）（한중언어문화연구）第6辑

代田智明《全球化、鲁迅、互相主体性》

（《全球化、鲁迅、互相主體性》），2004年3月

方长安《形成、调整与质变——周作人"人的文学"观与日本文学的关系》

（《形成、調整與質變——周作人"人的文學"觀與日本文學的關系》），2004年3月

黄晓娟《一串凄婉的歌谣——论萧红散文的个性风格》

（《一串凄婉的歌謠——論蕭紅散文的個性風格》），2004年3月

金长善《伪满洲国时期朝鲜人小说与中国人小说的主题特征比较研究》（2）

（《僞滿洲國時期 朝鮮人 小說과 中國人 小說의 主題 特征 比較研究》），2004年3月

金尚浩《卓越的想象力、崭新的语言——论白萩的诗》

（《卓越的想象力、嶄新的語言——論白萩的詩》），2004年3月

金香《关于中国朝鲜族歌曲的考察》

（《中國 朝鮮族 歌曲에 對한 考察》），2004年3月

旷新年《寻找"当代文学"》

（《尋找"當代文學"》），2004年3月

李庭仁《回归"神话"——高行健的〈野人〉》

（《神話로 돌아가기——高行健〈野人〉》），2004年3月

柳晟俊《最近五年间大陆唐诗研究动向及主要论文目录》

（《最近五年間大陸唐詩研究動向及主要論文目錄》），2004年3月

朴正元《福柯的灵魂——刘震云小说中的"权力"叙事》

（《푸코의 靈魂：劉震雲 小說속의 微示權力叙事》），2004年3月

任元彬《贯休诗歌的内容考察》

（《貫休詩歌의 內容 考察》），2004 年 3 月

申正浩《"雅俗共赏"与中国文学的近代性问题研究》

（《"아속공상"과 중국문학의근대성 문제 연구》），2004 年 3 月

沈庆利《中国现代小说中的异域想象》

（《中國現代小說中的異域想象》），2004 年 3 月

藤田梨那《中国古典文学对日本近现代文学影响之终结》

（《中國古典文學對日本近現代文學影響之終結》），2004 年 3 月

巫小黎《张资平小说创作的自然主义特质》

（《張資平小說創作的自然主義特質》），2004 年 3 月

张俊宁《李贺诗歌中的死亡意象掠影》

（《李賀詩歌中的死亡意象掠影》），2004 年 3 月

《中国人文学科》（半年刊）（중국인문학과）第 28 号

白浣、金贵锡、宋镇韩《中国出版的"韩国杂志"小说试探——以〈独立公论〉、〈革命公论〉、〈韩民〉为中心》

（《中國에서 出版된 韓國雜誌에 실린 小說 試探——〈獨立公論〉、〈革命公論〉、〈韓民〉을 중심으로》），2004 年 6 月

扈光秀、金昌辰、宋镇韩《上海版〈独立新闻〉所载的汉诗"文本"分析》

（《상해판 〈독립신문〉所載 한시의 텍스트 분석》），2004 年 6 月

金璟硕《关于文学研究会的"现实主义"形成小考》

（《문학연구회 리얼리즘의 형성에 대한 소고》），2004 年 6 月

金仁哲《张爱玲的"反共小说"——〈秧歌〉与〈赤地之恋〉》

（《張愛玲의 "反共小說"——〈秧歌〉與〈赤地之戀〉》），2004 年 6 月

金钟《四部流别》

（《四部流别》），2004 年 6 月

金周淳《申钦的汉诗中"陶渊明"接受情况考》

（《申欽의 漢詩에 나타난 陶淵明의 受容 樣相》），2004 年 6 月

李光步《〈红楼梦〉中反映的同性恋》

（《〈紅樓夢〉에 反映된 同性戀》），2004 年 6 月

李胜渊《西方主要中国文学史叙述体系与其视角分析》

（《서양의 주요 중국문학사 서술 체제와 시각 분석》），2004 年 6 月

李相雨《中国古代剧场空虚化的内涵》

（《中國古代劇場空虛化的內涵》），2004 年 6 月

梁忠烈《宋代文化的"内省化"与"以意为主"的诗学思想》

（《宋代 문화의 内省化와"以意為主"의 시학사상》），2004 年 6 月

柳昌辰《沈从文文学的"原乡意识"》

（《沈從文 문학의 原鄕意識》），2004 年 6 月

任振镐《刘基社会批判靠拢文学——以〈郁离子〉的讽刺性为中心》

（《劉基 社會批判의문학적 접근——〈郁離子〉의 諷刺性을 중심
으로》），2004 年 6 月

孙皖怡《田汉话剧的审美特征》

（《田漢話劇의審美特征》），2004 年 6 月

吴怀东《审美超越与艺术创新——略论陶渊明田园诗与时代主流的关系》

（《審美超越與藝術創新——陶淵明田園詩與時代主潮關系論略》），
2004 年 6 月

《中国人文学科》（半年刊）（중국인문학과）第 29 号

高惠京《关于新文学初期"个人主义"与"自我"意识小考》

（《신문학 초기의 個人主義와 自我에 대한 小考》），2004 年 12 月

金映志《中国戏剧形成与巫俗——以"目连戏"为中心》

（《중국 연극의 형성과 巫俗——目連戲를 중심으로》），2004 年 12 月

金钟燮《元好问"序跋类"散文中的文学理论研究》

（《元好問의 序跋類 散文에 나타난 文學理論 研究》），2004 年 12 月

李金恂《冯梦龙的戏曲演出理论研究》

（《馮夢龍의 희곡연출이론 연구》），2004 年 12 月

李胜渊、梁贵淑《中国近代诗歌中的朝鲜问题》

（《중국 근대시기 詩歌에 나타난 朝鮮 문제 인식》），2004 年 12 月

李相雨《〈雷雨〉中的"本能力量"》

（《〈雷雨〉中的"本能力量"》），2004 年 12 月

梁会锡《中国文艺理论的形成与巫俗》

（《중국 문예이론의 형성과 巫俗》），2004 年 12 月

林承坯《辛弃疾的饮酒词》

（《辛棄疾의 飮酒詞》），2004 年 12 月

柳昌辰《〈朝鲜通史〉（亡国影）小考》

（《〈朝鮮通史〉（亡國影）小考》），2004 年 12 月

朴佶长《鲁迅杂文创作过程考察》

（《魯迅雜文創作過程考察》），2004 年 12 月

任振镐《关于柳宗元的山水小品文的"美学"理解》

（《柳宗元의 山水小品文에 대한 美學 的 이해》），2004 年 12 月

吴万钟《中国诗形成与巫俗》

（《중국 시의 형성과 巫俗》），2004 年 12 月

殷雪征《与鲍照有关人物论考》

（《與鮑照有關人物論考》），2004 年 12 月

Cho Jung-Ok《上海的"特殊性"与商业"近代文学"超前出现的历史背景之间的关系》

（《상해의 특수성과 상업적 근대문학의 조기출현 배경》），2004 年

12 月

《中国文化研究》（半年刊）（중국문화연구）第 4 辑

崔琇景《两个声音，两个欲望——清代女性文学的文学环境与作家意识》

（《두 가지 목소리, 두가지 욕망——清代女性文學의 文學環境과 作家意識》），2004 年 6 月

金松姬《通过陶渊明的诗看〈庄子〉的生命意识》

（《陶渊明 诗를 통해 본 〈莊子〉의 生命意识》），2004 年 6 月

金鲜《"人生如梦，一尊还酹江月"——东坡黄州词中的梦》

（《"人生如夢，一尊还酹江月"——東坡黄州詞中的夢》），2004 年 6 月

金晓民《从社会、文化的角度看明清小说作家》

（《社會、文化的 視覺을 통해 본 明清小說 作家》），2004 年 6 月

李宣侕《华兹华斯诗与〈庄子〉散文中的感染力和想象力》

（《워즈위스의 詩를 통해 본 〈莊子〉의 散文에 나타난 感染力과 想象力을 통한 자연에 대한 이해》），2004 年 6 月

卢昇淑《权力与压抑的颠覆——中国现代女性小说中的"叛逆"写作》

（《權力과 壓抑의 顛覆——中國現代女性小說에서의 叛逆 的 글쓰기》），2004 年 6 月

彭国忠《从科场之诗看〈文选〉对唐代科举的影响》

（《從科場之詩看〈文選〉對唐代科舉的影響》），2004 年 6 月

王洁《叙事与颂歌——70 年文学叙事诗与抒情之关系研究》

（《叙事與頌歌——70 年文學敘事詩與抒情之關系研究》），2004 年 6 月

赵得昌《试探汤显祖"四梦"的梦境比较》

（《試探湯顯祖"四夢"的夢境比較》），2004 年 6 月

Ha So-Un《五四知识女性的心灵矛盾及其社会关系》

（《五四知識女性心靈矛盾及其社會觀照》），2004 年 6 月

《中国文化研究》（半年刊）（중국문화연구）第5辑

蔡孟珍《〈牡丹亭〉场上表演的问题》

（《〈牡丹亭〉場上表演的問題》），2004年12月

洪瑞妍《王国维美学思想的审美本质论》

（《王國維美學思想的審美本質論》），2004年12月

赵红娟《董说交游考再补》

（《董說交遊考再補》），2004年12月

赵正来《宗白华的美学实践和人生观》

（《宗白華的美學實踐和人生觀》），2004年12月

郑传寅《戏曲舞台色彩的表现功能与文化意义》

（《戲曲舞臺色彩的表現功能與文化意義》），2004年12月

郑鹤顺《现当代诗歌中的女性意识探究》

（《現當代詩歌中的女性意識探幽》），2004年12月

《中国文学》（半年刊）（중국문학）第41辑

洪尚勋《"传统时期"江南地区的"读书市场"的形成与变迁——以小说作品生产与其流通为中心》

（《전통시기 강남지역에서 독서시장의 형성과 변천——소설작품의 생산과 유통을 중심으로》），2004年5月

金俊渊《唐代"送别七律"常用诗语研究》

（《唐代送別七律常用詩語研究》），2004年5月

金万源《评〈杜甫与杜诗——爱的历史〉》

（《杜甫와 杜詩에 대한 사랑의 역사》），2004年5月

李相宜《从其"意义"角度看〈公羊传〉与〈左传〉的解释体系》

（《의미작용의 관점에서본 〈公羊傳〉과 〈左傳〉의 해석체계》），

2004年5月

廉丁三《许慎的"文字观"理论——以"一六书论"为中心》

（《許慎 文字觀의 理論的인 軸——一六書論을 中心으로》），2004
年 5 月

卢相均《杨慎的哲学思想考察》

（《楊慎의 哲學思想 考察》），2004 年 5 月

罗善姬《清代小说〈儒林外史〉中的"讽刺"叙述与其意义》

（《清代小說〈儒林外史〉에 나타나는 아이러니의 전면적 서술과 그
의미》），2004 年 5 月

彭铁浩《格调说、神韵说、性灵说——以其思想背景为中心》

（《격조설、신운설、성령설의 상관관계——사상적 배경을 중심으로》），
2004 年 5 月

文盛哉《明末戏曲的出版与其流通——以江南地区的"读书市场"为
中心》

（《明末 희곡의 출판과 유통出——江南지역의 독서시장을 중심으로》），
2004 年 5 月

吴秀卿《通过〈白兔记〉看中国戏曲的雅俗变奏》

（《〈白兔記〉 텍스트를 통해 본 中國 戲曲의 雅俗의 變奏》），
2004 年 5 月

唐润熙《〈四库全书总目提要〉子部儒家类所反映的学术思想倾向》

（《〈四庫全書總目提要〉子部儒家類所反映的學術思想傾向》），2004
年 5 月

《中国文学》（半年刊）（중국문학）第 42 辑

白光俊《从桐城派的建立与其"志向"来看八股文——以文化环境看八股
文的提议》

（《桐城派의 建立과 誌向，그리고 八股文——八股文을 文化的 環境

으로 바라보기 위한 提言》），2004 年 12 月

曹明和《变文与"变"以及"转变"》

（《變文과 變，그리고 轉變》），2004 年 12 月

金永文《关于张志渊接受梁启超思想的研究》

（《張誌淵의 梁啟超 수용에 관한 연구》），2004 年 12 月

金俊渊《评〈传奇、小说和李白〉》

（《〈傳奇、小說和李白〉》），2004 年 12 月

刘京哲《关于"金庸小说的文学成就与其贡献"的论议考察》

（《金庸 小說의 문학적 성취와 공헌을 둘러싼 논의의 고찰》），
2004 年 12 月

沈惠英《鲁迅的〈野草〉世界——近代知识分子"存在"与"虚无"的
对抗》

（《魯迅과 〈野草〉의 세계——근대 지식인의 실존과 허무와의 항전》），
2004 年 12 月

元钟礼《王士祯"唐宋主义"中的近代意识》

（《王士禎의 唐宋主義에 담긴 近代的 自覺》），2004 年 12 月

《中国文学理论》（年刊）（중국문학이론）第 4 辑

崔炳学《〈文心雕龙〉第三十六〈比兴〉篇辨释》

（《〈文心雕龍〉第三十六〈比興〉篇辨釋》），2004 年 8 月

崔琴玉《〈诗品·中品〉译注》（上）

（《〈詩品·中品〉譯註》），2004 年 8 月

崔在赫《苏轼的自然创作论》

（《소식의 자연 창작론》），2004 年 8 月

金明信《关于中国小说构造与叙述方式研究——以〈儿女英雄传〉为
中心》

（《중국 소설의구조와 서술방식에 대한 연구——〈兒女英雄傳〉을 중심으로》），2004 年 8 月

金鲜《清末民初史学家对"南北宋词"的论争》

（《청말민초 사학가들의 남북송사에 대한 쟁론》），2004 年 8 月

李相德《中国新诗初期朱湘的诗论》

（《中國新詩初期朱湘의 詩論》），2004 年 8 月

李钟振《从比较文学观点看韩、中、日的近代文学的特点——近代文学的"近代性"问题与三国文学的发展情况》

（《비교문학적 관점에서 본 한중일 근대문학의 특징——근대문학의 근대성의 문제와 3 국 문학의 전개양상》），2004 年 8 月

彭鉄浩《〈文心雕龙〉产生的历史背景》

（《〈文心雕龍〉 출현의 역사적 배경》），2004 年 8 月

朴泓俊《李渔戏曲理论的"多层"意义》

（《李渔 戲曲理論의 多層的 意義》），2004 年 8 月

权锡焕《中国楹联中的时间与空间的关系》

（《중국 楹聯에서의 시간과 공간의 관계》），2004 年 8 月

赵成千《〈文心雕龙·定势〉的解题与译注》

（《〈文心雕龍·定勢〉的解題與譯註》），2004 年 8 月

《中国文学研究》（半年刊）（중국문학연구）第 28 辑

洪焌荧《1910 年年末文学观念的"再编"与对文章的认识变化——以〈新青年〉中"文学"论议为研究对象》

（《1910 년대 말 문학 관념의 재편과 문장 인식의 변화——〈新青年〉에서 "문학" 논의를 중심으로》），2004 年 6 月

姜必任《乐府民歌的"文人诗化"试论——以魏晋六朝的〈陌上桑〉为中心》

（《樂府民歌의 文人詩化 樣相 試論——魏晉六朝의 〈陌上桑〉擬作을 중심으로》），2004 年 6 月

姜允玉《再论〈侯马盟书〉文字》

（《再論〈侯馬盟書〉文字》），2004 年 6 月

梁东淑《从甲骨文看商代的教育》

（《갑골문으로 본 商代의 教育》），2004 年 6 月

南宗镇《韩愈所撰的墓志铭的记述特点》

（《韓愈 所撰 墓誌銘의 記述 特征》），2004 年 6 月

许根培《〈呐喊〉中的鲁迅的农民意识——以绝望与希望为中心》

（《〈呐喊〉에 나타난 魯迅의 농민의식——절망과 희망을 중심으로》），2004 年 6 月

赵映显《重估寻根小说的意义》

（《重估寻根小說의 意義》），2004 年 6 月

《中国文学研究》（半年刊）（중국문학연구）第 29 辑

白钟仁《王质诗用韵研究》

（《王質詩用韻研究》），2004 年 12 月

金卿东《白居易与高丽文人的唱和诗研究——以唱和的"诸多模样"及其意义为中心》

（《白居易와 高麗文人의 唱和詩 研究——唱和의 諸模樣과 意味를 중심으로》），2004 年 12 月

金尚源《胡适的"历史的文学进化论"再探》

（《胡適의 "歷史的文學進化論"再探》），2004 年 12 月

金钟赞、刘根辉《中唐诗歌用韵研究》

（《中唐詩歌用韻研究》），2004 年 12 月

李熙贤《新月诗派刘梦苇的爱情诗研究——"生命消亡"与"热烈爱情"

之歌》

（《新月詩派　劉夢葦의　愛情詩　研究——소멸하는　생명과　열정적인 사랑노래》），2004 年 12 月

梁东淑《从甲骨文看商代的刑罚》

（《甲骨文으로　본　商代의　刑罰》），2004 年 12 月

欧翔英《从寻根文学看乡土中国的现代处境》

（《從尋根文學看鄉土中國的現代處境》），2004 年 12 月

宋真荣《明清通俗小说的通俗性考察——以世情小说为中心》

（《明清通俗小說의　通俗性　考察——世情小說을　中心으로》），2004 年 12 月

谢佩芬《暮年知音慰清刚——苏轼与柳宗元的心灵会通》

（《暮年知音慰清剛——蘇軾與柳宗元的心靈會通》），2004 年 12 月

严贵德《六朝闺怨诗的"自然"变迁研究》

（《六朝　閨怨詩의　自然　이미저리　變遷　研究》），2004 年 12 月

尹寿荣《陈草庵的散曲研究》

（《陳草庵의　散曲研究》），2004 年 12 月

《中国现代文学》（季刊）（중국현대문학）第 28 号

洪昔杓《关于鲁迅中国古典集录与文学史记述研究》

（《노신의　중국　고전　집록과　문학사　기술에　관한　연구》），2004 年 3 月

黄修已《中国现代文学的全人类性——全球化语境下的中国现代文学研究》

（《中國現代文學的全人類性——全球化語境下的中國現代文學研究》），2004 年 3 月

金河林《中国现代文学中的文学与"权利"问题》

（《중국　현대문학에　있어서　문학과관력의　문제》），2004 年 3 月

金炅南《20 世纪 80 年代以后的中国小说中的"生命意识"——以〈红高粱〉、〈爸爸爸〉、〈风景〉、〈狗日的粮食〉为中心》

(《1980 년대 이후 중국소설에 드러난 생명의식——〈紅高粱〉、〈爸爸爸〉、〈風景〉、〈狗日的糧食〉에 드러난 생명의식을 중심으로》),2004 年 3 月

金明姬《"创伤"与"拒绝"的文化风景——读陈染的〈私人生活〉》

(《상처와 거절의문화적 풍경——陳染의 〈私人生活〉을 읽고》),2004 年 3 月

李相德《生命的周边——以顾城的〈颂歌世界〉为中心》

(《생명의 변주:顧城의 〈頌歌世界〉를 중심으로》),2004 年 3 月

李琮敏《阅读现实主义者对"启蒙"的烦恼——以鲁迅的〈狂人日记〉为中心》

(《계몽에 대한 현실주의자의 고뇌 읽기——노신의 〈광인일기〉를 중심으로》),2004 年 3 月

刘建芝 Untimely reflections on modernization in China,2004 年 3 月

刘京哲《中国大陆武侠小说研究考察》

(《중국 대륙의 무협소설 연구 고찰》),2004 年 3 月

刘世钟《北京的近代化与"基层民众"的生活——从"沙漠"到"沙漠都市"》

(《베이징의 근대화의 기층민의 삶——"사막"에서 "모래도시"로》),2004 年 3 月

闵正基《图画"阅读"近代中国的社会与文化——关于研究〈点石斋书报〉的序说》

(《그림으로 "읽는" 근대 중국의 사회와 문화——〈點石齋書報〉연구를 위한 서설》),2004 年 3 月

朴宰范《1930s 中国长篇小说的发展与其类型的研究》

(《1930 년대 중국 장편소설의 발전과 유형에 관한 연구》），2004 年 3 月

张松建《穆旦与美学现代性的悖论》

(《穆旦與美學現代性的悖論》），2004 年 3 月

郑圣恩《冯至的〈十四行集〉中的"生命意识"研究》

(《馮至의 〈十四行集〉에 나타난 "생명의식" 연구》），2004 年 3 月

《中国现代文学》（季刊）（중국현대문학）第 29 号

白池云《"现代主义"时代中国知识界的"文化"谈论》

(《포스트모더니즘 시대 중국 지식계의 "문화" 담론》），2004 年 6 月

郜元宝《从舍身到身受——略谈鲁迅著作的身体语言》

(《從舍身到身受——略談魯迅著作的身體語言》），2004 年 6 月

计璧瑞《日据台湾新文学的文化想象》

(《日據臺灣新文學的文化想象》），2004 年 6 月

林春城《中国近现代武侠小说的近现代性》

(《중국 근현대 무협소설의 근현대성》），2004 年 6 月

林春城译《中国近代思想史的教训》（李泽厚著）

(《중국 근대사상사의 교훈》），2004 年 6 月

朴贞姬《翟永明诗研究》

(《翟永明詩研究》），2004 年 6 月

朴姿映《1990 年以后的中国文化研究》

(《1990 년대 이후 중국에서의 문화연구》），2004 年 6 月

全炯俊《关于 20 世纪 90 年代中国文学的"新状况"与"新解释"的研究》（1）

（《1990 년대 중국문학의 신상태와 신해석에 대한 연구》），2004 年
6 月

Jason McGrath *Adapatations and Ruptures : Autonomies of Chinese Literature in the Culture Market of the 1990s* (Part 1)，2004 年 6 月

申洪哲《早期鲁迅的民族主义性格》

（《초기 노신의 민족주의 성격》），2004 年 6 月

吴耀宗《郁达夫的情色空间》

（《郁達夫的情色空間》），2004 年 6 月

《中国现代文学》（季刊）（중국현대문학）第 30 号

程凯《从"投诚信"到"劝降书"》

（《從"投誠信"到"勸降書"》），2004 年 9 月

金世焕《近代国家与"新体"叙事学》

（《근대국가와 신체의 수사학》），2004 年 9 月

金垠希《20 世纪 40 年代女性小说的一面》

（《1940 년대 女性小說의 一面》），2004 年 9 月

李先玉《中国 80 年代寻根文学考察》

（《중국의 80 년대 尋根文學 고찰》），2004 年 9 月

刘世钟《韩龙云雨鲁迅的"世界"认知》

（《한용훈과 루쉰의 "세계" 인식》），2004 年 9 月

柳泳夏《香港知识分子对"岑逸飞"的批判意识》

（《홍콩 지식인 岑逸飛의 비판의식》），2004 年 9 月

朴正元《论中国当代存在主义文学的缘起与创新》

（《論中國當代存在主義文學的緣起與創新》），2004 年 9 月

朴姿映《上海"乡愁"》

（《상하이 노스탤지어》），2004 年 9 月

任明信《韩国近代精神史上的鲁迅》

（《한국근대정신사 속의 노신》），2004 年 9 月

赵炳奂《早期"海派"都市小说的新倾向》

（《초기 海派 도시소설의 신경향》），2004 年 9 月

《中国现代文学》（季刊）（중국현대문학）第 31 号

白池云《〈自由书〉的文本构成——关于梁启超的"自由"概念研究》

（《〈自由書〉를 구성하는 텍스트들——梁啟超의 "자유" 개념에 대한 연구》），2004 年 12 月

崔银晶《池莉的创作小考》

（《池莉의 창작에 관한 小考》），2004 年 12 月

洪昔杓《鲁迅的精神结构——"矛盾"为统一主题》

（《루쉰의 정신구조——모순의 통일적 주체》），2004 年 12 月

姜鲸求《高行健的〈一个人的圣经〉探索》

（《高行健의 〈一個人의 聖經〉 탐색》），2004 年 12 月

金昌祜《东亚"他者"形象比较研究》

（《동아시아 타자 형상 비교 연구》），2004 年 12 月

具文奎《论鲁迅杂文中的讽刺形象》

（《論魯迅雜文中의 諷刺形象》），2004 年 12 月

李玲子《中国现代文学中的权利、阶级、性》

（《중국현대소설 속의 권력、계급、성》），2004 年 12 月

李淑娟《朱天心小说研究》

（《朱天心小說研究》），2004 年 12 月

李珠鲁《王蒙小说的叙事战略——以"意识"为中心》

（《王蒙小說의 敘事戰略——意識의 흐름을 중심으로》），2004 年 12 月

林春城《香港文学的脱殖民主义》

（《홍콩문학의 정체성과 탈식민주의》），2004 年 12 月

刘京哲《看武侠小说的另一个角度》

（《무협소설을 보는 또 다른 시각》），2004 年 12 月

田炳锡《中国现代文学史的两面：徐卓呆——中国现代“雅俗文学”相关
史试论》

（《중국 현대 文學史의 두 얼굴：徐卓呆——중국현대 雅俗文學 相關
史 시론》），2004 年 12 月

沈惠英《鲁迅〈野草〉与“梦想”的“不安”》

（《루쉰의 〈야초〉와 “꿈꾸는 정신”의 “불안”》），2004 年 12 月

《中国小说论丛》（半年刊）（중국소설논총）第 19 辑

曹惠英《新时期文学中的“现代派”思潮》

（《新時期文學中의 “現代派” 思潮》），2004 年 3 月

曹萌《明代中期色情小说流水式结构模式及其成因》

（《明代中期色情小說流水式結構模式及其成因》），2004 年 3 月

陈美林《“世故人情，毕现尺幅”》

（《“世故人情，畢現尺幅”》），2004 年 3 月

成润淑《通过“报仇母体”看〈霍小玉传〉的“雅”与“俗”》

（《“복수”모티브를 통해 본〈霍小玉傳〉의 “雅”와 “俗”》），
2004 年 3 月

崔琇景《从话本小说中的女性人物看明代社会的“女性性”范围》

（《話本小說 속 여성인물을 통해 살펴본 明代 사회의 女性性의
범주》），2004 年 3 月

金明求《论〈上海经〉神话中的死亡观》

（《論〈上海經〉神話中의 死亡觀》），2004 年 3 月

金明信《恶女、淑女和侠女》

（《악녀、숙녀 그리고 俠女》），2004 年 3 月

金晓民《明清小说中的科举文化》

（《明清小說에 나타난 科擧文化》），2004 年 3 月

李恩英《略论冯梦龙〈新列国志〉中的虚构意识》

（《略論馮夢龍〈新列國誌〉中的虛構意識》），2004 年 3 月

柳昌辰《中国近代有关"韩国"题材的小说中"韩国认识"与其时代思维》

（《"한국"소재 中國 近代小說 속의 韓國 認識과 時代思維》），2004 年 3 月

闵宽东《朝鲜时代对中国小说评论的"虚"与"实"》

（《朝鮮時代 中國小說에 대한評論의 虛와 實》），2004 年 3 月

朴明真《明代白话公案小说中的"清官现象"的文化特点》

（《明代 白話 公案小說에 나타난 "清官現象"의 문화적 특징》），2004 年 3 月

孙皖怡《关于明清代"白蛇"系列作品的再探讨》

（《明清代 白蛇 계열의 작품에 대한 재검토》），2004 年 3 月

田炳锡《中国传统美学与京派小说》

（《중국 전통미학과 京派소설》），2004 年 3 月

文丁来《清末民初与韩国有关的小说研究》（2）

（《清末民初 韓國 관련 小說研究》），2004 年 3 月

Kwon Do-Kyung《〈雪月梅传〉的体裁传统与英雄小说的性格》

（《〈雪月梅傳〉의 장르적 傳統과 英雄小說의 性格》），2004 年 3 月

《中国小说论丛》（半年刊）（중국소설논총）第 20 辑

韩惠京《关于〈红楼梦〉研究的多样性考察》

（《〈홍루몽〉연구의 다의성에 관한 고찰》），2004 年 9 月

洪京兑《邓友梅的都市小说研究——以人物形象与叙述方式为中心》

（《鄧友梅의 都市小說 研究——인물형상과 서술방식을 중심으로》），
2004 年 9 月

金道焕《古典小说演变的情况——〈三国志演义〉的"旧活字本"》

（《〈三國誌演義〉의 舊活字本 古典小說로의 改作 樣相》），2004
年 9 月

金晓民《明清小说与八股文》

（《명청소설과 八股文》），2004 年 9 月

金宰民《通过〈金瓶梅〉看明代的"腐败相"研究——以经济为中心》

（《〈金瓶梅〉를 통해살펴본 明代의 腐敗相 研究——經濟를
중심으로》），2004 年 9 月

李胜渊、郑荣豪、柳昌辰《中国近代的韩国题材小说〈亡国影〉研
究》（1）

（《한국 제재 중국 근대소설 〈亡國影〉 연구》），2004 年 9 月

朴明真《宋元小说话本的"公案、侠义"类型》

（《宋元 小说话本의 公案、侠义 类型》），2004 年 9 月

朴完镐《传奇与"话本小说"中所反映的民间文学母题——以"野兽窃女
人"母题为中心》

（《傳奇와 話本小說에 투영된 민간문학 모티브——野獸竊女人의
모티브를 중심으로》），2004 年 9 月

齐慧源《俊才女德妙容止——从〈世说新语〉中"贤媛"看刘义庆的
妇女观》

（《俊才女德妙容止——從〈世說新語〉中"賢媛"看劉義慶的婦女
觀》），2004 年 9 月

朴姿映《国家的境界线，欲望的临界点——郁达夫初期小说中的民族、国

家与"性欲"的问题》

（《국가의 경계선, 욕망의 임계점——위다푸 초기소설에서 민족/국가와
리비도의 문제》），2004 年 9 月

宋镇韩《关于"近代韩中知识分子所著有关韩国题材的作品——中国藏本
的发掘与研究"》

（《"중국소장 근대 한중 지식인의 한국 제재 작품 발굴과 연구"》），
2004 年 9 月

王燕《晚清报刊的兴起与小说文本的演变》

（《晚清報刊的興起與小說文本的演變》），2004 年 9 月

文丁珍《黄小配的时事小说考察》

（《黃小配의 時事小說 考察》），2004 年 9 月

咸恩仙《论中国话本小说的美学特色》

（《論中國話本小說的美學特色》），2004 年 9 月

徐乃民《妙玉散文》

（《妙玉散文》），2004 年 9 月

俞泰揆《俗讲的盛行与发展考察》

（《俗講의 盛行과 발전 考察》），2004 年 9 月

张华娟《中国古代稗史、小说集分类意识探析——对比分析〈太平广记〉
分类的标准》

（《中國古代稗史、小說集分類意識探析—— 兼及與 〈太平廣記〉分類
的對比》），2004 年 9 月

赵宽熙《故事与历史》

（《이야기와 역사》），2004 年 9 月

《中国学》（半年刊）（중국학）第 22 辑

安承雄《〈边城〉的"纠葛"与其意义——以船公在剧中的作用考察

为中心》

（《〈邊城〉의 갈등전개양상과 그 의의——뱃사공 작중역할 고찰을 중심으로》），2004 年 8 月

韩晓明《中国"传统思维"方式对古典文论的影响》

（《中國傳統思維方式對古典文論的影響》），2004 年 8 月

金明求《宋元话本小说的鬼魂空间研究》

（《宋元話本小說的鬼魂空間研究》），2004 年 8 月

李浚植《韩中拟古乐府诗的"主题类型"比较》

（《韓中 擬古樂府의 主題類型 比較》），2004 年 8 月

李文赫《金圣叹〈才子古文〉中的散文论考察——以韩愈文章批评为中心》

（《金聖嘆〈才子古文〉에 나타난 散文論 考察——韓愈문장 비평을 중심으로》），2004 年 8 月

李相圭《朱熹与李珥的心灵说》

（《朱熹與李珥的心性論》），2004 年 8 月

李在夏《钱穆对〈洙泗考信录〉的认识》

（《〈洙泗考信録〉에 대한 錢穆의認識》），2004 年 8 月

林亨锡《变化中的道家思想——〈文子·道德〉篇的思想与马玉堆帛书〈五行〉篇之关系》

（《變化中的道家思想——〈文子·道德〉篇的思想與馬玉堆帛書〈五行〉篇之關系》），2004 年 8 月

凌晨光《审美经验与艺术教育》

（《審美經驗與藝術教育》），2004 年 8 月

柳茎杓《〈王令集·拾遗〉中与王安石"联诗"的作家考察》

（《〈王令集·拾遺〉에 보이는 王安石 關聯詩 작가 고찰》），2004 年 8 月

朴敏雄 *Western View on Early Taoism—Philosophy and Religion*，2004 年

8 月

朴亭顺《唐传奇浅论——以〈李娃传〉为中心》

（《唐傳奇淺論——以〈李娃傳〉為中心》），2004 年 8 月

宋天镐《李贺诗小考》

（《李賀詩小考》），2004 年 8 月

文丁彬《张爱玲与上海以及上海人》

（《張愛玲과 上海 그리고 上海사람》），2004 年 8 月

吴庆第《中韩两国近代化过程小考——戊戌变法与甲申政变比较》

（《中韓兩國近代化過程小考——戊戌變法與甲申政變比較》），2004
年 8 月

张淑贤《才子佳人小说产生的背景及其发展源流》

（《才子佳人小說產生的背景及其發展源流》），2004 年 8 月

《中国学》（半年刊）（중국학）第 23 辑

崔亨禄《邵雍诗研究》

（《邵雍詩研究》），2004 年 12 月

崔洛民《汤显祖的"儒侠"意识》

（《湯顯祖의 儒俠의식》），2004 年 12 月

姜鲸求《沈从文的佛经故事研究》

（《沈從文의 佛經故事 研究》），2004 年 12 月

金世焕《中国古典文学研究的方法论与其方向性》

（《중국 고전문학 연구의 방법론과방향성》），2004 年 12 月

金素贞《试论明代话本小说诞生之"土壤"》

（《試論明代話本小說誕生之土壤》），2004 年 12 月

李揆一《韩愈的天人观与诗风》

（《韓愈의 天人觀과 詩風》），2004 年 12 月

李贤《〈人物志〉中的人才观》

(《〈人物誌〉에 나타난 人才觀》), 2004 年 12 月

朴鲁宗《通过高行健的〈绝对信号〉与〈车站〉看"对话"的作用》

(《高行健의 〈絕對信號〉와 〈車站〉을 통해 본 "對話"의 기능》), 2004 年 12 月

朴明真《明代白话短篇公案小说的创作与刊行》

(《明代 白話 短篇 公案小說의 創作과刊行》), 2004 年 12 月

申洪哲《中国现代文学研究的方法论与其方向性》

(《중국 현대문학 연구의 방법론과 방향성》), 2004 年 12 月

吴昶和《中国现代海洋文学初探——以廖鸿基的〈讨海人〉为中心》

(《中國現代海洋文學初探——廖鴻基의 〈討海人〉을 중심으로》), 2004 年 12 月

禹康植《金庸小说中的"死亡观"研究》

(《金庸小說에 나타난 死亡觀 研究》), 2004 年 12 月

《中国学报》(半年刊)(중국학보)第 49 辑

安祥馥《中国戏剧史时期划分论——以唐宋戏剧史时期的划分为中心》(1)

(《唐宋戲劇史 시기구분에 관하여——中國戲劇史의 시기구분을 위하여》), 2004 年 6 月

洪尚勋《李贺诗的"女性话者"》

(《李賀 詩의 女性 話者》), 2004 年 6 月

金英淑《明凌刻本〈琵琶记〉在"版本史"上的价值》

(《明 淩刻本 〈琵琶記〉의 판본사적가치》), 2004 年 6 月

金芝鲜《中国近代家族问题——以 30 年代报纸、杂志、小说中反映的"家族观"为中心》

（《중국 근대에서 가족이라는 문제——30 년대 신문、잡지、소설에 반영된 가족을 중심으로》），2004 年 6 月

金在善《渤海"武王时期"对唐关系研究》

（《渤海武王時期對唐關系研究》），2004 年 6 月

李廷宰《通过明代"咏戏诗歌"看"演行"——以"万历之前"为中心》

（《明代 詠戲詩歌를 통해 바라본 演行의 樣相——萬歷 이전을 중심으로》），2004 年 6 月

李镇国《叙述技法上的"虚实论"——关于〈三国演义〉的"虚述法"》

（《叙 述 技 法 上 의 虛 實 論——〈三 國 演 義〉 "虛 述 法"과 관련하여》），2004 年 6 月

鲁长时《欧阳修的政论散文研究——以"时弊改革"内容为中心》

（《歐陽修의 政論散文 研究——時弊改革에 관한 내용을 중심으로》），2004 年 6 月

裴丹尼尔《南宋"游民诗人"的自然诗考察》

（《南宋 유민시인의 자연시 고찰》），2004 年 6 月

申正浩《北韩中国文学研究 1949—2000》

（《북한의 중국문학 연구 1949—2000》），2004 年 6 月

赵殷尚《关于唐代"古文运动"团体的再讨论》

（《唐代 고문운동 집단에 관한 再토론》），2004 年 6 月

郑晋培、崔文奎、李相龙《中国、德国、俄罗斯文学中的"女性"研究及其"合一"思维探索》

（《중국、독일、러시아 문학에 나타난 여성성 연구 및 합일을 위한 대안적 사유 모색》），2004 年 6 月

《中国学报》（半年刊）（중국학보）第 50 辑

曹明和《敦煌"说唱文本"的划分标准》

（《돈황설창류문서의 분류기준》），2004 年 12 月

金万源《左思诗中表现的"志向"与其双重性》

（《좌사시에 나타난 지향과 지양의 이중성》），2004 年 12 月

李昌淑《〈燕行录〉中与中国戏剧有关的内容与其价值》

（《연행록 중 중국희곡 관련 기사의 내용과 가치》），2004 年 12 月

闵正基《〈点石斋书报〉中描写的 1884 年的上海租界——"视线"与
"再现"问题》

（《〈點石齋書報〉가 그려낸 1884 년의 상해조계——시선과 재현의
문제》），2004 年 12 月

彭铁浩《中国文学的内容与形式》

（《중국문학의 내용과 형식》），2004 年 12 月

文明淑《关于宋诗平潭特点的考察》

（《송시 평담특징에 관한 고찰》），2004 年 12 月

《中国学论丛》（半年刊）（중국학논총）第 17 辑

安熙珍《〈沧浪诗话、诗辨〉》（二）

（《〈滄浪詩話、詩辨〉》），2004 年 6 月

李哲理《王士祯"神韵说"探微》

（《王士禎"神韻說"探微》），2004 年 6 月

千贤耕《张承志创作初探》

（《張承誌創作初探》），2004 年 6 月

沈禹英《谢灵运山水诗的"形式"表象技法研究》

（《謝靈運 산수시의 형식적 표현기법 연구》），2004 年 6 月

尹寿荣《陶渊明〈饮酒〉中的人生与自然观》

（《陶淵明의 〈飲酒〉 詩에 나타난 人生과 自然觀》），2004 年 6 月

赵美娟《明代曲坛"奇绝之作"〈四声猿〉的创作特色探析》

（《明代曲壇奇絕之作〈四聲猿〉的創作特色探析》），2004 年 6 月

钟名诚《书评家——一个好评论家》

（《真正的好的批評家永遠是書法家》），2004 年 6 月

《中国学论丛》（年刊）（중국학논총）第 18 辑

金庆天《顾炎武的〈春秋〉历法考证与其意义》

（《顧炎武의 〈春秋〉 歷法 考證과 그 意義》），2004 年 12 月

李基勉《明末公安派文学的"叙情性"研究》

（《明末 公安派 文學의 敍情性 研究》），2004 年 12 月

李贤淑《〈释名·释书契〉考释》

（《〈釋名·釋書契〉考釋》），2004 年 12 月

朴成勋《李渔的戏曲情节的真实性》

（《李漁의 戲曲情節의 真實性》），2004 年 12 月

朴钟淑《琼瑶小说的大众性》

（《瓊瑤 소설의 대중성》），2004 年 12 月

权宁爱《"动物神话"母体的根源与"两个时代"》（2）

（《동물 神話 모티프의 내원과 두 시대의 양상》），2004 年 12 月

任振镐《明清代的"性灵"文艺思潮与心学思想》

（《明清代의 性靈文藝思潮와 心學思想》），2004 年 12 月

孙灿植《"山有花歌"与〈孔雀东南飞〉中的"烈"性格》

（《山有花歌와 〈孔雀東南飛〉에 烈의 性格》），2004 年 12 月

俞炳甲《唐代〈裴航〉故事的再解释》

（《唐代 〈裴航〉 故事의 재해석》），2004 年 12 月

俞景朝《闻一多的爱国诗》

（《聞一多의 애국시》），2004 年 12 月

《中国学研究》（四月刊）（중국학연구）第 27 辑

高真雅《黄庭坚杜诗论的误读再考》

（《黃庭堅 杜詩論에 대한 일반적 誤讀 再考》），2004 年 3 月

金贤珠《古代民歌的爱情观——以汉代与唐代为中心》

（《고대 민가의 애정관: 한대와 당대를 중심으로》），2004 年 3 月

金顺珍《北京都市女性的消费欲望与落差——以陈染为中心》

（《베이징 도시 여성의 소비욕망과 좌절: 천란의 작품을 중심으로》），

2004 年 3 月

林春英《柳宗元的"超越意志"散文的崇高性》

（《柳宗元의 超越意誌와 散文의 崇高性》），2004 年 3 月

文承勇《关于曹植评〈文心雕龙〉的考察》

（《〈文心雕龍〉의 曹植 평에 관한 고찰》），2004 年 3 月

张俊宁《韩偓香奁诗小考》

（《한악 향렴 시 小考》），2004 年 3 月

赵宪章《词典体小说形式分析》

（《詞典體小說形式分析》），2004 年 3 月

《中国学研究》（四月刊）（중국학연구）第 29 辑

蔡心妍《韩国古代〈唐诗选集〉中收入的贾岛诗考察》

（《한국 고대 唐詩選集에 수록된 賈島 詩 고찰》），2004 年 9 月

崔雄赫《关于陆游的田园诗》

（《陸遊의 田園詩에 대해여》），2004 年 9 月

柳已洙《高丽时期的"词人"和"词文学"的发展背景考察》

（《高麗時期의 詞人 및 詞文學의 發展 背景考察》），2004 年 9 月

朴正元《中国当代文学的"他者性"研究》

（《中國當代文學의 "他者性"研究》），2004 年 9 月

朴钟淑《中国现代文学"神话的现实主义"》

(《중국현대문학의 神話的 現實主義》)，2004 年 9 月

文承勇《六朝文论中的"感兴论"考察》

(《六朝 文論에 나타난 感興論의 양상 고찰》)，2004 年 9 月

吴宪必《王安石的文论与其散文的特征》

(《王安石의 文論과 그의 散文의 특징》)，2004 年 9 月

张俊宁《杜甫〈戏为六绝句〉诗论小考》

(《杜甫〈戲為六絕句〉詩論小考》)，2004 年 9 月

赵美娟《通过明本潮州戏文〈金钗记〉看潮州戏的形成与其发展》

(《明本潮州戲文 〈金釵記〉를 통한 본 潮州戲의 형성과 발전》)，
2004 年 9 月

赵炳奂《1950s 长篇革命小说的文化现象》

(《1950 년대 장편 혁명소설의 문화 현상》)，2004 年 9 月

《中国学研究》（四月刊）（중국학연구）第 30 辑

姜启哲《崑上腔考》

(《崑上腔考》)，2004 年 12 月

金顺珍《在镜子里的空间：上海——以王安忆小说为中心》

(《거울 속의 공간，상하이——왕안이의 소설을 중심으로》)，2004
年 12 月

金容杓《中国文学与"声音"的灵性》

(《中國文學與"聲音"的靈性》)，2004 年 12 月

李济雨《晚明小品的文学理想——以公安、竟陵派"性灵文学"理论为中心》

(《晚明小品의 文學理想——公安、竟陵派 性靈文學理論을 중심으로》)，
2004 年 12 月

李南晖《唐人"偏记"小说名实辩正》

(《唐人偏記小說名實辯正》),2004 年 12 月

柳已洙《关于柳永的生涯小考》

(《柳永의 生涯에 관한 小考》),2004 年 12 月

任元彬《司空图的隐逸诗研究》

(《司空圖의 隱逸詩 研究》),2004 年 12 月

吴淳邦《1910s 最畅销〈玉梨魂总论〉》

(《1910 년대 최대의 베스트셀러 〈玉梨魂〉 總論》),2004 年 12 月

《中国语文论丛》（半年刊）（중국어문논총）第 26 辑

崔琇景《清代小说中"女性性"的范围——以〈林兰香〉为中心》

(《清代 소설에 표현된 女性性의 범주——〈林蘭香〉을 중심으로》),

2004 年 6 月

崔宇锡《古代四言诗与唐代 "雅正"审美观》

(《古代 四言詩와 唐代 속의 "雅正" 審美觀》),2004 年 6 月

洪京兑《京味小说的艺术特点》

(《京味小說의 예술적 特征》),2004 年 6 月

金明求《试论〈杜十娘怒沉百宝箱〉之"水"意象》

(《試論〈杜十娘怒沈百寶箱〉之"水"意象》),2004 年 6 月

李揆一《诗学"再现"——陆机〈拟古诗〉十二首》

(《再現의 시학——陸機의 〈擬古詩〉 12 首》),2004 年 6 月

李再薰《朱熹〈诗集传〉"北风"新旧传比较研究》（上）

(《朱熹〈詩集傳〉"北風"新舊傳 비교연구》),2004 年 6 月

闵庚三《中国西北地区出土的古韩人金石文研究——以北魏文昭皇后高照容一家的墓志为中心》

(《中國 西北지역 출토 古韓人 金石文 研究——北魏 文昭皇後 高照

容一家의 墓誌를 중심으로》），2004 年 6 月

朴英顺《严羽从“以禅喻世”到“以禅论诗”的发展过程》

（《嚴羽의 “以禪喻世”의 형성과정과 詩論으로서의 전개》），2004 年 6 月

裴渊姬《1920s 丁西林的短幕喜剧中的女性形象》

（《1920 년대 丁西林의 단막 喜劇에 나타난 여성성》），2004 年 6 月

吴宪必《〈王临川全集〉中反映的王安石的“天人观”》

（《〈王臨川全集〉에 반영된 王安石의 天人關系觀》），2004 年 6 月

赵成千《关于王夫之〈夕堂永日结论内篇〉的译注——第一条至第十条》

（《王夫之의 〈夕堂永日結論內篇〉에 대한 譯註——제 1 에서 제 10 조목까지》），2004 年 6 月

赵得昌《20 世纪前半期中国“京剧形式”变貌研究》

（《20 세기 전반기 중국 京劇形式의 변모양상 연구》），2004 年 6 月

赵美媛《〈红楼梦〉第一至第五回的叙事的含义分析》

（《〈紅樓夢〉첫 5 회의 敘事的 含意分析》），2004 年 6 月

郑雨光《行走在东西方的桥上——戴望舒的生活与诗》

（《동양과 서양의 다리 놓기——다이왕수의 삶과 시》），2004 年 6 月

《中国语文论丛》（半年刊）（중국어문논총）第 27 辑

蔡守民《清中叶表演论及表演艺术实践探析——以〈明心鉴〉与〈审音鉴古录〉为分析对象》

（《探析清中葉表演論及表演藝術實踐——以〈明心鑒〉與〈審音鑒古録〉為分析對象》），2004 年 12 月

车美京《魏长生的演技世纪与艺术成就》

（《魏長生의 연기세계와 예술적 성취》），2004 年 12 月

崔世峇《探析“文学自觉”与“自觉文学”的象征意蕴》

（《探析"文學自覺"與自覺文學的象征意蘊》），2004 年 12 月

崔允姬《〈平山冷燕〉的流行与其翻译情况研究》

（《〈平山冷燕〉의 유행과 번역 양상연구》），2004 年 12 月

高旼喜《文化大革命时期的〈红楼梦〉评论小考》

（《文化大革命 시기의 〈紅樓夢〉 평론소고》），2004 年 12 月

过常宝《〈左传〉"梦验故事"中的血缘宗族观念》

（《〈左傳〉 夢驗故事中의 血緣宗族觀念》），2004 年 12 月

洪承植《柳宗元的辞赋的"模仿"结构考察》

（《유종원 사부의 패러디 구조 고찰》），2004 年 12 月

洪润基《〈梁职页图〉的百济使臣与刘勰》

（《〈梁職頁圖〉의 백제사신과 劉勰》），2004 年 12 月

姜忠姬《闻一多中期诗歌言语形式小考——以"建筑形式美"与中译圣经为中心》

（《聞一多中期詩歌言語形式小考——建築形式美와 中譯聖經을 중심으로》），2004 年 12 月

金明求《〈三言〉中〈生死之交〉主题研究》

（《〈三言〉中〈生死之交〉主題研究》），2004 年 12 月

金素贤《红卫兵运动与郭路生的诗》

（《紅衛兵運動과 郭路生의 詩》），2004 年 12 月

金贞熙《关于中国词的韩国传入与其研究的考察》

（《中國詞의 韓國傳入와 研究에 관한 考察》），2004 年 12 月

康泰权《通过〈金瓶梅〉中西门庆的性伴侣看性意识》

（《〈金瓶梅〉중 서문경의 性伴侶를 통해 본 性意識》），2004 年 12 月

李东乡《朱熹的词作品》

（《朱熹의 詞作品》），2004 年 12 月

李再薰《朱熹〈诗集传〉的〈北风〉新旧传比较研究》（中）

（《朱熹　〈詩集傳〉　〈北風〉　新舊傳　비교연구》），2004 年 12 月

卢惠淑《从梦的动机来看〈枕中记〉与〈南柯太守传〉》

（《從夢的動機來看〈枕中記〉與〈南柯太守傳〉》），2004 年 12 月

朴成勋《李渔〈十种曲〉的传奇性》

（《李漁　〈十種曲〉의　傳奇性》），2004 年 12 月

朴兰英《黄蜀芹的〈人、鬼、情〉与女性主义》

（《黄蜀芹의　〈인간、귀신、정〉과 페미니즘》），2004 年 12 月

朴南用《新时期中国女性诗人的"女性"写作研究——以舒婷与翟永明为中心》

（《新時期 중국 여성시인의 "여성적" 글씨기 연구——舒婷과 翟永明 시인을 중심으로》），2004 年 12 月

朴现圭《新发掘的与白居易有关的新罗人资料探讨》

（《새로 발굴된 白居易 관련 新羅人의 자료 검토》），2004 年 12 月

朴宰范《巴金〈寒夜〉研究——与初期作品〈家〉做对比》

（《巴金의　〈寒夜〉　研究——초기작　〈家〉와의　對比를 중심으로》），2004 年 12 月

徐中伟《〈三国演义〉与传统政治连作——以刘备形象为例》

（《〈三國演義〉與傳統政治連作——以劉備形象為例》），2004 年 12 月

姚大勇《江山代有人才出——苏门文士诗歌创作简论》

（《江山代有人才出——蘇門文士詩歌創作簡論》），2004 年 12 月

赵成千《中国诗论中的"兴会"的历史性与文艺美学意义》

（《중국 시론상 "興會"의 역사상과 문예 미학적 의의》），2004 年 12 月

郑雨光《九叶诗派的现实与现代性转变——以郑敏、穆旦、杭约赫为中心》

（《九葉詩派의　現實과　現代性　轉變——鄭敏、穆旦、杭約赫을

중심으로》),2004 年 12 月

《中国语文论译丛刊》（半年刊）（중국어문논역총간）第 12 辑

崔琇景《才子佳人叙事中"欲望"表现方式考察》

（《才子佳人 敘事에 나타난 욕망 표현방식에 대한 고찰》），2004
年 1 月

黄炫国《〈台北人〉的人物形象技巧分析》

（《〈臺北人〉의 人物形象 技巧 分析》），2004 年 1 月

孔翔哲《鲁迅与金台俊的"文"意义比较研究》

（《루쉰과 김태준의 "文"의식 비교연구》），2004 年 1 月

金晓民、具文奎译《〈中国讽刺小说史〉导论》（吴小如、齐欲煋、陈
惠琴著）

（《〈中國諷刺小說史〉導論》），2004 年 1 月

金苑《陈映真的〈将军族〉研究》

（《陳映真의 〈將軍族〉 연구》），2004 年 1 月

李承信《欧阳修的史家的面目》

（《歐陽修의 史家的 면모》），2004 年 1 月

朴晟镇《汉代"罢黜百家，独尊儒术"札记》

（《漢代"罷黜百家，獨尊儒術"劄記》），2004 年 1 月

朴正元《莫言的〈檀香刑〉与世界化》

（《莫言의 〈檀香刑〉과 세계화》），2004 年 1 月

吴淳邦《非小说家的小说改革运动——以梁启超与林纾的"小说活动"为
中心》

（《非小說家의 小說改革運動：梁啟超와 林紓의 小說活動을
중심으로》），2004 年 1 月

吴允淑《近代以后中国〈诗经〉解释学的成果举例分析》

（《近代以後中國〈詩經〉解釋學的成果舉例分析》），2004 年 1 月

张秀烈《〈文心雕龙〉的功用文学观》

（《〈文心雕龍〉의 功用文學觀》），2004 年 1 月

《中国语文论译丛刊》（半年刊）（중국어문논역총간）第 13 辑

金顺珍《重写女性叙事——以陈染的〈私人生活〉为中心》

（《다시 쓰는 여성의 서사——천란의 〈개인생활〉을 중심으로》），

2004 年 7 月

金钟声《〈韩非子〉与〈战国策〉的基本思想比较》

（《〈韩非子〉와 〈战国策〉의 기본사상 비교》），2004 年 7 月

李炳官译《〈说文解字〉译注》（8）

（《〈說文解字〉譯註》），2004 年 7 月

李康齐译《论语古注考释》（5）

（《論語古註考釋》），2004 年 7 月

李政林《〈淮南子〉的音乐思想小考》

（《〈淮南子〉의 음악사상 小考》），2004 年 7 月

刘顺利《朝鲜颁选使金允植的天津歌咏》

（《朝鮮頒選使金允植의 天津歌詠》），2004 年 7 月

裴仁秀《人性异化与鲁迅小说》

（《人性異化와 魯迅소설》），2004 年 7 月

王学钧《〈老残游记〉的思想方法与语义变异》

（《〈老殘遊記〉의 思想方法與語義變異》），2004 年 7 月

吴淳邦《老舍小说与基督教》

（《老舍小說과 基督教》），2004 年 7 月

徐裕源《中国"始祖神话"的特点与"玄鸟神话"的考察》

（《中國 始祖神話의 특징과玄鳥神話의 고찰》），2004 年 7 月

赵洪善《巴金的韩国战争小说小考》

（《巴金의 韓國戰爭小說 小考》），2004 年 7 月

《中国语文学》（半年刊）（중국어문학）第 43 辑

曹成龙《宋词与"封建士人"心态管窥》

（《宋詞與封建士人心態管窺》），2004 年 6 月

崔真娥《唐代传奇中的女性与幻想——与仙女、鬼、妖怪谈恋爱》

（《唐代 傳奇의 여성과 환상——선녀、혹은 귀신、요괴와의 연애》），

2004 年 6 月

金荣哲《评〈中国现代文学与现代性意识形态〉》（郑晋培著）

（《〈중국 현대 문학과 현대성 이데올로기〉》），2004 年 6 月

金周淳《陶渊明田园诗的内容特色》

（《陶淵明 田園詩의 內容上 特色》），2004 年 6 月

李相圭《朱熹的文道关系论》

（《朱熹의 文道關系論》），2004 年 6 月

李义活《关于〈甲骨文合集〉的历法主要卜辞考释》

（《〈甲骨文合集〉의 歷法에 관한 主要 蔔辭 考釋》），2004 年 6 月

李钟汉《〈汉书杂志〉的连语与〈汉书〉文章的特点》

（《〈漢書雜誌〉 連語와 〈漢書〉 文章의 特征에 대하여》），2004 年
6 月

柳东春、李宰硕译《评〈甲骨学通论〉》（王宇信著）

（《〈甲骨學通論〉》），2004 年 6 月

鲁长时《欧阳修的〈与民同乐〉小考——以〈醉翁亭记〉、〈丰乐亭记〉
为中心》

（《歐陽修의 〈與民同樂〉에 대한 小考——〈醉翁亭記〉、〈豐樂亭
記〉를 중심으로》），2004 年 6 月

苗延昌《"叶"构文的"意味论"分析》

(《"葉"構文의 意味論的 分析》),2004 年 6 月

朴鲁宗《中国现代剧接受西方演戏思潮的情况——以曹禺作品为中心》

(《중국 현대극의서구 연구 사조 수용양상——曹禺의 작품을 중심으로》),

2004 年 6 月

朴三洙《〈古文真宝〉选文浅考》

(《〈古文真寶〉選文淺考》),2004 年 6 月

朴世旭《敦煌本〈咏九九诗〉与〈九九消寒图〉研究》

(《敦煌本〈詠九九詩〉와 〈九九消寒圖〉研究》),2004 年 6 月

全英兰《〈离骚〉抒情主体的"余"是否君子?》

(《〈離騷〉의 抒情主体"余"는 君子인가?》),2004 年 6 月

沈成镐《〈诗经〉与〈楚辞〉的体裁意向》

(《〈詩經〉과 〈楚辭〉의 장르적 지향》),2004 年 6 月

赵宽熙《评〈中国文学的产生与其发展历程〉》

(《評〈中國文學的產生與其發展歷程〉》),2004 年 6 月

《中国语文学》（半年刊）（중국어문학）第 44 辑

边成圭《萧梁文学语言与文化的互动》

(《蕭梁文學語言與文化의 互動》),2004 年 12 月

卞贵南《〈百喻经〉的寓言特色小考——与〈列子〉做比较》

(《〈百喻經〉의 寓言特色 小考——〈列子〉와 비교를 중심으로》),

2004 年 12 月

洪本健《两宋笔记资源利用情况思考》

(《兩宋筆記資源利用情況思考》),2004 年 12 月

姜鲸求《高行健〈灵山〉的摸索》

(《高行健 〈靈山〉의 摸索》),2004 年 12 月

姜旼昊《杜甫的"排律"小考》

（《杜甫 排律의 成就에 대한 小考》），2004 年 12 月

金元东《明末王思任的山水游记小品文的特色——以〈游唤〉为中心》

（《明末 王思任의山水遊記 小品文의 特色——〈遊唤〉을 중심으로》），

2004 年 12 月

李春永《〈问奇迹〉作家与声类系统探析》

（《〈問奇跡〉 작가 및 聲類 계통 探析》），2004 年 12 月

李国熙《庚信后期诗的风格——以"乡关之思"作品为中心》

（《庚信 後期詩의 풍경——鄉關之思 작품을 중심으로》），2004 年 12 月

李奭炯《朱彝尊词研究》

（《朱彝尊詞研究》），2004 年 12 月

李雄吉《北周时期的诗韵部研究》

（《北周시기의 詩 韻部 研究》），2004 年 12 月

李镇国《关于〈三国演义〉的审美结构》

（《〈三國演義〉의 審美的 結構에 관하여》），2004 年 12 月

林永鹤《姜夔的词序》

（《姜夔의 詞序》），2004 年 12 月

刘世钟《评〈鲁迅〉》（竹内好著）

（《評〈鲁迅〉》），2004 年 12 月

马宝民《李商隐五言绝句初探》

（《李商隱五言絕句初探》），2004 年 12 月

朴明真《明代白话公案小说中的司法文化》

（《明代 白話 公案小說에 나타난 사법문화》），2004 年 12 月

朴亨顺《宋代诗话"拗律"、"险韵"研究》

（《宋代詩話"拗律"、"險韻"研究》），2004 年 12 月

朴永焕《白居易与洪州禅》

（《白居易與洪州禪》），2004 年 12 月

沈伯俊《〈三国演义〉现代启示录》

（《〈三國演義〉现代啟示錄 》），2004 年 12 月

吴台锡《中国诗与意境美学》

（《中國詩와 意境美學》），2004 年 12 月

《中国语文学论集》（季刊）（중국어문학논집）第 26 号

白池云《关于现代中国的启蒙主义文学论的批判考察》

（《현대 중국의 계몽주의 문학론에 대한 비판적 고찰》），2004 年 2 月

河炅心《通过散曲看元代文化的"自画像"》

（《散曲을 통해 본 元代 文化의 자화상》），2004 年 2 月

金海明《中国周代雅乐的盛衰与〈诗经〉的关系》

（《中國 周代 雅樂의 盛衰와 〈詩經〉의 관계》），2004 年 2 月

金民那《刘勰追求的理想作品"风格"与其"条件"》

（《劉勰이 추구한 이상적인 작품 風格과 그 要件》），2004 年 2 月

李炳官《〈说文解字〉译注》（6）

（《〈說文解字〉譯註》），2004 年 2 月

李光哲《北齐诗研究》

（《北齊詩 연구》），2004 年 2 月

李容宰《王维诗中的"月"意象考》

（《王維詩에 나타난 "달" 이미지 考》），2004 年 2 月

李有镇《通过"顾颉刚"看神话与历史》

（《"顧頡剛"을 통해 본 신화와 역사》），2004 年 2 月

李宇正《中国古典中的"自由"追求——以白居易的闲适为中心》

（《中國 古典詩에있어서 自由의 추구——白居易의 閑適을 중심으로》），

2004 年 2 月

李珠海《杂文与唐代古文运动的关系》

（《雜文과 唐代 古文運動과의 관계》），2004 年 2 月

柳江夏《〈太平广记〉 中的"精怪类"分析》

（《〈太平廣記〉 中的"精怪"類 분류》），2004 年 2 月

马仲可《现代中国散文批评研究》

（《現代中國散文批評研究》），2004 年 2 月

南宗镇《中国墓志铭起源考》

（《中國墓誌銘起源考》），2004 年 2 月

吴济仲《〈金文总集〉与〈殷周金文集成〉的铭文收录提纲比较研究》

（《〈金文總集〉괴 〈殷周金文集成〉의 銘文 수록 體列 비교 연구》），2004 年 2 月

许庚寅《中国岭南文学初探》

（《中國嶺南文學初探》），2004 年 2 月

尹锡偶《陶渊明的思想与饮酒诗歌考察》

（《陶淵明의 思想과 飲酒詩歌 考察》），2004 年 2 月

张永伯《〈国风〉 中的"忧患意识"初探》

（《〈國風〉 에 나타난 憂患意識 初探》），2004 年 2 月

《中国语文学论集》（季刊）（중국어문학논집）第 27 号

崔亨旭《从启蒙主义角度看梁启超的诗界革命论》

（《從啟蒙主義角度看梁啟超的詩界革命論》），2004 年 5 月

崔世崙《支道林般若性空思想探析——以〈逍遥义〉为主》

（《支道林般若性空思想探析——以〈逍遙義〉為主》），2004 年 5 月

崔在赫《四库全书〈嘉集〉试校》

（《四库全书〈嘉集〉試校》），2004 年 5 月

黄炫国《〈台北人〉中表现的作家"悲剧意识"》

（《〈臺北人〉에 나타난 작가의 悲劇意識》），2004 年 5 月

金恩珠《〈小忽雷〉与〈桃花扇〉的戏剧问题考察》

（《〈小忽雷〉와 〈桃花扇〉의 戲劇 문제에 대한 고찰》），2004 年 5 月

李炳官《〈说文解字〉译注》（7）

（《〈說文解字〉譯註》），2004 年 5 月

李有镇《中国神话的历史化与伦理化》

（《중국신화의 역사화와 윤리화》），2004 年 5 月

任元彬《诗僧齐己的〈风骚旨格〉与诗创作》

（《詩僧 齊己의 〈風騷旨格〉과 詩創作》），2004 年 5 月

张永伯《〈小雅节南山之什〉中的"忧患意识"初探》

（《〈小雅節南山之什〉에 나타난 憂患意識 初探》），2004 年 5 月

郑晋培《诗的思维》

（《詩的 사유》），2004 年 5 月

郑宣景《关于仙境说话的结构特点考察》

（《仙境說話의 구조적 특징에 관한 고찰》），2004 年 5 月

《中国语文学论集》（季刊）（중국어문학논집）第 28 号

河炅心《国内中国古典戏曲的翻译现状与其实际》

（《국내 中國古典戲曲의 번역 현황및 실제》），2004 年 8 月

洪允姬《1920s 中国，寻找"国家的神话"——以胡适、鲁迅、茅盾的中国神话小论议为中心》

（《1920 년대 중국，"국가의 신화"를 찾아서——胡适、鲁迅、茅盾의 중국신화 단편성 논의를 중심으로》），2004 年 8 月

金恩珠《〈桃花扇〉的悲剧结局》

（《〈桃花扇〉의 비극결말》），2004 年 8 月

金桂台《苏轼在北宋古文运动展开过程中的"地位"》

（《北宋 古文運動 전개과정상 蘇軾의 地位》），2004 年 8 月

李容宰《唐自然诗中的"舟"的意象考——以孟浩然的诗为中心》

（《唐 自然詩에 나타난 "배"의 이미지 考——孟浩然의 詩를 중심으로》），2004 年 8 月

田宝玉《中国古典"叙述诗"典故成立背景》（四）

（《중국 고전 서사시의 고사 성립 배경》），2004 年 8 月

尹锡偶《李白诗中的饮酒与自然的关系》

（《李白詩에 나타난 飮酒와 자연의 관계》），2004 年 8 月

张永伯《〈小雅〉中的"忧患意识"初探》

（《〈小雅〉에 나타난 憂患意識 初探》），2004 年 8 月

赵美媛《关于明末清初的"情"谈论与"小说再现"研究》

（《明末清初의 情에 대한 談 論과 小說의 再現 樣相에 관한 연구》），2004 年 8 月

郑鹤顺《对"女性诗"界说的研究》

（《對"女性詩"界說의 研究》），2004 年 8 月

郑荣豪《明清小说中的科举文化与知识分子》

（《明清소설 속의 과거문화와 지식인》），2004 年 8 月

《中国语文学论集》（季刊）（중국어문학논집）第 29 号

李光哲《谢灵运山水诗的自然背景考察》

（《謝靈運 山水詩의 自然背景 考察》），2004 年 11 月

李容宰《唐自然诗中"鸟"的意象考》

（《唐 自然詩에 형성된 새 이미지 考》），2004 年 11 月

金长焕、李来宗、朴在渊《〈太平广记详节〉研究》

（《〈太平廣記詳節〉研究》），2004 年 11 月

朴姿映《"侠女"论》

（《"협녀"론》），2004 年 11 月

全寅初《唐代小说研究理论模式浅探》

（《唐代小說研究理論模式淺探》），2004 年 11 月

张永伯《〈大雅〉中的"忧患意识"初探》

（《〈大雅〉에 나타난 憂患意識 初探》），2004 年 11 月

《中国语文学志》（半年刊）（중국어문학지）第 15 辑

崔在赫《〈周易〉象征考察》

（《〈周易〉상징 고찰》），2004 年 6 月

陈德礼《饮食文化与中国古代"诗味"论》

（《飲食文化與中國古代詩味論》），2004 年 6 月

陈广宏《中国早期历史中游侠身份的思考》

（《關於中國早期歷史上中遊俠身份的重新探討》），2004 年 6 月

高仁德《"话语"的韩国文学研究现状调查与分析》

（《중국어권의 한국문학 연구 현황 조사와 분석》），2004 年 6 月

巩本栋《从〈河岳英灵集〉看盛唐诗歌的发展演变》

（《從〈河嶽英靈集〉看盛唐詩歌的發展演變》），2004 年 6 月

金元东《明末王思任的生活与文艺观以及他的山水游记集〈游唤〉》

（《明末 王思任의 삶과 文藝觀，그리고 山水遊記集〈遊喚〉》），
2004 年 6 月

吴台锡《中国古典诗的"文人化"过程研究》

（《중국 고전시의 文人化 과정 연구》），2004 年 6 月

辛夏宁《关于"登高远望"的形象》

（《登高遠望形象에 관하여》），2004 年 6 月

张允瑄《王蒙的意识流小说初探》

（《王蒙의 意識流小說初探》），2004 年 6 月

《中国语文学志》（半年刊）（중국어문학지）第 16 辑

霍四通、李熙宗《简论戏曲对其他文体特征的继承》

（《簡論戲曲對其他文體特征的繼承》），2004 年 12 月

金民那《〈文心雕龙〉注释本体系与其内容考察——〈文心雕龙〉韩译注释的先决因素》

（《〈文心雕龍〉주석본들의 체제 및 내용고찰——〈文心雕龍〉韓譯註釋을 위한 선결과제》），2004 年 12 月

金宜贞《李商隐诗中"典故"的意义与其效果》

（《李商隱의 詩에 나타난 典故의 의미와 효과》），2004 年 12 月

金芝鲜《滑稽之雄中"不死之神"——关于东方朔说话的试论》

（《滑稽之雄에서 不死의 神으로——東方朔 설화에 대한 試論》），2004 年 12 月

朴敬姬《通过〈世说新语〉的〈简傲〉看魏晋名士》

（《〈世說新語〉〈簡傲〉를 통해서 본 魏晉名士》），2004 年 12 月

朴泰德《刘勰与钟嵘对三曹诗评的比较研究》

（《劉勰與鐘嶸對三曹詩評比較研究》），2004 年 12 月

王小盾《从曲子辞到词——关于词的起源》

（《從曲子辭到詞：關於詞的起源》），2004 年 12 月

吴波《试论文学文本的概念、性质及其意义》

（《試論文學文本的概念、性質及其意義》），2004 年 12 月

吴建民《韩愈文学思想述评》

（《韓愈文學思想述評》），2004 年 12 月

吴雁《文本与现实中的女性宿命阅读——〈生死场〉与萧红》

（《文本與現實中的女性宿命閱讀：〈生死場〉與蕭紅》），2004 年 12 月

宋贞和《"红山文化"的神话、宗教意义》

（《紅山文化의 신화、종교적 의미》），2004 年 12 月

孙书磊《阮大铖及其诗歌、戏剧创作考》

（《阮大鍼及其詩歌、戲劇創作考》），2004 年 12 月

《中语中文学》（半年刊）（중어중문학）第 34 辑

曹惠英《"知识青年"题材作品中的"价值观"模式研究》

（《지식청년 소재 글쓰기에나타난 가치관 모식 연구》），2004 年 6 月

崔银晶《1930s 左翼女性小说论稿》

（《1930 년대 좌익여성소설 논고》），2004 年 6 月

李廷宰《宋金元代咏戏诗歌分析试论》

（《宋金元代詠戲詩歌分析試論》），2004 年 6 月

鲁长时《韩愈、欧阳修二人的"排佛论"小考——以"原道论佛骨表"与其"本论"为中心》

（《韓愈、歐陽修 兩人의 排佛論 小考——原道論佛骨表와 本論을 중심으로》），2004 年 6 月

吕承焕《唐宋"合生"伎艺考》

（《唐宋"合生"伎藝考》），2004 年 6 月

裴得烈《试论魏晋南北朝文学史的谈论札记——以〈文心雕龙〉为中心》（1）

（《試魏晉南北朝文學史的談論劄記——〈文心雕龍〉을 중심으로》），2004 年 6 月

徐光德《东亚谈论与鲁迅研究》

（《동아시아 담론과 루쉰 연구》），2004 年 6 月

沈禹英《谢云连山水诗的条件与其范畴考察》

（《謝雲連 山水詩의 要件과 范疇에 관한고찰》），2004 年 6 月

尹寿荣《元代散曲中"乱世文人"的生命意识——以马致远的"爱情歌"散曲作品为中心》

（《元代散曲에 나타난 亂世文人의 生命意識——남녀간의 사랑을 노래한 馬致遠의 散曲作品》），2004 年 6 月

《中语中文学》（半年刊）（중어중문학）第 35 辑

崔炳圭《魏晋风度与"贾宝玉"》

（《魏晉風度와 "賈寶玉"》），2004 年 12 月

洪焌荧《五四初期的"散文类型"与写作情况》

（《5·4 초기 산문 징르의 정체성과 글쓰기의 존재 양상》），2004 年 12 月

金俊渊《唐代开元前期宫廷诗坛研究》

（《唐代開元前期宮廷詩壇研究》），2004 年 12 月

金容杓《以"声音"表现的中国散文的生命力》

（《소리로 표현된 중국 산문의 생명력》），2004 年 12 月

金彦河《鲁迅的文学世界与"狂气"主题》

（《루쉰의 문학세계와 광기 주제》），2004 年 12 月

金英淑《文学版本研究的"普遍性"与戏曲版本研究的"特殊性"》

（《文學版本研究의 一般性與戲曲版本研究의 特殊性》），2004 年 12 月

柳泳夏《香港文学与文学的主体性》

（《홍콩문화와 문학의 주체성》），2004 年 12 月

南宗镇《晚唐短传考》

（《晚唐短傳考》），2004 年 12 月

裴丹尼尔《韦应物与柳宗元自然诗的比较考察》

（《韋應物과 柳宗元 자연시의 비교적고찰》），2004 年 12 月

任元彬《唐末诗歌与道教文化》

（《唐末詩歌와 道教文化》），2004 年 12 月

沈禹英《西方对中国"山水诗"的学术研究情况》

（《중국의 산수자연시에 관한 서양의 학술성과 및 동향에 관한 연구》），2004 年 12 月

咸恩仙《论明代话本小说兴盛的文化因素》

（《論明代話本小說興盛的文化因素》），2004 年 12 月

宋琬培《关汉卿戏剧中的"民间"和少数民族的风俗研究》

（《關漢卿 戲劇에 표현된 民間 및 少數民族의 風俗研究》），2004 年 12 月

诸海星《先秦"史传文学"与中国古代小说渊源之关系浅论》

（《先秦史傳文學與中國古代小說淵源之關系淺論》），2004 年 12 月

2005 年

2005 年硕、博学位论文

硕士论文

白承奎《叶燮的〈原诗〉译注》

（《叶燮의 〈原诗〉역주》），韩国外国语大学硕士论文，2005 年

崔恩英《〈诗品〉中的诗人"选评"标准研究》

（《〈詩品〉의 시인 선평기준 연구》），蔚山大学硕士论文，2005 年

崔美兰《老舍〈骆驼祥子〉研究》

（《노사의 〈駱駝祥子〉 研究 연구》），圆光大学硕士论文，2005 年

崔信爱《张爱玲小说中的女性意识研究》

（《張愛玲소설에 나탄난 여성의식 연구》），京畿大学硕士论文，2005 年

崔有得《蒲松龄〈聊斋志异〉的社会批判研究》

（《蒲松齡 〈聊齋誌異〉의 사회의식비판의식 연구》），蔚山大学硕士论文，2005 年

都瑨美《〈冯玉梅团圆〉研究》

（《〈馮玉梅團圓〉연구》），东国大学硕士论文，2005 年

高美贤《东汉时代"书论"的美学思想研究》

（《동한시대 서론의 미학사상 연구》），成均馆大学硕上论文，2005 年

郭先花《曹操人物研究》

（《조조인물연구》），公州大学硕士论文，2005 年

郭秀莲《对小说〈活着〉与电影〈人生〉关系的研究》

（《소설〈活着〉과 영화〈人生〉》），公州大学硕士论文，2005 年

韩在喜《中国唐宋"度牒制"研究》

（《중국 당송대 度牒制 연구》），东国大学硕士论文，2005 年

河男锡《关于中国"新左派"的思想倾向研究》

（《중국"新左派"의 사상적 경향에 관한 연구》），韩国外国语大学硕士论文，2005 年

洪承姬《苏东坡对陶渊明"自我认识"的研究》

（《蘇東坡의 陶淵明에 대한 자기 동일시 연구》），全北大学硕士论文，2005 年

洪性子《鲁迅的〈阿 Q 正传〉研究》

（《노신의 〈阿 Q 正傳〉 연구》），东亚大学硕士论文，2005 年

扈荣沈《〈庄子〉的寓言研究》

（《〈莊子〉의 우언연구》），东国大学硕士论文，2005 年

姜恩秉《舒群的"韩人题材"小说研究》

（《서군의 한인제재소설 연구》），韩国外国语大学硕士论文，2005 年

姜元起《〈圣迹图〉与孔子的"神化"相关性》

（《〈성적도〉와 공자 우상화의 상관성》），成均馆大学硕士论文，
2005 年

金爱鲜《丁玲初期小说的女性意识研究》

（《정령 초기소설의 여성의식 연구》），成均馆大学硕士论文，2005 年

金恩河《苏轼词研究》

（《소식 사 연구》），群山大学硕士论文，2005 年

金惠英《巴金的抗战三部曲之一〈火〉的主题思想研究》

（《파금의 항전삼부작 〈火〉의 주제사상 연구》），水原大学硕士论
文，2005 年

金慧善《丁玲作品中的女性形象分析》

（《정령의 작품에 나타난 여성상 분석》），京畿大学硕士论文，2005 年

金景美《鲁迅的〈阿 Q 正传〉研究》

（《노신의 〈阿 Q 正傳〉 연구》），庆熙大学硕士论文，2005 年

金敀廷《茅盾的〈农村三部曲〉研究》

（《茅盾의 〈農村三部曲〉 연구》），圆光大学硕士论文，2005 年

金潤希《梁启超教育思想研究》

（《양계초의 교육사상 연구》），蔚山大学硕士论文，2005 年

金仁顺《〈红楼梦〉形容词重叠研究》

（《〈紅樓夢〉형용사중첩 연구》），高丽大学硕士论文，2005 年

金孝宣《唐代"爱情类"传奇研究》

（《당대 애정류 전기 연구》），水原大学硕士论文，2005 年

金秀珧《明清小说的插图研究》

（《명청소설의 삽도연구》），高丽大学硕士论文，2005 年

金在容《〈老残游记〉研究》

（《〈老殘遊記〉연구》），东国大学硕士论文，2005 年

金志淑《中国新时期"改革小说"中的人物形象研究》

（《중국신시기 개혁소설 인물형상 연구》），韩国外国语大学硕士论文，2005 年

金志暎《〈芙蓉镇〉中的文化大革命研究》

（《〈芙蓉鎮〉에 나타난 문화대혁명 연구》），韩国外国语大学硕士论文，2005 年

金志洙《李白诗中的"愁"字研究》

（《이백 시에 나타난 "愁"자 연구》），明知大学硕士论文，2005 年

李心《〈雷雨〉的主题思想研究》

（《〈雷雨〉의 주제사상 연구》），圆光大学硕士论文，2005 年

李东玉《鲁迅小说中的"反教条主义"》

（《노신의 소설속에 나타난 反教條主義》），成均馆大学硕士论文，2005 年

李桂花《徐志啸的〈近代中外文学关系〉》

（《徐誌嘯의 〈近代中外文學關系〉》），Catholic 大学硕士论文，2005 年

李浣杓《〈故事新编〉研究》

（《〈故事新編〉연구》），成均馆大学硕士论文，2005 年

李静慧《宋代话本小说〈碾玉观音〉、〈志诚张主管〉比较研究》

（《송대 화본소설 〈碾玉觀音〉、〈誌誠張主管〉 비교연구》），东国大学硕士论文，2005 年

李美淑《〈世说新语〉的〈文学篇〉中的人物类型分析》

（《〈世說新語〉의 〈文學篇〉 인물유형분석》），江陵大学硕士论文，2005 年

李任珠《唐代自然诗的"诗史"的研究》

（《당대 자연시의 시사적 연구》），蔚山大学硕士论文，2005 年

李善美《杜甫的社会诗研究》

（《두보의 사회시 연구》），京畿大学硕士论文，2005 年

李昇姬《〈诗集传〉与〈诗经通论〉的赋比兴比较研究》

（《〈詩集傳〉과〈詩經通論〉의 賦比興 비교연구》），江原大学硕士论文，2005 年

李昇姬《〈诗经〉中的"女性形象"研究》

（《〈詩經〉에 나타난 여성상 연구》），江原大学硕士论文，2005 年

李寿莲《〈聊斋志异〉爱情故事的女性人物类型研究》

（《〈聊齋誌異〉 애정고사의 여성인물 연구》），韩国外国语大学硕士论文，2005 年

李熙均《林徽因诗研究》

（《林徽因 시 연구》），水原大学硕士论文，2005 年

李暹淑《包拯公案小说类版本研究》

（《包拯공안소설류 판본연구》），庆熙大学硕士论文，2005 年

李宣和《〈世说新语〉的人物故事研究》

（《〈世說新語〉의 인물 고사 연구》），庆熙大学硕士论文，2005 年

李银姬《王国维〈人间词话〉中有关"境"的概念研究》

（《왕국유 〈人間詞話〉를 중심으로 한 "境"의 개념연구》），江陵大学硕士论文，2005 年

李允雅《萧红的〈呼兰河传〉研究》

（《蕭紅의 〈呼蘭河傳〉 연구》），东国大学硕士论文，2005 年

李昭炫《王昭君故事的"变迁过程"》

(《王昭君 고사의 변천과정》),东国大学硕士论文,2005 年

李智英《王阳明的儿童教育论研究》

(《王陽明의 아동교육론연구》),蔚山大学硕士论文,2005 年

梁瑞荣《〈英雄〉与〈苍天航路〉中的"中国的天下志向"》

(《〈英雄〉과 〈蒼天航路〉 에서읽은 중국의 천하 지향》),延世大学硕士论文,2005 年

林佳熹《〈论语〉中孔子的教育观》

(《〈論語〉속에 나타난 공자의 교육관》),水原大学硕士论文,2005 年

林玲淑《〈降魔变文〉研究》

(《〈降魔變文〉연구》),成均馆大学硕士论文,2005 年

刘景钟《鲁迅的教育思想考察》

(《노신의 교육사상에 관한 연구》),圆光大学硕士论文,2005 年

柳承址《中韩渔父题材诗歌比较研究》

(《중한어부제재시가의 비교연구》),韩国外国语大学硕士论文,2005 年

柳荣银《杜甫的社会诗研究》

(《두보의 사회시 연구》),公州大学硕士论文,2005 年

牟荣焕《张载的"人性论"形成研究》

(《장재 인성론의 형성에 관한 연구》),成均馆大学硕士论文,2005 年

朴娥英《曹禺作品中的女性形象研究》

(《조우의 작품에 나타난 여성형상 연구》),成均馆大学硕士论文,2005 年

朴惠经《谢灵运"山水诗"中的"情"与"景"》

(《謝靈運 산수시에 투영된 정과 경》),檀国大学硕士论文,2005 年

朴惠淑《最近（2003 年）出土的西周金文研究》

（《최근 출토 서주금문 연구》），成均馆大学硕士论文，2005 年

朴玟贞《明清代通俗小说插图研究》

（《명청대 통속문학 삽도의 연구》），宏益大学硕士论文，2005 年

朴奇雨《余华的〈活着〉研究》

（《위화의 〈活着〉연구》），京畿大学硕士论文，2005 年

朴廷恩《鲁迅作品中"形式化"修辞法分析——以〈呐喊〉与〈野草〉为中心》

（《노신 작품에 나타난 형식화 수사법 분석》），成均馆大学硕士论文，2005 年

林香燮《沈从文后期小说中的"叙述者"研究》

（《심종문 후기소설의 서술자 연구》），檀国大学硕士论文，2005 年

朴宗秀《方以智的自然观》

（《방이지의 자연관》），成均馆大学硕士论文，2005 年

全南玧《张爱玲的〈传奇〉作品人物的"欲望"研究》

（《장애령의 〈傳奇〉 작중인물의 욕망연구》），釜山大学硕士论文，2005 年

全昭映《王维的禅思与禅诗研究》

（《왕유의 禪의식과 禪詩 연구》），韩国外国语大学硕士论文，2005 年

任寿爀《鲁迅〈狂人日记〉研究》

（《노신의 〈狂人日记〉연구》），公州大学硕士论文，2005 年

任银实《陶渊明诗研究》

（《도원명 시 연구》），明知大学硕士论文，2005 年

宋真《柳宗元和刘禹锡的"山水诗"比较研究》

（《柳宗元과 劉禹錫의 산수시 비교연구》），庆熙大学硕士论文，2005 年

宋贵兰《深思苏轼的文学作品中的"道、佛"思想》

（《소식의 문학작품에 나타난 도불사상 고찰》），庆熙大学硕士论文，2005 年

孙惠兰《艾青后期诗研究》

（《艾青후기시 연구》），韩国外国语大学硕士论文，2005 年

孙美英《沈从文〈边城〉湘西人的"心理矛盾"研究》

（《심종문 〈邊城〉 湘西人의 심리적 갈등연구》），庆熙大学硕士论文，2005 年

孙僖珠《郭沫若 1940s 历史剧研究》

（《郭沫若의 1940 년대 역사극 연구》），高丽大学硕士论文，2005 年

吴美淑《徐志摩诗中的"空间意识"研究》

（《徐誌摩시에 나다난 공간의식 연구》），庆熙大学硕士论文，2005 年

吴贞兰《老舍的〈骆驼祥子〉研究》

（《노사의 〈駱駝祥子〉 연구》），庆熙大学硕士论文，2005 年

辛永实《陶渊明四言诗研究》

（《도원명 사언시 연구》），蔚山大学硕士论文，2005 年

许贞美《茅盾〈子夜〉人物研究》》

（《茅盾 〈子夜〉의 인물연구》），圆光大学硕士论文，2005 年

尹京汉《〈豆棚闲话〉研究》

（《〈豆棚閑話〉 연구》），成均馆大学硕士论文，2005 年

尹美淑《张爱玲的〈金锁记〉研究》

（《장애령 〈金鎖記〉 연구》），庆熙大学硕士论文，2005 年

郑永斌《中国小说中"铜镜"题材文学作品在韩国的接受情况》

（《중국소설 속에서의 동경의 문학적 수용》），梨花女子大学硕士论文，2005 年

周鑫《〈金鳌神话〉与〈剪灯余话〉的比较研究》

（《〈金鳌神话〉 와 〈剪燈餘話〉의 비교연구》），大佛大学硕士论文，2005 年

Lim Chun-Hwa《韩国与中国的现代诗比较研究——以金素月与艾青为中心》

（《한국과 중국의 현대시 비교연구：김소월과 아이칭을 중심으로》），汉阳大学硕士论文，2005 年

Jeong Ho-Nam《鲁迅文学的存在主义倾向研究》

（《노신 문학의 실존주의적 경향 연구》），东国大学硕士论文，2005 年

博士论文

崔宇锡《沈佺期、宋之问的诗歌研究》

（《沈佺期、宋之問의 시가연구》），高丽大学博士论文，2005 年

金哲镐《朱子的善恶论研究》

（《朱子의 선악론 연구》），韩国学中央研究院博士论文，2005 年

李海英《中国朝鲜族小说教育内容研究》

（《중국조선족 소설 교육 내용연구》），首尔大学博士论文，2005 年

李熙贤《新月诗派研究》

（《新月詩派 연구》），成均馆大学博士论文，2005 年

李政勋《90 年代中国文学主题的"扩充"与其转变》

（《90 년대 중국 문학 담론의 확장과 전변》），首尔大学博士论文，2005 年

李知芸《李商隐爱情诗研究》

（《李商隱 애정시 연구》），首尔大学博士论文，2005 年

刘京哲《金庸武侠小说的"中国形象"研究》

（《김용 무협소설의 "中國形象" 연구》），首尔大学博士论文，2005 年

卢垠静《杨万里的诗文学研究》

（《楊萬裏의 시문학 연구》），高丽大学博士论文，2005 年

罗贤美《〈六书寻源〉研究》

（《〈六書尋源〉연구》），釜山大学博士论文，2005 年

徐银淑《苏轼题书诗研究》

（《소식의 題書詩연구》），延世大学博士论文，2005 年

尹锡偶《"饮酒诗"中的中国诗人的精神世界》

（《"飮酒詩"에 나타난 중국시인의 정신세계》），延世大学博士论文，2005 年

尹泳裪《中国近代初期西学翻译研究——以〈万国公法〉翻译事例为中心》

（《중국 근대초기 서학 번역연구》），延世大学博士论文，2005 年

张淑贤《"才子佳人"小说新论》

（《才子佳人소설 신론》），釜山大学博士论文，2005 年

郑镐俊《杜甫"陷贼、为官"时期诗的研究》

（《두보의 "陷賊、為官"시기 시 연구》），韩国外国语大学博士论文，2005 年

郑晚浩《"四书"的文章构造与"悬吐法"研究》

（《四書의 문장고조와 현토법 연구》），檀国大学博士论文，2005 年

朱基平《陆游诗歌研究》

（《陸遊시가연구》），首尔大学博士论文，2005 年

Lim Hyang-Do《沈从文后期小说的"叙述者"研究》

（《심종문 후기소설의 서술자연구》），檀国大学博士论文，2005 年

2005 年期刊论文

《国际中国学研究》（年刊）（국제중국학연구）第 8 辑

车泰根《重构"伦理话语"的礼制论转向》

（《倫理話語的禮制論轉向重構主體》），2005 年 12 月

河炅心《游戏与真情——论刘廷信的散曲世界》

（《遊戲與真情：論劉廷信的散曲世界》），2005 年 12 月

姜声调《关于潘岳〈悼亡诗〉第一首头两句注解的商榷》

（《關於潘嶽〈悼亡詩〉第一首頭兩句註解的商榷》），2005 年 12 月

金守良《〈悲情城市〉和〈花瓣〉中反映的历史与其精神》

（《〈悲情城市〉和〈花瓣〉中反映的歷史記憶與精神創傷》），2005 年
12 月

金周淳《试论高丽汉诗文中的苏东坡》

（《試論高麗漢詩文中有關蘇東坡》），2005 年 12 月

李桂桂《明传奇所见的女人类型——佳人型及其他》

（《明傳奇所見的女人類型：尤其關於佳人型》），2005 年 12 月

李腾渊《中国文学史的雅俗议论》

（《中國文學史的雅俗議論》），2005 年 12 月

刘世钟《“殖民地”上海和“脱殖民地”上海的“非主流”：女性——以
鲁迅杂文〈苏州河〉、〈孽债〉为中心》

（《殖民地上海和脱殖民地上海的非主流：女性——以魯迅雜文〈蘇州
河〉、〈孽債〉為中心》），2005 年 12 月

裴丹尼尔《郑燮自然诗的风格特征考察》

（《鄭燮自然詩的風格特征考察》），2005 年 12 月

朴永焕《杨亿与禅宗》

（《楊億與禪宗》），2005 年 12 月

申柱锡《元好问之思想分析》

（《元好問之思想分析》），2005 年 12 月

孙皖怡《田启元小剧场剧作研究》

（《田啟元小劇場劇作研究》），2005 年 12 月

元钟礼《王士祯崇韩宗唐诗论所含的近代意识》

(《王士禎崇漢宗唐詩論所含的近代的自覺》),2005 年 12 月

郑台業《北宋前期词人——林逋与钱惟演》

(《北宋前期詞人:林逋與錢惟演》),2005 年 12 月

Lee Intack: *A study of Mutianzizhuan—focusing on content and dating*,2005 年 12 月

《韩中言语文化研究》(半年刊)(한중언어문화연구)第 8 辑

古远清《21 世纪华文文学研究的前沿理论问题》

(《21 世紀華文文學研究的前沿理論問題》),2005 年 3 月

霍四通、李熙宗《诗歌文体的演变和中国文学的发展》

(《詩歌文體的演變和中國文學的發展》),2005 年 3 月

李玟淑《〈阅微草堂笔记〉中的社会批判要素》

(《〈閱微草堂筆記〉에 나타난 사회비판적 요소》),2005 年 3 月

柳晟俊《朝鲜后期清代诗学研究资料和其主旨》

(《朝鮮後期清代詩學研究資料和其論旨》),2005 年 3 月

柳士镇《略论〈三国演义〉的语言面貌》

(《略論〈三國演義〉的語言面貌》),2005 年 3 月

朴南用《韩中近代诗比较研究——以接受法国象征主义的影响为中心》

(《韩中近代诗比较研究——프랑스 象徵主義의 收容과 影響樣相을 중심으로》),2005 年 3 月

朴宰雨《韩国的中国现代文学研究与翻译的现状》

(《韓國的中國現代文學研究與翻譯的現狀》),2005 年 3 月

王烨《革命小说的叙事形式——以受压迫的劳动者的反应为研究对象》

(《勞動者受壓迫及反抗的革命敘事形式》),2005 年 3 月

魏红珊《郭沫若的文艺批评观》

（《郭沫若的文藝批評觀》），2005 年 3 月

严英旭《鲁迅〈故事新编〉和李光洙的〈历史小说〉比较》

（《鲁迅〈故事新編〉和李光洙的〈歷史小說〉比較》），2005 年 3 月

阎开振《试论京派文学的国民性改造主体》

（《試論京派文學的國民性改造主體》），2005 年 3 月

张全之《鲁迅与无政府主义》

（《鲁迅與無政府主義》），2005 年 3 月

张松建《〈新传统的奠基石〉——吴兴华、新诗、另类现代性》

（《〈新傳統的奠基石〉—吳興華、新詩、另類現代性 》），2005 年 3 月

《韩中言语文化研究》（半年刊）（한중언어문화연구）第 9 辑

安荣银《中国的民间演戏——陕北传统秧歌活动的文化功能变化》

（《中國的民間演戲——陝北傳統秧歌活動的文化功能變化》），2005
年 9 月

陈思和《试论五四新文学运动的先锋性》

（《試論五四新文學運動的先鋒性》），2005 年 9 月

崔末顺《30 年代台湾小说：现代化带来的疏远》

（《30 年代臺灣小說所反映的現代化真相與人的疏離》），2005 年 9 月

黄乔生《"鲁迅与仙台"研究综述》

（《"鲁迅與仙臺"研究綜述》），2005 年 9 月

黄晓娟《差异、平等与和谐——中国现当代女性文学的批判与拯救》

（《差異平等與和諧，中國現當代女性文學的批判與拯救》），2005 年 9 月

金河林《鲁迅的文化吸收与文化创作的思维模式》

（《鲁迅的文化吸收與文化創作的思維模式》），2005 年 9 月

李军、任永军《鲁迅杂文语言艺术举隅》

（《鲁迅雜文語言藝術舉隅》），2005 年 9 月

李玲《对中国现代文学传统进行性别意识反思的必要性以及反思的价值尺度》

（《對中國現代文學傳統進行性別意識反思的必要性以及反思的價值尺度》），2005 年 9 月

李光荣《抗战文学的别样风姿——论西南联大文学》

（《抗戰文學的別一種風姿——論西南聯大文學》），2005 年 9 月

林春美《文学的时装——叶凌风的小说表演》

（《文學的時裝：葉凌風的小說表演》），2005 年 9 月

林大根《1920s 中国的电影论与电影的认识》

（《1920 년대 중국의 영화론과 영화 인식》），2005 年 9 月

任明信《鲁迅和现代韩国文学人——另一种"丰富的痛苦"》

（《魯迅和現代韓國文學人——另一種"豐富的痛苦"》），2005 年 9 月

任元彬《许浑诗歌的感伤情调》

（《許渾시가의 感傷情調》），2005 年 9 月

沈庆利《"安那其"视野下的"大同"世界——论巴金的异域小说创作》

（《"安那其"視野下的"大同"世界——論巴金的異域小說創作》），2005 年 9 月

藤田梨那《郭沫若〈鸡之归去来〉中的反抗意识与对韩认识》

（《郭沫若〈雞之歸去來〉中的變形抵抗與對韓認識》），2005 年 9 月

张业松《"文学史"上的巴金与鲁迅——悼巴金并纪念鲁迅逝世六十九周年》

（《文學史線索中的巴金與魯迅——悼巴金並紀念魯迅逝世六十九周年》），2005 年 9 月

《中国人文科学》（半年刊）（중국인문과학）第 30 辑

陈明镐《钟嵘〈诗品〉的刘琨条辨析》

（《鐘嶸〈詩品〉的劉琨條辨析》），2005 年 6 月

崔承现《近代中国人的"韩国观"变迁过程研究》

（《근대 중국인의 한국관 변화과정 연구》），2005 年 6 月

韩宗元《从"红楼"到"青楼"之梦》

（《紅樓에서 靑樓의 꿈으로》），2005 年 6 月

扈光秀《中国发行的新闻、杂志——汉诗与其"文本性"》

（《중국 발행 신문 잡지 所載 한시와 텍스트성》），2005 年 6 月

姜玉《金学铁小说的批判意识研究》

（《김학철 소설의 비판의식 연구》），2005 年 6 月

姜鲸求《高行健的〈八月雪〉形式与"禅"的思维》

（《高行健〈八月雪〉의 형식과 禪적 사유》），2005 年 6 月

金河林《文艺与政治的歧路——关于"胡风反革命集团事件"的研究》

（《문예와 정치의 기로："胡風反革命集團事件"에 대한 연구》），
2005 年 6 月

金晋郁《通过安重根"义举"研究看中国知识分子对朝鲜的认识》

（《安重根 義舉를 통한 中國 知識人의 朝鮮認識 研究》），2005 年 6 月

金明姬《"异端"与"非主流"小说的论争》

（《이단과 비주류 소설을 둘러싼 논쟁》），2005 年 6 月

金炡旭《20 世纪 90 年代中国电影现象研究》

（《20 世紀 90 年代中國電影現象研究》），2005 年 6 月

金周淳《苏轼的〈归去来辞〉与李仁老的〈和归去来辞〉的比较初探》

（《試論對〈歸去來辭〉的蘇軾與李仁老〈和歸去來辭〉》），2005
年 6 月

李淑娟《小说的"新视野"——张大春的〈公寓导游〉、〈四喜导游〉》

（《小說的"新視野" ——張大春的〈公寓導遊〉、〈四喜導
遊〉》），2005 年 6 月

李珠鲁《1950s 中国电影的文化意识形态与政治》

（《1950 년대 중국 영화의 문화이데올로기와 정치권력》），2005 年 6 月

李喜卿《新"政治权力"与文学纠葛》

（《새로운 정치권력이 요구하는 문학적 지지와 갈등》），2005 年 6 月

梁会锡《1950s 中国戏剧——政治与文艺的"函数"关系》

（《1950 년대 중국연극：정치와 문예의 함수관계》），2005 年 6 月

柳昌辰《通过〈英雄泪〉看"人物类型"的时代认识》

（《〈英雄淚〉의 인물 유형을 통한 시대 인식》），2005 年 6 月

朴顺哲《〈诗经〉邶风的〈匏有苦叶〉小考》

（《〈詩經〉邶風의 〈匏有苦葉〉에 대한 小考》），2005 年 6 月

申铉锡《南唐词研究》

（《南唐詞研究》），2005 年 6 月

严英旭《中国文学中的"性"》

（《중국문학에 나타난 성》），2005 年 6 月

郑元祉《汉代角觝戏〈东海黄公〉的原型意义》

（《漢代角觝戲〈東海黄公〉의 原型意義》），2005 年 6 月

张椿锡《〈聊斋志异〉的"冥界"研究》

（《〈聊齋誌異〉》의 冥界 연구），2005 年 6 月

《中国人文科学》（半年刊）（중국인문과학）第 31 辑

韩成求《中国近现代对"科学"的认识与思想变化》

（《중국 근현대 "科學"에 대한 인식과 사상 변화》），2005 年 12 月

韩宗完《初、中期"狭邪小说"的比较考察——以〈海上花列传〉为研究中心》

（《초중기狹邪小說의 비교고찰——〈海上花列傳〉을 중심으로》），

2005 年 12 月

黄智裕《新诗的"旧梦"——三十年代现代派诗歌对晚唐诗词的接受》

(《新詩的"舊夢" ——三十年代現代派詩歌對晚唐詩詞的接受》),

2005 年 12 月

金桂台《袁宏道书信的艺术特色》

(《袁宏道書信的藝術特色》),2005 年 12 月

金胜心《盛唐诗歌与盛唐气象》

(《盛唐詩歌와 盛唐氣象》),2005 年 12 月

金周淳《宋代的陶渊明研究》

(《宋代의 陶淵明 研究》),2005 年 12 月

李揆一《3 世纪中国诗歌"抒情方式"的转换》

(《3 세기 중국시가 서정방식의 전환》),2005 年 12 月

李喜卿《巴金的〈随想录〉与政治权力的关系》

(《시대의 그늘과 지식인의 목소리 : 바진의 〈수상록〉 과 정치권력의 관계 읽기》),2005 年 12 月

李相雨《曹禺作品的"解放区"表演活动考察》

(《曹禺작품의 해방구 공연활동 고찰》),2005 年 12 月

李哲理《严羽〈沧浪诗话〉诗歌理论探索》

(《嚴羽〈滄浪詩話〉詩歌理論探索》),2005 年 12 月

朴炳仙《王绩的交游诗研究》

(《王績의 交遊詩 研究》),2005 年 12 月

朴佶长《鲁迅在北京时活动的学校与内容考察》

(《魯迅이 北京에서 活動한 學校소개와 內容 考察》),2005 年 12 月

朴顺哲《关于〈诗经〉中"赋比兴"的作诗方式小考》

(《〈詩經〉에서의 賦比興의 作詩方式에 關한 小考》),2005 年 12 月

朴完镐《志怪、传奇小说中吸收民间故事的情况》

（《지괴 전기소설의 민간고사 모티브 수용 양상》），2005 年 12 月

任振镐《北宋辞赋体制的革新与欧阳修的〈秋声赋〉》

（《北宋代 辭賦體制의 革新과 歐陽修의 〈秋聲賦〉》），2005 年 12 月

沈揆昊《关于汉代"雅俗观"与"雅俗文化"的变迁过程的考察》

（《漢代 雅俗觀과 아속문화의 변천과정에 관한 일 고찰》），2005
年 12 月

魏幸复《现状的反映与现实中的呼应——民国"旧派小说"》

（《現狀의 反映과 現實에의 呼應，民國舊派小說》），2005 年 12 月

涂小马、孙瑞新《"法度"和"书院教学"：桐城文派的传承情况》

（《法度和書院教學與 桐城文派의 傳承》），2005 年 12 月

尹银雪《潘之恒的"演剧论"研究——以"表演者"与观众为研究对象》

（《潘之恒의 演劇論 研究- —演劇者와 觀客을 중심으로》），2005
年 12 月

赵炳奂《王蒙长篇小说中的知识分子意识》

（《王蒙 장편소설의 지식인 의식》），2005 年 12 月

赵奉来《梁漱溟的乡村建设运动中的"改革精神"》

（《梁漱溟의 鄕村建設運動에 나타난 改革精神》），2005 年 12 月

郑东补《"才子佳人"小说中的"佳人"的形象小考——以〈平山冷燕〉、
〈玉娇梨〉为研究中心》

（《才子佳人小說에 보이는 佳人의 形象 小考——〈平山冷燕〉、〈玉
嬌梨〉를 중심으로》），2005 年 12 月

《中国文化研究》（半年刊）（중국문화연구）第 6 辑

归青《〈文心雕龙〉诗学体系论》

（《〈文心雕龍〉詩學體系論》），2005 年 6 月

李英淑《通过〈世说新语〉看"魏晋"的母亲》

（《〈世說新語〉를 통해 본 魏晉의 어머니》），2005 年 6 月

刘僖俊《脂砚斋批语的小说美学世界》

（《脂硯齋 批語의 소설 미학적 세계》），2005 年 6 月

朴姿映《日常生活被封锁的那一瞬间——张爱玲小说的"入门"方法之一》

（《일상이 봉쇄되는 그 순간——장아이링 소설에 입문하는 한가지 방법》），2005 年 6 月

申柱锡《"五言诗"的起源小考》

（《5 언시 기원에 대한 소소》），2005 年 6 月

宋莉华《十九世纪中国的独特文化存在——郭实腊的小说创作与评论》

（《十九世紀中國的獨特文化存在——郭實臘的小說創作與評論》），2005 年 6 月

《中国文化研究》（半年刊）（중국문화연구）第 7 辑

金松姬《张衡赋与〈庄子〉》

（《張衡賦와 〈莊子〉》），2005 年 12 月

李韦《1949—1964：中国大陆戏剧改革的研究逻辑——以京剧为考察对象》

（《1949—1964：中國大陸戲劇改革的研究邏輯——以京劇為考察對象》），2005 年 12 月

李鸿祥《论中国现代文学的伦理诉求》

（《論中國現代文學的倫理訴求》），2005 年 12 月

李在珉《老舍与张恨水叙述：北京官僚与知识青年文化——清末民初至新中国成立前》

（《老舍與張恨水叙述：北京官僚與知識青年文化——清末民初至新中國成立前》），2005 年 12 月

赵汶修《〈吟风阁杂剧〉的艺术性》

（《〈吟風閣雜劇〉의 예술성》），2005 年 12 月

《中国文学》（半年刊）（중국문학）第 43 辑

白光俊《关于〈唐宋八大家文抄〉的起源》

（《〈唐宋八大家文抄〉의 起源에 관하여》），2005 年 5 月

曹明和《朝鲜朝士大夫的中国观——以〈乙丙燕行录〉中洪大容的中国观为中心》

（《朝鮮朝士大夫의 中國觀——〈乙丙燕行録〉에 보이는 洪大容의 中國觀을 중심으로》），2005 年 5 月

崔亨燮《自传小说〈红楼梦〉的性格与其意义》

（《자전적 소설로서 〈홍루몽〉의 성격과의미》），2005 年 5 月

洪尚勋《作为“官方文本”的汉赋——初步文学样式的实验》

（《제도적 글쓰기로서 漢賦——초보적 문학 양식의 시험》），2005 年 5 月

金震共《金庸武侠小说研究的争论焦点》

（《김용 무협소설 연구의 쟁점》），2005 年 5 月

柳昌娇《韩国的中国古典女性文学研究》

（《한국의 중국고전여성문학 연구》），2005 年 5 月

柳茎杓《王安石的“使行诗”考——在宋朝“境内”所作的诗》

（《王安石의 使行詩考——宋나라 境内에서 제작된 시》），2005 年 5 月

唐润熙《〈论语·八佾〉“会事后素”辨析》

（《〈論語·八佾〉“會事後素”辨析》），2005 年 5 月

《中国文学》（半年刊）（중국문학）第 44 辑

宾美贞《关于黄帝神话传说的文献考察》

（《黃帝神話傳說에 대한 文獻的 考察》），2005 年 8 月

洪锦珠《通过中国神话看中国古代叙事诗的特征》

（《중국 신화를 통해 본 중국 고대서사의 특징》），2005 年 8 月

梁会锡《中国诗与绘画的融合——以山水诗与山水画为中心》

（《중국 시와 회화의 융합——산수시와 산수화를 중심으로》），
2005 年 8 月

刘京哲《"中华主义"——韩国的中国想象》

（《"中華主義"，韓國의 中國想象》），2005 年 8 月

卢相均《明末文人的思维模式考察》

（《明末 文人들의 사유모식 고찰》），2005 年 8 月

元钟礼《李梦阳、王士祯、袁宏道诗歌美学的"素雅之趣"与"清趣"——明代中后期具有近代性的"格调派"与性灵说的通俗主义及其审美意识》

（《李夢陽과 王士禎，袁宏道 詩歌美學의 "素雅之趣"與 "清趣"——明代 中後期 近代性를 향한 格調派와 性靈說의통俗主義와 엘리트적 審美意識》），2005 年 8 月

朱基平《南宋江湖诗派的"诗派"性格考察》

（《南宋 江湖詩派의 "詩派"的 性格 考察》），2005 年 8 月

《中国文学理论》（半年刊）（중국문학이론）第 5 辑

崔琴玉《阅读与思考，快乐的体验——评〈宋诗史〉》

（《읽고 생각하는 즐거움의 체험——〈宋詩史〉》），2005 年 2 月

高光敏《关于韩愈"去陈言"的"后代"认识》

（《韓愈"去陳言"에 대한 後代의 認識》），2005 年 2 月

归青《试论宫体诗的人物形象描写》

（《試論宮體詩의 人物形象描寫》），2005 年 2 月

金宜贞《李商隐诗中的"云雨梦"典故的模仿》

（《李商隱 시에 나타난 雲雨夢 典故의패러디》），2005 年 2 月

裴丹尼尔《〈文心雕龙〉第四十六〈隐秀〉篇译注》

（《〈文心雕龍〉第四十六〈隱秀〉篇譯註》），2005 年 2 月

裴得烈《〈文心雕龙〉第四十九〈物色〉篇译注》

（《〈文心雕龍〉第四十九〈物色〉篇譯註》），2005 年 2 月

彭铁浩《"中国文学"中的修辞》

（《中國文學에서의 修辭》），2005 年 2 月

朴英顺《〈文心雕龙〉第四十九〈程器〉篇译注》

（《〈文心雕龍〉第四十九〈程器〉篇譯註》），2005 年 2 月

沈揆昊《先秦士人的"雅俗观"考察——先秦士人的"自我意识"形成》

（《先秦 士人의 雅俗觀에 관한 일 考察——선진 사인의 자아의식 형성과 관련하여》），2005 年 2 月

王小盾《〈文心雕龙〉和〈周易〉的关系》

（《〈文心雕龍〉和〈周易〉的關系》），2005 年 2 月

咸恩仙《话本小说的叙述模式研究》

（《話本小說의 서술 모식 연구》），2005 年 2 月

朱基平《个别的乐器来合奏的宋诗交响乐——评〈中国诗与诗人：宋代篇〉》

（《개별 악기의 합주로 빚어진 宋詩의 오케스트라——〈중국시와 시인：宋代篇〉》），2005 年 2 月

Seo Sung《晚唐诗风的"地域分化"——以"江南诗风"为中心》

（《晚唐 詩風의 지역적 분화——강남시풍을 중심으로》），2005 年 2 月

《中国文学理论》（半年刊）（중국문학이론）第 5 辑

成恩利《〈文心雕龙〉第四十八〈知音〉篇译注》

（《〈文心雕龍〉第四十八〈知音〉篇譯註》），2005 年 8 月

崔琴玉《试论陈师道的"工"与"妙"》

（《陳師道試論的"工"與"妙"》），2005 年 8 月

崔琇璟《关于明清时期女性写作的意义试论》

（《明清時期 女성 글쓰기의 의미 해석에 관한 試論》），2005 年 8 月

崔在赫《苏轼的"传神"创作论》

（《소식의 "傳神" 창작론》），2005 年 8 月

姜必任《〈文心雕龙〉第三十四〈章句〉篇译注》

（《〈文心雕龍〉第三十四〈章句〉篇譯註》），2005 年 8 月

金俊渊《李商隐诗中的"伤春"的含义考察》

（《李商隱詩에 보이는 "傷春"의 含義에 대한 고찰》），2005 年 8 月

李揆一《〈文赋〉创作的时代意义》

（《〈文賦〉 창작의 시대적 의의》），2005 年 8 月

柳晟俊《〈沧浪诗话诗辨〉的诗创作论》

（《〈滄浪詩話詩辨〉의 시창작론》），2005 年 8 月

彭鉄浩《燕岩的〈虎叱〉与诸文——〈阅微草堂笔记〉、〈姑妄听之〉与〈虎叱〉比较》

（《燕巖의 〈虎叱〉과 닮은 글——〈閱微草堂筆記〉 〈姑妄聽之〉 其二와 〈虎叱〉의 유사성 검토》），2005 年 8 月

赵成千《王夫之的"兴观群怨"解释与其运用》

（《王夫之의 "興觀群怨"에 대한 해석과 운용》），2005 年 8 月

《中国文学研究》（半年刊）（중국문학연구）第 30 辑

安炳三《"对张资平爱情小说的批判"之批判》

（《"對張資平愛情小說的批判"之反批判》），2005 年 6 月

洪俊荣《20 世纪 30 年代周作人的文章体裁发展的倾向及深层的原因》

（《1930 년대 周作人의 文章 選擇과 그 原因》），2005 年 6 月

金尚源《文体的统一与"国语"的建立》

（《文體의 統一과 "國語"의 建立》），2005 年 6 月

金孝梜《通俗小说在 50 年代的"替代性"——以"革命英雄传奇"和"惊险小说"为中心》

（《通俗小說在 50 年代的"替代性"——以"革命英雄傳奇"和驚險小說為中心》），2005 年 6 月

李禾范《魏晋南北朝小说"语气词"考察》

（《 魏晉南北朝 小說 語氣詞 考察》），2005 年 6 月

郑智仁《沈从文的"湘西乡土小说"中的"原始信仰"的思维模式》

（《沈從文의 "湘西鄉土小說"에 나타난 原始信仰의 思維模式》），2005 年 6 月

《中国文学研究》（半年刊）（중국문학연구）第 31 辑

金卿东《白居易"三种年谱"异说比较考——以"江州司马"之前时期为中心》

（《白居易三種年譜 異說比較考——江州司馬 이전 시기를 중심으로》），2005 年 12 月

金尚源《"文体改革"与新文化运动——以胡适的"国语的文学与文学的国语"为中心》

（《文體의 改革과 新文化運動——胡適의 "국어의 문학과 문학의 국어"를 중심으로》），2005 年 12 月

李熙贤《古都北京及其"古典"的浪漫笔调——以朱光潜〈诗论〉为中心》

（《古都北京，古都으로 浪漫을 調律하다——朱光潛〈詩論〉을 중심으로》），2005 年 12 月

朴晟镇《春秋笔法试论——以杜预〈序〉为中心》

（《春秋筆法試論——杜預〈序〉를 중심으로》），2005 年 12 月

文宽洙《南宋四大家的"爱国忧民"思想比较——以"田园诗"为中心》

（《南宋四大家의 애국우민사상 비교——전원시를 중심으로》），

2005 年 12 月

郑相泓《通过〈诗经〉与中国云南少数民族诗歌的比较研究诗歌产生的类型——魔法师》（1）

（《시경과 중국운남 소수민족의 시가와의비교를 통해서 본 시가 발생유형——주술가》），2005 年 12 月

《中国现代文学》（季刊）（중국현대문학）第 32 号

曹俊兵《20 世纪 90 年代以来中国大陆电影创作状况思辨》

（《20 世紀 90 年代以來中國大陸電影創作狀況思辨》），2005 年 3 月

车泰根《19 世纪前半期东亚谈论与其"知识网"》

（《19 세기 전반 동아시아 담론과 지식망》），2005 年 3 月

洪昔杓《近代中国接受"西学"的理念论理与"国学"》

（《근대 중국의 "서학"수용의 이념적 논리와 "국학"》），2005 年 3 月

金钟珍《张艺谋电影中的现实意识问题》

（《장이머우 영화에 나타난 현실의식의 문제점》），2005 年 3 月

李琼民《培养中国专家与中文教育家的争论》

（《중국전문가 양성과 어문학 교육자가 직면한 도전》），2005 年 3 月

梁会锡《中国戏曲改革运动研究》

（《中國戲曲改革運動研究》），2005 年 3 月

刘世钟《韩龙云与鲁迅的抵抗"民族主义"与"超民族主义"展望》

（《韓龍雲과 魯迅의 저항적 민족주의와 "초민족적" 전망》），

2005 年 3 月

朴宰雨《韩国的台湾文学研究的历史与特点》

(《韓國的臺灣文學研究的歷史與特點》），2005 年 3 月

申正浩《台湾文学之韩国认识》

(《臺灣文學之韓國認識》），2005 年 3 月

藤井省三《台湾电影中的精神创伤》

(《臺灣電影中的精神創傷》），2005 年 3 月

吴冠平《中国电影的某种倾向——简评中国电影创作的历史资源》

(《中國電影的某種傾向——簡評中國電影創作的歷史資源》），2005
年 3 月

吴允淑《1989 年以后的北岛研究》

(《1989 년 이후의 베이다오 연구》），2005 年 3 月

张同道《论孙明经与金陵大学教育电影》

(《論孫明經與金陵大學教育電影》），2005 年 3 月

郑鹤顺《舒婷及她的典型诗歌》

(《舒婷及她的典型詩歌》），2005 年 3 月

钟大丰《作为民族电影产业的中国电影文化策略的历史和现实》

(《作為民族電影產業的中國電影文化策略的歷史和現實》），2005 年 3 月

Bao Weihong: *A Panoramic Worldview: Probing the Visuality of Dianshizhai huabao*，2005 年 3 月

Lee So-Jung《鲁迅的大众艺术——"木版画"的意义》

(《루쉰의 대중예술——목판화의 의미》），2005 年 3 月

《中国现代文学》（季刊）（중국현대문학）第 33 号

白元淡《1980—1990 年中国文化转型问题》

(《중국에서 1980—1990 년대 문화 전형의 문제》），2005 年 6 月

车泰根《19 世纪末中国的"西学"与意识形态——以"广学会"与〈万国公报〉为研究中心》

(《19 세기말 중국의 서학과 이데올로기》），2005 年 6 月

金炡旭《看〈神女〉的那一张"地图"》

(《〈神女〉를 보는 어떤 한 장의 지도》），2005 年 6 月

李宝暻《因特网与媒体——中国的网络文学的报告》

(《인터넷과 매체——중국의 인터넷 문학에 관한 보고》），2005 年 6 月

李先玉《中国新时期小说的发展情况与其理论》

(《중국 신시기 소설의 전개양상과 논리》），2005 年 6 月

李珠鲁《政治权力与文化权力的交锋——从"丁、陈反党小集团案"到"冯雪峰反党分子案"》

(《정치권력과 문학권력의 비틀린 만남—— "丁、陳反黨小集團案" 到 "馮雪峰反黨分子案"》），2005 年 6 月

林春城《香港电影中再现的香港人的正体性与东南亚的"他者性"》

(《홍콩영화에 재현된 홍콩인의 정체성과 동남아인의 타자성》），2005 年 6 月

柳泳夏《鲁迅的香港》

(《魯迅의 홍콩》），2005 年 6 月

朴姿映《左翼电影"情节剧"的政治——20 世纪 30 年代上海大众文化的性质》

(《좌익영화의 멜로드라마 정치 1930 년대 상하이 대중문화 형질》），2005 年 6 月

Yoon Hyung-Suk《地球化、移居女性、家族再"生产"与香港人的整体性》

(《지구화, 이주여성, 가족재생산과 홍콩인의 정체성》），2005 年 6 月

《中国现代文学》（季刊）（중국현대문학）第 34 号

白池云《全球化时代中国的"网络民族主义"》

（《전기구화 시대 중국의 "인터넷 민족주의"》），2005 年 9 月

陈建忠《从"皇国少年"到"左翼青年"——台湾战后初期（1945—1949）叶世涛的小说创作与思想转折点》

（《從皇國少年到左翼青年：臺灣戰後初期（1945—1949）葉世濤的小說創作與思想轉折》），2005 年 9 月

黄乔生《鲁迅研究与中韩"深层文化"交流——〈韩国鲁迅研究论文集〉读后》

（《魯迅研究與中韓深層文化交流——〈韓國魯迅研究論文集〉讀後》），2005 年 9 月

金尚浩《战后现代诗人的台湾想象与现实》

（《戰後現代詩人的臺灣想象與現實》），2005 年 9 月

金顺珍《朱天心小说的边缘意识——以〈我的朋友阿里薩〉为中心》

（《朱天心小說的邊緣意識——以〈我的朋友阿裏薩〉為中心》），2005 年 9 月

李淑娟《台湾解严前后小说文本里的后现代呈现——以战后第三代文学家的文本为主的研究》

（《臺灣解嚴前後小說文本裏的後現代呈現——以戰後第三代文學家的文本為主的研究》），2005 年 9 月

廖炳惠《打开帝国藏书的文化记忆——殖民与现在、感性与知识》

（《打開帝國藏書的文化記憶，殖民與現在，感性與知識》），2005 年 9 月

刘京哲《武侠题材与"红色经典"——以关于两者的"时间"与"时间性"为中心》

（《武俠 장르와 紅色經典——양자에 관련된 "시간"과 "시간성"을 중심으로》），2005 年 9 月

刘亮雅《1987 年以来台湾的"后殖民小说"》

（《1987 年以來臺灣的後殖民小說》），2005 年 9 月

邱贵芬《"乡土文学"之"后"——台湾纪录片与另类文化愿景》

（《鄉土文學之〈後〉：臺灣紀錄片與另類文化願景 》），2005 年 9 月

张锦忠《跨国流动的华文文学——台湾文学场域里的"在台马华文学"》

（《跨國流動的華文文學——臺灣文學場域裏的〈在臺馬華文學〉》），
2005 年 9 月

周宰嬉《理念的相斥相吸的叙事——试论黄晳暎的〈悠悠家园〉和陈映真
的三篇"铃铛花系列小说"》

（《理念的相殘、希望的敘事——試論黃晳暎的〈悠悠家園〉和陳映真的
三篇〈鈴鐺花系列小說〉》），2005 年 9 月

Jeong Eun-Jin 译《冷海情深》

（《〈冷海情深〉 차가운 바다 깊은 정》），2005 年 9 月

Kim Jung-Soo 译《后殖民的周边——台湾文学中寻找"台湾行"》

（《후식민의 바깥——대만문학의 "대만성"을 찾아서》），2005 年
9 月

Lee So-Jung 译《台湾现代诗翻译》

（《대만 현대시 번역》），2005 年 9 月

《中国现代文学》（季刊）（중국현대문학）第 35 号

黄智裕《四十年代现代文学诗歌追求的一个典范——郑敏早期诗歌研究》

（《四十年代現代文學詩歌追求的一個典範——鄭敏早期詩歌研究》），
2005 年 12 月

金兑妍《服务于政治教育的现代文学阅读——中华人民共和国初期中学语
文教材中的现代文学作品》

（《정치교육으로서의 현대문학 읽기——중화인민공화국 초기 중학어문

교과서에 수록된 현대문학작품》），2005 年 12 月

金良守《侯孝贤〈悲情城市〉中的"历史再现"与叙事战略》

（《侯孝賢，〈悲情城市〉 속 歷史再現과 敍事戰略》），2005 年 12 月

李宝暻《再读中国近代性的一个话题"救救孩子"——"优生学"计划的重新审视》

（《중국적 근대성의 한 테제 "아이를 구하라" 再讀——우생학적 기획으로 읽기》），2005 年 12 月

李正勋《"实践"的"东亚"以及周边的"国家历史"》

（《 " 실천 " 으로서의 "동아시아" 혹은 "내셔설 히스토리"의 저편》），2005 年 12 月

刘世钟《殖民地上海与脱殖民地上海的非主流女性》

（《식민지 상하이와 탈식민지 상하이의 비주류, 여성》），2005 年 12 月

柳中夏《怎么教授鲁迅——〈狂人日记〉读法》（1）

（《아이들에게 魯迅을 어떻게 가르칠 것인가——〈狂人日記〉를 위한 독법》），2005 年 12 月

闵正基《关于〈点石齐书报〉的"西方观"研究》

（《〈點石齊書報〉의 서양관에 관한 연구》），2005 年 12 月

沈亨哲《中国近代"稿费制度"小考》

（《중국 근대 원고료 제도에 관한 소고》），2005 年 12 月

郑在书《食人、狂气、近代——关于〈狂人日记〉"神话"的读法》

（《食人、狂氣、近代——〈狂人日記〉에 대한 신화적 독법》），2005 年 12 月

《中国小说论丛》（半年刊）（중국소설논총）第 21 辑

曹立波《〈红楼梦〉东观阁本评点的体例》

（《〈紅樓夢〉東觀閣本評點的體例》），2005 年 6 月

陈国军《元明中篇传奇小说的发展历程及其特征》

（《元明中篇傳奇小說的發展歷程及其特徵》），2005 年 6 月

陈文新《数字化时代的中国古代小说研究》

（《數字化時代的中國古代小說研究》），2005 年 6 月

崔吉容《韩文“笔写本”〈瑶华传〉的翻译与其变异情况》

（《한글 筆寫本 〈瑤華傳〉의 翻譯 및 變異樣相》），2005 年 6 月

崔真娥《妖怪的诱惑——唐传奇中透视的女性》

（《요괴의 유혹：唐나라 傳奇에 나타난 여성의 한 모습》），2005
年 6 月

金明信《乐善齐本〈红楼复梦〉翻译情况》

（《樂善齊本 〈紅樓復夢〉의 翻譯樣相》），2005 年 6 月

金贞女《乐善齐本〈补红楼梦〉与〈红楼梦补〉的翻译情况》

（《樂善齊本 〈補紅樓夢〉과 〈紅樓夢補〉의 翻譯樣相》），2005 年
6 月

李无尽《中国古典小说的“数据库”系统构造》

（《中國古典小說의 데이터베이스 구축》），2005 年 6 月

李寅浩《数字化时代的校勘学思考——以〈史记〉数字文本为例》

（《數字化時代的校勘學思考——以〈史記〉數字文本為例》），2005
年 6 月

李载胜《试论〈红楼梦〉中的俗语连用》

（《試論〈紅樓夢〉中的俗語連用》），2005 年 6 月

李昭妗《文言、白话及白话小说——试论“传统”时期的中国文学语言》

（《문언，백화 그리고 백화소설——전통시기 중국의 문학 언어에
관한 탐색 시론》），2005 年 6 月

刘勇强《网络时代的明清小说》

（《網絡時代的明清小說》），2005 年 6 月

柳昌辰《〈绘图朝鲜亡国演义〉小考》

（《〈繪圖朝鮮亡國演義〉小考》），2005 年 6 月

鲁小俊《〈儿女英雄传〉的思想二题——以〈儒林外史〉为参照》

（《〈兒女英雄傳〉的思想二題——以〈儒林外史〉為參照》），2005 年
6 月

闵宽东《〈东汉演义〉研究——以其版本与国内“传入本”为研究中心》

（《〈東漢演義〉研究——판본과 국내 流入本을 중심으로》），2005
年 6 月

朴春迎《〈西游记〉的“沙悟净”人物形象研究》

（《〈西遊記〉의 沙悟淨 人物形象 研究》），2005 年 6 月

朴昭贤《“文本”的生产与印刷及读书习惯——以“包公故事”为中心》

（《텍스트의 생산과 인쇄, 그리고 독서 관습의 관계에 대하여——包
公이야기를 중심으로》），2005 年 6 月

乔光辉《瞿佑交游考》

（《瞿佑交遊考》），2005 年 6 月

上田望《明清小说数字化应用研究》

（《明清小說數字化應用研究》），2005 年 6 月

申正浩《小说中韩中两国的相互认知》

（《소설에 나타난 한중 양국의 상호 인식》），2005 年 6 月

余来明《〈红楼梦〉对人情小说传统的反思与超越》

（《〈紅樓夢〉對人情小說傳統的反思與超越》），2005 年 6 月

禹康植《金庸武侠小说的江湖——理想与冲突》

（《金庸 武俠小說의 江湖, 그 이상과 충돌》），2005 年 6 月

赵宽熙《韩国中国学（汉学）研究的信息化现状——兼论中国古代小说数
字化方案探索》

（《韓國中國學（漢學）研究的信息化現狀——兼論中國古代小說數字化方案探索》），2005 年 6 月

《中国小说论丛》（半年刊）（중국소설논총）第 21 辑

安正熏《〈扬州画舫录〉小考》

（《〈揚州畫舫録〉小考》），2005 年 9 月

崔桓《明代"类书"与小说试论》

（《明代 類書와 소설에 관한 試論》），2005 年 9 月

崔琇景《清代女性文学中的"女性"探索》

（《清代 女性文學에 표현된 女性性 탐구》），2005 年 9 月

韩惠京《〈红楼梦〉中的传统戏剧艺术》

（《〈홍루몽〉에 표현된 전통 희곡 예술》），2005 年 9 月

金明信《乐善齐本〈忠烈侠义传〉的"人物群像"研究》

（《난선재본 〈충렬협의젼〉의 人物群像 연구》），2005 年 9 月

金秀妍《通过青楼看近代性预兆》

（《青樓를 통해 본 근대성 증후》），2005 年 9 月

金源熙《被人遗忘的小说集——〈情种〉浅谈》

（《被人遺忘의 小說集——〈情種〉淺談》），2005 年 9 月

金芝鲜《志怪中的"古怪"与其美学》

（《誌怪에 나타난 기괴함의 미학》），2005 年 9 月

李受珉《〈蜃楼志〉中的女性与男性世界》

（《〈蜃樓誌〉中的女性與男性世界》），2005 年 9 月

闵宽东《朝鲜时代由中国小说引起的争论与事件——以朝鲜朝廷的争论与其事件为中心》

（《朝鮮時代 中國小說로 인한 論爭과 事件》），2005 年 9 月

潘金英《〈阅微草堂笔记〉之台湾善本》

（《〈閱微草堂筆記〉之臺灣善本》），2005 年 9 月

朴捧淳《晚清谴责小说中的清官》

（《만청 견책소설 속에 나타난 청관》），2005 年 9 月

徐盛《〈三国志通俗演义〉万卷楼本"插图"研究》

（《〈三國誌通俗演義〉萬卷樓本 삽화 연구》），2005 年 9 月

严英旭、郑荣豪《"韩人题材"小说中的韩国认识》

（《한인제재 소설에 나타난 한국인식》），2005 年 9 月

杨峰《民初轶事小说的繁荣及时代意义》

（《民初軼事小說的繁榮及時代意義》），2005 年 9 月

杨琳《李渔对凌濛初的继承与发展》

（《李漁對凌濛初的繼承與發展》），2005 年 9 月

赵冬梅《廉布及其小说〈清尊录〉》

（《廉布及其小說〈清尊錄〉》），2005 年 9 月

《中国学》（半年刊）（중국학）第 24 辑

安承雄《沈从文的生命文学》

（《沈從文的生命文學》），2005 年 8 月

崔洛民《通过〈紫钗记〉成书过程看汤显祖的"俗文学观"》

（《〈紫釵記〉成書 過程을 통해 본 湯顯祖의 俗文學觀》），2005 年 8 月

何坤翁《〈金瓶梅〉的"写曲"与"唱曲"》

（《〈金瓶梅〉的寫曲與唱曲》），2005 年 8 月

姜鲸求《勿齐樵隐的五伦诗研究》

（《勿齊 樵隱의 五倫詩 연구》），2005 年 8 月

金孝枬《中国当代文学生产体制和通俗小说——以文学机构和文艺刊物为中心》

（《中國當代文學生產體制和通俗小說——以文學機構和文藝刊物為中

心》），2005 年 8 月

朴贞姬《张爱玲与王安石小说中的"上海"》

（《張愛玲과 王安石 小說 속의 "上海"》），2005 年 8 月

孙明君《陆机诗歌的士族意识》

（《陸機詩歌的士族意識》），2005 年 8 月

王文军《论 20 世纪 30 年代中国报告文学的文体特征》

（《論 20 世紀 30 年代中國報告文學的文體特質》），2005 年 8 月

《中国学》（半年刊）（중국학）第 25 辑

金素贞《"三言"、"二拍"所见的"下层民众"》

（《〈三言〉、〈二拍〉所見的下層民眾》），2005 年 12 月

金寅浩《"鸟卵"文化与民族主义新的崇拜》

（《鳥卵문화와 만주족의 새 숭배》），2005 年 12 月

金瑛玉《〈白娘子永镇雷锋塔〉中的象征性》

（《〈白娘子永鎮雷鋒塔〉속의 상징성》），2005 年 12 月

刘美景《近代时期中国短篇小说的内容试探》

（《近代時期中國短篇小說的內容試探》），2005 年 12 月

朴鲁宗《通过高行健〈绝对信号〉与〈车站〉看"对话"的作用》

（《試論 ： 高行健〈絕對信號〉와 〈車站〉을 통해 본 "對話"의
기능》），2005 年 12 月

孙明君《谢云连〈拟魏太子邺中集诗八首〉中的邺下之游》

（《謝雲連〈擬魏太子鄴中集詩八首〉中的鄴下之遊》），2005 年 12 月

郑永福《中国近代妇女史研究的现状与趋势》

（《中國近代婦女史研究的現狀與趨勢》），2005 年 12 月

Liu Ning： *A Comparative Study of Poem by Tang Dynasty Courtesans
and Taoist Nuns*，2005 年 12 月

《中国学报》（半年刊）（중국학보）第 51 辑

裴丹尼尔《晚明"山人诗人"的自然诗考察》

（《晚明 山人詩人들의 자연시 고찰》），2005 年 6 月

金元中《中国文学史叙述的理念性介入情况和叙述方向的关系——以 1949 年前后的文学史"史观"为研究中心》

（《中國文學史 敘述의 理念性 介入與否와 敘述方向——1949 년 前後 主要 文學史"史觀"을 중심으로》），2005 年 6 月

朴正铉《19 世纪末生活在朝鲜的中国人对朝鲜的认知——以王锡祺〈小方壶齐〉为中心》

（《19 세기 말 조선에 온 중국인의 조선의식》），2005 年 6 月

《中国学报》（半年刊）（중국학보）第 52 辑

崔日义《中国古典诗论的研究方法论》

（《중국고전시론의 연구방법론 시론》），2005 年 12 月

金洪谦《中国神话中的英雄类型研究》

（《중국신화 속에 담겨있는 영웅의 유형연구》），2005 年 12 月

金震共《文革时期对"大众心理"的读法》

（《文革시기의 대중 심리에 대한 讀法》），2005 年 12 月

刘京哲《贾樟柯的〈小武〉阅读——关于现实与欲望之间的"差距"》

（《賈樟柯의〈小武〉읽기——현실과 욕망의"격차"에 관하여》），2005 年 12 月

朴志玹《牺牲与神圣——中国的"紫姑"信仰分析》

（《희생과 신성——중국의 紫姑 신앙분석》），2005 年 12 月

禹在镐《唐代"田家诗"考》

（《唐代"田家詩"考》），2005 年 12 月

Kim Woo-Suk《"梁山伯与祝英台"故事研究》

（《梁祝고사 연구 서설》），2005 年 12 月

《中国学论丛》（半年刊）（중국학논총）第 19 辑

高奈延《〈伍伦全备记〉在国内的接受情况研究》

（《〈伍倫全備記〉의 國內 受容에 대한 硏究》），2005 年 6 月

姜泽求《朱熹诗论中的 "性情" 问题》

（《朱熹 에 있어서의 性情의 문제》），2005 年 6 月

金晓民《从社会文化观点看明清小说作家的创作心理》

（《사회문화적 관점에서 본 명청소설 작가의 창작심리》），2005 年
6 月

具教贤《"公安派" 与 "燕严学派" 的文学理论比较》

（《公安派와 燕巖學派의 文學理論 比較》），2005 年 6 月

李受珉《浅谈 "世情小说" 的女性形象和女性观之变化》

（《淺談世情小說의 女性形象和女性觀之變化》），2005 年 6 月

李鲜熙《寒仙子的 "生廉死乐" 人生观》

（《寒仙子의 "生廉死樂" 人生觀》），2005 年 6 月

李延吉《胡适的白话传统文学继承》

（《胡適의 白話傳統文學 繼承》），2005 年 6 月

李致洙《杨万里〈诚齐诗话〉的诗论》

（《楊萬裏〈誠齊詩話〉의 詩論》），2005 年 6 月

梁承德《沈约辞赋之研究》

（《沈約辭賦之研究》），2005 年 6 月

裴得烈《钟嵘的〈诗品〉中文学史的谈论研究》

（《鐘嵘의 〈詩品〉에 나타난 문학사적 담론에 대한 연구》），2005
年 6 月

朴永钟《崇拜 "历史" 的传统对 "红学" 的影响》

（《역사숭상 전통이 홍학에 미친 영향》），2005 年 6 月

朴钟淑《关于冰心与她的诗》

（《冰心과 그녀의 詩에 관하여》），2005 年 6 月

任振镐《晚唐"罗隐小品文"的创作与风格试论》

（《晚唐羅隱小品文의 創作과 風格試論》），2005 年 6 月

吴宪必《王安石诗文中的出仕与隐逸》

（《王安石의 詩文에 나타난 出仕와 隱逸》），2005 年 6 月

尹顺《〈山海经〉"夸父追日"的象征试探》

（《〈山海經〉"誇父追日"의 象征 試探》），2005 年 6 月

《中国学论丛》（半年刊）（중국학논총）第 20 辑

崔宇锡《陶渊明"四言诗"的特色与其地位》

（《 陶淵明 四言詩의 특색과 그 지위》），2005 年 12 月

姜泽求《唐宋诗之争与宋诗的特性》

（《唐宋詩之爭과 宋詩의 特性》），2005 年 12 月

金明学《明、元时期"水浒杂剧"的变迁情况与其原因》

（《元、明시기 "水滸雜劇"의 변천의 양상과 그 동인》），2005 年

12 月

李基勉《晚明时期"异端"文学思想的实学理解》

（《晚明시기 異端的 문학사상의 實學的 이해》），2005 年 12 月

莫先武《朱光潜〈诗论〉的现代美学意义》

（《朱光潛〈詩論〉的現代美學意義》），2005 年 12 月

《中国学研究》（季刊）（중국학연구）第 31 辑

具良根译《征倭论》（2）

（《征倭論》），2005 年 3 月

金炅南《林白小说论》

(《林白 소설론》），2005 年 3 月

金旻钟《〈文心雕龙〉的〈知音〉篇评析》

(《〈文心雕龍·知音〉 篇評析》），2005 年 3 月

林大根《中国电影"时代论"批判》

(《중국영화 세대론 비판》），2005 年 3 月

全明熔《〈文心雕龙〉的"道之文"研究》

(《〈文心雕龍〉의 "道之文"研究》），2005 年 3 月

尹银廷《诗歌就是"传达经验"——九叶诗派的艺术特性》

(《시는 경험의 전달 ——九葉詩派의 藝術特性》），2005 年 3 月

张俊宁《杜甫咏物诗的精神世界》

(《두보 영물시의 정신세계》），2005 年 3 月

《中国学研究》（季刊）（중국학연구）第 32 辑

裴丹尼尔《"禅趣"自然诗的美学特征》

(《禪趣가 투영된 自然詩의 미적 특징》），2005 年 6 月

全明熔《〈文心雕龙〉的"自然之道"研究》

(《〈文心雕龍〉의 "自然之道" 研究》），2005 年 6 月

郑智仁《汪曾祺小说与地域文化》

(《汪曾祺 小說과 地域文化》），2005 年 6 月

《中国学研究》（季刊）（중국학연구）第 33 辑

金龙云《文化大革命时期的中国现代诗》

(《문화대혁명 시기 중국 현대시 개관》），2005 年 9 月

金荣基《关于崔述的〈春秋〉论说思考》

(《崔述의 〈春秋〉 논설에 대한 검토》），2005 年 9 月

柳晟俊《崔颢的生平与其人品》

(《崔顥의 생애와 인품》),2005 年 9 月

鲁贞银《穆时英小说的近代"经验"考察》

(《무스잉 소설의 근대경험 양상 고찰》),2005 年 9 月

任元彬《宋初诗歌与道教文化》

(《宋初詩歌 와 道教文化》),2005 年 9 月

文承勇《〈文心雕龙〉与〈文史通义〉的原道篇》

(《〈文心雕龍〉과〈文史通義〉의 原道篇에 나타난 문학론 양상》),

2005 年 9 月

张俊宁《唐末诗坛郑穀诗的代表性考察》

(《唐末 詩壇 鄭穀 詩의 대표성 고찰》),2005 年 9 月

《中国学研究》(季刊)(중국학연구)第 34 辑

高真雅《杜甫悲剧人生的根源一考》

(《비극적인 杜甫 人生의 根源에 대한 一察》),2005 年 12 月

李在珉《老舍与张恨水的作品中北京女性的意象研究》

(《老舍와 張恨水의 작품에 나타난 베이징 여성의 이미지 연구》),

2005 年 12 月

尹银廷《余光中诗中的中国意识》

(《余光中 詩 에 나타난 中國意識》),2005 年 12 月

吴敏《从〈话地狱〉看晚清司法》

(《從〈話地獄〉看晚清司法》),2005 年 12 月

郑智仁《朝鲜族文学——"周边文学"的特征与其"正体性"》

(《조선족문학,그 변두리 문학으로서의 특성과 정체성 찾기》),

2005 年 12 月

《中国语文论丛》（半年刊）（중국어문논총）第 28 辑

白永吉《冯至〈伍子胥〉的"怨恨"叙事结构》

（《馮至〈伍子胥〉 의 "怨恨" 敍事結構》），2005 年 6 月

车泰根《"批评概念"的雅俗与其意识形态》

（《비평개념으로서의 雅俗과 그 이데올로기》），2005 年 6 月

崔炼农《关于乐府古辞〈巾舞歌诗〉》

（《關於樂府古辭〈巾舞歌詩〉》），2005 年 6 月

崔溶澈《〈红楼梦〉的韩、日、英译文比较研究》

（《〈紅樓夢〉의 韓日英 翻譯文 比較연구》），2005 年 6 月

崔琇璟《女性、性及写作——女性弹词〈天雨花〉论》

（《여성, 젠더, 그리고 글쓰기—— 女性彈詞〈天雨花〉論》），2005 年 6 月

崔真娥《东亚"爱情传奇"探索——以幻想与女性为主》

（《동아시아 愛情類 傳奇의 탐색——환상과 여성에 주목하여》），2005 年 6 月

洪京兑《老舍小说中的市民形象》

（《老舍小說이 市民形象》），2005 年 6 月

洪润基《关于崔匡裕汉诗中的"晚唐诗"与其诗的特征》

（《崔匡裕 漢詩에 나타난 晚唐詩과 시의 특징에 대하여》），2005 年 6 月

金明求《省察人生之本质——从结构来探讨〈杜子春〉》

（《省察人生之本質——從結構來探討〈杜子春〉》），2005 年 6 月

金明信《浅谈清代侠义爱情小说的流传和影响》

（《淺談清代俠義愛情小說的流傳和影響》），2005 年 6 月

金秀妍《近代中国女性与"国民化"项目》

（《근대 중국의 여성과 국민화 프로젝트》），2005 年 6 月

金元中《魏晋"玄学家"自然观的思维体系与对"文论家"的影响——以刘勰与钟嵘为研究中心》

(《魏晋玄學家의 自然觀의 思維體系와 文論家에 끼친 影響——劉勰과 鐘嵥을 중심으로》),2005年6月

李东乡《张志和与渔父词》

(《張誌和와 漁父詞》),2005年6月

李显雨《〈本事诗〉题材"性格"与影响》

(《〈本事詩〉의 장르적 성격과 영향》),2005年6月

李寅浩《〈史记〉的虚构性与司马迁的人生观——以苏秦、张仪列传为研究中心》

(《〈史記〉의 虛構性과 司馬遷의 人生觀——蘇秦、張儀列傳을 중심으로》),2005年6月

李再薰《朱熹〈诗集传〉的〈王风〉"新旧传"比较研究》

(《朱熹〈詩集傳〉〈王風〉新舊傳 비교 연구》),2005年6月

李致洙《南宋时期的"诗法观"考察》

(《南宋時期의 詩法觀 考察》),2005年6月

梁伍镇《试论〈老乞大〉、〈朴通事〉的文化价值》

(《試論〈老乞大〉、〈樸通事〉的文化價值》),2005年6月

吕寅哲《论鲍照诗歌的"险俗"特征》

(《論鮑照詩歌的"險俗"特征》),2005年6月

裴渊姬《"家里失踪的女性"——陈大悲〈幽兰女士〉》

(《陳大悲의 〈幽蘭女士〉에 나타난 "집안에서 사라지는 여성"》),2005年6月

朴兰英《新中国成立后巴金意识变迁过程研究》

(《신중국 수립 후 巴金 의식의 변모과정 연구》),2005年6月

朴永钟《〈聊斋志异〉中的"侠客故事"研究》

（《〈聊齋誌異〉중의 협객 고사 연구》），2005 年 6 月

申旻也《陈献章的〈和陶十二首〉考察》

（《陳獻章의 〈和陶十二首〉고찰》），2005 年 6 月

吴宪必《〈王临川全集〉中王安石的儒家思想》

（《〈王臨川全集〉에 반영된 王安石의 儒家思想》），2005 年 6 月

徐盛、洪恩姬《新罗诗人与唐代诗坛》

（《新羅 詩人과 唐代 詩壇》），2005 年 6 月

宣钉奎《中国古典文学的原型探索》

（《中國 古典文學의 原型 探索》），2005 年 6 月

赵成千《关于王夫之的〈夕堂永日结论内编〉的译注——从第 11 条目至第 20 条目》

（《王夫之의 〈夕堂永日結論内編〉에 대한 譯註——第 11 條目에서第 20 條目까지》），2005 年 6 月

《中国语文论丛》（半年刊）（중국어문논총）第 29 辑

蔡守民《韩中女性"传统剧"比较研究——"女性国剧"与越剧》

（《한중여성 전통극비교 연구——여성국극과 월극》），2005 年 12 月

陈惠琴《欲望的悲喜剧——"三言"、"二拍"的金钱观解读》

（《欲望의 悲喜劇——〈三言〉、〈二拍〉의 金錢觀解讀》），2005 年12 月

崔日义《从中国诗话管窥后世对"陶诗"的接受和阐释》

（《從中國詩話管窺後世對陶詩의 接受和闡釋》），2005 年 12 月

高旼喜《何其芳的〈红楼梦〉批判》

（《何其芳의 〈紅樓夢〉批判》），2005 年 12 月

洪润基《对〈文心雕龙〉陈琳的批评》

（《〈文心雕龍〉의 陳琳에 대한 비평》），2005 年 12 月

黄亚平《原解释——中国文化的符号化动态结构》

（《原解釋——中國文化的符號化動態結構》），2005 年 12 月

姜信硕《关于上博简〈孔子试论〉释文考释——从第一简到第十简》

（《上博簡〈孔子試論〉釋文考釋에 대한 검토——從第 1 簡부터 第 10 簡》），2005 年 12 月

金昌庆《"史观"观念与晚唐咏史诗风的关系》

（《史觀觀念과 晚唐 詠史 詩風과의 關系》），2005 年 12 月

金荣哲《中国后现代主义小说研究》

（《중국 포스트모더니즘 소설 연구》），2005 年 12 月

金贞熙《韩国"中国词文学研究"评述》

（《韓國"中國詞文學研究"評述》），2005 年 12 月

金芝鲜《韩、中、日"狐狸"故事比较考察》

（《한중일 여우 이야기에 대한 비교학적고찰》），2005 年 12 月

李东乡《中国古典诗论中的"鉴赏论"》

（《中國古典詩論中의 鑒賞論》），2005 年 12 月

李海元《兰"图腾"与"咏兰诗"中兰的象征意义研究》

（《蘭 토템과 詠蘭詩에 나타난 蘭 상징의미 연구》），2005 年 12 月

李再薰《朱熹〈诗集传〉的〈邶风〉"新旧传"比较研究》（下）

（《朱熹〈詩集傳〉的〈邶風〉 新舊傳 비교 연구》），2005 年 12 月

李章佑《中国诗影响下的韩国汉诗的发展状况考》

（《韓國漢詩對中國詩的受容與變容》），2005 年 12 月

李知芸《模糊的魅力，朦胧诗——关于李商隐诗的"难解性"试论》

（《모호한 아름다움 朦朧詩，李商隱 시의 난해성에 대한 試論》），2005 年 12 月

刘少雄《东坡早期词的创作历程》

（《東坡早期詞的創作歷程》），2005 年 12 月

柳晟俊《略论晚唐"罗隐诗"与崔致远诗之关系》

(《略論晚唐羅隱詩與崔致遠詩之關系》),2005 年 12 月

柳荧杓《王安石"奉史诗"考辨——误解的"奉使诗"诗》

(《王安石"奉史詩"考辨——誤解的奉使詩詩》),2005 年 12 月

权赫赞: *Investigation of Recent Scholarship on Chinese Vernacular Fiction with an Emphasis on Representation of Sexuality and Gender*, 2005 年 12 月

王东明《在传统与创新之间——新诗的境遇》

(《在傳統與創新之間——新詩的境遇》),2005 年 12 月

王运熙《六朝清商曲词的产生地域、时代与历史地位》

(《六朝清商曲詞的產生地域,時代與歷史地位》),2005 年 12 月

吴宏一《谈中国诗歌史上的"以复古为革新"——以陈子昂为中心》

(《談中國詩歌史上的"以復古為革新"——以陳子昂為中心》),2005 年 12 月

徐盛《韩中人鬼相恋故事比较研究——同中国人鬼恋故事比较看韩国同类故事》

(《韓中人鬼相戀故事比較研究——同中國人鬼戀故事比較看韓國同類故事》),2005 年 12 月

杨明《言志与缘情辨》

(《言誌與緣情辨》),2005 年 12 月

张海明《流行歌曲中的中国古典诗词》

(《流行歌曲中的中國古典詩詞》),2005 年 12 月

赵冬梅《〈情史〉编撰者考》

(《〈情史〉編撰者考》),2005 年 12 月

郑圣恩《中国现代女性诗歌主题与其"意象"转变之研究》

(《關於中國現代女性詩歌主題和意象轉變之研究》),2005 年 12 月

郑雨光《辛笛诗中对传统思想的继承和革新——以〈手掌集〉为研究中心》

(《辛笛 詩에서나타난 傳統의 受容과 變容——〈手掌集〉을 중심으로》),2005 年 12 月

《中国语文论译丛刊》(半年刊)(중국어문논역총간)第 14 辑

崔炳圭《有关〈红楼梦〉贾宝玉的最近研究倾向与其问题意识》

(《최근 〈홍루몽〉 가보옥 연구에 나타난 경향과 문제의식》),2005 年 1 月

姜必任《江淹〈杂体三十首〉考》

(《江淹〈雜體三十首〉考》),2005 年 1 月

金洪谦《"狐"和"女性"在中国小说里的形象小考》

(《"狐"和"女性"在中國小說事的形象小考》),2005 年 1 月

金银雅译《唐诗中的女性形象与女性观》(松浦友久著)

(《唐詩에 나타난 女形象과 女性觀》),2005 年 1 月

金永哲《宋末三家的西湖十景词与其相关词论》

(《宋末三家의 西湖十景詞와 相關詞論》),2005 年 1 月

李炳官译《〈说文解字〉译注》(9)

(《〈說文解字〉譯註》),2005 年 1 月

李济雨《清代民间笑话集〈笑得好〉的人物类型与社会性》

(《清代民間笑話集〈笑得好〉的人物類型與社會性》),2005 年 1 月

李康齐译《论语古注考释——〈颜渊〉、〈子路〉、〈宪问〉三篇》(6)

(《論語古註考釋——〈顏淵〉、〈子路〉、〈憲問〉三篇》),2005 年 1 月

朴璟实《欧阳修散文中的现实意识》

(《歐陽修 散文에 나타난 現實意識》),2005 年 1 月

吴淳邦《清末的翻译事业与小说作家吴妍人》

（《清末의 翻譯事業과 小說作家 吳妍人》），2005 年 1 月

郑荣豪《中国近代有关"韩国题材"的小说——〈亡国影〉研究》（2）

（《한국 제재 중국 근대소설〈亡國影〉 연구》），2005 年 1 月

《中国语文论译丛刊》（半年刊）（중국어문논역총간）第 15 辑

崔炳圭《〈红楼梦〉中的"情"与"淫"》

（《〈紅樓夢〉 속의 "情"과 "淫"》），2005 年 7 月

河在哲《中国古典戏剧研究》

（《中國古典戲劇研究》），2005 年 7 月

金俸延《克服困难的方式——以余华的〈活着〉与〈许三观卖血记〉为例》

（《고난을 이겨내는 한 방식에 대하여——余華의 〈活著〉와 〈許三觀賣血記〉의 경우》），2005 年 7 月

具文奎《〈阿 Q 正传〉研究》

（《〈阿 Q 正傳〉研究》），2005 年 7 月

李炳官译《〈说文解字〉译注》（10）

（《설자해자역주》），2005 年 7 月

李康齐译《论语古注考释》（7）

（《論語古註考釋》），2005 年 7 月

孙宰善《〈南游记〉中的"多层意义"探索——以反抗、挫折及其克服为中心》

（《〈南遊記〉에 내재된 다층적 의미 탐구——반항과 좌절 극복을 중심으로》），2005 年 7 月

文炳淳《 "上海博物馆藏战国楚竹书"四——〈昭王与龚之脽〉篇译解》

（《〈上海博物館藏戰國楚竹書〉四——〈昭王與龔之脽〉篇譯解》），2005 年 7 月

吴淳邦《明清时期传教士的"儒学观"》

(《明清時期傳教士的"儒學觀"》),2005 年 7 月

吴允淑《诗经恋歌与民俗学的关联性研究》

(《시경연가와 민속학과의 관련성 연구》),2005 年 7 月

《中国语文学》(半年刊)(중국어문학)第 45 辑

安赞淳《〈文心雕龙〉〈辩骚〉篇的几个问题之商榷》

(《〈文心雕龍〉的〈辩骚〉篇幾個問題之商榷》),2005 年 6 月

白光俊《桐城派的"讲学"传统》

(《桐城派의 講學 傳統》),2005 年 6 月

陈榴《〈方言〉中"朝鲜"语词的解读》

(《〈方言〉中"朝鲜"語詞的解讀》),2005 年 6 月

崔真娥《解读唐传奇〈李娃传〉》

(《唐 傳奇 〈李娃傳〉에 대한 또 다른 독해》),2005 年 6 月

韩学重《"以洋易之"与"易之以洋"》

(《"以洋易之"與"易之以洋"》),2005 年 6 月

黄一权《风格用语"神风"的含义辨析——以"传统散文"风格用语
"风神"为中心》

(《風格用語"神風"의 含義辨析——전통 산문 풍격용어로서의 "風
神"을 중심으로》),2005 年 6 月

姜鲸求《中国解析下的诺贝尔奖获者高行健》

(《高行健 노벨 문학상 수상의 중국적 해석》),2005 年 6 月

金寅浩《中国文学作品中的"母胎复归"神话》

(《중국문학 작품 속에 나타난 모태복귀 신화》),2005 年 6 月

金俊渊《晚唐五代的"唐代诗人论"研究》

(《晚唐五代의 唐代詩人論 研究》),2005 年 6 月

金美廷《周作人的散文世界——以小品文的"文体结构"为研究中心》

（《周作人의 산문세계——小品文의 문체구성을 중심으로》），2005年6月

金周淳《退溪诗中陶渊明的接受情况》

（《退溪詩에 나타난 陶淵明의 受容樣相》），2005年6月

阎君禄《"融会众作，不主一体"——后村试论》

（《"融會眾作，不主一體"——後村試論》），2005年6月

柳明熙《〈诗经〉的"情歌"中所描写的审美意识——以"婚姻诗"为中心》

（《〈詩經〉의情歌 속에 나타난 審美意識——婚姻詩를 중심으로》），2005年6月

鲁长时《韩愈的"不平则鸣"小考——以〈送孟东野序〉为中心》

（《韓愈의 "不平則鳴"說에 대한 小考——〈送孟東野序〉의 내용을 중심으로》），2005年6月

裴炳均《评〈聊斋志异〉》

（《評〈聊齋誌異〉》），2005年6月

朴明真《明代白话短篇"公案小说"的创作与其刊行》

（《明代 白話 短篇 公案小說의 창작과 간행》），2005年6月

朴云锡《中国现代爱情诗研究》

（《중국 현대 애정시 연구》），2005年6月

申载焕《洪亮吉的诗论初探》

（《洪亮吉의 詩論 初探》），2005年6月

宋永程《刘琨与他的诗》

（《劉琨과 그의 시》），2005年6月

禹康植《金庸武侠小说的社会文化意义考察》

（《金庸 武俠小說의 사회 문화적 함의 고찰》），2005年6月

禹在镐、朴亨顺《宋代"诗话风论"探索——以苏轼、黄庭坚诗风为主》

（《宋代詩話風論探索——以蘇軾、黃庭堅詩風為主》），2005 年 6 月

朱基平《中国"悼亡诗"的叙事方式与象征体系》

（《中國 悼亡詩의 서술방식과 상징체계》），2005 年 6 月

《中国语文学》（半年刊）（중국어문학）第 46 辑

白光俊《古文中兴的"企划"——"用古文作诗"在文学史上的意义》

（《古文中興의 企劃——"고문으로 시문을 쓴다"는 것의 문학사적 의미》），2005 年 12 月

陈友冰《二十世纪中国大陆宋人小说研究综论》

（《二十世紀中國大陸宋人小說研究綜論》），2005 年 12 月

金宅圭《中国"现代主义"的向往与现实批判——汪晖的〈死火重温〉"解体"研究》

（《중국적 모더니티의 지향과 현실 비판——왕후이,〈죽은 불 다시 살아나〉의 해체작업》），2005 年 12 月

金周淳《金、元陶渊明研究》

（《金、元代의 陶淵明研究 》），2005 年 12 月

李宝暻《近代初期"世界苦"时代的韩中文人的写作——以"第三人称"代名词为问题中心》

（《근대 초기 "世界苦" 시대의 한중 문인의 글쓰기——"3 인칭 대명사" 문제를 중심으로》），2005 年 12 月

李宝暻《中国近代小说理论解释的一个途径——"文"与"小说"的结婚》

（《중국 근대소설 이론 해석의 한 경로——문과 노벨의 결혼》），2005 年 12 月

李国熙《庚信诗文中的思想与"贞节意识"》

（《庚信의 시문에 나타난 사상과 절조의식》），2005 年 12 月

李甲男《汤显祖的儒侠意识与〈紫钗记〉的完成》

（《湯顯祖의 儒俠意識과 〈紫釵記〉의 완성》），2005 年 12 月

李珠姬《李商隐"咏物诗"中的人生感慨——以"咏物诗"为研究中心》

（《李商隱 詠物詩에 나타난 人生感慨——詠物詩를 중심으로》），
2005 年 12 月

柳昌娇《〈王国维评传〉著述记》

（《〈왕국유평전〉 저술기》），2005 年 12 月

南哲镇、崔桓、禹在镐《唐代论说体讽喻文考察——以讽喻与文体式变化之间的关系为主》

（《唐代論說體諷喻文考察——以諷喻與文體式變化之間的關系為主》），2005 年 12 月

朴世旭《韩中赋的"形态学"观点比较研究》

（《한중 賦의 형태학적 비교 연구》），2005 年 12 月

朴现圭《许筠引进的李贺著作》

（《許筠이 도입한 李賀 저서》），2005 年 12 月

朴志玹《崇拜与恐惧的差别——中国的"五通神"小考》

（《숭배와 두려움의 차이——중국의 五通神 소고》），2005 年 12 月

钱玩希《穆世英小说中的上海风景》

（《穆世英 소설 속의 上海 풍경》），2005 年 12 月

全英兰《美国大学里中国学科的开设情况研究——以学科名称与师资为研究中心》

（《미국대학 중국관련 학과의 운영 실태——연구학과명 및 교수진을 중심으로》），2005 年 12 月

徐贞姬《评〈西游记〉》（首尔大学四游记研究会译）

（《西遊記》），2005 年 12 月

《中国语文学论集》（季刊）（중국어문학논집）第 30 号

崔炳学《关于晚明李贺的社会思想考察》

（《晚明 李賀의 社會思想에 관한 考察》），2005 年 2 月

崔世崟《试论嵇康〈声无哀乐论〉的音乐美学思想》

（《試論嵇康〈聲無哀樂論〉의 音樂美學思想》），2005 年 2 月

崔琇景《清代女性弹词中的"女性写作"一面》

（《清代 女性彈詞에 나타난 여성적 글쓰기의 한 양상》），2005 年

2 月

高光敏《"韩愈"对欧阳修的研究》

（《歐陽修의 韓愈 受容 研究》），2005 年 2 月

金宜贞《李商隐诗的梦幻性研究》

（《李商隱 詩의 夢幻性 研究》），2005 年 2 月

金永哲《张炎的豪气词人论》

（《張炎의 豪氣詞人論》），2005 年 2 月

李康范《汉代图书的"七略"分类——马王堆中出土的帛书》

（《馬王堆 출토 帛書로 본 漢代 도서의 七略 분류》），2005 年 2 月

南哲镇《唐代杂说考察》

（《唐代雜說考察》），2005 年 2 月

权锡焕《体裁的界限——新的文学领域"楹联"》

（《장르의 경계, 새로운 문학 영역으로서의 楹聯》），2005 年 2 月

赵宽熙《金圣叹的小说评点研究》（1）

（《金聖嘆의 小說 評點 研究》），2005 年 2 月

《中国语文学论集》（季刊）（중국어문학논집）第 31 号

河炅心《游戏与真情——刘廷信的散曲世界》

（《遊戲와 真情, 劉廷信의 散曲 世界》），2005 年 4 月

洪允姬《人类学与茅盾的神话研究》

（《인류학과 茅盾의 신화연구》），2005 年 4 月

金善字《黄帝神话与国家主义》

（《黄帝神話와 國家主義》），2005 年 4 月

李有镇《顾颉刚的神话观》

（《顧頡剛의 신화관》），2005 年 4 月

林东锡《〈明心宝鉴〉与〈昔时贤文〉点对点比较考释》

（《〈明心寶鑒〉과 〈昔時賢文〉의 同一句節 比較考》），2005 年 4 月

徐光德《东亚近代思想构造的两种程式——鲁迅研究的"方法"之一》

（《동아시아 근대 사상 구축의 두 양상》），2005 年 4 月

徐元南《〈货殖列传〉中所显的司马迁的经济思想》

（《〈貨殖列傳〉中所顯的司馬遷的經濟思想》），2005 年 4 月

《中国语文学论集》（季刊）（중국어문학논집）第 32 号

洪允姬《〈山海经〉与近代中国的"同床异梦"》

（《〈山海經〉과 근대중국의 同床異夢》），2005 年 6 月

李康范《崔述的"疑古"——"疑经"思想与其界限》

（《崔述의 疑古，疑經사상과 그 界限》），2005 年 6 月

李相哲《略谈明代的戏曲情节结构论》

（《略談明代的戲曲情節結構論》），2005 年 6 月

李有镇《顾颉刚神话观的形成背景》

（《顧頡剛 신화관의 형성 배경》），2005 年 6 月

林东锡《明代三种格言集的比较研究——以〈明心宝鉴〉、〈菜根谭〉、〈昔时贤文〉为中心》

（《明代 三種 格言集의 比較 研究：〈明心寶鑒〉、〈菜根譚〉、〈昔時賢文〉을 중심으로》），2005 年 6 月

朴英顺《〈四库全书总目〉"诗文评类"提要的文学批评特征》

（《〈四庫全書總目〉"詩文評類"提要의 문학 비평적 특징》），

2005 年 6 月

丘瑞中、崔昌源《〈昭显沈阳日记〉与明清决战——〈燕行录〉的史料价值之二》

（《〈昭顯沈陽日記〉與明清決戰——〈燕行録〉的史料價值之二》），

2005 年 6 月

尹锡宇《杜甫的饮酒诗考察》

（《杜甫의 飲酒詩에 대한 考察》），2005 年 6 月

赵美媛《1990 年以后美国的明清小说研究》

（《1990 년대 이후 美國의 明清小說 연구 지형》），2005 年 6 月

郑荣豪《中国近代"有关韩国题材"的小说——"亡国影"的人物研究》

（《한국 제재 중국 근대소설》），2005 年 6 月

郑宣景《韩国"神仙说话"的起源与其发展——以"野谈"为起点》

（《韓國神仙說話의 기원 및 전개——〈野談〉을 기점으로》），2005

年 6 月

《中国语文学论集》（季刊）（중국어문학논집）第 33 号

河炅心《元曲中的女性形象研究》

（《元曲에 나타난 女性形象 연구》），2005 年 8 月

洪允姬《周作人的民俗学研究与"神话"》

（《周作人의 민속학 연구와 "신화"》），2005 年 8 月

姜鲸求《高行健〈八月雪〉的人物想象与"禅"思维》

（《高行健〈八月雪〉의 인물형상과 禪적 사유》），2005 年 8 月

金泰宽《玄奘的翻译理论研究——"五种不翻"》

（《현장스님의 번역이론의 연구》），2005 年 8 月

金宰民《〈金瓶梅〉中的"奴婢"研究》

（《〈金瓶梅〉 작품 속의 奴婢 研究》），2005 年 8 月

具教贤《公安派与"燕岩学派"的文学理论比较》（2）

（《公安派와 燕巖學派의 文學理論 比較》），2005 年 8 月

李康范《清代初期"考证学"发展的政治背景研究》

（《清代 초기 考證學 발전의 정치적 배경 연구》），2005 年 8 月

朴永钟《侠客的忠义与儒家的冲突——〈水浒传〉的悲剧性》

（《협객의 충의의 충돌에서바라본〈수호전〉의 비극성》），2005 年
8 月

任元彬《唐末诗歌的感伤色彩》

（《唐末詩歌의 感傷色彩》），2005 年 8 月

宋景爱《张潮生平考述》

（《張潮生平考述》），2005 年 8 月

田英淑《韩中民俗意识中对"竹子"的认知》

（《한국과 중국의 민속의식에 나타난 대나무 의식》），2005 年 8 月

徐银淑《苏轼"题画诗"研究方法论》

（《蘇軾 題畫詩 연구 방법론 서설》），2005 年 8 月

赵宽熙《关于论文写作的反思与探索》

（《논문 글 쓰기에 대한 반성과 모색》），2005 年 8 月

赵美媛《二十世纪"红学史"著述试探》

（《20 세기 紅學史著述 試探》），2005 年 8 月

《中国语文学论集》（季刊）（중국어문학논집）第 34 号

安正熏《从〈木兰诗〉到〈花木兰〉——故事变化与文化的"混合"》

（《木蘭詩에서〈뮬란〉까지——이야기의 변화와 문화적 혼종》），
2005 年 10 月

崔真娥《中世纪东西方爱情叙事的探索》

(《동서양 중세 애정서사의 탐색》),2005 年 10 月

姜忠姬《闻一多"红烛"的再"照明"》

(《聞一多 "紅燭"의 再"照明"》),2005 年 10 月

金晓民《生命的意象空间——世外桃源与其周边》

(《생명의 심상공간——무릉도원과그 변주》),2005 年 10 月

金英淑《电影〈菊豆〉与〈伏羲伏羲〉的主题比较研究》

(《영화〈菊豆〉와 소설〈伏羲伏羲〉의 주제 비교 연구》),2005 年 10 月

南哲镇《古文运动先驱者的功利文学观小考》

(《古文运动 先驱者들의 功利的 文学观 小考》),2005 年 10 月

朴璟兰《归有光的思想特征——"合一精神"》

(《歸有光的思想特征——合一精神》),2005 年 10 月

申旻也《陈献章的山水诗考察》

(《陳獻章의 山水詩 고찰》),2005 年 10 月

赵殷尚《元结在文体革新上的表现及贡献》

(《元結在文體革新上的表現及貢獻》),2005 年 10 月

《中国语文学论集》(季刊)(중국어문학논집)第 35 号

崔世峇《汉魏才性理论的演变及其深化——刘劭〈人物志〉与嵇康〈明胆论〉之人才观念》

(《漢魏才性理論的演變及其深化——劉劭〈人物誌〉與嵇康〈明膽論〉之人才觀念》),2005 年 12 月

李仁泽《神话在清代小说中的运用考释——以〈聊斋志异〉与〈红楼梦〉为研究中心》

(《청대소설의 신화 운영 고찰——〈聊齋誌異〉與〈紅樓夢〉을

중심으로》），2005 年 12 月

李容宰《唐代"自然诗"中"山"的象征性研究》

（《唐 自然詩에 나타난 山의 상징성연구》），2005 年 12 月

柳中夏《〈神思论〉随读偶记》

（《〈神思論〉随讀偶記》），2005 年 12 月

马仲可《浅论中国的女性和女性文学》

（《淺論中國的女性和女性文學》），2005 年 12 月

朴炳仙《王绩的"隐逸诗"研究》

（《王績의 隱逸詩 研究》），2005 年 12 月

朴桂圣《西洋化与东洋化——林语堂的"两脚跨东西文化"》

（《西洋化와 東洋化——林語堂의 兩脚跨東西文化》），2005 年 12 月

朴永钟《世界——〈苦社会〉》

（《생생한 쿨리의 세계》），2005 年 12 月

尹锡宇《唐诗中的中国名山》

（《唐詩에 나타난 中國의 名山》），2005 年 12 月

《中国语文学志》（半年刊）（중국어문학지）第 17 辑

崔日义《解析〈陶渊明诗话〉——谈后世对"陶诗"的接受和阐释》

（《解析〈陶淵明詩話〉——談後世對"陶詩"的接受和闡釋》），2005 年 6 月

高光敏《韩愈〈进学解〉的"模仿"研究》

（《한유〈進學解〉의 패러디 연구》），2005 年 6 月

洪昔杓《鲁迅文学的启蒙与其启蒙的"失败叙事"》

（《루신 문학의 계몽과 계몽의 실패의 서사》），2005 年 6 月

金洪水《二程与周敦颐的师承关系》

（《二程과 周敦颐의 師承관계》），2005 年 6 月

金尚浩《从周边走到中心——"进士科"与写作权利的成立》

(《주변에서 중심으로—— 進士科와 글쓰기 권력의 성립》), 2005
年 6 月

李承信《关于司马迁与欧阳修文章的异同——以传记文学为研究中心》

(《司馬遷과 歐陽修의 文章의 異同에 대하여—— 傳記文學을
중심으로》), 2005 年 6 月

李新东《民族意识——海外华人文学反"他者化"的叙述策略》

(《民族意識——海外華人文學反"他者化"的叙述策略》), 2005 年 6 月

刘尊明《论苏轼〈浣溪沙〉的创作成就》

(《論蘇軾〈浣溪沙〉的創作成就》), 2005 年 6 月

朴璟兰《归有光的读书论》

(《歸有光의 독서론》), 2005 年 6 月

朴英姬《与女性有关的记录中"行间"的形成过程与其意义——以〈春
秋〉的"宋伯姬卒"注释为研究中心》

(《여성의 기록에서 行間의 형성 과정과 의미》), 2005 年 6 月

申夏闰《18 世纪朝鲜文人的世界认识与文学的形象化——以秋齐〈外夷
竹枝词〉为研究中心》

(《18 세기 조선문인의 세계인식과 문학적 형상화——秋齊〈外夷竹
枝詞〉를 중심으로》), 2005 年 6 月

宋贞和《从神话角度看东西方"创造神话"中的女性生命来源——以中国
神话与希腊神话中的"混沌"、"窟窿"、"蛇"意象为研究中心》

(《비교신화적 각도에서 본 동서양 창조신화에 나타난 여성적
생명원리——중국 신화와 그리스 신화에 나타난 혼돈, 구멍, 뱀의
이미지를 중심으로》), 2005 年 6 月

宋真荣《明清小说中的"性小数者"试论——以男同性恋为研究中心》

(《明清小說에 묘사된 성적 소수자에 관한 試論——男同性愛를

중심으로》），2005 年 6 月

张贞海《中国少数民族的"兽祖"神话比较研究》

（《중국 소수민족의 수조 신화 비교연구》），2005 年 6 月

赵殷尚《关于"韩"、"柳"写作试论——以传记的"故事性"为研究中心》

（《韓、柳의 글쓰기 대한 試論——傳記의 故事性을 중심으로》），2005 年 6 月

郑圣恩《郭沫若〈女神〉的近代性与主体问题》

（《郭沫若의 〈女神〉에 나타난 근대성과 주체의 문제》），2005 年 6 月

郑在书《东西方"创造神话"文化中"变化"的比较研究》

（《동서양 창조신화의 문화적 변용 비교연구》），2005 年 6 月

Lee Ji-Woon《李商隐"咏物诗"试论》

（《李商隱 詠物詩 試論》），2005 年 6 月

《中国语文学志》（半年刊）（중국어문학지）第 18 辑

陈连山《论〈山海经〉学术史研究的意义》

（《論〈山海經〉學術史研究의 意義》），2005 年 8 月

具洸范《浅谈卞之琳早期的诗歌》

（《淺談卞之琳早期詩歌》），2005 年 8 月

黄永姬《姜夔的生活与诗世界》

（《강기의 삶과 시 세계》），2005 年 8 月

李恩贞《杜牧的"七言绝句"研究》

（《杜牧 七言絕句 研究》），2005 年 8 月

李娟熙《六朝志怪的"地理成分"与想象力》

（《六朝志怪의 지리성분과 想象力의 관련성에 대하여》），2005 年 8 月

李沃夏《论五唐宫廷文化与词体演讲的关系》

（《論五唐宫廷文化與詞體演講的關系》），2005 年 8 月

李钟振《周邦彦词的"字法"的修辞特性研究》

（《周邦彦 詞의 字法上 修辭 特性 연구》），2005 年 8 月

梁淑萍《〈古今小说〉中的女性形象与女性观》

（《〈古今小說〉中의 女性形象과 女性觀》），2005 年 8 月

卢又祯《杜甫"七律"的成就研究》

（《杜甫 七律의 成就 研究》），2005 年 8 月

朴卿希《明代的出版文化与文学》

（《明代 出版文化와 文學》），2005 年 8 月

申智英《〈小蓬莱仙馆传奇〉——"妥协"与"折中"的美学》

（《〈小蓬萊仙館傳奇〉——타협과 절충의 미학》），2005 年 8 月

尹寿荣《曾瑞散曲中的人生与爱情的意义》

（《曾瑞의 散曲에 나타난 人生과 사랑의 의미》），2005 年 8 月

郑晋培《东亚文化"范式"与时空观念的问题》

（《동아시아 문화 패러다임과 시공관념의 문제》），2005 年 8 月

周双全《鲁迅研究中渗透的政治主张——以冯雪峰的〈回忆鲁迅〉为研究中心》

（《鲁迅研究中渗透的政治主張——以馮雪峰的〈回憶鲁迅〉為研究中心》），2005 年 8 月

《中国语文学志》（半年刊）（중국어문학지）第 19 辑

翰相德《陈白鹿与他的讽刺喜剧〈升官图〉研究》

（《陳白鹿과 그의 풍자 喜劇〈升官圖〉연구》），2005 年 12 月

具文奎《作为"杂文家"的鲁迅与他的讽刺特点》

（《잡문가로서의 루쉰과 그의 풍자특징》），2005 年 12 月

金卿东《苏轼的诗与李奎报的"追和诗"》

（《소식 시에 대한 이규보의 追和詩》），2005 年 12 月

金宰旭《中国现代文学中有关朝鲜人和朝鲜作品的文献概述》

（《中國現代文學中有關朝鮮人和朝鮮作品的文獻概述》），2005 年 12 月

金民那《〈文心雕龙〉文体论》

（《〈文心雕龍〉文體論》），2005 年 12 月

李承信《北宋初期散文文体的变化与其发展》

（《北宋初 散文 文體의 변화와 발전에 대하여》），2005 年 12 月

柳中夏《怎么译出鲁迅的"气息"？》

（《노신의 숨결을 어떻게 담아 옮겨낼 것인가？》），2005 年 12 月

沈惠英《余华写作与文学的"真实"》

（《余華의 글쓰기와 문학의 진실》），2005 年 12 月

魏幸复《中国现代文学史上的"启蒙"与"救亡"——以"胡风事件"为研究中心》

（《중국현대문학사에 있어서의 啟蒙과 救亡——"胡風事件"을 중심으로》），2005 年 12 月

吴建民《元好问诗学思想述评》

（《元好問詩學思想述評》），2005 年 12 月

赵殷尚《唐代的古文运动与唐传奇的关系》

（《唐代 古文運動과 唐傳奇의 관계에 대한 再論》），2005 年 12 月

Lee Ji-Woon《"断绝"的空间，"不稳定"的视线——唐代女性诗人鱼玄机的生活与诗》

（《단절된 공간，불온한시선——唐代 女性詩人 魚玄機의 삶과시》），2005 年 12 月

《中语中文学》（半年刊）（중어중문학）第 36 辑

白光俊《伴随"中心地区"移动带来的桐城派变化——以吴汝纶为

中心》

（《중심 지역이동에 따른 桐城派의 변화——吳汝綸을 중심으로》），
2005 年 6 月

崔溶澈《明代笑话〈绝缨三笑〉与朝鲜刊本〈钟离葫芦〉》

（《明代笑話 〈絕纓三笑〉와 朝鮮刊本 〈鐘離葫蘆〉》），2005 年 6 月

黄亚平《碰撞与整合——〈山海经〉折射下的中国神话的层级性二元互补
结构》

（《碰撞與整合——〈山海經〉折射下的中國神話的層級性二元互補結
構》），2005 年 6 月

金钟珍《中国近代话剧的时间与空间——以近代初期的进化团与春柳剧场
为中心》

（《중구 근대연대의 시간과 공간——근대극 초기의 진화단과
춘류극장을 중심으로》），2005 年 6 月

林春城《金庸武侠小说——近现代传统的复活》

（《金庸武俠小說——近現代傳統的復活》），2005 年 6 月

权应相《杨贵妃故事的形成与“诸宫调”中的变化》

（《楊貴妃 이야기의 형성과 諸宮調에서의 변용》），2005 年 6 月

文炳淳《香港中文大学所藏楚简选释》

（《홍콩中文大學所藏楚簡選釋》），2005 年 6 月

申夏闰《〈竹枝词〉研究探索》

（《〈竹枝詞〉 연구를 위한 탐색》），2005 年 6 月

徐贞姬《〈洛阳伽蓝记〉的神怪故事研究》

（《〈洛陽伽藍記〉의 神怪故事 연구》），2005 年 6 月

张东天《老舍与朴泰远的“世态小说”的都市认知比较》

（《老舍와 박태원 세태소설의 도시 인식 비교》），2005 年 6 月

《中语中文学》（半年刊）（중어중문학）第 37 辑

车美京《中国话剧教育现状与改善方案》

（《중국 연극 교육의 현황과 개선방안》），2005 年 12 月

崔炳圭《通过中国文人的传统"爱红"心理看〈红楼梦〉中贾宝玉的心理世界》

（《중국문인들의 전통적 "愛紅" 심리를 동해서 본 〈紅樓夢〉賈寶玉 의 심리세계》），2005 年 12 月

崔日义《探索中国古典诗学的有效教学方法》

（《중국고전시학의 효율적 교수를 위한방법론 모색》），2005 年 12 月

崔银晶《对于都市"视线"的双重性——以邱华栋 90 年代的都市小说为中心》

（《도시에대한 "시선"의 이중성——邱華棟의 90 년대 도시소설을 중심으로》），2005 年 12 月

金卿东《中国古典诗教育的诸问题》

（《中國古典詩 教育의 諸問題》），2005 年 12 月

金素贤《中国现代诗歌教育的现状与诗歌教育课题》

（《중국현대시 교육의 실제와 과제》），2005 年 12 月

林大根《中国电影教育刍议》

（《중국영화교육 추이》），2005 年 12 月

朴英姬《网上的中国古典教育》

（《온라인상의 중국고전 교육》），2005 年 12 月

权宁爱《〈列仙传〉中灵物的正体与形象化》

（《〈列仙傳〉 靈物의 正體와 形象化 樣相》），2005 年 12 月

尚基淑《〈搜神记〉中的中国占卜信仰》

（《〈搜神記〉에 나타난 中國占葡信仰》），2005 年 12 月

咸恩仙《话本小说中的女神、女鬼、女妖怪的形象》

（《화본소설에 나타난 女神、女鬼、女妖怪의 形象》），2005 年 12 月

赵映显《王安忆的〈小鲍庄〉与"原始热情"》

（《王安憶의 〈小鮑莊〉과 "원시적 열정"》），2005 年 12 月

郑东补《金庸的反武侠倾向》

（《金庸의 反武俠倾向》），2005 年 12 月

三　重要论文的翻译或编译

2001 年

《中国现代文学韩译问题研究——以在韩国出版的〈中国现代文学史〉类著、译书为中心》

崔恩珍，韩国外国语大学硕士学位论文，2001 年 2 月，朴宰雨教授指导

一般说来，中文系属于人文学院，但是韩国外国语大学的"中国语系"属于教育学院，韩国外大的"中国语系"是指教授中文以及中国文学的学科。较之其他大学，外国语大学更强调中文教学方法以及中国语言研究（关于中文系这一学科问题在第七章有论述）。本文是韩国外国语大学教育学院中国语系的一篇硕士学位论文，如上所述外大的中国语与其他大学不同，属于教育学院，其教学重点放在中国语的教学方面，因此本文着眼于中国现代文学中的中韩"翻译问题"。论文冠以新颖的题目对翻译问题做了有益的尝试，为中韩现代文学的翻译研究填补了空白。作者发挥韩国学者的优势，并利用国内丰富的资料对比研究了六种版本的韩文版《中国现代文学史》①，并在词汇、句子以及翻译方法等层面上对这六个版本进行比较分析。这六种版本分别为：中国朝鲜族学者的韩文著作两种、中文译成韩文的著作两种、韩国学者的著作两种。

本文有三个部分：第一，分析人名、地名等专有名词的音译问题（将崔玲爱-金容沃标音法（C.K.System）与教育部标音（1986年）做比较，通过介绍和比较这两种翻译方法，作者提出了自己的观点：教育部标音方法——一种既经济又实用的方法）；第二，分析中国现代文学作品的题名翻译上的问题（通过分析韩文汉字音的情况提出读音翻译法的弊端）；第三，分析有关"本文"句型结构翻译上的几点问题。其中，第二部分关于"音译法"的这一观点的论述极为精辟，尤其值得介绍：译作题名常用韩文汉字音译的方法即音译法，这种方法很有弊端，读者一般较难理解。首先，采用音译法翻译时，读者用其现存的汉字常识很难理解题名的意思，而即使理解了每个字的意思，但组合而成的词语常常是不常用的韩文表达法，这也相对地增加了理解难度。同时，根据外来语读音进行翻译，很难准确地表意。与此同时，韩国的同音异义词容易使人们产生各不相同的理解。所以本文主张最好避免使用音译法。②此外，这篇论文还强调用词、选词以及句式在中韩互译中的重要性，并提出了译文要符合韩语表达的习惯，必要时可对语言进行重新解构以及多使用短句子等观点。

《中国现代儿童文学形成过程研究——以梁启超、鲁迅和周作人为中心》

金炫廷，延世大学硕士学位论文，2001年2月，柳中夏教授指导

作者认为中国现代儿童文学形成期可追溯到清末民初至五四时期，本文首

---

① 朴龙山：《中国现代文学》（上 下），首尔：学古房出版社1989年版；权铁等译：《中国现代文学史》，首尔：青年社1989年版；黄修己著、高丽大学中国文学研究会译：《中国现代文学发展史》，首尔：泛友社1991年版；朱德发、冯光廉著、金泰万译：《中国现代文学解说》，首尔：YEULEMSA1993年版；金时俊：《中国现代文学史》，京畿：知识产业社1999年版；许世旭：《中国现代文学史》，京畿：法文社1999年版。

② 参见[韩]崔恩珍《中国现代文学韩译问题研究——以在韩国出版的〈中国现代文学史〉类著、译书为中心》，韩国外国语大学硕士学位论文，2001年2月，第127—128页。

先试图通过梁启超、鲁迅和周作人这些近现代文学大家来展示中国儿童文学的形成脉络。如：学界普遍认为周作人是名副其实的儿童文学的"专家"，他在1920年10月专门写了《儿童的文学》一文，较为系统地探讨了儿童文学理论的问题并十分关注儿童文学的翻译问题，特别通过比较安徒生与王尔德的童话故事之间的差异把童话的世界分为成人世界、儿童世界和第三世界。[①] 作者同时强调了通过收集中国儿童文学与民间故事的方法来继承中国文学的传统。最后，论文强调重视儿童文学的社会教化作用及功利性。值得一提的是作者认为这些中国儿童文学的传统在梁启超的《少年中国说》（1900年）与鲁迅的《狂人日记》、《我们现在怎样做父亲》（1919年）等文中都已经有所体现了。作者对梁的《少年中国说》一文精辟地解释道："梁启超的少年预示着一个强大国家的成长，而现在的中国还是个青少年，青年代表了未来。"这表明梁对儿童教育的重视。不仅如此，梁还介绍了关于外国儿童小说的翻译工作，从此开始"儿童的存在"被"再发现"。而作者从鲁迅的《狂人日记》结尾部分"救救孩子"这一句话体会出言外之意并认为这就是现代儿童文学观变化的"导火线"。作者解释道："儿童是中国的将来，人类的后代，这个观点跟社会进化论有关。社会进化论对中国近代化有着深刻的影响。"另一篇《我们现在怎样做父亲》一文同样也以"社会进化论"观点说明了父母和孩子的关系。从整体来看，论文以梁启超、鲁迅和周作人的"儿童观点"为线索着手分析了中国现代儿童文学的形成过程以及中国现代儿童文学的历史特殊性。

《唐代与基督教有关的诗与清末民初传教士的文学活动》

柳晟俊，原载《基督教语言文化论集》2001年第5辑，韩国外国语大学中国语系教授

早在唐代贞观九年，基督教的一个派别——Nestorian派信徒，从波斯经

---

① 参见[韩]金炫廷《中国现代儿童文学形成过程研究——以梁启超、鲁迅和周作人为例》，延世大学硕士学位论文，2001年2月，第92页。

西域来到了长安，自此开始了西方基督教文学影响中国文学的新纪元。由于受到帝王的特许和礼遇，西方基督教文化开始在中华大地上滋生。如同印度文学是借助佛经而进行传播的，西方文学是通过基督传教士的译经布道，渐渐地渗入了中华文明。据说，景教教徒把 35 部经书译成中文，可惜的是流传至今的景教文献并不多，只有《大秦景教流行中国碑》、《三威蒙度赞》、《序听迷诗所经》、《一神论》等寥寥数本。因此景教诗文虽然对中国文化产生了影响，然而中国诗人只能从景教教义中的人物、景教寺庙及其传教活动等方面寻找诗咏的题材。如：李白的《上云乐》诗，不仅写到了景教的上帝，而且写到景教的创世之说；杜甫《石笋行》诗中的"石笋"即为成都西门外景教寺遗址。唐代士人也有写描写景教活动的诗作，如卢纶的《兹恩诗石声歌》。

晚唐时期武宗对景教进行压制，自此经过宋元两朝约数百年时间，西方基督教于明末清初其正宗才开始入华传教。正宗的这次东传，是中西两种文明的一次较大规模的碰撞，这次碰撞不仅为中国文化增添了新的内容，而且引发和促进了中国文学的西播，其意义是十分重大的。突出表现在汉籍的西译化（汉文书籍的西译化），1950 年《明心宝鉴》（译者：Juan Cobo）这本首先在菲律宾被译成西班牙文的作品是迄今所知中国文学作品被译成西文的肇端。意大利人 Michele Ruggieri 首先尝试译儒家经传如《大学》、《孟子》（1593年），而其后 Matteo Ricci 更是在多方面作出了贡献的。他首先致力于沟通文学和文化交流的媒介——中西语言。他与人合编的会话读本《平常问答词义》（1588 年），全书使用拉丁文拼写汉字，这开了拉注汉的端绪。而在他独著的《西字奇迹》（1605 年）一书中，则将拉丁文版与汉文版一同刊出，这本书虽然只有短短六页的篇幅，却是中国翻译史上一部划时代的著作。更重要的是，他在 1593 年用拉丁文完成了《四书》的翻译，这是西译儒经的滥觞。而后 Nicolas Trigault 根据 Ricci 等人的拼音方案，编纂了《西儒耳目资》（1626 年），为西人学习汉语提供切实的帮助。由于这本书采用的拼音方案更加系统化、科学化，至今仍被中国学者所称道，认为它为中国音韵开辟了一条新的道路。Nicolas Trigault 还以 Ricci 为榜样，独自将《五经》译成拉丁文，于 1626 年刊于杭州。这是正式刊刻西译儒经的始端，而对中国来说，最古的诗歌总集《诗经》，从此有了第一种西译本。

明清之际，基督教教义的翻译与解说，更为圣经文学的流传和其他西方文学的引进打开了方便之门。首先是圣经的翻译，圣经汉译，从景教教本到明清本，再到 19 世纪的马礼逊本，最后至 20 世纪的各种普通话译本如"和合本"、"思高本"，历时数百年，对中国文学产生着或深或浅的影响。基督教为中国文学输入新的词语提供了素材，以至于有人认为圣经汉译本是中国最早的具有欧化表达方式的文学作品，又猜测它与中国新文学的前途有极大极深之关系，这说明它在一定程度上确实产生了一些影响。其次，传教士讲解基督教教义时，借用了西方其他的文学作品，尤其是家喻户晓的《伊索寓言》。这些作品语言通俗易懂，寓意深刻，带有极强的说教性，自然成了宣教教义的工具。①

《〈西游记〉对韩国古小说的影响——以孙悟空为中心》
金松竹，仁川大学硕士论文，2001 年 6 月，禹快济教授指导

作者运用比较文学的"影响研究"方法，以孙悟空为研究对象，以小见大分析了主要的中韩小说之关联。作者认为西游记对韩国古小说的影响不可小觑，在韩国的古典小说《九云梦》、《玉楼梦》、《三韩拾遗》、《洪吉童传》、《田禹治传》等作品中都能看到《西游记》的影子，尤其《西游记》中关于主人公孙悟空的一系列描写对韩国小说的主题、人物及结构有着深远的影响。

首先，主题方面。《西游记》中有儒、佛、道教的混合因素，韩国古小说《九云梦》主要受了《西游记》中的佛教影响，而《玉楼梦》、《洪吉童

---

① 全文引自 [韩]柳晟俊《唐代与基督教有关诗与清末民初传教士的文学活动》，《基督教语言文化论集》第5辑，2001年，中文摘要。

传》、《田禹治传》则是与道教有关的作品。① 其次、人物设定方面。《九云梦》中的八仙女、洞庭龙王等人物，《玉楼梦》中的红司马、祝融大王等，《洪吉童传》中的洪吉童、妖怪等，都受到具有"超凡能力"的孙悟空这一人物形象的影响。② 最后、结构方面——"双重结构和变化结构"。以《九云梦》为例，现实性与非现实性交叉的双重结构形式，使读者处处都能体会到其"梦幻色彩"，此外《玉楼梦》、《洪吉童传》等作品也受到了《西游记》中的"雾围气氛"和"神秘气氛"的影响。③ 虽然不能断定这些因素全部来自《西游记》一书，但不可否认，《西游记》的"影子"已渗入上述小说之中，深入到韩国古典小说里，并深深影响了其主题、人物形象以及整个作品结构的设定。

《唐宋杜诗学研究》

高真雅，韩国外国语大学博士论文，2001 年 2 月，柳晟俊教授指导

本文考察的唐宋时期的杜诗学是杜诗学研究的集大成阶段。此阶段的研究给后世学者提供了研究杜诗学的客观资料，而且提出了研究杜诗学的科学方法。④ 本文以唐宋杜诗学为研究对象来阐明其形成过程。唐宋形成的关于杜诗学的研究成果一直影响至今。杜诗学的黄金发展阶段即杜甫诗风典范化的过程。杜诗学发展的黄金阶段——唐宋杜学大体可以分为七个阶段，唐代杜诗学分为三个阶段，宋代杜诗学分为四个阶段。⑤

唐代杜诗学：一，评价未定立时期（杜甫在世时期）：一般文人不太重视杜诗；二，提倡时期：杜诗开始受到人们的普遍重视，可以看到那时的诗风变

① 参见[韩]金松竹《〈西游记〉对韩国古典小说的影响——以孙悟空为研究中心》，仁川大学硕士学位论文，2001年6月，序言。
② 同上。
③ 同上。
④ [韩]高真雅：《唐宋杜诗研究》，韩国外国语大学博士论文，2002年2月，第210页。
⑤ 同上书，第209页。

化明显受到杜诗的影响。对杜诗价值的系统构建主要以白居易对杜诗"补察时政，泄导人情"的思想内涵的阐发和元稹对杜诗集大成成就的肯定为代表。尤其樊晃赞之为"大雅"，不但成为当时社会评价杜诗的基调，而且也透露出樊认为杜诗中蕴含了"雅为正声"、"思无邪"的思想态度；三，艺术成就认识时期：主要的杜诗学习者是韦庄、李商隐、唐彦谦。他们肯定杜诗的艺术成就，尽力学习杜诗之表现技巧。[①]

宋代杜诗学：宋代杜诗受到人们的极度推崇，杜甫被尊为"诗圣"，杜诗被视为"六经"一样的典范，诗坛几乎无不尊杜甫、学杜诗。一，间接受容时期：北宋初文人是通过中晚唐诗人白居易、李商隐的"杜诗"体中表现的思想和艺术来间接接受杜甫的。推崇白居易的王禹甚至宣称白居易的前身就是杜甫。二，典范化时期：王安石等当代文人在对诗歌的功能、机能、价值及创作主张的论述中，往往集中于杜诗评论分析上。在儒家政教诗学兴盛时期，强调杜诗的社会功能以及作为儒学者的杜甫的人品。所以这一时期极力推崇杜诗的价值，拥立其文学典范之地位。三，"一祖杜甫意识"完成时期：黄庭坚和江西诗派以杜诗为中国诗歌文学的母胎。黄庭坚不只肯定了杜诗形式技巧方面的价值，而且真正建立了一套根据内部关系和结构来解构杜诗的体系。他用所谓"无意于文"割断了杜诗与附着在杜诗之上的各种外部道德释义间的关系，使阅读集中于"文"本身，并在此基础上提出了许多有关诗歌内部结构的"诗法"理论，包括流传一时的"脱胎换骨"、"点缀成金"等说法。黄庭坚提供了理解杜诗的另一种模式，江西诗派后人称这种模式的意义是"死蛇弄得活"，即旨在恢复杜诗的内在生命。因通过这样的过程杜诗能成为江西诗派效法的典范。四，爱国诗风提倡时期：杜诗得到弘扬，与时代环境有密切的关系。因为南宋末不稳定的社会环境，杜诗受到遗民诗人的特殊注意，杜诗的忠君爱国精神，得到遗民诗人心灵的呼应，杜诗的描写笔法，成为他们效法的楷

---

① [韩]高真雅：《唐宋杜诗研究》，韩国外国语大学博士论文，2002年2月，第209页。

模。他们在内心挣扎时或避世隐居时，读杜诗、注杜诗、评杜诗，以此作为精神寄托，由上所述，唐宋杜诗学就是杜诗的价值认识的变化过程及杜诗典范化的过程。①

2002 年

《中国近代小说论对韩国近代"转型期"小说的影响》

南敏洙，原载《中国语文学》2002 年第 39 期，岭南大学中文系讲师

韩国近代的"转型期"与中国晚清十年的小说繁荣时期（1901—1911）大致相同。这期间韩国和中国的社会都发生了巨大的变革。在中国，晚清政府已成了"洋人的朝廷"，在这种情况下，改良派（以梁启超为中心的）以及革命派（以孙文为中心的）展开了一系列的爱国救亡运动。因此这时期的中国近代小说中有着强烈的忧患意识和爱国启蒙思想色彩。而同一时期的韩国，虽然名义上仍然维持国家的独立，可是实际上日本帝国主义已掌握了大韩帝国的内政、外交。因此韩国近代转型期的小说和小说理论有两个倾向。其一是朴殷植、申采浩、张志渊等爱国启蒙思想家的小说和小说理论。他们积极接受了梁启超"小说界革命"的主张，发表了东西方相关英雄人物的传记。在《瑞士建国志·序》一文中，朴殷植强调了小说的感染力和功用性。这样的见解得益于梁启超"小说界革命"主张的逻辑。申采浩写了几部历史小说，在他的作品中，我们可以了解到李舜臣、乙支文德等几位历史伟人。其二是李人稙、李海潮、安国善等新小说家的小说和小说理论。在小说主题方面，他们也意识到小

---

① ［韩］高真雅：《唐宋杜诗研究》，韩国外国语大学博士论文，2002年2月，第209—210页。

说应该反映社会的现实，而在人物描写方面，他们热衷于描写当时社会群体中的普通百姓。他们都反对古典小说中没个性的人物类型。小说的文体方面，他们运用简单明了的"口语体"，同时吸收了西方小说中的表现技巧。在《自由钟》一书中，李海潮主张大韩帝国应该在各个方面进行改革，比如改变封建等级制度、施行女性教育、整顿社会不良风俗等。总而言之，近代"转型期"的韩中小说为下一个阶段近代小说的发展奠定了基础。①

《关于韩中中世纪文学交流的研究——以中国宋代"说唱文学"国内传播情况为中心》

郑有善，原载《中国文学研究》2002 年 第 29 辑，详明大学中文系讲师

本文是考察中世纪韩中文学交流及其影响的比较文学论文。韩中的中世纪文学交流是通过国家之间的交流和国内内部交流两种形式来完成的。在文学方面，韩中两国国家之间采用"说话"、"文章"等文学形式而进行交流的主体是使臣、留学生及僧人、译官、商人等，他们把这些文学作品引入韩国，而当时的士大夫借助解读"白话文"的学习工具书（《老乞大朴通事》、《语录解》等）来阅读此类作品。而这些作品对韩国的影响则主要是通过翻译本、翻案本等来实现的，这些中国文学作品一旦推广便拥有了相当大的读者群，进而产生了更为广泛深远的影响。

中世纪韩中文学交流具体体现在中国宋代"说唱文学"对韩国的影响：宋代"说唱文学"的种类有小说、讲史、说经、商谜、诸宫调、唱赚、叫声、鼓子词等，其中在韩国最有影响的形式是讲史、小说、诸宫调这三种。具体传入的作品如下：讲史有《赵太祖飞龙记》、《唐三藏西游记》、《宣和遗事》等；小说有《醉翁谈录》、《六十家小说》（《清平山堂话本》）等；诸宫调有《西厢记诸宫调》等。在韩国的文献中，讲史《赵太祖飞龙记》与《唐三藏

---

① 全文引自 ［韩］南敏洙《中国近代小说论对韩国近代"转型期"小说的影响》，《中国语文学》第39期，2002年6月，中文摘要。

西游记》见于朝鲜时期使用的汉语教材《朴通事》一书,《宣和遗事》在朝鲜史学家李圭景写的《五洲衍文长笺散藁》一书中能见到;小说《醉翁谈录》在朝鲜成宗时《太平通载》一书中以《卢陵罗烨撰》为题目记载,诸宫调《西厢记诸宫调》在朝鲜光海群时许筠的《惺所覆瓿稿》中有记载。

除此之外,据韩国文献记载宋代传入中国的"说唱文学"作品除了上述的《醉翁谈录》、《葫芦》、《西厢记诸宫调》等,还有从中国传入的宋代话本小说《三言二拍》、《今古奇观》等。由此不难得出,当时传入韩国的宋代"说唱文学"种类和数量也比较多,并且拥有了一定的读者群。尽管当时宋代"说唱文学"的原著、翻译本、翻案本等在韩国风靡一时,但是到目前为止对于宋代"说唱文学"的各种版本的研究比较薄弱,并且对这些"说"和"唱"的表演形式中的细微之处描写不足,尤其是翻译、翻案等韩文版中能够完整流传的作品和有关资料非常不够,今后将继续发掘新的资料和作品。

《中国现实主义文学的深化或反动》

周宰嬉,原载《中国研究》2002 年第 30 卷,诚信女子大学中文系讲师

新写实主义是从 20 世纪 80 年代末一直持续至 90 年代初的一种文学现象。它自出现就引发了评论家们热烈的讨论。在 20 世纪末的转折点上生存是围绕在现代中国社会中每个人心中的困惑,新写实主义小说反映了当时中国人普遍的社会情绪和人民的生活状态、精神状态,密切关注中国社会各层小人物的琐碎生活,将其生存处境和观念处境展示于世。新写实小说严格遵从文艺创作的真实性和客观性原则,极力摹写社会上普通人家的喜怒哀乐和内心世界。

新写实主义的美学特点主要源于三个方面。本书从三个方面论述了新写实主义艺术形式的具体特征。一是还原生活本相:新写实主义者企图在作品中保持社会存在的"原有状态"、"本来面目"。他们的作品就是要给人拉杂琐碎、没有剪裁与加工的印象,企图保持一个完整的生活流程。二是从情感的零度开始写作:作家们对他们笔下的芸芸众生,态度是纯客观的,从不表明好恶，只指出他们生活中俯拾皆是的现象。为此，被评价为"零度感情的介入"。三是作家和读者的共同作业。新写实主义作家们以强烈的平民意识，展示出芸芸众生们一幅幅灰色的人生风景，在言语上追求平民化、通俗化，这就使作品与大众的距离拉近了一步。

新写实主义者企图在作品中保持存在的"原有状态"、"本来面目"。但是这并非说他们摒弃了自己的主观价值取向，相反，作家的主观意向和情感体验融于对各种生存窘况的描写之中。

新写实主义表达了一种潜在的社会意识和时代情绪，又以其通俗的魅力最大程度地符合了大众读者的接受程度，满足了其审美期待。更为重要的还在于这种审美取向不仅是艺术大众化的一种张扬和实践，更是一种探索和开拓。①

《在比较文学视角下研究徐居正文学——以中国汉诗在韩国的接受与发展情况为研究中心》

林麒默，高丽大学博士学位论文，2002 年 2 月

本文以朝鲜初期文人徐居正（1420—1488）为研究对象，考察了徐居正接受中国汉诗的情况，分析了汉诗对他的影响以及他在努力超越汉诗的道路上做的有益尝试。徐居正是一位诗人、批评家、比较文学家、翻译家。其著述颇丰，主要著述有《东人诗话》、《太平闲话滑稽传》等，合译书有《联珠诗格》、《黄山谷诗集》、《明皇诚鉴》等，编撰书有《兴地胜鉴》、《东国通鉴》、《历代年表》、《恤刑教书》等。仅从上面罗列的著述、编著等就能看出，他的学术涉及范围甚为广泛。1474 年由徐撰写的《东人诗话》是一本"文艺批评"类书籍——从新罗至朝鲜初期诗歌的"品评"书籍且"品评"的标准是通过和中国汉诗做对比进行的，这是韩国早期的一部中韩比较类著作，其内容包括汉诗创

---

① 全文引自于[韩]周宰嬉《中国现实主义文学的深化或反动》，《中国研究》第30卷，韩国外国语大学中国研究所发行，2002年1月，中文摘要。

作方法、诗的形式与其美感等方面。①

徐居正作品主要受了陶渊明、李白、杜甫、苏轼、黄庭坚等人作品的熏陶。以陶渊明为例,徐居正比较钦慕陶渊明的诗歌,徐居正创作的《归去来篇》是对陶渊明的《归去来兮辞》的模仿作。徐居正虽然模仿了具有"归田"意识的《归去来辞》一文,但不是模仿陶渊明那样拒绝世俗生活而回归自然的"道家"式的"归田"意识,而主要模仿并学习陶渊明的"诗风"。②

以李白为例,徐居正的诗中赞颂李白及其诗歌的很多,他极为推崇李白诗歌的"豪逸之风",并且创作了读李白诗之后的"读后感"式的诗如《读李白诗》、《咏李白》、《读李白清白平调》等。尤其是《梦谪仙词》讲的是徐居正梦见李白的故事,由此看来,徐居正以李白为榜样,沉醉于李白的诗歌之中。

以杜甫为例,杜甫其实不仅对徐居正个人,对整个韩国来说都是影响比较大的中国诗人。因为朝鲜时期的建国理念就是"崇儒"政策,杜甫的很多诗中体现了儒家思想之积极意义,因此当时朝鲜文坛自然而然地掀起了"学杜"、"慕杜"之风。徐居正《东人诗话》中很多地方提出来讨论的就是杜甫(《东人诗话》全"148话"中有"13话"提到了杜甫),并以杜甫为判断标准探讨了韩国诗人及其诗歌。徐居正诗中与杜甫有关的如下:《读草堂诗》、《忆昔》、《杜甫京华》、《瘦骨》、《水落寺》等。

以苏轼为例,高丽中期以后,苏轼也对韩国诗人的影响非常深远。徐居正创作的《题东坡诗集后》、《苏仙赤壁图》、《次东坡咏雪诗韵效荆公》等诗当中都能发现苏轼的"影子",而苏轼的"诗风"在徐居正的诗中也能找到,如:"赠答诗"、"题画诗"、"咏物事"、"长文的诗序"等等。③

以黄庭坚为例,徐居正以唐、宋诗作为学习对象,唐诗主要指的是李白和杜

---

① 参见[韩]林麒默《从比较文学视角研究徐居正文学——以中国汉诗的受容与发展为研究中心》,高丽大学博士学位论文,2002年2月,第21—22页。

② 同上书,第156页。

③ 同上书,第93页。

甫，宋诗指的是苏轼和黄庭坚。黄庭坚"以故为新"、"换骨脱胎"等主张也被徐居正接纳。徐认为在诗歌创造过程中可以采取黄的这种理论主张，即可以通过模仿别人诗作的形式及风格来写诗。他同时又在其《谢咸阳曹太守黄山谷诗集》、《李监司铁坚赠黄山谷集》等诗中高度评价了黄庭坚。

徐居正一边积极地学习中国历代著名诗人的诗歌（唐宋诗），一边创作诗歌。这主要是因为徐居正怀着让韩国诗坛与中国并肩的抱负，因此广泛涉猎中国著名诗人的诗歌（不同风格的诗风）。与此同时，徐居正在创作诗歌的过程中一直摸索着超越其影响的道路，通过运用朝鲜时期流行的"戏作"这种文学形式进行创作以努力突破汉诗在结构上的"严谨性"。

《中国自然诗与华兹华斯自然诗中的"自然观"叙事比较》

裴丹尼尔，原载《中语中文学》2002 年第 30 辑，南首尔大学中国学系教师

本文比较研究了中国诸家自然诗人的诗和以华兹华斯为代表的"英国文学"浪漫主义派诗人创作的自然诗，将中国传统的自然诗即中国的"山水诗"、"景物诗"、"田园诗"等和西方以华兹华斯为中心的描写自然之诗——Landscape Poetry（引用者）进行比较研究。

当我们把中国诗歌的样本同英国浪漫派诗歌进行更深层面上的比较时，许多中国人和西方人对自然诗的"认同感"往往出现很大的差异。比如陶渊明、王维或者孟浩然就常常被拿来同华兹华斯进行比较。表面上这些诗人之间似乎有许多共同之处，但再做进一步的考察之后，我们可以发现华兹华斯的诗与中国诗的风格大为迥异。

本文比较了中英自然诗歌中较为重要的三个方面：第一，追求自然、歌颂自然、对待自然的态度。从古到今在对待自然上，中国人往往是"天人合一"和"自然境界"的心态，加之受道家"无为"思想的影响，因此出现了"自然崇尚"、"观物感应"等自然诗；而华兹华斯认为自然就是生命的根源和活力，他要通过描写美丽的自然来回归心灵的本源和纯粹的精神，这是因为产业革命所带来的黄金主义、非人性和自然破坏等一系列的负面影响使其进行反思从而要努力描写"自然"中含有的"生命力"（引用者）。第二，自然诗所反映的作家意识。华兹华斯的自然诗中常常表述"自然"给作家带来的感动、心灵的安慰、回归自然等思想内容；而中国的自然诗则往往让人感觉其作者是站在远处如置身事外的观察者一样自如客观地描写风景抒发感情，有些诗甚至描写出"无为自然"、"无我之境"，"原汁原味"地抒发出作家自我的心境（引用者）。第三，自然诗创作技巧上的特点。中国的自然诗追求现实与自然相调和，强调要以安分知足的生活为主，以便达到"内心平和"之生活；而西方社会自然与现实生活往往相左，如与罪、堕落、非人性等现实生活相比，回归自然意味着一种和平和安慰。这种对待自然的心态恰好体现在自然诗中，中国的自然诗几乎没有教化性、强调道德意识等的内容，而只是纯粹描写自然景观，抒发感情，而华兹华斯创作诗歌时发挥了其丰富的"想象力"和"回想"，希望通过描写自然使人们得到的心灵安慰，从《丁登寺旁》、《序曲》等诗中便可看出作家对自然的追求以及对人性返璞归真的渴望（引用者）。

在中国人的意识中"山水"是和人类社会密不可分的，自然是人类的生存家园，人是自然的一小部分，因此中国诗人在写自然诗时往往不把自己的意识强加于"自然"之中，而只是远远地描写。在英国文学中，浪漫派的忧虑主要来自主观自我与客观现实的顽强独立性之间的巨大鸿沟，这种忧虑在中国诗人中实际上是不存在的。华兹华斯的自然诗描写是为了发现自然内的生命力和恢复"人性"，而且强调想象力是诗人与自然之间的"中介物"，并且是一个心灵与自然相互作用的演进过程。中国的自然诗相对说来则是"空间"的，直接描述心灵的感受。通过上述分析研究，作者认为中国自然诗所表现出来的是从"天人合一"意识到"自我超越"阶段的发展，英国文学（华兹华斯）自然诗所表现出来的是从人和自然"分离状态"到确认"自我个性"阶段的发展。①

2003 年

《东亚的近代性与鲁迅——以日本鲁迅研究为中心》

徐光德，延世大学博士学位论文，2003 年 6 月，柳中夏教授指导

客观而言，研究中国现代文学应从"中国史料"着手，但作者将目光转向日本，从另一个角度去研究以开辟新的研究领域。论文在东亚（中、日、韩）框架下探讨了鲁迅与"近代性"文学的关系，作者将重点放在日本中国现代文学五位大家身上——竹内好、丸山昇、伊藤虎丸、丸尾常喜、藤井省三。以竹内好为例：竹内好先生的文学对以后的国民文学论、近代超克、亚洲主义等评论界产生了相当大的影响。1965 年以后，竹内好把鲁迅作为给第三世界传递信息的唯一渠道，进而希望通过鲁迅的文章为不属于西方的青年们提供了解世界的渠道，这就是竹内好研究鲁迅的主旨所在②。以丸山昇与伊藤虎丸为例：这两位学者推翻了竹内好的"鲁迅文学观点"，他们着重研究文学与政治对鲁迅思想形成的影响问题。丸山昇通过一系列的资料来证明"革命家"鲁迅的崭新形象，而伊藤虎丸引进"终末论"，将其理想成"再生"与"主体性"问题投入到鲁迅研究中。最终伊藤虎丸侧重于写实主义，并把它与主体性有机地结合起来展开了研究③。以丸尾常喜与藤井省三为例：丸尾常喜利用东方文化专

---

① 全文引自［韩］裴丹尼尔《中国自然诗与华兹华斯自然诗中的"自然观"叙事比较》，《中语中文学》第30辑，2002年6月，中文摘要。

② ［韩］金炫廷：《中国现代儿童文学形成过程研究——以梁启超、鲁迅和周作人为例》，延世大学硕士学位论文，2001年2月，第227页。

③ 同上。

有的"鬼"来观察鲁迅小说中人物的创作，而藤井省三主张国民国家论和作为制度的"文学"的观点，按照年代顺序研究分析了鲁迅作品在中国的理解。[①]通过对以上五位学者的研究，可以了解日本对鲁迅的认识，而且可以了解到日本与中国、韩国的鲁迅研究的不同，从而更丰富了人们对鲁迅问题的理解，[②]为中国现代文学研究打开更多方向。

《中国现代文学的神话运用研究——以郭沫若、大荒、王润华、鲁迅的代表作为研究中心》

金仁善，蔚山大学硕士学位论文，2003 年 6 月，李仁泽教授指导

本文以惯以神话题材为主的大荒、王润华的诗、郭沫若的《女神》以及鲁迅的《故事新篇》为研究对象，对上述作者作品予以分析，以讨论作品中与神话故事有关的内容，分析作品中的神话故事如何被运用，并由此归纳作家们在作品中运用神话的意图。[③]众所周知，神话是人类精神文化的母胎。一个民族的开始往往是和神话有着千丝万缕的联系，而洞察一个民族特性的捷径就是神话。国家在政治、社会等方面发生混乱或濒于灭亡时，文人们往往借神话这种题材形式运用比喻、象征、隐喻等手法来抒发他们心中的忧愁。特别是在中国，五四时期作家们将无法直接表达的众多社会病态现象，借用神话写出来以达到批判现实社会、抒发自己满腔的爱国主义热情、表达自身感情等目的。[④]

在被公认为打破"旧诗"的传统格式，开创出真正的新诗创作的自由诗体《女神》中，郭沫若以神话作品的想象技法和浪漫主义笔法，对当时陷中国于

---

① [韩]金炫廷：《中国现代儿童文学形成过程研究——以梁启超、鲁迅和周作人为例》，延世大学硕士学位论文，2001年2月，第227—228页。

② 同上书，第228页。

③ [韩]金仁善：《中国现代文学的神话运用研究——以郭沫若、大荒、王润华、鲁迅的代表作为研究中心》，蔚山大学硕士论文，2003年6月，第55页。

④ 同上。

黑暗之中的军阀予以批判，表达了对建设中国光明之未来的创造精神的呼吁和对中国社会未来的开拓者——工人与农民阶级的赞扬。台湾诗坛配合当时社会状况运用神话故事，通过象征与寓言的手法描写跌宕交织的情感，其中以经常借神话故事来抒发某种情怀的诗人大荒和王润华的作品为代表。在中国现代文学小说题材的选用上，鲁迅可以说是运用神话的第一人，他从青年时代就开始关注神话。日复一日，鲁迅对神话的爱超越了他的好奇心，进而进入他文学发展生涯的一个新阶段。也就是说，正如在《故事新篇》里可以看到的那样，他通过提取神话传说中的素材，塑造独特的小说形象，深化、发展了其文学作品的思想。通过《故事新篇》这本从开始执笔至成书长达 13 年的作品，不难看出鲁迅文学作品中所体现出的卓越的时代性、社会性和文学性。① 作家们以神话题材为依托，其表达的目的在于讽刺现实的社会，通过描写人民水深火热的生活以及歌颂神话人物的业绩，来影射当时黑暗的社会，希望建立一种新的社会秩序以消除百姓们的痛苦，实现祖国的美好未来之蓝图构想。②

《韩中现代文学中的"故乡意识"比较——以玄镇健、鲁迅、郑芝溶、戴望舒为例》

李时活，原载《中国语文学》2003 年第 41 辑

这篇文章以玄镇健的短篇小说《故乡》，鲁迅的短篇小说《故乡》，郑芝溶的是《乡愁》、《故乡》以及戴望舒的《乐园岛》、《对于天的怀乡病》为研究对象，对比考察了韩中现代文学中所反映的故乡意识。日本对韩的殖民拉开了韩国现代文学的序幕，因此韩国现代文学中主要贯穿着"故乡的失落"以及"国土沦丧"的感情。近代日本帝国主义的侵略使韩国丧失了领土和主权，玄镇建记录了那个时期的故乡，因此他的故乡意识可以说是一种民族意识的反

---

① ［韩］金仁善：《中国现代文学的神话运用研究——以郭沫若、大荒、王润华、鲁迅的代表作为研究中心》，蔚山大学硕士论文，2003年6月，第55页。

② 同上。

映。郑芝溶有意识地追求表现现代，但因为受到社会矛盾和人性的异化以及殖民统治下的韩国现实的影响，他产生了一种与现实历史相矛盾的对封建农村共同体（他认为的故乡）强烈的怀念之情。他不断探索和故乡相同的某种空间，所以，他的故乡意识可以说是流浪意识。与此相反，中国现代文学始于高举科学和民主思想旗帜的五四时期。在这个大背景下，鲁迅的故乡则象征了一个沉睡在封建蒙昧中的整个中华民族的生存空间。他期待的是一个象征"水平秩序"的现代现实，这和那些尚沉睡在"垂直秩序"的故乡人民截然不同，他诀别故乡时也没有一点失落和遗憾，反而感到愉悦。所以鲁迅的"故乡"隐含着对现代自我的证明，他的故乡意识是一种现代意识的体现。同样，戴望舒也是在不断追寻故乡——现实中并不存在的故乡。把故乡象征为天的戴望舒所说的"归乡"是指回归到原型世界。他的"原型"指的就是能安居乐业的故乡，美丽富饶的故乡。这种回归意识体现在他故乡题材的作品里。他的故乡意识就是回归意识。韩中现代文学所反映的故乡意识的差异，是近代韩中两国不同的社会现实导致的结果，这也算是韩中现代文学在开端时所表现出的一种差异。[①]

《春园与鲁迅的比较》

权赫律，仁荷大学博士学位论文，2003 年 8 月

春园（李光洙，1892—1950）和鲁迅（周树人，1881—1936）分别是代表韩中近代文学之开端的重要作家[②]，对此二人的比较研究无疑对于韩中两国近代文学的比较研究具有很重要的意义。而本研究的意义，就在于为韩中两国近代文学的比较研究创立了一个可供参照的研究体系，进而为开创韩中比较文学研究的崭新局面奠定基础。[③] 本研究首先从二人所处的历史背景及其文学思想

---

① ［韩］李时活：《韩中现代文学中的"故乡意识"比较——以玄镇健、鲁迅、郑芝溶、戴望舒为例》，《中国语文学》第 41 辑，2003 年 6 月，中文摘要。

② 权赫律：《关于春园与鲁迅的比较》，仁荷大学博士论文，2003 年 8 月，中国摘要。

③ 同上。

的形成基础进行比较分析，得出了如下两点结论：其一，家道中落是春园和鲁迅面临的人生第一个转折点，二人均在此过程中发现了普遍意义上的"个人"，少年时代的二人也因为家道中落而成长为少年家长。春园在对长子"责任感"以及对父系之绝优越感的感悟过程中发现了"个人"，而这也成为他早期文学作品题材的一个重要来源。同样，鲁迅也是在身处需要自己来代表家庭的地位时，才切实感受到了过去从未接触到的社会阴暗面，而他毕生致力于揭露社会阴暗面的行为应该说与这一段生活经验不无关系。另外，两人都在各自艰难的幼年时代涉足了本国的传统文学领域。然而相比之下，在这一方面较之少年时代就已失去父母的孤儿春园，鲁迅尚有条件接受传统素养教育因而在传统教育上得到了更加全面的熏陶。① 其二，春园和鲁迅对传统思想及其日本留学经验的体会，造就了二人文学思想的基本根基。在对待传统上，他们二人既肯定传统中有益的一面，同时又极力否定其糟粕的一面，这种一分为二的辩证态度为二人建立一种新价值观奠定了基础。但是需要注意的是，在这样一个否定与生成过程中如何设定自己的立场，二人却形成了鲜明的对比。春园将自己设定为受害者进而成为否定传统的青年领袖。鲁迅则视自己为传统中的一分子，从未将自己纳入有待否定的对象之列。然而鲁迅否定传统的力度，并不逊于春园。

在上述基础上，本研究进一步比较分析了春园和鲁迅的文学思想，并将其作为比较研究二人文学作品的起点。② 春园和鲁迅关于"改造民族性"的主张是其传统否定论的逻辑延伸。他们所追求的目的在于用近代思想来改造本民族，使国家尽快地步入世界近代化国家的行列。而在具体的历史背景下，即在将个人思想与社会现实状况相结合的过程中，二人的立场和态度却有着本质的不同。在日帝殖民统治的现实下，春园关于排除政治性而专注于改造民族性的主张，难以脱咎人们对他企图以此向现实妥协即向日本殖民者妥协的指责。与

---

① 权赫律：《关于春园与鲁迅的比较》，仁荷大学博士论文，2003年8月，中国摘要。

② 同上。

此相反，鲁迅在其言论与创作过程中始终没有放弃对国民劣根性的批判。面对"乱哄哄，你方唱罢我登场"，即统治者不断更迭造成的动乱的政治格局和社会现实，鲁迅始终坚持操守，不屈不饶，甚至不屈服于生命威胁。相比之下，春园的所作所为大为逊色。①

　　在上述论述的基础上，本研究继而具体分析了两人的文学作品，从而得出了如下三点结论。其一，春园和鲁迅的早期文学作品都致力于鼓吹近代思想。他们试图通过确立近代的自我意识和改造民族性来改变当时的状况。在自我意识形象化方面，两个人都将虚构成分置入个人实际体验之中。春园塑造的大多是经营型先觉者，并采取了以露骨和说教式的言行将这些先觉者的热情注入给被启蒙者的形式。鲁迅则通过塑造"狂人"形象，运用象征说法含蓄地传达了作家的意图。② 其二，当二人的文学作品透露出"用近代思想来改造当时社会中的糟粕思想"这一主题时，他们作品中的农民及其生活环境农村不再是"平凡且无意义"的存在体，而是重新发现了"意义"之所在。于是农民在他们的作品中就成了民族的代表，农村则被设定为民族生存的典型环境。③ 其三，春园和鲁迅都是生活在韩中两国近代初期剧变时期的先觉型知识分子。春园知识分子题材的作品中所出现的人物大都是领导者型的知识分子形象。他们在自我意识和民族意识的宣传以及民族性改造的创作实践中被刻画为精英人物，而这些作品同时也能透露出作家本人的形象，甚至在有些作品中会有作家本人代替作品主人公的情形。此外春园还塑造了堕落型的近代知识分子，这是作家对那些沉湎于个人享乐之中而远离民族悲惨的知识分子的一种批判。而鲁迅塑造了一系列具有近代思想、反抗封建社会旧制度的 "叛逆者"的知识分子形象。另外，鲁迅还描写了"叛逆者"型知识分子所遭受的挫折甚至妥协无奈的情形。鉴于作家本人从未对任何人妥协过，这些妥协的人物形象的塑造应该是为

---

① 权赫律：《关于春园与鲁迅的比较》，仁荷大学博士论文，2003年8月，中国摘要。

② 同上。

③ 同上。

了对自己和所有知识分子起到警醒和鞭策的作用。①

《20世纪30年代中国都市小说研究》

钱玗希，庆北大学博士学位论文，2003年6月，李鸿镇教授指导

本文以刘呐鸥、穆世英、施蛰存、茅盾、老舍、沈从文的小说为个案，研究了中国20世纪30年代的都市小说。由于作家的人生哲学和美学追求的异同，随之出现了各种形式的都市小说。②20世纪30年代，上海迅速崛起成为东方大都市，中国现代都市文学随即在上海诞生。以现代派诗人和小说为中心的都市文学作品出现了。从价值意义上看，30年代是中国现代都市文学创作的"黄金时期"，以刘呐鸥、穆世英、施蛰存为中心的上海现代派的小说以及茅盾的《子夜》、老舍的《骆驼祥子》、沈从文的都市小说，都应被含括在30年代都市小说范围之内。1937年进入了抗战时期，抗战文学占据了主潮。中国都市小说，在此后相当长时间里未被关注，直到80年代，才重新引起注意。③

作者首先陈述了都市小说的特点，即：一，都市小说里有都市人当时的欲望谈论。二，都市小说里有"迷路型"情节结构以及"探索型"情节结构（现代派小说和沈从文都市小说属于"探索型"情节结构，《子夜》和《骆驼祥子》属于"迷路型"情节结构）。三，都市小说里有现代都市的忧患情结。四、都市小说里有"逃出"的叙述战略。④此后，以上述作家的作品为例，论述了都市小说的具体内容、风格及不同特色。"都市欲望的风景书"——刘呐鸥的都市小说。他深受西方文学的影响，开始尝试都市小说的写作；"倦怠和绝望的都市美学"——穆世英的都市小说。如果波特莱尔是巴黎的忧郁的灵魂，那穆世英就是上海的忧郁的灵魂，本文对穆世英的研究最多；"欲望的都

---

① 权赫律：《关于春园与鲁迅的比较》，仁荷大学博士论文，2003年8月，中国摘要。
② ［韩］钱玗希：《1930年代中国都市小说研究》，庆北大学博士论文，2003年6月，第250页。
③ 同上书，第249页。
④ 同上。

市人生"——施蛰存。他在西方弗洛伊德和施尼茨勒的影响下，集中创作了"心理分析小说"，仔细地分析了都市人各色各样的心理；"充满资本主义欲望的畸形的空间"——茅盾的《子夜》。他以为在畸形的空间里，上海没有真正的人生，具体地描写了处在没有出口的迷路里的人们的心理和行为；"人力车动机里隐藏的欲望"——老舍的《骆驼祥子》。分析了中国都市贫民的生活和意义；"以乡下人的视觉看都市"——沈从文。他按照都市、农村进行"二分法"，赤裸裸地描写出了他否定的空间——都市，他追求的是农村纯朴的人性。①

中国改革开放多年来，市场经济体制形成以后，都市化进程加快，而以都市生活为背景的中国都市小说也随之增加。由于新的生活方式的产生和价值观念的变化，都市人也经受着与传统社会截然不同的物质观带给他们的各个方面的冲击，而这些方面定会在一定程度上反映在都市小说中。②

2004 年

《韩中现代小说的女性形象比较研究——以 1920—1930 年代作品为中心》

申昌顺，成均馆大学博士学位论文，2004 年，赵健相教授指导

作者理性地分析了 1920 年至 1930 年这一时期的时代背景和存在的现实问题，以特定历史阶段反映出来的"女性问题"以及它们在当时的文学作品里所反映的情况为线索进行研究。20 世纪初韩国处于被日本占领的殖民时期，中国也正处于半殖民地半封建社会，在这种历史背景下，作者认为中韩两国在

---

① [韩]钱玧希：《1930年代中国都市小说研究》，庆北大学博士论文，2003年6月，第250页。
② 同上。

"女性问题"以及"女性形象"方面有以下共性：第一，保留封建传统意识；第二，因经济状况窘迫导致悲惨命运；第三，重新自我发现并觉醒；第四，女性解放中出呈现出共同问题。虽然中韩两国的女性小说没有直接地相互影响，但是从上述提到的这些问题，可以看出两国的"女性小说"在主题和内容方面都具有共同性和类似性。① 以此为据，作者对中韩两国的"女性小说"进行了比较研究。

首先，考察了李光洙和鲁迅的作品。李光洙主要以新女性为主人公，表面上看呼吁女性解放，但内心却未能摆脱男性中心的思想和传统儒教的女性观。反观鲁迅，主要反映底层受压迫的女性。由于鲁迅对她们的生活有很深刻的理解，他的作品对女性有着透彻的分析，始终如一地以写实的手法冷静地呈现出当时社会女性被扭曲的人生，揭露封建礼教残害女性的现象，真正提倡女性解放。② 其次，蔡万植和老舍作品比较。在蔡万植的大部分作品中，女主人公都有意识或无意识地有了觉醒并开始反抗，展望未来以开始新的生活；但在老舍的作品中，女主人公大部分都在与现实的对决中被打败，陷入绝望甚至死去，对未来没有寄予希望。从这一点上，可以说在女性问题上蔡万植比老舍更进步一些。③ 最后，考察了姜敬爱和丁玲作品的"共性"。她们都以女性作为主人公，塑造勇敢地冲出封建家庭，与工人阶级一起参加革命的女性形象，这在当时女性解放呼声高涨的社会中产生了很大的反响④。通过以上考察，作者整理出了 1920—1930 年中韩小说中所体现的女性问题及女性形象方面的异同；探求了这一时期文学的普遍性和特殊性，但是，本研究只局限于对两国小说进行概括性的研究上，没有能够更深入地剖析，更因为按主题选定作品，因此遗漏

---

① 参见[韩]申昌顺《韩中现代小说的女性形象比较研究》，成均馆大学博士学位论文，2004年6月，第156页。

② 同上书，第157页。

③ 同上。

④ 同上。

了相当一部分女性作品。^①

《韩中复调小说比较研究——论〈三代〉与〈围城〉之复调特征》

金银珍，圆光大学博士学位论文，2004 年，金镇国教授指导

本文以巴赫金复调小说理论为基础，用对比研究之方法，从作品的时间、空间、人物的对话关系、结构的多层次、复调的表现方法等四个方面解析了韩中小说的异同。^②《三代》与《围城》这两部作品既有共通之处，也有区别之意：无论从时空关系、人物关系、结构布置、表现技巧等方面都呈现出各自异彩纷呈的世界。^③

第一，时空关系。两位作者不约而同地解体了"房子"的硬件结构，突出"客厅"的作用，使之成为作品的主要舞台。从其建筑结构来看，这些"客厅"也只能是一个敞开的空间。这些特点，在作品中不断地被作者加以强调，最终全都带上狂欢节的广场意义。酒家、商店、警察署、旅店、饭店、班车一个个都是快要被谩骂声、吵闹声、诅咒声、下流话涨破的空间，这里的现实秩序被打破，这里公开地进行讨价还价，让人联想到狂欢节的市场。^④《围城》的时空有两个层面："城"作为大时空间，形成第一层面，也是一个抽象化了的层面；这一层面包括房子、饭店、班车、旅店、船舶、学校等多个小时空间，而这些小时空间在使自己隶属的大层面时空变得具体的同时又形成第二个层面，也是一个具体化了的层面，这也是《围城》在整体构思上明显区别于《三代》的部分。而这种结果主要是由《围城》的象征意义决定的。另外，《围城》空间的数量也远远超过《三代》，并且具有一次性的特点。与此相

---

① 参见[韩]申昌顺《韩中现代小说的女性形象比较研究》，成均馆大学博士学位论文，2004年6月，第158页。

② [韩]金银珍：《韩中复调小说比较研究——论〈三代〉与〈围城〉之复调特征》，圆光大学博士学位论文，2004年，第225页。

③ 同上书，第227页。

④ 同上书，第225页。

反，《三代》的时空间结构和数量相对较少且固定，并且反复使用。①

第二，人物关系。复调小说的人物都不具有社会性和典型性，他们的心里都蜷缩着一个与外表不相一致的分裂的自我，他们一个个都是缺乏完整性和统一性的人物形象，具有未完成性。因此他们与自己形成对话关系，外表上看来是统一的人，内部却形成相互对立的两个世界，发出相互碰撞的声音，汇成复调，形成一个对话体系。② 以赵德基为例，他是一个内外极为不统一的人物，他与周围的人物始终保持均等距离，以多种方式与周边事物进行多方位的对话和争论；以方鸿渐为例，他是一个集众多矛盾于一身的人物形象，非常极端的两个意象同时出现在方鸿渐一个人身上，互相碰撞、互相返照，形成对立关系。由于这些原因，方鸿渐始终可笑无比，怪态百出：他可谓是一个智者式的傻瓜，也可谓是一个傻瓜式的智者。③

第三，结构布置。《三代》和《围城》都不去刻意追求某种意识形态，使所有的意识形态都与其他的意识形态处于同等地位而能与其他的意识形态对话，它们都具有各自的独立性，拒绝作者的私自介入，每一种意识形态都与其他意识形态保持对等关系。④

第四，表现手法。"作者的介入"和"书信的会话化"可以说是《三代》作家特有的写作方式，而"用典"则是《围城》作家特有的写作方式。与此同时，两部作品同时采用讽刺性这一方法去表现人物的两面性，但两位作者的角度却不尽相同：《三代》把人物一分为二——正面人物和反面人物，并把讽刺的矛头直接指向反面人物；而《围城》的人物却不像《三代》那样一刀切，故此《围城》的讽刺比起《三代》的讽刺更具有自我嘲弄的色调。⑤

---

① [韩]金银珍：《韩中复调小说比较研究——论〈三代〉与〈围城〉之复调特征》，圆光大学博士学位论文，2004年，第225—226页。

② 同上书，第226页。

③ 同上书，第227页。

④ 同上书，第226页。

⑤ 同上书，第227页。

《传奇与"话本小说"中所反映的民间文学母题——以"野兽窃女人"母题为中心》

朴完镐，原载《中国小说论丛》2004 年第 20 辑，全南大学湖南文化研究所兼任研究员

长期以来，中国民间艺术活动与传统文学（诗歌、散文）存在着密切的关系。传统文学是在民间文学基础上进行创作的。民间文学的母题和语言对传统文学创作影响深远，从原始民间艺术活动考释的诗歌变成了传统文学的代表，然而中国古典诗歌因语言的特性导致其不易在民间广泛流传。但小说跟它不一样，源于民间故事的小说内容可以不断地变化，同时一个情节、一个题材可以用不同的文体和体裁来表现。神话、传说是所有文学素材的宝库。唐传奇作为小说的一种表现形态可以说是作家利用民间故事的情节与母题来创作的。民间故事的母题有很多种，其中野兽抢美人的故事是较原始的情节，后来转变为野兽精（猿精）窃取妇人的故事。中国很早就有猿子抢女人的故事原型，《易林》、《博物志》、《搜神记》等古代文献里都有记载。《补江总白猿传》的作者把所看到的或听到的猿子抢女人的民间故事改成带有作者意愿的传奇，所以民间故事和传奇是采用同样的母题对故事内容进行不同程度的扩展和转变的。 而《陈巡检梅岭是妻记》则是与唐传奇《补江总白猿传》同一母题的话本。因为话本的功能和目的与传奇小说不同（一个是要演的，一个是要读的），所以两篇故事的情节变化很大。以《陈巡检梅岭是妻记》为例，其内容偏重于显示道教的威力。但是我们也可以看到同一母题会随着每个时期的创作的目的不同而改变，到了明清时期这一母题又再次发生了改变——彰显佛教的威力。

总体说来，六朝志怪及唐代传奇小说与话本小说都利用了民间故事的母题。民间故事经过文人的改写演变成了文言小说，然后，这些文言小说又经过民间艺人的创作活动回归到民间文学的话本小说。①

《中国"梁祝"故事在韩国的接受情况》

Kim Kyung-Hee，首尔大学硕士学位论文，2004 年 2 月

本文是一篇中韩比较文学论文，作者采用比较文学的"影响研究"之方法，以中国"梁祝故事"传播为线索论述了中韩文学之间的相互影响、受容状况以及受容特点。过去在韩国研究"梁祝故事"对韩国文学的影响，局限于从唐代的《十道四蕃志》至明代的《古今小说》这一段时期的资料，本文突破了这个时代限制把清代含有"梁祝故事"②的资料也纳入进来。这是一个突破，同时，也赋予了本题一定的研究价值。

众所周知，"梁祝故事"最初是在中国东晋时代产生的一个关于婚姻的"悲剧谈"，随着时间的推移，这个故事以"弹词"、"说唱"、"小说"、"杂剧"等文艺形式流传至今，作为中国文学的"母题"，影响深远。"梁祝故事"对韩国的"说唱"、"叙事民谣"、"古小说"等也有一定的影响。

首先，作者把不同版本的"梁祝故事"分类："原本型"——梁山伯与祝英台最后都死去而告终；"灵魂型"——梁山伯与祝英台两个人最后变成一双蝴蝶，从坟墓中出来双飞；"复生型"——梁山伯与祝英台两个人死去之后，又重新获得生命回到人世；"功绩型"——梁山伯与祝英台死去之后，变成魂灵（被崇尚为"义忠"、"义妇"）再现或复生，帮助克服危机等，在民间成为了"拯救者"（"灵魂功绩型"、"复生功绩型"）。③

这些故事的基本类型，也不同程度地导致了韩国古代文学艺术发生了变

---

① ［韩］朴完镐：《传奇与"话本小说"中所反映的民间文学母题——以"野兽窃女人"母体为中心》，《中国小说论丛》第20辑，2004年9月，中文摘要。

② 本文参考的"梁祝故事"有关文献资料如下：唐代的《十道四蕃志》、《宣室志》；宋代的《乾道四明图经》；明代的《嘉靖宁波府志》、《宜兴县志》、《古今小说》；明清的《情史》；清代的《康熙鄞县志》、《光绪鄞县志》、《光绪宜兴荆溪县新志》。

③ ［韩］Kim Kyung-Hee：《中国"梁祝故事"的韩国受容情况》，首尔大学硕士学位论文，2004年2月，韩文摘要。

化，尤其对巫歌和小说这类体裁影响深远。韩国的古代民间巫歌中采取了"梁祝故事"中的"灵魂功绩型"叙事模式；韩国"古小说"中则采用"复兴功绩型"的"大团圆"的结局。

《巫歌》① 中的"梁祝故事"是以"灵魂功绩型"模式出现的：《巫歌》就是为了安慰死去的灵魂，把其灵魂引导到"天乐之园"而唱的，较为强调"义礼"、"祭祀仪式"、"灵魂"等方面，因此其中采取了"梁祝故事"中"灵魂功绩型"的叙事模式。

《世经本解说》② 同样采取了"梁祝故事"中的"功绩型"类叙事模式：《世经本解说》的内容大都为起源于民间"农耕神话"的"巫俗神话"，因此所述说的男女相遇并结合的故事，如果其结果以失败而告终，则体现不出一个"巫歌"祈愿"丰年"的意愿。因此其结局必定要以"完美"为终点。

韩国"古小说"《梁山伯传》③ 中的"梁祝故事"是以"复兴功绩型"的模式出现：《梁山伯传》的结果是跟原来的故事相左的，也是个"大团圆"的结局。梁山伯死去之后，不久祝英台也随后而去，他们的灵魂邂逅之后，祈求一个"仙人"把灵魂复生在世，"仙人"成全了他们的心愿。

综上所述，在韩国古代的"叙事文学"中能够找到中国 "梁祝故事"的影子，"梁祝故事"与韩国的婚姻风俗、爱情观、文学体裁的特点相结合发生了变化，进而融化在韩国文学之中，重新得到了生命而诞生了《巫歌》、《世经本解说》、《梁山伯传》等新作品。

---

① 叙事巫歌指的是巫婆与村民一起群舞并展示各自的技艺，韩文为《문굿》一名。

② 韩国济州岛地区传下来的一种"巫俗神话"，又称"农耕起源神话"，韩文为《세경본풀이》一名。

③ 韩国古小说，朝鲜时期以《梁山伯传》为题名以小说体裁写成。

2005 年

《韩国中国学（汉学）研究的信息化现状——兼论中国古代小说数字化方案探索》

赵宽熙，原载《中国小说论丛》2005 年第 21 辑，详明大学中文系教授

这是一篇在第 60 次韩国中国小说学会学术大会"定期学术大会"上发表的论文，作者论述了中国学研究的信息化现状，展望了其未来发展方向，并提出具体的方案。

20 世纪后叶出现的计算机使社会发生了巨大的变化，而这同时也要求学术研究建立在一个新的模式上。21 世纪学术研究新模式的转换可以称为"信息化"。[①] 这里，"信息化"不仅是指用电脑来写论文，还包括积累各种各样的资料并将其转换为能够直接用于研究的信息资料等一系列的过程。同时，今天的世界在"世界化"（Globalization）的命题下逐渐结合为一体，学术研究领域也不例外。由此可以看出，如今地域间独立进行的学术研究，今后将不会再只停留于局部地区。[②]

目前，韩国中国学研究的"信息化"，可以说仍停留在初步阶段，一提到"信息化"，就会想到论文目录的数据库，但就目前的情况来看，此类数据库所存储的资料并不很多，其管理也不系统，这从某种程度上来说是因为到目前

---

① 赵宽熙：《韩国中国学（汉学）研究的信息化现状——兼论中国古代小说数字化方案探索》，《中国小说论丛》，2005年6月，第27页。

② 同上书，第28页。

为止的中国学研究是由个人单方面地进行的。但以后的中国研究不可能再由个人单独开展，而且也不能这样做，其理由如下：第一，有关中国语文学研究的资料数量庞大，这些资料由个人来收集是有困难的；第二，以后的中国文学研究不可能只用某一领域或某一主题的资料进行研究；第三，我们生活的时代，已经不能满足于引用几种资料来完成一篇论文；第四，站在时间的维度上，在现阶段收集资料即意味着预先整理未来的第一手资料；第五，可以以这种成果为基础，对以后的研究方向进行前瞻性展望。[1]

在韩国，有关中国学的信息化方面的事业是"中国学中心"在起主导作用。"中国学中心"的信息化事业的方向围绕着"网络"（Network）的构筑和"内容"（Contents）的开发两个轴心进行。这里"网络"指通过因特网的"网页"（Homepage）的构筑；"内容"的开发指通过庞大的数据库蓄积，设立"电子图书馆"。[2]

作者提出韩中日三国建立中国小说研究数字化方案的问题。本项工作的具体目标如下：其一，可以列举出有关中国小说原著文本的数字化作业。目前，世界各国制作并上传的 HTML 文件（超文本标记语言文本）流通于网络上，可以把它们收集起来，与善本进行对照后，制成该文本的数字化正本文件。与此同时，还要把网站中查找不到的资料采用扫描的方法来进行 OCR（文字识别器）储存。另外，还应收集有关中国学的硕士、博士论文资料，建成"电子图书馆"。其二，最为重要的是进行有关中国小说文本目录数字库作业。目前，中国小说领域正在示范性地进行 20 世纪发表过的全世界有关中国小说的论文目录数据库作业，并已进入结尾阶段，现在正进入数据整理和程序的开发中。[3]

为了促进上述各项工作顺利进行，当务之急是韩中日三国之间形成更紧密的

---

① 赵宽熙：《韩国中国学（汉学）研究的信息化现状——兼论中国古代小说数字化方案探索》，《中国小说论丛》，2005年6月，第30页。

② 同上书，第30—31页。

③ 同上书，第31页。

合作关系。现在，韩中日三国的原文输入等数据库构筑事业正在各自为政地进行着。众所周知，这种庞大的作业会造成许多不必要的重复与人力物力的浪费。为此，三国应在紧密合作体制之下，防止上述的重复与浪费。但合作过程中也会有许多难以预料的困难和阻碍。因此，韩中日三国的研究人员应该在持续召开的有关中国古代小说数字化的国际研讨会上，确认彼此的立场，相互交换新的意见，以建立妥善而及时的对策和方案。①

《中国现代文学中有关朝鲜人和朝鲜作品的文献概述》

金宰旭，原载《中国语文学志》2005 年第 19 辑

本文比较详细地整理论述了"中国现代文学中有关朝鲜人和朝鲜作品"的研究范围、现状、研究意义并附录了作品目录，为研究课题提供了有益的信息并开阔了研究视野。本课题的研究意义如下：

第一，对中国来说，有关朝鲜人和朝鲜的作品在现代文学中构筑了一道独特的景观。这些作品题材内容广泛，人物形象多样。有历史题材也有爱情题材，在人物形象上有爱国志士、农民、将军、商人、儿童、妇女等（引用者）。总倾向是：控诉日本侵略者的累累罪行，抒写朝鲜流亡者魂牵梦萦的思乡情怀，表达朝鲜人炽热的爱国热忱和顽强的反抗意志，歌颂朝鲜革命志士无畏的英雄气概和高尚的民族气节，同时体现出抗日战争时期中国人民对朝鲜人的新认识和两国人民之间新的关系。②

第二，对朝鲜来说，这类作品有助于后人真切认识到 20 世纪上半期流亡的朝鲜人各方面的状况。朝鲜沦亡后，大量普通的朝鲜人或流亡到中国各地，或被日本侵略者驱赶到中国东北（引用者），同时，大批流亡中国的朝鲜仁人志士，把中国当作反抗日本、光复祖国的根据地，以各种方式开展抗日斗争。

---

① 赵宽熙：《韩国中国学（汉学）研究的信息化现状——兼论中国古代小说数字化方案探索》，《中国小说论丛》，2005年6月，第31页。

② 金宰旭：《中国现代文学中有关朝鲜人和朝鲜作品的文献概述》，《中国语文学志》第19辑，2005年12月，第290—291页。

在现代有关朝鲜的作品中，不论是以叙事为主的小说、剧本、通讯报告，还是以抒情取胜的诗歌、散文，其描写的对象和表现方式虽有不同，但都从不同侧面反映了朝鲜流亡者的生存状态、思想感情和争取独立的斗争心态。[①]

第三，对两国关系来说，这些作品首先是文学交流，但又超越了文学交流的范围，反映出两国人民相通的思想和相同的政治诉求。朝中两国面临共同的危机，共同的敌人。唇亡齿寒，与中国山水相连的朝鲜的沦亡，为中国敲响了警钟。随着日本吞并中国的野心越来越明显，特别是 1931 年"九一八"事变后，中国人的危机感越来越强烈，朝鲜的悲惨命运不能不使中国人心怀忧虑，有关朝鲜的大部分作品就是在此时产生的。在中国的朝鲜人与中国人密切接触，他们的处境，他们的哀伤，他们的悲愤，得到包括作家在内的中国人的同情和理解；他们的反抗斗争，也得到中国有正义感的社会各阶层人士的支持和帮助，而许多朝鲜人也配合、支持或直接参与了中国人民的抗日斗争。这一切，不仅成为产生一系列作品的沃土，也是作家们创作时满怀真情的根本原因。[②]

《韩国的中国古典女性文学研究》

柳昌娇，原载《中国文学》2005 年第 43 辑，淑明女子大学人文学院"聘用教授"

本文概述了韩国中国古典女性文学的研究情况，总结了过去（主要以2004 年及以前在韩国出版或发表的译作、著作、学位论文、短篇论文等为研究对象）韩国研究"中国女性文学"方面的成果，从中我们可以发现其研究特点，并在此基础上对本学科的未来进行展望。对研究资料按如下顺序进行分析：历史朝代、体裁类、作家类、译作或著作、短篇论文、学位论文。

---

① 金宰旭：《中国现代文学中有关朝鲜人和朝鲜作品的文献概述》，《中国语文学志》第19辑，
2005年12月，第292页。

② 同上书，第292—293页。

　　先秦、汉代、魏晋女性文学研究。先秦、汉代、魏晋南北朝的女性文学方面主要的研究成果如下：先秦时期女性文学研究有《〈诗经〉中的女性情意》（《现代文学》，1962 年）、《〈诗经·国风〉中的女性相》（诚信女子大学出版部，1990 年）、《〈诗经〉与性》（翰林院，1994 年）等；汉代时期女性文学研究有《通过〈女戒〉看汉代女性的妇道》（《亚细亚女性研究》第 14 卷，1975 年）、《刘向〈列女传〉的特点》（《中国学报》第 29 辑，1989 年）、《班昭〈东征赋〉的文学成就》（《语文研究》第 29 辑，2001 年）等；魏晋南北朝时期女性文学研究有《曹植〈美女篇〉中的未考证形象的部分研究》（《梨花声苑》第 5 卷，1993 年）、《晋宋士族家风与文学的相关性研究》（《中国学报》第 45 辑，2002 年）等。[①]其中《The Representation of Women in the Folk Songs of the Han Dynasty and the Six Dynasties》（Oem Kui-Duck：《汉六朝民歌形成的女性形象》，《中国学论丛》第 2 辑，1993 年）一文考察了汉代至魏晋南北朝民歌中出现的女性形象，文中指出了汉代与六朝时代的民歌的主题、民歌中的女性形象及民歌中体现的"性"意识以及当时社会的审美观。文章深入且细致地指出："汉代乐府诗中的女性是纯洁美好、贤良淑德的形象，而抒情诗《孔雀东南飞》的女主人公则是一个令人怜惜同情的形象。不论女性被塑造成何种形象，都反映了当时在汉朝占统治地位的儒家之于女性的思想。但是南朝时期的民歌中的女性形象与汉代又有所不同，主要体现为"色情"，南朝民歌是以女性为中心的吟唱，歌中唱出了女性的"欲望"因而带有复杂而微妙的色彩，然而这些却是南朝民歌的表层体现，从它的语调、风格、主题等中不难看出这种女性形象实则都是男性意图的反映。此外，北朝民歌《木兰辞》也是以男性为本位反映"男性主权"社会中的女性形象的。

　　唐代女性文学研究：相较于其他朝代，唐代女性研究是历朝女性研究的集

---

① 参见［韩］柳昌娇《韩国的中国古典女性文学研究》，《中国文学》第43辑，2005年5月。

大成阶段。这一部分主要以介绍与研究唐代女诗人的作品为主，亦对李白、李贺等诗歌中描写的女性形象和唐传奇小说中出现的女性形象进行研究。诗歌方面主要有以下研究成果：《敦煌词中的男女》（《汉学研究》，1986 年）、《唐代女诗人薛涛、鱼玄机、李冶诗风格论》（《人文科学研究》第 6 辑，1998 年）、《李白诗中的女性形象研究》（韩国外国语大学硕士学位论文，2001 年）、《李贺诗中的神话与女性意象》（《中国语文学集》第 12 辑，2002 年）等；小说方面有《中国传统妇女观与传奇的比较》（《亚细亚女性研究》第 4 卷，1965 年）、《唐代侠义小说中的女侠》（《中国语文学志》第 12 辑，2002 年）、《唐代传奇的女性与幻想》（《中国语文学》，2004 年）等。①

宋代女性文学研究：韩国宋代女性文学研究比较薄弱，主要研究了宋代女性文学家的杰出代表——李清照，此外也有对朱淑真的研究，元代女性文学方面的研究则是一些译作。具体如下：《李清照词考》（《梨花语文学会》第 2 辑，1978 年）、《李清照咏物词的研究》（《人文科学研究论丛》第 18 辑，1998 年）、《李清照前后期词的比较研究》（水原大学硕士学位论文，2001 年）、《朱淑真词研究》（梨花女子大学硕士学位论文，2002 年）、《宋元代戏曲所描写的家庭中的女性形象》（《中国学报》第 46 辑，2002 年）、《青楼集译注》（《中国戏剧》第 4 辑，1996 年）等。②

明清女性文学研究：韩国明清时期女性文学的研究既丰富又单一，因为仅从数量上看研究成果比较多，但是从研究对象来说却是比较"单一"的。明清的女性文学研究大多集中在《红楼梦》上，而对陈子龙、王瑞淑、贺双卿等女性诗人的研究几乎空白。主要研究成果如下：研究《红楼梦》的文章有《〈红楼梦〉的女性"尊重意识"研究》（《亚细亚女性研究》第 35 辑，1996 年）、《〈红楼梦〉的主题思想与宝玉、黛玉、宝钗的"三角"关系》（《中

---

① 参见[韩]柳昌娇《韩国的中国古典女性文学研究》，《中国文学》第43辑，2005年5月。
② 同上书，第168—170页。

国人文科学》第 5 卷，1986 年）等；明代小说方面有《古今小说中的女性形象与女性观》（梨花女子大学硕士学位论文，2002 年）、《韩国、中国、越南传奇小说的女性形象比较研究》（仁荷大学硕士学位论文，2002 年）等；诗歌方面的研究有《随园诗话的妇女诗》（《文理大学报》第 13 卷，1967 年）等；小说方面如《明传奇中的女人类型——以"佳人型"为中心》（《亚细亚女性研究》，1973 年）；戏曲方面如《〈琵琶记〉的女性形象》（《亚细亚女性研究》第 15 辑，1976 年）等。①

研究成果按历史朝代排序如下：唐代（36 件）〉 宋代（27 件）〉 清代（21 件）〉 汉代（17 件）〉 先秦、明代（各 13 件）；按体裁：诗歌（74 件）〉 小说（34 件）戏曲（5 件）。由此可看出，在韩国的中国女性文学研究方面，唐代的女性研究成果最丰，而体裁方面则突出体现为诗歌。这是因为中国古典文学之中诗歌占重要的位置，而唐代的诗歌最为繁荣和发达。另一方面，研究结果显示在韩国明清代女性文学研究较为薄弱，这是今后需要填补的学术空白。②

《朝鲜时代由于中国小说引起的争论与事件——以朝鲜朝廷的争论与其事件为中心》

闵宽东，原载《中国小说论丛》2005 年第 22 辑，庆熙大学中国语系教授

这是一篇比较文学的"影响研究"方面的论文，韩国早期对中国古典小说的评论可追溯到朝鲜世祖时的文言小说《太平广记》和宣祖时的话本小说《三国演义》。这些评论从单纯的作品评论继而发展到了文人之间的小说观乃至文学观的争论，而且这些争论最终导致了正祖时期"文体反正"事件的发生。从《朝鲜王朝实录》的许多争论记录中发现中国小说在朝鲜的朝廷中造成了很大的影响。引起争论的小说还有《酉阳杂俎》、《剪灯新话》、

---

① 参见［韩］柳昌娇《韩国的中国古典女性文学研究》，《中国文学》第43辑，2005年5月，第170—173页。

② 同上书，第173页。

《三国演义》、《平山冷燕》等书，这些小说足以引起我们的注意。

这些争论以"壬辰倭乱"（1592 年）为分水岭："壬辰倭乱"以前有了"《酉阳杂俎》的出刊争论"，见于《朝鲜王朝实录》成宗实录卷二八五，具体内容为："如尔等之言，以酉阳杂俎等书，为怪诞不经则国风左传所载，尽皆纯正软。近来印颁，事文类聚，亦不载如此事乎。若日，人君不宜观此等书……今所言，亦如此也，予前日命汝等，略注此书，必汝等惮于注解而有是言也，既知其不可，则其初，何不云尔？"正是这些当时风靡一时的《酉阳杂俎》、《太平通载》等作品引起了使臣们的注意，有些使臣主张为了"心身修养"应该读"经世"（四书五经），认为有些"稗官杂记"败坏了社会风气，如果要出版此类书应强调其书的注解工作。关于中国小说的出版，朝廷使臣们议论纷纷，这点足够说明这些作品受到很大的关注。

"蔡寿的笔祸事件"见于《朝鲜王朝实录》中宗实录卷十四，朝鲜初期使臣蔡寿写的《薛公瓒传》主要是以"轮回过福之说"为主题，这与当时朝鲜的"崇儒抑佛"政策相反，因此蔡寿陷入即将被弹劾的境地。这个时候有些使臣为了给蔡寿辩护强调了小说的虚构性，又提到了《太平广记》、《剪灯新话》等中国小说中的"虚构"。这也反映了这些中国小说当时是家喻户晓的，并肯定了它们的艺术魅力。

"《三国演义》的刊行和争论"等事件见于《朝鲜王朝实录》宣祖实录卷三。这次争论的重点是："他们认为《三国演义》歪曲历史，贬低'非事实性'的通俗小说。"从这些历史记载中不难看出当时虽然在民间流行《三国演义》这样的演义小说，但是朝廷使臣对小说这种文艺形式却不太了解，认为这些"街谈巷语"败坏了社会良好的风气，并提出了针对中国小说的"禁止论"、"焚书论"之类极端的方法。到了朝鲜中后期，科举考试中也出了与《三国演义》、《水浒志语录》、《西游记语录》等 "白话文体" 有关的题目之后，读中国小说的人更多起来了。

而"壬辰倭乱"以后发生的"中国小说的副作用和杀人事件"见于《朝鲜王朝实录》正祖实录卷三一。"壬辰倭乱"之后大量的中国通俗小说传入朝鲜，很多妇女不顾家庭，迷恋小说。而有些人在街上听说书人讲中国小说听到高潮时情不能自已，进而发生杀人等事件。朝廷意识到小说的"副作用"，因此更强化了针对中国小说的"禁输令"。

"文体反正"和"禁输令"，其中"文体反正"见于《朝鲜王朝实录》正祖实录卷二四、卷三三、卷三六、卷四三等。所谓"文体反正"指的是朝鲜正祖时期汉文文体回复到"醇正古文"，为了实行"文体反正"，设立奎章阁研究古文，并禁止进口"稗官小说"，新刊朱子的诗文和唐宋八大家之文等古文。虽然这些"禁输令"前期时反复强调，到后来慢慢变得宽松："我国经史版本，自来不广，如有经史之观者，使之勿禁，而至于稗官小说，即一切立法好矣。上曰，稗官小说异端外，如经史子集中，我国罕有之册子，使之出来，又以筵教，言及湾府可也。"（《朝鲜实录》纯祖实录卷十）

"李相璜、金祖淳的值宿翰苑事件"见于《朝鲜王朝实录》正祖实录卷三十六："丁未年间，相璜与金祖淳，伴直翰苑，取唐宋百家小说及平山冷燕等书以遣闲……命取入焚之，戒两人专力经传，勿看杂书。"这是说虽然国家对中国小说实行"禁输令"和"禁止令"等政策，但有些国家使臣也偷偷地看《唐宋百家小说》、《平山冷燕》等小说，事迹败露后引起了统治者的高度重视并对他们予以批评警告处理。

本文论证的始发点源于小说的"歪曲正史"、"内容不经"、"败坏社会伦理道德"等否定作用。然而"文体反正"和"禁输令"并没有收到多大的效果，因为当时的文人及大臣们均暗中贪读中国小说，照搬小说的文体，进而惹来了更多的事端。①而诸多争端也恰好反映了中国小说在朝鲜时代的风靡，其影响可见一斑。

---

① 原文引自 [韩]闵宽东《朝鲜时代由于中国小说引起的争论与事件——以朝鲜朝廷的争论与其事件为中心》，《中国小说论丛》第22辑，2005年9月，中文摘要。

四 年度著作目录

2001 年

白祯喜著《李奎报词的研究——以韩中词比较为研究方法》

(《이규보 사의 연구》), 首尔: 韩国学术情报 (株) (한국학술정
보), 2001 年 9 月, 新 16 开, 平装本, 共 375 页

白祯喜、金尚源 共著《现当代文学的理解》

(《중국 현당대문학의 이해》), 首尔: 韩国学术情报 (株)
(한국학술정보), 2001 年 1 月, 平装版, 共 272 页

崔奉源著《中国古典散文选读》

(《중국 고전산문 선독》), 首尔: DARAKWON (다락원), 2001 年
月, 开本: 32, 平装本, 共 440 页

崔钟世编《三国志风流谈》

(《삼국지 풍류담》), 首尔: 有书之村 (책이있는마을), 2001 年 8
月, 开本: 16, 平装本, 共 332 页

丁奎福著《韩国文学与中国文学》

（《한국문학과 중국문학》），首尔：国学资料院（국학자료원），

2001 年 5 月，开本：16，精装本，共 433 页

姜声渭等著《杜甫——"至德年间"诗译解》

（《두보언해》），首尔：韩国放送通信大学出版部（한국방송통신

대학교출판부），2001 年 12 月，开本：16，平装本，共 564 页

金时俊著《中国当代文学史思潮研究 1949—1993》

（《중국당대문학사연구：1949—1993》），首尔：首尔大学出版部

（서울대학교출판부），2001 年 2 月，开本：16，精装本，共 349 页

金禧宝著《中国的名诗》（增补）

（《중국의 명시》），首尔：GALAM 企划（가람기획），2001 年 12 月，

开本：16，平装本，共 464 页

金学主著《元杂剧选》

（《원잡극선》），首尔：明文堂（명문당），2001 年 10 月，开本：

16，平装本，共 493 页

金学主著《中国古代歌舞伎》

（《중국 고대의 가무희》），首尔：明文堂（명문당），2001 年 10

月，开本：16，平装本，共 410 页

金学主著《中国文学史》（修正版）

（《중국문학사》），首尔：新雅社（신아사），2001 年 9 月（原 1994

年出版），开本：16，精装版，共 503 页

金学主著《中国文学史论》

（《중국문학사론》），首尔：首尔大学出版部（서울대학교출판부），

2001 年 9 月，开本：16，精装本，共 518 页

具良根著《中国现代短篇小说选》

（《중국현대단편소설선》），首尔：时事教育（시사에듀케이션），

2001 年 8 月，开本：16，平装本，共 356 页

李海元著《唐诗的理解》

（《당시의 이해》），首尔：JIYOUNGSA（지영사），2001 年 8 月，开本：16，平装本，共 364 页

李秀雄著《听历史的钟声，学习中国文学史》

（《역사따라 배우는 중국문학사》），首尔：DARAKWON（다락원），2001 年 8 月，开本：32，平装本，共 440 页

林钟旭著《"人物流派"风格论——站在中国文章体系的视角下》

（《중국문학에서의 문장체제 인물 유파 풍격》），首尔：IHOI 文化社（이회문화사），2001 年 12 月，开本：16，平装本，共 516 页

林钟旭著《中国的文艺意识》

（《중국의 문예의식》），首尔：IHOI 文化社（이회문화사），2001 年 12 月，开本：16，平装本，共 516 页

柳晟俊 编著《〈楚辞〉注》

（《초사굴원부주》），首尔：新雅社（신아사），2001 年 1 月，开本：16，平装本，共 152 页

柳晟俊著《初唐诗与盛唐诗研究》

（《초당시와 성당시 연구》），首尔：PRUN 思想社（푸른사상사），2001 年 2 月，开本：16，平装本，共 645 页

柳晟俊著《唐代后期诗研究》

（《당대 후기시 연구》），首尔：PRUN 思想社（푸른사상사），2001 年 2 月，开本：16，平装本，共 490 页

闵宽东著《中国古典小说史料丛考——韩国篇》

（《중국고전소설사료총고》），首尔：亚细亚文化社（아시아문화사），2001 年 1 月，开本：16，精装本，共 529 页

彭铁浩著《中国古典文学风格论》

（《풍격론》），首尔：MANNBOOK（사람과책），2001 年 1 月，开本：16，平装本，共 304 页

吴台锡著《认知中国文学基准线》

（《중국문학의 인식과 지평》），首尔：亦乐（역락），2001 年 6 月，开本：16，精装本，共 650 页

吴相顺《改革开放与中国朝鲜族小说文学》

（《개혁개방과 중국조선족 소설문학》），首尔：月印（월인），2001 年 5 月，开本：16，平装本，共 390 页

许世旭等著《在长江泛舟》

（《장강에 배 띄우고》），首尔：生命之树（생명의나무），2001 年 5 月，平装本，共 301 页

尹正铉著《中国历代名诗鉴赏》

（《중국역대 명시감상》），首尔：MOONUMSA（문음사），2001 年 2 月，开本：16，平装本，共 338 页

张荣基 等编著《中国古典的理解》

（《중국고전의 이해》），首尔：WONMISA（원미사），2001 年 9 月，开本：16，平装本，共 190 页

郑晋培著《中国现代文学与现代性意识形态》

（《중국현대문학과 현대성 이데올로기》），首尔：文学与知性社（문학과지성사），2001 年 1 月，开本：16，平装本，共 273 页

郑守国著《中国现代诗与散文》

（《중국 현대시와 산문》），首尔：东洋文库（동양문고），2001 年 7 月，开本：16，平装本，共 184 页

Chun Ki-Hwan 著《三国志典故成语辞典》

（《삼국지 고사성어사전》），首尔：明文堂（명문당），2001 年月，开本：16，平装本，共 425 页

Hwang Bong-Gu 著《寻访美丽中国》

（《아름다운 중국을 찾아서》），首尔：HAKMINSA（학민사），2001
年4月，开本：16，平装本，共339页

Hyun Young-Jin 著《中国古典文学中的99种智慧》

（《중국고전에서 찾은 지혜 99 가지 》），首尔：DOOSANDONGA
（두산동아），2001年9月，开本：小32，平装本，共320页

2002 年

崔钟世著《中国诗、书、画之风流谈》

（《중국 시，서，화 풍류담》），首尔：有书之村（책이있는마을），
2002年7月，开本：16，平装本，共320页

韩国中国文学理论学会著《中国文学理论》

（《중국문학이론》），首尔：亦乐（역락），2002 年 6 月，开本：
16，平装本，共365页

金荣九等著《中国现代文学论》

（《중국현대문학론》），首尔：韩国放送通信大学出版部
（한국방송통신대학출판부），2002年，开本：小32，平装本，共327页

金学主著《汉代文人与诗》

（《한대의 문인과 시》），首尔：明文堂（명문당），2002 年 4 月，
开本：16，平装本，共332页

金学主著《汉代文学与赋》

（《한대의 문학과 부》），首尔：明文堂（명문당），2002 年 4 月，

开本：16，平装本，共 280 页

金学主著《乐府诗选》

（《악부시선》），首尔：明文堂（명문당），2002 年 4 月，开本：16，平装本，共 264 页

金学主著《墨子及墨家》

（《묵자 그 생애 사상과 묵가》），首尔：明文堂（명문당），2002 年 6 月，开本：16，平装本，共 490 页

金学主著《中国古典文学的传统》

（《중국고전문학의 전통》），首尔：韩国放送通信大学出版部（한국방송통신대학출판부），2002 年，开本：32，平装本，共 383 页

金学主著《中国戏剧与民间爱情》

（《중국의 희극과 민간연애》），首尔：明文堂（명문당），2002 年 7 月，开本：16，平装本，共 512 页

梨花中国女性文学研究会编《东亚女性的起源——关于〈列女传〉的“女性学”探求》

（《동아시아 여성의 기원》），首尔：梨花女子大学出版部（이화여자대학교출판부），2002 年 12 月，开本：16，平装本，共 367 页

李宝暻著《“文”与“Novel”的结婚——近代中国小说理论再编》

（《문과 노벨의 결혼：근대 중국의 소설이론 재편》），首尔：文学与知性社（문학과지성사），2002 年 1 月，开本：16，平装本，共 364 页

梁会锡著《中国文化纪行》

（《중국문화기행》），首尔：艺文书苑（예문서원），2002 年 8 月，开本：16，平装本，共 256 页

林东锡著《中国学术概论》

（《중국학술개론》），首尔：传统文化研究会（전통문화연구회），2002 年 4 月，开本：16，平装本，共 426 页

柳晟俊著《唐代 "大历才子诗" 研究》

（《당대 대력재자시 연구》），首尔：韩国外国语大学出版部（한국외국어대학교출판부），2002 年 2 月，开本：16，平装本，共 372 页

朴宰范著《中国现代小说的展开》

（《중국현대소설의 전개》），首尔：BOGOSA（보고사），2002 年 10 月，开本：16，精装本，共 310 页

全寅初等著《中国神话的理解》

（《중국신화의 이해》），首尔：ACANET（아카넷），2002 年 2 月，开本：16，平装本，共 286 页

沈致烈著《王昭君：新昭君传》

（《왕소군 새소군전》），首尔：诚信女子大学出版部（성신여자대학교출판부），2002 年 8 月，开本：16，平装本，共 504 页

徐裕源著《中国民族的 "创世神" 故事》

（《중국민족의 창세신 이야기》），首尔：亚细亚文化社（아시아문화사），2002 年 10 月，开本：小 32，平装本，共 320 页

郑基先著《中国诗人的诗理论——杜甫与元好问论诗》

（《중국시인의 시 이론》），首尔：世宗出版社（세종출판사），2002 年 8 月，开本：16，平装本，共 218 页

2003 年

边成圭著《中国文化的理解》

（《중국문화의 이해》），首尔：HAKMUNSA（학문사），2003 年 3 月，

开本：16，平装本，共 602 页

传统文化研究会编《古文真宝》（前集·后集）

（《고문진보》），首尔：传统文化研究会（전통문화연구），2003 年 7 月，开本：16，规格以外，平装本，共 208、318 页

传统文化研究会编《小学·孝经》

（《소학，효경》），首尔：传统文化研究会（전통문화연구회），2003 年 8 月，开本：16，规格以外，平装本，共 232 页

丁范镇著《中国文学史》

（《중국문학사》），首尔：HAKYEONSA（학연사），2003 年 1 月，开本：16，平装本，共 373 页

韩昌洙等著《中国文化概观》

（《중국문화개관》），首尔：韩国放送通信大学出版部（한국방송통신대학교출판부），2003 年，开本：小 32，平装本，共 330 页

黄松文著《中国朝鲜族诗文学的变化样相研究》

（《중국조선족 시문학의 변화양상》），首尔：国学资料院（국학자료원），2003 年 9 月，开本：16，精装本，共 196 页

金卿东 编著《唐诗选读》

（《당시선독》），首尔：ALRIM（알림），2003 年月，开本：16，平装本，共 155 页

金学主著《中国古代文学史》

（《중국고대문학사》），首尔：明文堂（명문당），2003 年 4 月，开本：16，平装本，共 352 页

金在乘 等编著《中国古代文学思想与理论》

（《중국고대문학사상과 이론》），光州：全南大学出版部（전남대학교출판부），2003 年 2 月，开本：16，平装本，共 294 页

李琮敏著《近代中国文学的思维》

（《근대중국의 문학적 사유 읽기》），首尔：SOMYONG 出版（소명출판），2003 年 9 月，开本：16，精装本，共 438 页

李国熙著《图表解构中国文学概论》

（《도표로 이해하는 중국문학개론》），首尔：玄岩社（현암사），2003 年 3 月，开本：16，精装本，共 246 页

李和泳、尹荣根 编著《中国现代文学史》

（《중국현대문학사》），首尔：学古房（학고방），2003 年 1 月，开本：16，平装本，共 294 页

李钟振等著《韩中日近代文学史的反省与摸索》

（《한중일 근대문학사의 반성과 모색》），首尔：PRUN 思想社（푸른사상사），2003 年 1 月，开本：16，精装本，共 418 页

柳昌娇著《美国的中国文学研究》

（《미국의 중국문학연구》），首尔：玄岩社（현암사），2003 年 2 月，开本：大 16，精装本，共 469 页

柳晟俊等著《中国诗的传统与探究》

（《중국문학의 전통과 모색》），首尔：新雅社（신아사），2003 年 8 月，开本：16，平装本，共 741 页

柳晟俊著《中国诗歌论的延展》

（《중국 시가론의 전개》），首尔：韩国外国语大学出版部（한국외국어대학교출판부），2003 年 2 月，开本：16，平装本，共 656 页

闵宽东、金明信著《中国古典小说批评资料丛考——国内资料》

（《중국고전소설비평자료총고：국내자료》），首尔：学古房（학고방），2003 年 4 月，开本：16，精装本，共 383 页

人文学研究所编《中国明清时代的文学与艺术》

（《중국 명청시대의 문학과 예술》），首尔：汉阳大学出版部（한양대학교출판부），2003 年 3 月，开本：16，平装本，共 363 页

任元彬 编著《中国文学史料学——中国古典文学史料》

（《중국문학 사료학》），首尔：JAON（가온），2003 年，开本：16，平装本，共 212 页

徐敬浩著《中国文学的发生与其变化轨迹》

（《중국문학의 발생과 그 변화의 궤적》），首尔：文学与知性社（문학과지성사），2003 年 12 月，开本：16，精装本，共 852 页

徐义永等著《中国现当代文学作品选》

（《중국현당대 문학 작품선》），首尔：学古房（학고방），2003 年 3 月，开本：16，平装本，共 258 页

许世旭著《中国古典文学史》（上）

（《중국고전문학사》），京畿：法文社（법문사），2003 年 3 月，开本：16，精装本，共 507 页

严英旭著《鲁迅与中国现代文学的理解》

（《노신과 중국현대문학의 이해》），光州：全南大学出版部（전남대학교출판부），2003 年 3 月，开本：16，平装本，共 217 页

郑守国著《中国的五千年文化体验》

（《중국의 5 천년 문화체험》），首尔：CHUNGKANG（청강），2003 年，开本：16，平装本，共 316 页

2004 年

安炳国等著《中国名诗鉴赏》

（《중국명시감상》），首尔：韩国放送通信大学出版部（한국방송통

신대학출판부），2004 年，开本：小 32，平装本，共 294 页

蔡心妍著《千年之歌唐诗散步——怀念春天挚友》

（《봄날 친구를 그리며》），首尔：HANJILSA（한길사），2004 年 3
月，开本：16，平装本，共 294 页

崔完植等著《中国明文鉴赏》

（《중국명문감상》），首尔：韩国放送通信大学出版部（한국방송통
신대학출판부），2004 年，开本：小 32，平装本，共 294 页

黄义白著《三国志的智慧》

（《삼국지의 지혜》），首尔：泛友社（범우사），2004 年 2 月，开
本：小 32，平装本，共 166 页

金万源等著《杜甫为官时期诗译解》

（《두보 이관시기시 역해》），首尔：首尔大学出版部（서울대학교
출판부），2004 年 8 月，开本：16，平装本，共 426 页

孔冀斗编《毛泽东诗与革命》

（《모택동의 시와 혁명》），首尔：PULLBIT（풀빛），2004 年 3 月，
开本：16，平装本，共 340 页

李琼敏著《近代中国文学的思维》

（《근대 중국문학의 사유》），首尔：SONGMEONG 出版（소명출판），
2004 年 9 月，开本：16，平装本，共 435 页

李寅浩著《庄子 30 句——自由奔放的自然主义者寓言》

（《장자 30 구》），首尔：EYEFIELD（아이필드），2004 年 12 月，开
本：16，平装本，共 235 页

林东哲 等编著《中国朝鲜族的文化与清州阿里郎》

（《중국 조선족의 문화와 청주아리랑》），首尔：JIBMUNDANG（집문
당），2004 年 6 月，开本：16，平装本，共 256 页

朴钟淑著《韩国视角下的中国文学史》

（《중국문학사의 한국적 고찰》），首尔：JIMUNSA（지문사），2004
年12月，开本：16，平装本，共264页

全炯俊著《东亚视角下的中国文学》

（《동아시아적 시각으로 보는 중국문학》），首尔：首尔大学出版部
（서울대학교출판부），2004年6月，开本：16，精装本，共334页

权修展著《田汉与他的〈三夜〉》

（《전한과 그의 〈삼야〉》），首尔：CHANGMUN（창문），2004 年 1
月，开本：16，平装本，共150页

申荣福著《讲义——我的东洋古典读法》

（《강의：나의 동양고전 독법》），首尔：DULBEAGE（돌베개），2004
年12月，开本：16，平装本，共516页

孙宗燮著《唐诗歌吟》

（《노래로 읽는 당시》），首尔：太学社（태학사），2004 年 11 月，开
本：16，平装本，共510页

文承勇著《中国古典的理解》

（《중국 고전의 이해》），首尔：韩国外国语大学出版部（한국외국어
대학교출판부），2004年10月，开本：16，平装本，共273页

徐敬浩著《中国小说史》

（《중국소설사》），首尔：首尔大学出版部（서울대학교출판부），
2004年12月，开本：16，精装本，共510页

延世中国文学研究会编《中国文学的主题探求》（古代文学）

（《중국문학의 주제탐구》），首尔：韩国文化社（한국문화사），
2004年12月，开本：16，精装本，共810页

延世中国文学研究会编《中国文学的主题探求》（现代文学）

（《중국문학의 주제탐구》），首尔：韩国文化社（한국문화사），
2004年12月，开本：16，精装本，共562页

严英旭著《鲁迅的现实主义》

(《노신의 리얼리즘》），光州：全南大学出版部（전남대학교출판부），2004 年 12 月，开本：16，平装本，共 311 页

张基槿著《唐代传奇小说的女人像》

(《당대 전기소설의 여인상》），首尔：明文堂（명문당），2004 年 6 月，开本：16，平装本，共 354 页

2005 年

崔在赫 编著《中国古典文学理论》

(《중국고전문학이론》），首尔：亦乐（역락），2005 年 4 月，开本：16，精装本，共 335 页

洪昔杓著《现代中国：断绝与连续》

(《현대중국 단절과 연속》），首尔：SUNHAKSA（선학사），2005 年 4 月，开本：16，平装本，共 270 页

洪昔杓著《天上看见深渊：鲁迅文学与精神》

(《천상에서 심연을 보다：노신의 문학과 정신》），首尔：SUNHAKSA（선학사），2005 年 10 月，开本：16，平装本，共 304 页

黄瑄周著《中国文学的"城池"》

(《중국문학의 성채》），首尔：JISAEM（지샘），2005 年 2 月，开本：16，平装本，共 336 页

姜信雄著《中国文化与中国文学概观》

(《중국문화와 중국문학 개관》），首尔：新雅社（신아사），2005

年 8 月，开本：16，平装本，共 511 页

金弘光著《中国汉诗真宝》

（《중국한시진보》），首尔：书艺文人画（서예문인화），2005 年 10 月，开本：16，平装本，共 851 页

金俊渊著《唐诗解读 100 词》

（《100 개의 키워드로 읽는 당시》），首尔：HAKMINSA（학민사），2005 年 8 月，开本：16，平装本，共 362 页

李廷珍著《不到长城非好汉》

（《장성에 오르지 않으면 대장부가 아니다》），首尔：HANMUNSA（학문사），2005 年 6 月，开本：16，平装本，共 308 页

李章佑教授离休纪念事业会著《中国名诗鉴赏》

（《중국명시감상》），首尔：明文堂（명문당），开本：16，平装本，共 532 页

李钟振、郑圣恩、李庚夏编《心跳、燃烧、香灰——歌》

（《떨리듯 와서 뜨겁게 타다 재가 된 노래: 중국 현대 애정시 선집》），首尔：梨花女子大学出版部（이화여자대학교출판부），2005 年 8 月，开本：16，平装本，共 233 页

柳晟俊著《中国诗学的理解》

（《중국시학의 이해》），首尔：新雅社（신아사），2005 年 2 月，开本：16，平装本，共 389 页

柳钟睦著《八方美人——苏东坡》

（《팔방미인 소동파》），首尔：SHINSEOWON（신서원），2005 年 4 月，开本：16，平装本，共 381 页

南在祐著《远邻——中国》

（《머나먼 이웃 중국》），首尔：GANDI 书苑（간디서원），2005 年 4 月，开本：16，平装本，共 368 页

朴锡著《宋代"新儒学者"眼中的文学》

（《송대의 신유학자들은 문학을 어떻게 보았는가》），首尔：亦乐
（역락），2005年8月，开本：16，平装本，共270页

朴镇泰等著《东方古典剧的美学理论》

（《동양고전극의 미학과 이론》），首尔：博而精（박이정），2005
年6月，开本：16，平装本，共349页

申正浩著《中国现代文学近代性的再认识》

（《중국현대문학의 근대성 재인식》），光州：全南大学出版部
（전남대학교출판부），2005年5月，开本：16，平装本，共250页

宋炫儿著《中国奇谈、怪谈》

（《중국의 기담괴담》），首尔：文学SOOCHEUB（문학수첩），2005年
8月，开本：16，平装本，共287页

吴淳邦著《二十世纪中国小说的变革与基督教》

（《20세기 중국소설의 변혁과 기독교》），首尔：崇实大学出版部
（숭실대학교출판부），2005年2月，开本：16，平装本，共346页

吴吉龙、朴顺哲 选注《中国古典小说讲读》

（《중국 고전소설의 강독》），首尔：SHINSUNG出版社（신성출판사），
2005年2月，开本：16，平装本，共158页

五　年度重要著作内容简介

2001 年

《中国文学史论》（修正版）

金学主著，首尔：首尔大学出版部，2001 年 9 月（原 1994 年出版），共 375 页

作者简介：金学主（Kim Hak-Chu，1934— ），男，毕业于首尔大学中文系，台湾大学中文研究所文学博士，现为首尔大学名誉教授，著名中国文学专家。主要著述有《中国文学的理解》、《孔子的生涯与其思想》、《老子与道家思想》等，译书有《荀子》、《老子》、《韩非子》等。金学主教授的《中国文学史》一书，曾于 1994 年由新雅社出版，2001 年由首尔大学出版部出版了"修订本"——《中国文学史论》，此书重印之后，好评如潮，被列为各大学中国文学史的教材。1994 年出版的《中国文学史》一书不管在韩国还是在中国都引起了强烈的反响。1990 年 5 月《中国青年报社》主办的杂志《青年参考》上提到了金教授的《中国文学史》介绍了金教授与中国研究者的不同观点，而且此文在《大陆文摘周报》上转载。

内容简介：作者本着编写大学教材之目的而写下这本书，书中展示了文学发展的大的脉络，并且加入了金教授自己独特的学术观点。如：一般研究中国

古代文学的学者看来，唐代是中国古代文学的顶点，但作者认为中国古代文学的顶点不是唐代，宋代才是极致。此外，除了研究士大夫的诗、赋与散文，还赋予民间的变文、说唱、小说、戏曲等文学形式的作品价值以应有的评价。这些学术观点在国际学术会议或学术交流会提出并在与外国学者讨论、交换意见的基础上最终形成，本书在修订的过程中也补充了些发表过的论文。这是一部以韩国学者独到视角研究中国文学的巨著。

本书以时间为纲，以重要的文学形式概念来论述文学形式发展的整个脉络。主要目录如下：第一章，古代文学史的诸问题（第一节，通过汉字与其叙述方法看《中国古代文学史》的划分时期；第二节，作为小说史料的《书经》；第三节，对西汉学者解释《诗经》的新理解；第四节，中国古籍的另一个"性格"；第五节，中国文学史中的《楚辞》问题），第二章，古代与近代（第一节，中国文学史中的"古代"与"近代"；第二节，通过中国戏剧变化看中国文化的转变；第三节，以"道论"为主的文学论对中国文学的影响），第三章，中唐的变化与宋代文学（第一节，中唐论；第二节，韩愈诗在文学史上的意义；第三节，"元和体诗"在文学史上的意义；第四节，宋代文学的特点），第四章，明代的"反动"文学论（第一节，徐渭的"本色论"与四声猿；第二节，汤显祖与公安派；第三节，袁宏道"性灵说"的展开），第五章，近现代的改革与革命（第一节，清末公羊学与改革运动；第二节，梁启超与诗界革命；第三节，中国近现代文学史中的"改革"与"革命"；第四节，中国近现代文学史中的"传统"与"改革"），第六章，中国文学史的"黄金时代"。

《中国当代文学思潮史研究 1949—1993》

金时俊著，首尔：首尔大学出版部，2001 年 2 月，共 349 页

作者简介：金时俊（Kim Shi-Jun, 1935— ），男，毕业于首尔大学中文系，现为首尔大学名誉教授，著名的中国文学专家。著作有《中国现代文学史》、《中国现代文学论》（合著）、《韩半岛与东北三省的历史文化》（合著）等。作者 1992 年出版的《中国现代文学史》（1919—1948），是关于中国现代文学方面的论著，而 2001 年出版的《中国当代文学思潮史研究 1949—1993》一书，可以说是前者的姊妹篇。它填补了韩国中国当代文学概论书类的空白。

内容简介：本书以时间为轴分四个篇章，目录如下：第一篇社会主义文学的黎明（1949—1957 年），第二篇社会主义文学的"硬直期"（1958—1965 年），第三篇文化大革命的文艺（1966—1976 年），第四篇新时期文学（1977—1993 年）。第一篇论述了从 1949 年 7 月以来，举行第一次中国全国文学艺术工作者代表大会以后到 1958 年后期文艺的情况；第二篇探讨了从"大跃进运动"到 1965 年"文化大革命"之前的文艺情况；第三篇分析了从 1966 年"文化大革命"至 1976 年毛泽东去世的文艺情况；第四篇从 1977 年邓小平执权至 1993 年为止，论述了实行改革开放政策对文艺界的影响。值得注意的是本书的每一章节都以当代文艺思潮为主考察了相关的政治和历史背景。此外，作者在附录《中国当代文学年表 1949—1996 年》上下了很大的工夫。从 1949 年开始到 1996 年，按年度较为系统地整理了重要历史事件，使得读者可以一目了然地看到中国当代文学的历史线索和脉络。

《中国古典小说史料丛考——韩国篇 》

闵宽东著，首尔：亚细亚文化社，2001 年 1 月，共 529 页

作者简介：闵宽东（Min Kwan-Dong, 1960— ），男，毕业于庆熙大学中文系，台湾中国文化大学中文研究所博士，现为庆熙大学中国学科教授，主要从事中国古典文学研究与其资料汇编等。他的博士论文《中国古典小说流传韩国之研究》一文，于 1998 年在中国学林出版社以《中国古典小说在韩国之研究》为题目出版，主要论文有《韩国人所撰中国古典小说论著目录》、《中国古典小说的翻译史研究》、《中国古典小说的韩译问题》、《中国古典小说的国内出版史研究》等。他汇编了"中国文学史料"、"批评资料"等一系列研究中国古典文学的工具书，在"中国古典文学在韩国传播研究"方面有很大成就，对韩国中国文学学界作出了一定贡献。

内容简介：2001 年 1 月由学林出版社出版，开本：16，精装本，共 529 页。此书研究了中国古典小说在韩国的"传入与其影响"、"版本与其翻译问题"、"版本情况"、"有关记事"、"论著目录"等。其目录如下：第一部，中国古典小说的国内接受与影响论；第二部，国内所藏的中国古典小说的版本情况；第三部，中国古典小说关系记事；第四部，中国古典小说论著目录与出版目录。其中，第二部是作者搜查并整理了韩国各图书馆所藏的"中国古典小说的版本"目录，其出版时间限定为：以中国原版本为例，止于 1911年；以韩文本为例，止于 1910 年。以在韩国所藏的《儒林外史》[①] 为例，如下：

书名	编著者、出版事项	版本状况	一般事项（序、纸质）	所藏
增订儒林外史	吴敬梓（清）编，中国木版本，同治13年齐省堂版	16 册（56 回），四周双边，12.5×10，9 行 18 字，无界，上黑鱼尾	标题：儒林外史	奎章阁
		12 册，17.2×11.8	序：同治甲戌（1874）……惺园退士	延世大
儒林外史	吴敬梓（清）编，翰林院修撰，中国木版本，刊年未详	残本 8 册（第 29—56 回），四周单边，16.6×10.7，半郭12.4×9，9 行 18 字，有界，上黑鱼尾	识记：翰林院修撰，纸质：绵纸	精文研

通过上述图标我们可以一目了然地认识《儒林外史》在韩国所藏的版本情况，译者采取这种图表的方法对宋代[②]（包括宋代之前的小说）、明代[③] 以及

---

① [韩]闵宽东：《中国古典小说史料丛考》，首尔亚细亚文化社2001年版，第284页。

② 宋代、宋代之前小说版本：《山海经》、《列女传》、《西京杂记》、《博物馆》、《搜神记》、《世说新语》、《酉阳杂记》、《太平广记》、《睽车志》、《夷坚志》、其他等。

③ 明代小说版本目录：《剪灯神话》、《三言两拍》、《型世言》、《今古奇观》、《三国演义》、《封神演义》、《东周列国志》、《隋唐演义》、《三遂平妖传》、《西东汉演义》、《残唐五代史演义》、《英烈全传》、《开辟演义全传》、《水浒传》、《西游记》、《金瓶梅》、《情史》、《龙图公案》等。

清代小说①版本做目录，并提供了整理版本的目录史料。不仅如此，译者在参考了大量第一手文献资料后，在"第三部"韩国"古典文献"中引用翻译或转载与中国古典小说有关的线索及信息，让研究者全方位地认识相关作品在韩国的接受程度、评价等。最后译者附录了中国古典小说论著目录和出版目录——索引，但这些索引都是 2000 年之前的，今天需在此书的基础上再做补充整理之工作。

《韩国文学与中国文学》

丁奎福著，首尔：国学资料院，2001 年 5 月，共 433 页

作者简介：丁奎福（Chung Kyu-Bok，1927— ），男，成均馆大学国文系毕业，高丽大学国文系古典文学专业博士，现为高丽大学名誉教授，著名的国文学家，主要从事韩国文学、中韩比较文学研究，韩国东方比较文学研究会（1984 年创立）的创立者之一，曾任东方文学比较研究会会长、高丽大学中国学会会长。著述有《韩国古小说研究》、《韩国古小说史研究》、《韩中比较文学的研究》、《九云梦"原典"的研究》、《韩国文学与中国文学》等，主要论文有《〈九云梦〉与〈九云记〉之比较研究》、《韩中比较文学的研究史》、《退溪文学与陶渊明》、《"王朗反魂传"与"古本西游记"》等。

内容简介：作者 1987 年出版了《韩中文学比较的研究》一书之后，一直专注于中韩比较文学方面的研究。《韩国文学与中国文学》是在《韩中文学比较的研究》的基础上增补而成的。本书 2010 年 2 月由宝库社出版，后再版，是一部中韩比较文学研究巨作。

本书分为两章：第一章 "韩国文学与中国文学"中详细论述了关于中韩

---

① 清代小说版本目录：《聊斋志异》、《虞初心志》、《阅微草堂笔记》、《儒林外史》、《红楼梦》、《燕山外史》、《镜花缘》、《儿女英雄传》、《三侠五义》（包含续书）、《好逑传》、《平山冷燕》、《公案类小说》、《济公全传》、《白圭痕》、《花月痕》、《青楼梦》、《牡丹全传》（四望亭全传）、其他等。

比较文学的总论、研究史概况及其资料问题等。第二章 "韩国小说与中国小说"于中韩比较文学这个大框架中属于"个案"研究。本书主要论述了中国小说对韩国古小说、诗歌、说话(韩国的古代文学形式的一种)的影响。作者立足于韩国文学并采取比较文学的"影响研究"方法,考察了中韩文学之间的关联性。本书的"总论"可以说是中韩比较文学的"学科史",总结了过去的研究状况,并且提出了中韩比较文学的重要性以及未来的发展方向。作者细读大量的资料之后,对中韩文学做了时期划分,整理并概括了每段时期的特点并介绍了该时期出现的论文及著作。

作家以自己的视角开创性地整理并划分了中韩比较文学时期:第一时期是1945 年 8 月 15 日韩国 "光复"之前的中韩比较文学研究——命名为"摇篮期"。这一时期的研究是以中韩文学的"关系"为主,并且这种比较意识是自然产生出来的,研究韩国文学的过程中自然而然地涉及中国文学,尤其是"诗话类"研究较为多,如:1927 年崔南善的《金鳌新话解题》中研究了明代瞿佑的《剪灯新话》与《金鳌新话》影响关系,1933 年金台俊的《朝鲜文学史》①一书中有很多关于中韩比较文学研究的事例——《三国演义》与《壬辰录》、《水浒传》与《洪吉童传》、"梁山伯传"与中国的"梁祝说话"等。②这些研究成果为"第二时期"深入研究中韩比较文学做了铺垫。第二时期是 1945 年至 1961 年——"酝酿期"。这一时期带着"自觉意识"去研究寻找中韩比较文学方面的课题并出现了真正意义上的中韩比较文学研究的论文。如:诗文类(5 篇)、小说类(12 篇)、文学理论(1 篇)。③ 这种比较文学兴起是与介绍西方比较文学研究著作分不开的,50 年代已经传入了梵第根的《比较文学论》等理论著作及比较文学的有关书籍,因此研究者拥有了"比较文学的意识与眼光",而这足以给中韩比较文学研究领域注入新的血

---

① [韩]金台俊:《朝鲜文学史》,民族出版社2008年版。
② 参见[韩]丁奎福《韩国文学与中国文学》,首尔国学资料院2001年版,第46页。
③ 同上书,第47页。

液。第三时期是 1962 年至 1969 年——"展开期"。这一时期首先在研究成果的数量方面有了新的突破，如：诗文类（13 篇）、小说类（14 篇）、理论（3 篇）、其他（1 篇）一共 31 篇，与第二期相比在论文数量上有明显增加。[①]而且研究队伍也有所增加，论文内容方面也变得更为细致和具体了。如：叶乾坤 1964 年在《中国学报》第 2 期上发表的《新罗诗歌文学与佛教的传入》一文论述了《三国遗事》所载"佛教类"诗 10 篇与佛教思想的传入影响[②]，丁奎福 1965 年发表的《韩中文学比较的"问题点"》一文以"佛教文学"为线索论述佛教对印度、中国、韩国、日本等国的影响[③]，金俊荣 1968 年发表的《以韩中日为中心的古代诗歌形式之比较文学研究》一文是"东洋三国"古代诗歌形式的比较研究，这一时期比较文学的研究领域无疑已经扩大了，这也是一个新大发展。第四时期是 1970 年至 1979 年——"发展期"。到了 20 世纪 70 年代，除了短篇论文之外，还出现了中韩比较文学研究著作。如：李丙的《杜诗研究——以对韩国文学的影响为中心》（探求堂，1970 年）、李庆善的《〈三国演义〉的比较文学的研究》（一志社，1971 年）、韩荣焕的《〈剪灯新话〉与〈金鳌新话〉的构成比较研究》（开文社，1978 年）、金铉龙的《韩中小说说话比较研究》（一志社，1976 年）。[④] 除此之外，中韩比较文学研究范围从古典文学扩展到新文学，这其中尤以金铉龙的《新小说"洞庭秋月"与唐代小说〈谢小娥传〉之关系》一文最为重要，具有里程碑的意义。

中韩比较文学由来已久，但是在韩国 1945 年 8 月 15 日 "光复"之后，真正意义上的第一篇中韩比较文学论文是朴晟义 1956 年在高丽大学《文理论集》第 2 期上发表的《韩国文学中的中国文学的影响》一文。进入 21 世纪中韩两国正式建交之后，中韩比较文学有了前所未有的发展，相信以丁奎福的研

① 参见［韩］丁奎福《韩国文学与中国文学》，首尔国学资料院2001年版，第52页。

② 同上书，第53页。

③ 同上书，第58页。

④ 同上书，第64—65页。

究成果为基础，今后会有很多学者做中韩比较文学"研究史"、"学科史"、"交流史"等方面的课题。

《中国古典文学风格论》

彭铁浩著，首尔：MANNBOOK，2001 年 1 月，共 304 页

作者简介：彭铁浩（Paeng Cheol-Ho, 1960— ），男，先后在首尔大学中文系获得学士、硕士、博士学位，现为国民大学中文系教授，主要从事中国古典文学研究。著述有《"随机应变"的中国人》、《汉字游戏》等，主要论文有《〈文心雕龙〉研究——以其思想与理论体系研究为中心》（博士论文）、《中国文学中的"修辞"》、《西方浪漫主义文学论与中国"性灵派"文学论的共同点》等。

内容简介：本书是作者在其博士论文《〈文心雕龙〉研究》一文的基础上写成的，作者对中国古典文学的"风格论"这一问题思考了很久，并且本书的有关章节曾以短篇论文的形式在各大期刊上发表过。

本书分为两个部分：第一部通论（风格的概念，风格批评的原理、方式，风格用语，风格批评的"志向"），第二部各论（体裁风格，作品风格，作家风格，流派风格，地理风格，时代风格，其他范畴的风格）。作者在吸收了大量先辈学者的学术成果的基础上参照了大量的"风格论"著作，如：严迪昌的《文学风格漫说》、王之望的《文学风格论》、周振甫的《文学风格例话》、李伯超的《中国风格学源流》、杨海明的《唐宋词风格论》、殷光熹的《唐宋名家词风格流派新探》、张德明的《语言风格论》等，而本书基本上沿用了周振甫的《文学风格例话》"范畴类"的论述顺序。

主要内容如下：第一，作者找出所谓风格的"原型"——"人物品鉴"，指看待一部作品应当像看待社会中个体的人一样，要以一个独立实体的眼光来看待，因而作用于"人物品鉴"的经验也可以转用在"风格批评"上，而原来批评人物时所使用的"风格"用语，也可援用在文学批评上。[1]本书从"人物品鉴"着手研究"风格"这一用语的概念、风格批评的方式、被批评对象的看法以及追求"中和美"的风格志向，作者努力寻求贯通"风格批评"整个领域的"原理"。

第二，体裁风格：相对来讲，具有"客观性"和"规范性"的特性，作者证明了"体裁风格"原本是"创造论"的一个分支，并且澄清了应用"体裁风格"原理辨别"体裁风格"中容易犯错误的说法。作品风格：风格批评的基本单元是作品，比作品小的"单元"也能成为其批评的对象，但是应当把"摘句批评"中的"句"与"联"当作独立的作品来看待。

第三，作家风格：作家风格的形成要素由以下三个方面来论述——"气质决定论"、"先天要因优势论"、"后天要论优势论"，一般来说，一个作家风格经历着早期的"阳刚"到后期的"阴柔"的变化，而且随着年龄的增长处世观有着"兼济天下"至"独善其身"的变化，其思想也伴随着从儒家到道家、"佛家"变化。

第四，流派风格：以作品为中心流派，一般采用"体"标记；而以作家为中心的流派，是用"派"形式做标记。中国文学中的"文体"这一用语有"风格"（Style）也有"文章体裁"（Genre）意思，因此"体"和"派"之间有共性。地域风格：整理了北方（"男性之美感"）与南方（"女性之美感"）的不同风格。时代风格：论述了政治因素和学术因素与文学"风格"形成之间关系。[2]

本书出版后在韩国中国古典文学研究界引起了反响，忠北大学中文系裴得烈助教授在《中国文学》第37辑上发表了《中国古典文学风格论》的书评。

---

[1] 参见［韩］彭铁浩《中国古典文学风格论》，首尔MANNBOOK出版社2001年版，序言5页。
[2] 同上书，第22—24页。

2002 年

《中国神话的理解》

全寅初等著，首尔：ACANET，2002 年 2 月，共 286 页

作者简介：全寅初（Jun In-Cho，1944— ），男，延世大学国文系毕业，台湾大学中文系硕士，台湾师范大学博士，曾任加拿大多伦多大学东亚学系（韩国学）聘用教授、美国加州大学伯克利分校东亚学系（韩国学）聘用教授，现为延世大学名誉教授、韩国东方比较文学研究会会长，主要从事中国古代文学与中韩比较文学研究。著述有《中国小说研究论集》、《中国近代小说史》、《唐代小说研究》、《（韩国所藏）中国汉籍总目》（1—6）（主编）等。译书有《中国文言小说选》（选注）、《经典常谈》、《郁达夫与王英霞的爱情故事》（译注）等。主要论文有《今后如何研究中国小说——以唐代小说研究为主》、《唐代小说研究理论模式浅探》、《作为小说源流的中国神话》、《秦汉时期的"神仙思想"与中国小说的形成》等。

内容简介：本书是全寅初、郑在书（梨花女子大学中文系教授）、金善子（延世大学中文系讲师）、李仁泽（蔚山大学中国语·中国学系教授）的合著，本书是韩国中国神话研究的"入门书"，其目录如下：第一章，中国神话的理解（全寅初）；第二章，中国的创世神话（李仁泽）；第三章，中国的英雄神话（金善子）；第四章，中国神话与中国文化（全寅初）；第五章，中国神话与中国民俗（金善子）；第六章，中国神话与韩国神话（李仁泽）；第七章，中国神话与世界神话（郑在书）；第八章，中国神话的意义与其价值（郑在书）。

其中，"中国神话与中国文学"一章尤为值得介绍：中国神话与古代小说、诗歌、戏曲及现代文学有着密切的关系。首先，神话与小说在创作方面有着共同的"背景"——小说的文本来都是有意思的"故事"，而神话则是充满神秘、幻想色彩的故事，因而足以成为小说创作的"材料"，作者由此认为中国小说的"源头"是中国神话。为方便起见，中国神话与中国小说关系分成以下几类进行阐释：一，创世神话。汉代《淮南子》的《天文训》一文中关于"创造天地"的故事与吴国时期《五连历年记》中的"盘古神话"属于"创造神话"的典故："天地开辟，阳清为天，阴浊为地"；二，创造万物神话。一般来说，创造了天地之后，接着就是创造"万物"，如：《淮南子》中的《天文训》"四时之散精为万物，绩阳之热气生火，火气之精这为日，绩阴之寒气为水，水气之精者为月，日月之淫为精者为星辰"，《五连历年记》："垂死化身，气成风云，声为雷霆，左眼为目，右眼为月，四肢五体为四极五岳，血液为江河……"三，英雄神话。《史记》中的《五帝本纪》一文有记载："诸侯相侵伐，暴虐百姓，而神农氏弗能征。于是轩辕乃习用干戈，以征不亭，诸侯咸来宾从……轩辕乃修德振兵，治五气……三战，然后得其志。"从上文中不难发现，中国古代神话中有趣的"故事"影响了小说的创作，不仅如此，这种小说随着时代的发展，也出现了转说、寓言、志怪、传奇、话本等小说。①

其次，中国诗歌与神话。在古代屈原的《离骚》中可以发现许多具有神话色彩的民间"宗教巫歌"（如：《九歌》）。到了汉代，《上林赋》、《子虚赋》、《甘泉赋》等　"赋"中往往出现"神话故事"中所讲的人名、地名、动物名等，尤其是《东京赋》有一部分是利用"神话"色彩描写了追逐"疫鬼"的场面。汉代末期，《古诗十九首》和《迢迢牵牛星》都是取材于民间故事——牛郎神话。曹植的《灵芝片》是以"董永"的传说为基础写成的，晋

---

① 参见［韩］全寅初等著《中国神话的理解》，首尔ACANET2002年版，第109—119页。

代的《咏怀》中也能看到 "夏后乘灵舆，夸父为邓林"，《游仙诗》中有 "灵妃顾我笑，灿然启玉齿"等句子，表现出神话般的幻想色彩。陶渊明的《读山海经诗》一文中第二首至第八首所讲到的是"神仙不死"的内容。到了唐代，李白、李贺、李商隐等人的诗歌也往往从"仙话"中取材，这与当时重视道教和"老庄"思想不无关系，李贺的《古书短》中也提到 "天东有若木，下置衔烛龙。吾将军斩龙足，嚼龙肉，使之朝不得回，夜不得伏。自然老者不死，少者不哭"，其"烛龙"是神话里的"蜡烛点亮黑暗"之神，晚唐诗人李商隐的《锦瑟》、《无题》、《月夕》等诗中也有神话因素。①

第三，中国戏曲与神话。宋代的戏曲《关云长大破蚩尤》，元代的《二郎神锁齐天大圣》、《灌口李郎斩健蛟》、《二郎神射锁魔镜》等都是取材于"神话"。而从明清时期的《药王救苦忠孝宝卷》、《土地宝卷》等"宝卷"中作者推断《药王救苦忠孝宝卷》的"孙思"故事是从《酉阳杂俎》故事演变而来，《土地宝卷》的"土地神"与《西游记》有一定的关系，这些可以说是一种神话式的变式。②

第四，中国现代文学与神话。郭沫若的《女神之再生》、《凤凰涅槃》和鲁迅的《故事新篇》中也能看到"神话"故事的身影。《女神之再生》以"女娲炼石补天的古老神话"为题材写成的，而《凤凰涅槃》借用了这种神秘的"鸟类"，《故事新篇》的《补天》、《奔月》、《理水》等文都或多或少涉及神话典故。③

如上所述，可以说中国神话体现了中国历史和文化，在很大程度上影响着中国小说、诗歌、戏曲等的创作。神话与文学都存有"想象"的成分，且文学作品创作过程中往往会借用神话典故或采用一种神秘、幻想的神话般的表现手

---

① 参见[韩] 全寅初等著《中国神话的理解》，首尔ACANET2002年版，第119—131页。
② 同上书，第131—133页。
③ 同上书，第133—138页。

法等。通过文学作品可以总览从古到今神话与文学之间的关系。

《中国现代小说的展开》

朴宰范著，首尔：BOGOSA，2002 年 10 月，共 310 页

作者简介： 朴宰范（Park Jae-Beom，1962— ），男，成均馆大学中文系毕业，高丽大学中文系博士，现为韩中大学"观光外国情报学系"教授，主要从事中国现代文学研究。著述有《中国现代文学的展开》等，译书有《中国当代文学史》（合译）、《墨子》等，主要论文有《鲁迅小说中的知识分子形象》、《20 世纪 30 年代中国长篇小说的类型及其发展状况》、《关于中国"抒情小说"的考察》等。

内容简介： 本书是作者在学术期刊上发表的 12 篇论文的合集。作者认为本书的特点在于：第一，入选论文分析的作品均是从 1920 年到 1940 年间的中国现代文中具有代表性的作品；第二，重视分析作品中的"内在原理"和其独特性，同时分析作品与当时的时代背景以及社会状况之间的内在联系。

本书的目录如下：鲁迅的小说世界；《倪焕之》与《沉沦》的对比考察；郭沫若、郁达夫的"身边小说"与日本的私小说；中国现代"抒情小说"考；叶绍钧的《倪焕之》——作为"成长小说"的可能性；茅盾的《子夜》小考；沈从文《边城》；老舍的《骆驼祥子》研究；巴金的《家》；赵树理的小说叙事构造中的几个问题；丁玲的《太阳照在桑乾河上》研究；钱锺书的《围城》——作为"世态小说"的真实与战略。

本书是专门为中国现代文学专业学生而写的一本辅导用书（编选了中国现代作家中的重要作家的重要著作），由于是辅导用书，书中的某些问题早已从多方位进行了研究，故在此不在赘述。而本书较为"新颖"的部分在于以"第三者"视角（韩国学者）进行研究的中日比较文学课题——"郭沫若、郁达夫的"身边小说"与日本的"私小说"。

日本的私小说（日本的私小说是大正时期（1912—1925）在接受西方的自

然主义文艺思潮的过程中产生发展的一种小说形式）与中国的"身边小说"（五四时期的一种重要小说类型）有可比性，所谓的"身边小说"是作家所体验过的或看到、听到的一些事情，通过像告白、自述式等风格来抒发内心感受——"大胆地自我暴露和自我表现的先锋姿态"。郭沫若、郁达夫等人于1920 年前后去日本留学，在这期间他们接受了当时在日本文坛流行的私小说，尤其在 30 年代，郭沫若、郁达夫等作家以及创造社的部分作家的作品往往倾向于"身边小说"这种小说形式，由此可见"身边小说"是受了私小说的影响才产生的。

以郭沫若为例，他在《暗无天日的世界》一文中提到他留日期间读了大量的日本文学作品，并肯定了日本私小说的"艺术成就"，尤其是 1934年曾在日本私小说选集《日本短篇小说集》的序言中指出："日本的短篇小说（私小说——引用者注）已经超越了欧美文坛"，从这些留日经验及其发表过的文章中可以看出郭沫若对私小说这一小说形式的艺术魅力及其价值的肯定。

以郁达夫为例，郁达夫是中国现代文学作家之中最积极地接受私小说的作家之一，他在自述中提到从 1919 年年末他开始大量读阅日本小说，尤其是佐藤春夫、志贺直哉、谷崎润一郎、芥川龙之介等人的作品。1920 年他还通过当时同样在日本留学的田汉的介绍认识了日本私小说作家佐藤春夫。郁达夫在《上海通信》一文中提到："（郁达夫——引用者注）崇拜佐藤春夫进而翻译了佐藤春夫的几部小说"，由此可知，郭沫若、郁达夫在留日时广泛地接触了日本私小说，并在此基础上吸收和转化，最终在他们的笔下产生了"身边小说"这一小说形式的作品。

郭沫若的《漂流三部曲》（《歧路》、《炼狱》、《十字架》）是"身边小说"的代表作之一，"三部曲"的主人公爱牟实际上是作家的"化身"，郭沫若通过自身经历和生活体验直抒内心感受——理想世界与冷酷无情的现实之间的落差造成的内心苦闷，郭沫若的这种充满感情的描写与日本作家志贺直哉较为相似。而郁达夫在《五六年创作生活的回顾》一文中说道："文学作品都是作家的自述传"，这种"自我告白"的形式无疑是受了日本私小说的影响，而小说《沉沦》、《南迁》、《离散之前》里都有所体现，其中《沉沦》是作家 1913 年至 1922 年将近十年在日本留学生活的"写照"——自我暴露的内容，大胆而赤裸裸的描写，这种写作风格无疑是受了佐藤春夫的影响。

《东亚女性的起源——关于〈列女传〉的"女性学"探求》

梨花中国女性文学研究会 编，首尔：梨花女子大学出版部，2002 年 12 月，共 367 页

作者简介：郑在书（Jung Jae-Seo, 1952— ），男，在首尔大学获得硕士、博士学位，曾任哈佛大学燕京学社、国际日本文化研究中心客座教授，现为梨花女子大学中文系教授，主要从事中国小说与神话研究。著作有《"不死"的神话与思想》、《反俄狄浦斯的神话学》、《道教与文学以及想象力》、《山海经的文化寻踪》（合著）等，译书有《山海经译注》、《边城》等，主要论文有《找回失去的神话——中国神话中的韩国神话》、《中国神话的历史与构造——以盘古神话为中心》等。本书是由郑在书带头，梨花女子大学中国女性研究所编的，朴英姬（东国大学中文系讲师）、宋贞和（高丽大学中文系讲师）、金英美（梨花女子大学"符号学研究所"专任研究员）、金钟美（梨花女子大学"亚洲女性学中心"研究员）、金芝鲜（高丽大学中文系讲师）、赵淑子（首尔大学中文系讲师）、宋真荣（水源大学中文系教授）共八位人员参与了本书的编著工作。

内容简介：本书是梨花女子大学女性研究会的"中韩女性文学"研究方面的成果之一，以《列女传》为主要文本分析了其中的"女性形象"及其形象意义，给东亚女性以启示，并丰富了女性题材的中韩文学的研究视野。《列女传》是以儒家的观点为基点介绍中国古代"妇女行为"的书籍，共有七卷

（母仪传、贤明传、仁智传、贞顺传、节义传、辩通传和孽嬖传），记述了 105 个女性故事，这也是中国最初的女性"传奇集"和"教科书"，可以称之为中国的"妇女史"，我们通过《列女传》也可以透视不同历史阶段的中国"女性观"的变化。

本书的目的在于分析《列女传》各篇中的主要女性类型并研究传统东亚女性的典范及真面目，与此同时考察了《列女传》中传统女性的意象及意识形态与现代中韩女性观念的关联。"《列女传》的构造与其意义"一章中论述了中国文献中《列女传》描述的内容不是客观的史实，相对而言是为了突出中心人物（男性），作为配角而描写的。而且从男性的观点出发描写了"模范"的女性形象，从一定程度上来说这也是对女性的一种压迫。① 从《后汉书》中的《列女传》到《清史稿》中的《列女传》中不难看出 "列女传"系列作品（以女性题材写作）的特点。如：从"杞梁的妻子"故事中，我们可以了解到女性的"死亡"对当时社会的意义，就因为是女性在"旧传统"的约束下为了守节而不得不选择了自杀。再如：《母仪传》中描写的一个"朗姆"的模范，必须通过儿子实现自我价值，被刻画为为了儿子的成功牺牲自己的母亲形象。并且这种观念一直延续至今。而这个故事也在某种意义上体现出了"男性主义"思想。

受当时封建思想的影响，在东亚社会的观念之中，"窈窕淑女"就是要符合所谓儒家"礼"的女性。因此越有身份（贵族）越讲究"礼"，反倒是普通百姓在思想、道德、行礼（为）等方面开放得多。不仅如此，女性常常被描写成"狐狸"、"妖怪"、"鬼"等的形象，这也是一种"否定"的意象，甚至在《孽嬖传》中讲由于封建社会里多处设置陷阱不让女性参政，女性便成了败坏国家和家庭的"恶女"形象。此外《辩通传》中的"缇萦"传说讲的是一个"孝女"的典范，这也是从儒家观念出发以"家长制"为标准来衡量女

---

① 参见梨花中国女性文学研究会编《东亚女性的起源——关于〈列女传〉的"女性学"探求》，首尔梨花女子大学出版部2002年版。

性的，此现象在后来的"李奇"、"木兰"故事和韩国的"沈清传"中都能看得到。①

本书通过对《列女传》的分析解析了东亚女性的"类型"，指出《列女传》中所讲的故事大部分都体现了儒家对女性的看法。虽然这在现在社会看来是不公平的，但是《列女传》这一作品提供了研究东亚"女性学"的视角和线索，它不仅是中国的"女性学"，也确实可以成为研究东亚"女性学"的宝贵资源。②

2003 年

《美国的中国文学研究》

柳昌娇著，首尔：玄岩社，2003 年 2 月，共 469 页

作者简介：柳昌娇（Ryu Chang-Kyo），女，淑明女子大学中文系学士，先后在首尔大学中文系获得硕士、博士学位，曾在美国华盛顿大学做过研究员，现为淑明女子大学"第二外国语文学部"聘用教授，主要从事中国古典文学研究。著作有《王国维评传》、《王国维的屈原歌颂论》、《中国诗与诗人——唐代篇》（合著），译书有《人间词话》（译著）等，主要论文有《美国的中国文学研究动向》、《美国的女性文学研究资料——宋代至清代的女性文学》、《美国的中国文学批评研究》等。

内容简介：作者从 1999 年夏季至 2001 年春季将近两年的时间在美国威斯

---

① 参见梨花中国女性文学研究会编《东亚女性的起源——关于〈列女传〉的"女性学"探求》，首尔梨花女子大学出版部2002年版。

② 同上。

康星大学"东亚语文系"研究所做研究员。作者参加了与东亚文学有关的各种学术会议，并利用美国的学术资源（参考了 540 多种专著、120 多篇学位论文、50 多篇重要论文）研究了美国中国文学研究的概况。通过丰富确凿的史料考察了美国研究中国文学的动向，这无疑是给研究中国文学的学者提供了比较系统而详尽的资料。

作者总结并概括了美国的中国文学研究的特点：

第一，极为发达的工具书、研究资料及介绍书籍。概括而言，工具书、文献、研究资料整理，各方面的综述与其介绍较为详细，这些"第一手"资料可以促进研究效果，这对于研究中国文学的学者来说具有重大的意义。如："中国学"方面代表性的工具书有《哈弗燕京研究所中国学索引系列》共 62 卷（《Harvard-Yenching Institute Sinological Index Series》）、《中国研究资料中心研究资料丛书》（《Chinese Materials and Research Aids Service Center Research Aids Series》）、《中国文献：关于中国的过去与现在参考书目调查指南》（《China Bibliogrphy：A Research Guide to Reference Works about China a Past and Present》）；中国文学方面有《印地安那中国传统文学手册》共 2 卷（The Indiana Companion to Traditional Chinese Literature）等。

第二，较为齐全的翻译文学著作和优秀的专业翻译家。[①] 美国中国文学的著名翻译家有华滋生（Burton Watson）、韦利（Arthur Waley）、理雅各（James Legge）等。华滋生从 1950 年开始翻译"东洋古典"系列，如：《史记》、《汉书》、《韩非子》等；韦利从 20 世纪前半期翻译了《诗经》、《论语》、《道德经》等；理雅各的主要译著有《中国的古典》（《The Chinese Classics》）一书，包含了《论语、大学、中庸》第 1 卷、《孟子》

---

① 各个专项有著名专业翻译家翻译了中国文学：（J. I. Crump）翻译的《战国策》等、（Richard B.Mather）翻译的《世说新语》等、（Anthony C.Yu）翻译的《西游记》等、（David Hawkes）翻译的《红楼梦》等、（Cyril Birch）翻译的《牡丹亭》等。

第 2 卷、《诗经》第 3 卷、《书经》第 4 卷、《春秋左传》第 5 卷，尤其是《诗经》一卷被称为"经书"翻译的标本。

第三，美国的中国文学研究在西方的学术研究方法框架下研究中国文学，同时也反映出西方的语言学、哲学、心理学、文学理论等方面的研究成果。如刘若愚（James Liu）的《中国文学理论》中用的文学理论"分析法"来自埃布拉姆斯（M. H. Abrams）。此外其他的中国文学研究中受了韦勒克和沃伦的《文学理论》及新批评、后现代主义、现象学等研究方法的影响。①

第四，现代西方的中国文学研究，多从比较文学与比较文化的视角进行研究。如：以亚里士多德诗学为根据，比较研究中国诗学和中西戏剧；以"原型批评"（Archetypal Criticism）为理论基础，浦安迪（Andrew H. Plaks）阐述了中国文化与文学现象的意蕴等。美国中国文学研究是在中西方文化、文学比较的基础上产生"疑问"而开始着手研究的。

第五，关注并积极投身于中国女性文学的研究。20 世纪 30 年代已经出现了研究中国女性作家的著作，而且与中国文学有关的著作上也涉及"中国女性作家"，中国女性文学研究已经在文学研究这一领域有了一席之地。而且在美国出现了研究中国唐代女性作家薛涛、鱼玄机及清代贺双卿等（长期不被人关注）的著作，并以此为基础，从女性主义视角来审视分析中国小说等。可见，中国女性文学研究是美国中国文学研究中的重要部分。②

本书目录如下：第一，美国的中国文学研究及其历史与特点（美国的中国文学研究史，美国的中国文学研究的特点）。第二，文学研究（中国文学翻译与研究情况）。第三，诗歌（总论美国的中国诗歌研究，中国诗歌翻译与研究情况，诗经，楚辞，汉代乐府与汉赋，魏晋南北朝的诗歌，唐诗，宋诗，唐·五代词，元代散曲，明代诗歌，清代诗与词）。第四，小说（总论美国的

---

① 参见[韩]柳昌娇著《美国的中国文学研究》，玄岩社2003年版，第45页。
② 同上书，第47—48页。

中国小说研究，中国小说翻译与情况，神话传说民谈，魏晋南北朝志怪小说，唐代传奇小说，唐代敦煌变文，宋明清话本小说，明清长篇小说，晚清小说）。第五，戏曲（总论美国的中国戏曲研究，中国戏曲翻译与研究情况）。第六，散文（总论美国的中国散文研究，中国散文翻译与研究情况，先秦散文，汉代散文，魏晋南北朝散文，唐宋散文，明清散文）。第七，文学批评（总论美国的中国文学批评研究，文学批评综述，先秦与汉代文学批评，魏晋南北朝的文学批评，唐、宋、金、元代的文学批评，明清的文学批评）。附录：美国中国女性文学研究资料；在美国培养中国学者；与中国学有关的美国的主要学会和学术期刊。

《中国古典小说批评资料丛考——国内资料》

闵宽东、金明信著，首尔：学古房，2003 年 4 月，共 383 页

作者简介： 金明信（Kim Myung-Shin），毕业于汉阳大学中文系，高丽大学中文系获得博士学位，现为高丽大学、汉阳大学等大学的讲师，主要从事中国古典文学和武侠小说研究。主要著作有《所谓的武侠小说》等，合译书有《中国古典小说总目提要》（共三卷）等，论文有《清代侠义爱情小说的研究》、《乐善齐本〈红楼梦〉的翻译样相》、《侠义爱情小说的渊源与范畴》等。

内容简介： 这是一部比较文学著作，以"传播研究"的方法来研究"中国古典文学在韩国"这一课题，具体研究了在韩国文献中记载的关于中国文学传入、批评、鉴赏等历史资料。作者在韩国古代文献资料中找出了与中国古典小说作品"书名"有关的资料，并进行了统计、整理、部分翻译等一系列工作，为韩国文学、中国文学以及比较文学学者提供了"考证资料"。主要内容如下：第一部，收录韩国文献中提及的中国文学作品——从明代之前的小说至宋代的《南村辍耕录》，第二部，收录关于中国明代小说批评与鉴赏的部分，第三部，收录清代文言小说《聊斋志异》以及白话小说有关信息，第四部，关于其他中国古典小说[①]的"总说"。作者根据确凿的史料总结了中国古代小说在韩国的种种，中国古典小说在韩国传入的途径有五种，其中韩国使臣带过来的较多[②]。由于对中国小说的需求和种种其他原因，当时就出现了"笔写本"与"贳册"[③]（韩译小说）小说版本。此外当时中国小说在韩国有一定的读者群——"王室"、"士大夫或文人"、"女性界"、"平民"，主流读者为平民百姓、妇女。然而中国的"通俗小说"传入之后，引起了士大夫对小说的极度反感，他们以"通俗小说"是"非正统、非论理、非史实"等理由予以排斥[④]。为了防止败坏社会风气对中国小说实施了"禁书令"[⑤]，甚至烧毁小说，但是实际上人们并没有遵守"禁书令"。由此不难看出中国古典小说在当时的韩国还是比较流行的，而中国古典小说对韩国小说的影响也是不可低估的。

《韩中日近代文学史的反省与摸索》

李钟振等著，首尔：PRUN 思想社，2003 年 1 月，共 418 页

作者简介：李钟振（参见：2001 年译者介绍）

内容简介：本书从比较文学视角研究了韩中日"近代文学"，由韩国、中国、日本文学的专家分别撰写而编成。由于东亚三国对"近代文学"的概念稍有不同，因此本书研究范围较为宽泛，把 1860 年至 1945 年这段时间划为"近代文学"。而按中国文学界的划分来看，这段时间已经包括近现代文学了（中国学界普遍公认的"近代文学"指的是 1849 年鸦片战争至 1919 年五四运

---

① 在一些文献之中虽然我没有提到其文学作品的题目，但作者收录了内容上直接或间接与中国古典小说有关的文章，并进行了翻译。

②《高丽史》世家第10宣宗8年（1091年）曰：（辛未年）丙午，李资义等，还自宋奏云：帝闻我国书籍多好本，命馆伴书所求，书目录，授之，乃曰：虽有卷第不足者，亦须传写附来，白二十八篇。

③ 所谓的"贳册"指的是租借书籍来谋利的一种"专业"买卖，从事这行业人称为"贳册家"。

④《士小节》：演义小说，作秽诲淫，不可节目，切禁子弟，勿使看之。或有对人媚媚诵说，权人读之者。惜乎。人之无识，胡至于此。

⑤《大同纪年》：丙午十年春正正月，大司宪金履素奏言，今来燕购册子，多不经书籍左道之识盛，邪说之流行，职由于此，请严禁从之。

动前夕的文学）。但是对时间段的不同划分不会妨碍对韩中日的近代文学发展历程、各国叙事文学史的特点及其追求的"共同规律"的理解。东亚三国的近代文学都具有"近代性"精神的文学内容和文学形式。三国的近代文学都以"自由主义"和"个人主义"思想为基础，以"自由形式"描述了当时社会错综复杂的状况。而本书有意识地尝试从思想传播的角度着手论述东亚三国的文艺思潮的情况，具有开拓意义。

首先，东亚三国当中，日本是最早实行对外门户开放的，积极地接受了西方近代文化和思想（"明治维新"），这种"激进式"的改革使日本飞速发展并在东亚崭露头角。中国的"戊戌变法"、后来的"五四运动"以及韩国的"甲午改革"也是一种"自强运动"。值得注意的是三国在接受西方的这种"平等"、"科学"、"民主"等思想时都是通过教育机构、报刊新闻、印刷出版物等 "媒介"向全国传播。通过报刊杂志、印刷出版物等途径推广含有"平等"、"民主"、"科学"思想的文学作品，这是东亚三国在接受西方近代思想上的重要特点之一。

在文艺思潮方面，东亚三国在接受西方文艺思潮的过程中，或多或少都出现了较为"混乱"的状况。在西方，文艺思潮是经历了一段漫长的孕育过程而出现的，因此它是逐步地有顺序地向前发展着的。具体说来，在西方，浪漫主义是在对古典主义的批判中出现的，写实主义和自然主义是在反对浪漫主义中提出来的。① 但是作为接受者的东方，要在短短的二三十年里一次性吸收并消化西方几十年中沉淀下来的文艺思潮的精髓，"混乱"的状况也就成了必然。以韩国为例，《创造》（1919 年创刊的综合文艺杂志）的写实主义、自然主义的文学运动是为了反对"启蒙主义"追求"纯文学"的目的。再如，《白潮》（1992 年创刊的"纯文学"杂志）掀起的"浪漫主义运动"是带有浓厚的"感伤"色彩的。② 以中国为例，用"拿来主义"吸收西方的文艺思潮。西

---

① 参见[韩]李钟振等著《韩中日近代文学史的反省与摸索》，首尔PRUN思想社2003年版。
② 同上。

方近现代的文坛流行"现代主义"思潮，中国部分地吸收了其成果并形成了一定规模的文学团体，但当时中国文坛的"文学启蒙主义"思潮逐渐褪去取而代之的是"现实主义"。以日本为例，明治维新之后，文坛上出现了写实主义先行于浪漫主义、自然主义的情况，甚至有时出现古典主义与写实主义相结合的情况。① 这些都是东亚三国在接受西方文艺思潮的过程表现出来的共同特征。此外，本书的末尾附载了"韩中日近代文学年表"，此表整理了东亚关于文学的重要历史事件、大记事等，包括近代文学作品的出版、创刊或停刊、设立出版社（印刷所）和学校等的时间以及作家生平，可谓是"近代文学的历史图"，通过此表可以比较东亚三国与"近代文学"有关的具体事件。

《中国文学史料学——中国古典文学史料》

任元彬 编著，首尔：JAON，2003 年 1 月，共 212 页

作者简介：任元彬（Lim Won-Bin），男，先后在韩国外国语大学中国语系获得学士、硕士学位，复旦大学中文系博士，现为崇实大学、淑明女子大学中文系的讲师，主要从事中国古代文学研究。著述有《中国文学史料学——中国古典文学史料》（编著）等，主要论文有《唐末诗歌与科举文化》、《古代韩中诗僧的诗歌比较研究——以高丽与唐代诗僧的诗歌为中心》、《中国历史——史料学》等。

内容简介：本书是作者在复旦大学求学时，在陈尚君教授的"中国文学史料学"课上受到启发后而编著的。本书不是研究著作，而是一部介绍"中国书籍"之作——中国古典文学史料。史料学就像高科技一样可以给学者提供便利。如果一个学科的"史料"条理清晰，"井然有序"，不仅可以为研究者节约时间和精力，而且从中也可方便我们清楚本学科的研究方向及研究对象②。实际上所谓的"目录学"、"文献学"、"版本学"等是互相都交叉联

---

① 参见[韩]李钟振等著《韩中日近代文学史的反省与摸索》，首尔PRUN思想社2003年版。

② 参见[韩]任元彬编著《中国文学史料学——中国古典文学史料》，首尔JAON2003年版。

系的学科。通过本书我们可以清楚地了解到在中国古典文学的"大海"中找资料的方法、分类的规律，以及对于一个研究者而言，利用"工具书"时所必须知道的常识。如：古典文学史料的分类有经、史、子、集类，体裁类，朝代别类；"形态"方面有别集、总集、丛书、工具书、其他文学史料；"考察"方面有版本、注释、校勘；"检索"方面有索引、目录。

简单而言，所谓的"史料学"就是研究"史料"的学问，从古到今，我们要利用前辈学者的研究成果，要整理它也要保存它。这样才能给后代研究"史料"的学者提供方便。但是相对而言，这门学问还不是很成熟，因此需要说明以下几个概念：一，史料：所谓的史料就是以"历史遗物"传至今日的所有资料，有文字史料、事物史料（坟墓、建筑等）、口述史料。二，史料学：史料学是探讨史料研究和史料利用的理论方法（潘树广语），以及研究史料的起源、价值和利用方法的学科（安坐璋语）。三，文学史料学：文学史料学是探讨文学史料的研究和理论与方法的学科（潘树广语）。总体来说，史料学重要的意义是通过"史料"研究理解史料文献，保存"文化遗产"为后代提供研究资料。①

中国与文学有关的"文学史料学"方面的书籍有潘树广的《古典文学文献及其检索》（陕西人民出版社 1984 年版）和《中国文学史料学》（黄山书社 1992 年版），徐有福的《中国古典文学史料学》（南京大学出版社 1992 年版），陶敏、李一飞的《隋唐五代文学史料学》（中华书局2001 年版）等。②但是在韩国，除了历史、哲学等之外，与中国文学有关的"史料学"方面的研究著作寥寥无几。因此作为韩国国内率先研究中国文学"史料"方面的著作，虽然本书是"介绍性"的，全书几乎没有提出新的见解及新的研究视角，但其开拓意义却是不可小觑的。

---

① 参见[韩]任元彬编著《中国文学史料学——中国古典文学史料》，首尔JAON2003年版，第12—14页。

② 同上。

《韩国视野下的中国文学史》

朴钟淑著，首尔：JIMUNSA，2003 年 12 月，共 263 页

作者简介：朴钟淑（Park Jong-Sook，1954— ），女，韩国外国语大学中国语系学士、美国匹兹堡大学东亚研究硕士，韩国外国语大学中国语系博士，曾任高丽大学民族文化研究所"中韩辞典编撰"研究员（1983—1984）、中国社会科学院访问学者（2001—2002），现为湖西大学中国语系教授，主要从事中国现当代文学研究。著作有《百济、百济人、百济文化》、《中国现实主义文学论》（合著）、《中国现代文学的世界》（合著）等，主要论文有《冰心与她的诗》、《琼瑶小说的大众性》、《铁凝的散文美学》、《"现代主义"与抒情的"朦胧诗"》等。

内容简介：到目前为止，出版的中国文学史大部分是只讲"中国文学"，而本书则是从韩国学者角度出发，言简意赅地讲述了中国文学史，同时对有关的中韩文学也有所涉及，严格意义上来说，这是一部"宏观的中韩比较文学史"——以中国文学为主，辅以相关的韩国文学、历史、文化等内容。虽然作者谈论"中国文学史"中的重要作品时有意识地与韩国文学的相关部分进行关联。但总体来说，韩国文学的部分只是起到了背景知识的作用。此外本书具有大学本科基本教材性质，在内容上倾向于对大的文学史脉络进行介绍，因而具有很强的介绍性，研究性则稍显不足。本书的目录如下：第一，韩国人的中国文学理解，第二，经典文学（"四书三经"），第三，神话、传说与历史、哲学散文（"三皇五帝"、《春秋》、《史记》、《老子》、《庄子》等），第四，辞与赋（《楚辞》、南北朝时期的"赋"等），第五，诗、小说及文学评论（曹植的《吁嗟篇》、阮籍的《咏怀诗》、陶渊明的《归园田居》，"唐诗"，南北朝的"志怪小说"，《文心雕龙》、《文选》等），第六，民间文学（民谣、变文、说经、鼓子词、说话、弹词、宝卷，歌舞戏、杂剧、传奇、花部戏等）。

其中，作者有意识地论述的中韩文学方面的内容有：一，论"四书三经"。所谓的"四书"指的是《大学》、《中庸》、《论语》、《孟子》，"三经"是《易经》、《书经》、《诗经》。这些中国的"古经"对韩国有很大的影响，是高丽光宗时期至朝鲜时期科举考试科目之一，具体来说，科举有"小科"一项，而"小科"可分为"生员"与"进士"，如果要考"生员"必须学习"四书五经"（有时考"五经"，"三经"加上《礼记》、《春秋》），而考"进士"必须学习诗、赋、颂、策等文学体裁。[①]当时考科举是文人们一朝成名的唯一出路，因此作为科举考试的科目的四书五经必然会受到人们的重视。

其次，今日在韩国所使用的"祝辞"、"吊辞"等来自 "赋"，赋在上古时代的《易》的"系词"中已经使用，《楚辞》问世之后才得以有名。而从汉代至魏晋南北时期，"赋"变成更富有抒情性的文体，尤其陶渊明的《归去来辞》最具代表性。南北朝时期流行一时的"赋"与"骈文"，到了唐代发展成为"四六文"，此后宋代苏轼写的《赤壁赋》再次体现了"赋体"之美，这些"赋"，随着时间的推移，发展成为"六言体"。同时，"赋"也是高丽与朝鲜时期"进士"考试中的一个重要科目，且作者推断这些"赋体"与百济的《砂宅智积碑文》和朝鲜时期的《松江歌词》在"写作风格"上有类似的地方。[②]

本书与现有的"文学史类"教材、研究著作不同，作者试图论述中国文学史并涉及了一些相关的韩国文学、背景历史的知识。然而本书的主题毕竟是"中国文学史"，因此书中涉及的韩国文学或中韩比较文学部分论述得不够，有些问题并没有展开论述（如：《史记》与《三国史记》之关系，《文选》与徐居正的《东文选》的比较，《剪灯神话》与《金鳌神话》的影响关系，清代的"谴责小说"与朴趾源的《虎》、《许生传》的关系）。虽如此，本书却为韩国学者研究"中韩文学史"的相互关系提供了一个全新的角度。

---

① 参见[韩]朴钟淑著《韩国视野下的中国文学史》，首尔JIMUNSA2003年版，第30—31页。
② 同上书，第120页。

2004 年

《近代中国文学的思维》

李琮敏著，首尔：SONGMEONG 出版，2004 年 9 月，共 435 页

作者简介： 李琮敏（Lee Jong-Min, 1968—　），男，先后在首尔大学中国系获得学士、硕士、博士学位，现为 HANBAT 大学中国语系教授，1994—1995 年在北京大学中文系开始高级课程的进修，2001 年在首都师范大学做交换教授，2003 年曾任韩国中国现代文学学会理事，主要从事中国近现代文学与中韩文化交流史研究。著述有《近代中国文学的思维》、《全球性的中国》等，译书有《中国小说叙事学》，合译书有《众神狂欢——世纪之交的中国文化现象》等，主要论文有《中国近代知识界对中西文化的认识与出路》、《启蒙：一个现实主义者的苦恼——以鲁迅的〈狂人日记〉为研究中心》、《梁启超的诗论》等。

内容简介： 本书是在作者 1998 年的博士论文（《近代中国的时代认识与文学思维——以梁启超、王国维、鲁迅、郁达夫为研究中心》）的基础上，补充资料并修改而成的"增补版"。仅从本书的题目上看，"近代中国文学的思维"这一题目中，我们可以想象到著者要论述的主题思想，通过梁启超、王国维、鲁迅、郁达夫四位作家的"作家生活与其文学"来透视近代错综复杂的历史漩涡中"文学的作用"及近代化过程——解释了文学和"社会"、"国家"、"权利"、"启蒙"、"民主"、"科学"等一系列反映"近代性"的关键词之间的关系。著者在宏观上始终贯穿着："对于近代人到底文学起到什么样的作用"，"作家写作过程是否就是以'从绝望中坚强，从封建到民主'

为主导思想", "'近代历史话语'中对文学有什么评价"等问题。从这种"问题意思"来解释近代文学整体"思维",作者认为 19 世纪末 20 世纪初的文学不能简单地套用"启蒙文学"、"国民性改造"等主题,同时也不能简单地以"国民"改造的"主体"(启蒙者)和被启蒙的对象(人民)之间的关系对其进行划分。因为近代文学文本的主题涉及"中国与西方"、"传统与现代"、"历史与价值"、"理性与感性"等一系列的矛盾,而这种矛盾表现在文本上——"形态"(文本)与意义(思想),此外近代文学的这种"复合体"性在现实当中具体体现在自我、个性、家族、性、自由、孤独、革命、民族等社会问题上。[①]

以梁启超为例,过分相信"文学的力量",并以启蒙民众为目的创作了《新中国未来记》等类似于"政论"的小说,对思想启蒙有重大意义——"功利主义文学观",但对文学的"审美"方面没有贡献。而王国维、鲁迅、郁达夫是以"精神和灵魂"的感化为基础而写作的——提倡文学的"无用之用"论,他们认为探求"宇宙和人生问题"的共同规律、表现人应有的"精神"和"灵魂"的主题可以使民众得到感应,通过文学可以使人们认知真正的"真理",也可以为人们混沌的个人世界打开一扇窗户,使他们观察到现实生活中一切黑暗及不平等之事,认识到自己被剥夺的社会主人之地位,从而唤醒人们麻木的意识。虽然近代文学家都有"救国"与"启蒙民众"的思想,但是他们由于对传统、"民族危机"的认识不同等原因其实践方式也有所不同:梁启超、王国维、鲁迅偏重于"中体西用论"、"中西兼通论"、"文化偏向论",而郁达夫思想则靠近"反传统主义"——深入思考"个人"与"自我"问题。

近代文学家梁启超、王国维、鲁迅、郁达夫的"国民改造"在具体写作实践方面有所不同,作者认为应该带着近代文学家的"近代思维"意识去阅读文

---

① 参见[韩] 李琮敏《近代中国文学的思维》,SONGMEONG出版社2004年版,第18页。

本，以此可以还原给自己一个完整的中国近代文学的"面貌"。

《中国小说史》

徐敬浩著，首尔：首尔大学出版部，2004 年 12 月，共 510 页

作者简介：徐敬浩（Seo Kyung-Ho, 1952— ），男，毕业于首尔大学中文系，美国哈佛大学东亚细亚语言文化系博士学位，主要从事中国小说研究，现为首尔大学中文系教授。主要论著有《山海经研究》、《中国文学的"产生"与其变化"轨迹"》等，论文有《"中文学"——小说》、《关于中国文学发展过程的观察——以"文学规范"与"文学经验"为中心》、《关于志怪小说的"可能性"检讨》等，其中，《中国小说史》一书 2004 年 12 月第一次印刷之后，于 2006 年 9 月第二次印刷，并在 2006 年度被大韩民国学术院"基础学问培养"项目选为"优秀学术图书"之一。

内容简介：本书可以称为现代版的"中国小说史略"，切入点非常"新颖"，从鲁迅《中国小说史略》的框架入手更深层次地研究了中国小说史，注重强调中国小说的产生、发展过程以及走至成熟等的发展脉络，并以宏观的视野——"所谓小说意味着什么"这一命题，来明确地把握每一个时期的历史背景。作者从"上古故事"讲到清代小说并未论及近代小说，这是因为 "（近代文学研究）尚未完成，并正在进行研究之中，关注着其研究方向"。因此作者的论述从"上古故事"至清代《红楼梦》、《儒林外史》以确凿的文本分析了小说产生的"源头"、"背景"、"当时的社会制度"以及小说在历史发展过程中的含义等。

其主要内容如下：首先，"故事产生与其变化"这一章中，作者系统地论述了上古故事产生的背景以及"故事演变"发展的过程："故事→甲骨文（文字）→《诗经》、《书经》→ '神话' → '脱神话'"，所谓的"脱神话"主要与士大夫这一新兴阶级有关，他们较为重视现实，不太关注"神话"般的门第出身以及不相信"超世界"的存在，因此他们往往在写作过程中把"神话"

的因素变为"逸话",通过这些"故事"反映自己现实的行为①。这是作者从另一个角度(身份)去看"神话"研究的,这些观点日后加以提升和深化。其次,"故事"记录与其流行发展过程是:"寓言"、历史记录、以"兴趣"(好奇)写故事、带有"文学性"的故事。有"文学性"的故事就与历史性记录不同,它们对于皇帝的政治理念、功绩等并不感兴趣,往往关注皇帝的"私生活"、宫中的绯闻等,是带有事实根据的人们所"好奇"的事件。作者以《西京杂记》、《孔雀东南飞》、《屈原》等作品为例,阐述了其观点。再次,到了魏晋南北朝时期,由于儒家思想相对后退,"个人主义"的想象力向往超越现实,因此创作了"志怪小说"这一小说类型,为此后"小说"铺垫了道路。到了唐宋代除了科举之外,还有借助"温卷"这一形式来写作的,这无疑推动了"小说"发展。此外作者认为唐传奇在文人的"个人创作"上有重大意义,尤其是"爱情传"某种程度上接近现代意义上的"现实主义"。最后,论述"四大奇书"的小说因素,作者提出了"路标"观点,写作时以"路标"(历史事实)为方向,"路标"与"路标"之间由作者引导读者的,但是"路标"越多作者思想越受到制约。从这个意义上来说,在"四大奇书"中《三国演义》有最多的历史因素,相对来说《金瓶梅》给予作者较为自由的思想空间。这说明在经验积累中小说的写作模式不断地发生变化,并且越来越得到读者的认可和重视。

除此之外,作者始终把握"小说兴起到发展过程"这一命题,对"话本"、"小说的长篇化"、"评点"等每个时段兴起的"文学形式"以及历史背景、历史意义等做了精辟的论述。

《东亚视角下的中国文学》

全炯俊著,首尔:首尔大学出版部,2004年6月,共334页

作者简介:全炯俊(Jeon Hyun-Jun, 1956—),男,毕业于首尔大学中文系,先后在首尔大学中文系获得硕士和博士学位,曾任忠北大学中文系教授

---

① 参见[韩]李琮敏《近代中国文学的思维》,SONGMEONG 2004年版,第80页。

（1987—1999），现为首尔大学中文系教授，主要从事中国现代文学研究。著作有《现代中国文学的理解》、《现代中国的现实主义理论》、《以东亚视角看中国文学》等，译书有《活动变人形》、《阿Q正传》等，论文有《文学的贫困》、《痛苦的语言，生存的语言》、《知性与实践》等。

　　内容简介：本书在观察中韩两国文学之间的"同质性"与"异质性"的同时，又站在一个"地平线"上以东亚视角观察中韩两国文学，因此取名为《以东亚视角看中国文学》。①本书是一本论文集，每一篇文章都是独立的（每篇文章都在核心期刊上发表过）②，虽如此全书却始终贯穿着这样一种思想意识，即同时以"宏观比较文学"的视野和相对微观的"东亚比较文学"的视角进行研究。全书分为三部分：第一部分以东亚的视角来考察中国文学并论述了中韩比较文学研究视角的重要性、方法，第二、三部分都以个案形式研究了中国文学的"内部"与"外部"。

　　作者常常自问 "在韩国研究中国文学意味着什么"、"作为韩国学者为什么学外国文学"等问题，并在这种"宏观比较文学"的意识下产生了东亚文学之间具有关联性的思考。本书第一部分的《中国的比较文学研究与东亚视角》、《东亚的近代与 20 世纪中国——与陈思和对谈》，和第三部的《东亚近代的苦恼——与鲁迅假想对谈》，尤为值得注意。此前在韩国中国文学研究界只关注中韩文学的比较，很少有人带着"东亚的眼光"去注意中国的"比较文学研究"，因此这点可以说是《中国的比较文学研究与东亚视角》这篇文章的亮点。而选入《东亚的近代与 20 世纪中国——与陈思和对谈》一文的意义在于作者认为中韩学者之间的交流本身就有"比较文学"的意味，中韩学者之间交换学术意见是可以加深学者间相互了解的一种有益的方法。文章《东亚近代的苦恼——与鲁迅假想对谈》中作者通过"与鲁迅假想对谈"以与"活现"的鲁迅先生"对话"的形式论述了鲁迅眼中东亚的

---

　　① 参见［韩］全炯俊《东亚视角下的中国文学》，首尔大学出版部2004年版，前言。
　　② 同上书，第317—319页。

"近代"，方式可谓非常新颖。

2005 年

《二十世纪中国小说的变革与基督教》

吴淳邦著，首尔：崇实大学出版部，2005 年 2 月，共 346 页

作者简介： 吴淳邦（Oh Soon-Bang，1954— ），男，毕业于韩国外国语大学中国语系，台湾大学中文研究所博士，现为崇实大学中文系教授，主要从事中国小说与中韩翻译文学的研究。曾任韩国中国小说会会长，现任中国语文论译学会会长。著作有《清代长篇讽刺小说研究》、《晚清讽刺小说的讽刺艺术》、《中国古典小说总目提要》（共 5 卷）等，论文有《上海与中国近代小说的变化》、《老舍小说与基督教》、《20 世纪 10 年代畅销书〈玉梨魂〉总论》等。

内容简介： 从本书的题目《二十世纪中国小说的变革与基督教》中不难推测出其论述的内容——讲述清末民初至现代的文学作品中的"变革"部分以及分析文学作品中与基督教有关的内容。作者论述的文学作品中的"变革"与过去"传统"的章回小说不同，是一定意义上的"新小说"。拿作者所举的梁启超的"政治小说"《新中国未来记》、"公案小说"的变形《九命奇冤》、吴妍人的"科幻小说"《新石头记》、鸳鸯蝴蝶派的代表作《玉梨魂》（20 世纪 10 年代的"畅销书"）等小说来说，通过其在叙述方式、主题思想、文学史上的意义可以看出这一时期的"新小说"在有着自身特点的同时，仍带有"传统"小说的影子。而关于文学作品中涉及的基督教的内容，作者参考了两个方面的资料，一是通过自己能在韩国看到的"珍贵"资料的有利条件，阅读了在韩国基督教博物馆（坐落于崇实大学内）所藏的中国小说——傅兰雅传教士的"汉文书籍"（韩国基督教博物馆所藏的博兰雅译、著作有12种63册）和"禁止小说"《新刻痴婆子传》①（此小说在明末时期在日本京都以《痴婆子传》为名出版，而到了清代被列为"禁止小说"并且过去在韩国没有收藏此书的记录），并把其中的内容作为本书的研究材料。二是作者研究了中国现代文学家中公开自己基督徒身份的两位作家——许地山和老舍的作品，《玉官》、《老张的哲学》、《二马》、《文博士》、《黑白李》的作品中都能体现他们的基督教倾向（关于这方面，中国本土已经做了全面而又深入的研究）。

本书最精华的部分："中国小说与基督教"这题目值得介绍。博兰雅从1868年至1896年29年间在上海江南制造局的"翻译馆"工作——担任"专业翻译官"。并在1876年至1892年创刊发行了中国最初的"科学杂志"——《格致汇编》（韩国基督教博物馆馆藏了其中的38册）。他在此杂志上翻译介绍了近两百种西方书籍。②毋庸置疑，他的翻译工作与中国的"近代化"密不可分。除此之外，博兰雅1895年5月在《万国公报》第77册上以《求著时新小说启》为题向社会各界征集"新小说"，目的是为了鼓吹创造"时新小说"可以起到教化"民心"以及改掉封建陋习之作用。由此作者认为梁启超时时关注博兰雅的文章，甚至在《西学书目表·序言》（《时务报》第8册）上高度评价了博兰雅合译的《佐治邹言》一书。③并由此来推断梁启超"新小说"的说法来源于博兰雅的"时新小说"，只是梁对其稍事修改了而已。④

此外作者介绍了韩国基督教博物馆所藏的中国"禁止小说"《新刻痴婆子

---

① 韩国第一次发现此文本的作品，此作品在韩国有关书籍（《韩国所见中国通俗小说书目》、《中国小说绘模本》等）中没有任何藏书的记录。

② 参见[韩]吴淳邦《二十世纪中国小说的变革与基督教》，崇实大学出版部2005年版，第195—196页。

③ 同上书，第197页。

④ 同上。

传》（清代乾坤年间版本）一书，关于此书的有关资料在孙楷第的《中国通俗小说书目》中能找到。作者介绍了此书的不同版本："乾隆刊本"、"日本木活字本"、"写春园本"、"坊刊本"、"韩国基督教博物馆所藏本"，有趣的是，作者还发现了韩国基督教博物馆所藏版本的小错别字。据作者考增书编辑人"芙苔主人"并不是日本人，应该把它改为"芙蓉主人"。同时作者还有了一个新发现——韩国基督教博物馆所藏的版本是"日本木活字"的再版本。根据学界人士的调查，"日本木活字"的再版本目前只在美国的哈佛大学和日本两个地方有，中国大陆和台湾也尚未发现。崇实大学（译者注：韩国基督教博物馆）①是韩国国内唯一一处馆藏此书的地方。

作者关注"禁止小说"时，韩国掀起了一股中国"禁止小说"研究的热潮。1997 年是崇实大学建校 100 周年，作者参加了关于"韩国基督教博物馆所藏的资料"的研究工作，这也是校庆纪念的一个环节。作者在阅览藏书目录及书籍时发现了一些此前未被发现的书籍（韩国），此后作者通过大量的资料来核实作品并做了分析作品版本、内容和历史意义等方面的工作。利用韩国所藏的"中国文学"资料进行研究，不仅有利于发挥韩国学者的优势，而且富有"韩国特色"的文学研究，也扫除了学术史上的一个空白。

《中国当代文学史——中华人民共和国 50 年的文学 1949—2000》

金时俊著，首尔：SOMEONG 出版，2005 年 9 月，共 637 页

作者简介：金时俊（Kim Shi-Jun, 1935— ），男，韩国著名中国文学专家，毕业于首尔大学中文系，台湾大学中国研究所硕士，首尔大学中文系博士。曾任首尔大学中文系教授（1987—1999）、韩国中国语文学会会长、韩国中国现代文学会会长，现为"名誉会长"。著作有《中国现代文学史》、《中国当代文学思潮史》等，译著有《鲁迅小说全集》等，论文有《光复以前的韩

---

① 参见［韩］吴淳邦《二十世纪中国小说的变革与基督教》，崇实大学出版部2005年版，第231页。

国鲁迅文学》、《流亡在中国的韩国知识分子与鲁迅》等。其中《中国当代文学思潮史》一书，以确凿全面的史料研究了中国当代 50 年的文学（1949—2000），此书一直位居"当代文学研究著作类书目"之榜首。

　　内容简介：本书涉及从 1949 年至 2000 年共 50 年的中国当代文学（不含港台文学），它是一本按时间顺序写成的 "编年体"著作。这是因为社会的政治因素、政策、情况等也会对文坛产生影响，从而造成"文艺政策"随之而变，并在文学作品上有具体的反映。再者，为韩国读者理解方便起见，每一章作者概述了各个历史阶段的政策以及代表作产生的背景，并在此后按时间顺序叙述了该历史时期的小说、诗歌、散文、戏剧与电影、文艺理论与批评。中国当代文学的分段时期众说纷纭，作者的划分如下：

　　第一时期 1949 年至 1956 年：社会主义"初创期"文学

　　第二时期 1957 年至 1965 年：社会主义"僵硬期"文学

　　第三时期 1966 年至 1976 年：文化大革命时期文学

　　第四时期 1977 年至 1984 年：新时期"探索期"文学

　　第五时期 1985 年至 2000 年：新时期"典型期"文学①

　　作者是从"政治与文学"关系出发而划分的不同时期，每个时期紧扣着重要政治政策来加以说明。第一时期是 1949 年中华人民共和国成立至 1956 年"大跃进"政策之前（"双百方针"、"反右派斗争"等文艺政策）；第二时期是 1957 年"大跃进"政策之后至 1965 年文化大革命之前（"革命现实主义、革命浪漫主义"等文艺思潮）；第三时期是 1966 年文化大革命爆发至 1976 年文化大革命结束（在"走资派"、"四人帮"、"上山下乡"等历史事件影响下出现"帮派文学"、"地下文学"等）；第四时期是 1977 年新时期以后至 1984 年根除"精神污染"的运动（"伤痕文学"、"反思文学"、"改革文学"等）；第五时期是 1985 年中国作家协会第四次代表大会召开至

---

　　① ［韩］金时俊：《中国当代文学史1949—2000》，首尔SOMYONG出版社2005年版，第16页。

20 世纪末（"寻根文学"、"先锋文学"、"新写实主义"等文学）。每个时期作者都讲述了特殊的文艺政策、重要的"评论"文章以及其有关的"讲话"这些对当时文艺界非常紧要之事件。作者以客观的态度来呈现当时的文学作品，无论是批评还是赞赏都是用文学作品来说话的。

第一时期，1949 年 7 月在北京举行了全国文学艺术工作者代表大会，大会提出："以无产阶级的主体劳动者、农民、兵士等人民的生活为创造主题，通过此内容教育他们是最终的目的"，从此文艺工作者就担负起了教育人民的任务。1949 年 10 月 1 日中华人民共和国成立之后，1951 年起，因为"反党、反社会主义"的罪名，胡适的学术思想、俞平伯的《红楼梦研究》、萧也牧的《我们夫妻之间》、孙瑜的电影《武训传》等优秀作品以及学者遭到了批判。到了 1956 年政府虽然提出了"双百方针"，但却不保证"创作自由"和"思想解放"，王蒙的《组织部新来的青年人》、刘宾雁的《在桥梁工地上》等作品被列为"毒草"，而对作者展开了"反右派的斗争"。

第二时期，中国社会发展以农业为中心转向以重工业为中心，为了提高国民"生产力"在全国收集"劳动民歌"和创作"劳动民谣"——"新民歌运动"，1958 年发表的《对我国新诗发展的道路》中指引了新民歌的方向："以民歌为形式，内容应该是现实主义与浪漫主义对立统一。"这就是在世界上前所未有的独特的文艺思潮——"革命现实主义与革命浪漫主义的结合"，其代表作民歌有《红旗歌谣》等，小说有梁斌的《红旗谱》、艾芜的《百炼成钢》、周而复的《上海的早晨》等，历史剧作品有郭沫若的《蔡文姬》、田汉的《关汉卿》、曹禺、梅阡的《胆剑篇》等，剧本有老舍的《茶馆》和《龙须沟》等。

第三时期，文化大革命时期批判了所谓"反党反革命"的作家及其作品。

第四时期，到了"新时期"，政府在"社会主义基本原则"之下，保障了"思想解放"和"创造自由"的文学创作，从"伤痕文学"开始，出现了"反思文学"和"改革文学"等作品。但在这种作品中出现了违背"社会主义基本纲领"甚至否定其意思之作，因此 1983 年至 1984 年进行了扫除"精神污染"运动，但此运动没有过去那样暴力和强硬，仅这一点就具有很大的历史意义。

第五时期，出现了"寻根文学"，其作品背景往往是"人情"、"风俗"、"自然"、"传统"等，从中找出人性和发扬传统文化、暴露封建主义的毒害等。在创作手法方面比之前也有了较多的变化，出现"先锋文学"（以"黑色幽默"与"荒唐派"小说为主流）。到了 1992 年，政府发表了《南巡讲话》，文艺界也有了变化，开始盛行"商业主义大众文化"，出现了通俗小说热潮——"王朔现象"、"武侠小说"等，20 世纪末对此进行了"人文精神论"的争论等。

作者每个时期列举了大量的小说、诗歌、散文、戏剧与电影等，以此为例一一介绍，并论述了其历史背景并呈现当今的评论。作者按时间顺序来讲述每段历史时期的文学作品，并把每段时期出现的明显的历史事件和其相对应。

《中国现代文学的近代性再认识》

申正浩著，光州：全南大学出版部，2005 年 5 月，共 246 页

作者简介：申正浩（Shin Jeong-Ho, 1964— ），男，毕业于全南大学中文系，台湾成功大学硕士学位，北京大学中文系现代文学专业博士。曾在全南大学韩国湖南文化研究所专任研究员（2002—2004 年），在全南大学的"人文大学院"中文系做专职研究员（2004—2006 年），现任木浦大学中文系教授，主要从事中国现代文学研究。

合著著作有《二十世纪的中国：学术与社会》（文学卷）、《日本与"满洲"亲日文学》、《生活汉字》等；合译书有《中国现代女性作家作品选集》、《发现东亚细亚》、《中国古代文学思想与理论》等多种，主要论文有《韩国现代文学交流的理论基础与其实践》，《鲁迅与现代主义——哲学与文学》，《北朝鲜的中国文学研究 1949—2000》，《台湾文学之韩国认识》等三十余篇。

内容简介：作者先后在台湾成功大学和北京大学读书深造，因此研究方向和角度独特，从此前他发表的论文看，作者关注的是中国现代文学的"整体"，研究课题包括台湾作者的文学作品、中韩比较文学等。《中国现代文学的近代性再认识》一书把作者从 1989 年开始至今所写的论文集成一册。本书一共有四个大部分：总论、现代小说论、现代文学交流论和现代文学学题论。作者着重研究现代文学的"雅文学中的俗化"与"俗文学中的雅化"问题，整本书贯穿谈论中国现代文学的"近代性"，因此全书从头至尾贯穿着鲁迅的"近代思想"，并把中国近代性的代表人物鲁迅先生的画像作为封面（封面出自王伟君的《鲁迅论文·杂文 160 图》）。此书的第三章值得着重介绍。作者发挥了作为韩国学者的优势，写了题为"现代文学交流论"的文章。作者认为研究东亚文学少不了中韩文学的交流研究，并提出了研究方向：第一，中国文学在韩国（在韩国接受中国文学研究）；第二，韩国文学在中国（在中国介绍的韩国文学研究）①；第三，在韩国文学中表现的中国（人）形象研究；第四，在中国文学中表现的韩国（人）形象研究等。申教授认为最近在韩国中国现代文学研究界"在韩国文学中的中国（人）形象研究"这一课题研究进展最快，而第二、第三课题的研究较为薄弱。中国的研究情况也大同小异的，第一和第二课题的研究比较多，第三课题研究较少，而第四课题几乎没有研究，可以说第四课题的研究属于研究中的薄弱环节。

值得一提的是对需要填补空白的课题（第四课题），作者给研究者提供了研究史料。中国现存的资料当中，尤其是从 1840 年至 1945 年之间的中韩两国文人的汉文作品当中相当一部分是"韩国题材"的作品，作者提供的资料有新闻报纸、杂志、出版社（印刷所）、"手写本"或个人所藏本②。如下：

---

① ［韩］崔溶澈：《乐善斋本全译红楼梦》，《红楼梦学刊》1990年第2期；［韩］闵宽东：《中国古典小说在韩国之传播》，学林出版社1998年版；［韩］李腾渊：《试论〈朝鲜〉广寒楼记评点的主要特征与金圣叹西厢记的评点相比较》，中国文学评点研究国际学术会论文（上海：复旦大学，2001年11月19—20日）。

② ［韩］申正浩：《中国现代文学的近代性再认识》，光州全南大学出版部2005年版，第114—115页。

		韩国文人	中国文人
报纸	汉诗	《满鲜日报》（亲日汉诗）	《满鲜日报》（亲日汉诗）
	现代诗歌	《独立新闻》（上海版）	《独立新闻》（上海版）
杂志	汉诗	《天鼓》	《天鼓》
	现代诗歌	《韩国青年》《朝鲜义勇队通信》《革命公论》《独立公论》《韩民》	《朝鲜义勇队通信》
出版社或印刷所	汉诗	《韶护堂集》	《满鲜吟草》（台湾）
	现代诗歌	《山灵》	《朱自清文集》
手写本或个人珍藏	汉诗	《逸园诗稿》（共十册）	《朝鲜通史》（近代小说）
	现代诗歌	尚未发现	尚未发现

　　除了上述提到的资料之外，作者强调了有待研究的作品：中国诗歌方面有张謇、朱铭盘、周家禄等甲午战争时期的从军文人。其中，从中国文人的视角出发的《朝鲜乐府》一集是了解当时朝鲜国情的重要史料之一。[①] 作者还指出除上述作品之外，还可能有尚未发现的描写"韩国"的作品，并发出呼吁：恳请诸位学者共同努力研究以开辟更新的领域。到目前为止，研究在中国文学作品之中描写韩国（人）或以"韩国"为题材的确实不多见，通过这些作品可以了解在特定的历史背景下的韩国（人）形象，以从中再认识中韩关系史，重建完整的中韩现代文学的历史。

《心跳、燃烧、香灰——歌》

郑圣恩 等编，首尔：梨花女子大学出版部，2005 年 8 月，共 233 页

　　作者简介：郑圣恩 （Chung Sheng-Eun，1963— ），女，梨花女子大学中文系毕业，先后获高丽大学中文系硕士、博士学位。现为群山大学中文系副教授，主要从事中国现代文学（现代诗歌）研究。著作有《初级中国语会话教程》、《卞之琳诗选》等，主要论文有《"朦胧诗人"舒婷诗的意象与其抒情性研究》、《中国二十年代象征派诗研究》、《李金发的象征主义诗研究》、

---

① 参见［韩］申正浩《中国现代文学的近代性再认识》，光州全南大学出版部2005年版，第115页。

《中国三十年代现代主义诗研究》等。

内容简介：本书是以爱情为主题的"爱情诗"选集，编著者编选了 1920 年以降的中国现代爱情名诗 60 篇。从 1920 年开始 10 年为一单元，每单元为一章，总共四个章节，最后一章编选了台湾诗歌（七篇），本书为朗读之需要在原文上标了"拼音"，同时为方便读者理解附加了解说。通过本书可以领略中国现代诗歌"发展史"。

第一章，爱情诗的诞生与发展（20 世纪 20 年代）：本章收录了从白话"新诗"到湖畔派、新月派、象征派的爱情诗歌。如：郭沫若的《女神》，冯至的《蛇》、《桥》，朱自清的自然美诗歌《怅惘》，神美的徐志摩的诗《偶然》，李金发的 "异国情调"诗《在淡死的灰里》，抒情性浓厚的朱湘的《花与鸟》，汪静之的《过伊家门外》，沈从文的《我喜欢你》，闻一多的《国手》等 20 篇。[①] 这一时期中国现代爱情诗崭露头角，并以此为铺垫，为爱情诗的向着多元化的方向发展提供了新思路。

第二章，爱情诗的成熟期（20 世纪 30 年代）：收录了新月派后期诗歌与现代派的爱情诗歌。由于受了西方现代主义洗礼，诗中意象逐渐从中国古典诗的意象转化为现代的"都市意象"，同时其意象以客观的"诗语"来象征化，进而获得了广泛的读者群。如：感伤的"忧愁"——戴望舒《单恋者》，哲学的妙悟——卞之琳《无题》、《鱼化石》，豪华的点缀——何其芳《祝福》、《雨天》，哀愁与孤独——李广田《窗》以及施蛰存的《乌贼鱼的恋》等 16 篇。这一时期诗歌更为自由地表现了都市化意象与其象征化的诗语，是中国爱情诗的"鼎盛期"[②]

第三章，爱情诗的停滞期与复兴期（20 世纪 40 年代以后）：收录了从 1940 年以后至最近的具有代表性的作品。1940 年以后中国经历了 1958 年的"反右派斗争"，1966 年至 1976 年的文化大革命等历史事件，在这段峥嵘岁

---

① 参见[韩]郑圣恩等编《心跳、燃烧、香灰——歌》，首尔梨花女子大学出版部2005年版，第4页。
② 同上书，第5页。

月里爱情诗歌创作面临停滞，但是 80 年代以后得以复苏。从 40 年代以后九叶诗人郑敏、穆旦等人开始，直到 70 年代闻捷、艾青、孙友田、李小雨等人纷纷发表了具有个性的爱情诗歌，到了 80 年代出现了追求新艺术与人道主义的朦胧派诗人舒婷、北岛等，无不体现着不同时期的爱情诗之发展变化。其中，通过舒婷、虹影、代薇等女性诗人的诗歌可以看出女性在"爱情"与"性"意识方面的变化。①

第四章，台湾的爱情诗：台湾的爱情诗歌从 1949 年以后形成了自己独特的风格。如：郑愁予的《相思》，余光中的《祈祷》，洛夫的《石榴树》，席慕容的《一棵开花的树》等七篇。他们一方面继承了中国古典诗歌的传统；另一方面大胆地创新。可以说，台湾的爱情诗中交织了"古典乡愁"与现实的"感情色彩"这两种感情。②

本书是李钟振（梨花女子大学中文系教授）、郑圣恩（群上大学中国系副教授）、李庚夏（梨花女子大学中文系讲师）三位中国诗歌研究者的合著。其诗歌解说部分都有不同的标记："振"、"恩"、"夏"，取三者名字的最后一字。通过本书可以欣赏到中国现代知识分子爱情的发展过程，同时亦能感受到中韩人民对于爱情在思维方式上的异同。这种爱情诗的"经脉"——心跳、燃烧、香灰的过程也会让我们发现爱情背后的"喜怒哀乐"的世界。

---

① 参见[韩]郑圣恩等编《心跳、燃烧、香灰——歌》，首尔梨花女子大学出版部2005年版，第5—6页。

② 同上。

六 中国文学及汉学（中国学）的相关研究机构

韩国中国小说学会（The Korea Society for Chinese Novel）

带头人：闵宽东（参见：2001 年作者介绍）

历史沿革：韩国中国小说学会以"中国小说研究聚会"的名称成立于 1989 年 12 月（第一任会长是崔溶澈教授）。此后又称为"中国小说研究会"，经过一段时间的过渡期，发展成为现在的韩国中国小说研究会。本学会从 1989 年 12 月举办"学术发表会"以来，每年 3 月、6 月、9 月、11 月（或 12 月）开办"定期学术发表会"。

研究成果：从 1990 年 3 月开始一年发行 4 期《中国小说研究汇报》论文集，此论文集是学界公认的研究资料"汇编"的"巨头"（100 多页的篇幅），其内容包括各种资料目录的翻译、海外学者的访谈录和其论文等。另外，从 1992 年 3 月开始发行《中国小说论丛》期刊，并且从 1999 年 12 月开始同步发行 CD 版，为同行研究者提供方便。在其长期研究计划中，有一个从韩国学者视角撰写的《中国小说史》的项目，并且该学会已出版《中国小说史的理解》一书之姊妹篇。

地址：京畿道龙仁市器兴书川洞 1 番地庆熙大学外国语大学 208 号中国语系

电话：82-31-201-2219

网址：http://zhongwen.khu.ac.kr/

韩国中国语文学会（The Korea Society for Chinese Language and Literature）

带头人：魏幸福（Wee Hang-Bok，1955— ），男，首尔大学中文系博士，现为汉阳大学中文系教授，兼任韩国中国语文学会会长，主要从事中国古典文学研究。译书有《孽海花》等，主要论文有《官场现形记的讽刺手法考察》、《〈三国演义〉张飞形象考察》、《中国现代文学中的启蒙与救亡——以“胡适事件”为中心》、《中国文学本土化与西方受容情况分析——以清末民初的通俗小说的分析为例》等。

历史沿革：韩国中国语文学会成立于1969年，具有四十多年的历史。250多名会员与四十多个研究机关、学校等机构的加入，并与国内二十多个“中国学”研究机构进行交流。

研究成果：韩国中国语文学会发行的《中国文学》期刊从1974年至今已发行了63辑。《中国文学》随着研究成果的增多，从1996年开始每年发行两次，从2006年开始又设增刊，每年发行四次。本研究学会以中国文学为基础，研究范围同时涉及相关的国文学、史学、哲学、美学等领域，其研究成果均收于《中国文学》。

地址：首尔大学冠岳区新林洞首尔大学中文系

电话：82-2-880-6073

网址：http://xuehui.web.riss4u.net/cgi-bin/hspm00010.cgi?00005

汉阳大学中文系“BK21中国方言与地域文化教育研究组”（BK21 Team for Chinese Dialects and Regional Culture）

带头人：严翼相（Eom Ik-Sang，1958— ），男，先后在延世大学中国系获得硕士、博士学位，美国印第安纳大学博士，曾任韩国中国语文学研究会副会长（2004—2006）、中国语教育学会副会长（2004—2008）。现为汉阳大学中文系教授，兼任汉阳大学 BK21 研究带头人，主要从事音韵学研究。合编著作有《中国北方方言与文化》、《韩汉语言研究》、《韩国的中国语言资料研究》等。主要论文《汉语发音教学中的几个疑问》、《汉语辅音教学中正音与正名的问题》、《多音汉字的中国音韵学的分析》等。

历史沿革：本研究项目为期七年（2006 年 3 月开始至 2012 年 2 月结束），具体可分为三个阶段。第一阶段（2006—2008 年）的研究中心是官话方言地区的语言和文化，第二阶段（2009—2010 年）的研究中心是中部方言地区的语言和文化，第三阶段（2011—2012 年）将以南部方言地区的语言和文化为中心展开研究。计划将所有的研究成果出版成三册的《中国语言与文化》系列丛书。①

研究成果：第一年度研究成果（2006 年 3 月至 2007 年 2 月）：发表了多篇论文并出版了三部专著《韩国与中国：跨越误解与偏见》、《阅读中国文学》，《1699 桃花扇——中国传奇巅峰》，其中的《1699 桃花扇——中国传奇巅峰》一书是 2007 年 1 月在中国江苏美术出版社出版；第二年度（2007 年 3 月至 2008 年 2 月）出版了《韩汉语言研究》、《中国北方文学与文化》等七本著作，其中严翼相的《Promenades in Language》一书是英文版的。

研究特色：第一，学术活动，每月都邀请国内外著名学者前来讲座，每年的 12 月都会邀请中语中文学领域的权威学者，召开"中语中文学大师系列讲座"。与此同时，积极参加国内外召开的权威性国际学术会议，并在一年内组织 2—3 次中语中文学研究方法论研讨会，培养研究生研究中国语言学及中国文学的基本素养，并且每年组织指导教授和研究生赴中国进行 10 天左右的实地考察。②第二，研究生经费赞助，加入研究组的硕士研究生有机会获得奖学

---

① 汉阳大学中文系网址：http://chinesebk.hanyang.ac.kr/。
② 同上。

金，此外还根据研究成果给予额外奖学金。另外，向加入研究队的研究生提供 BK21 专用研究室，并提供每年赴中国进行实地调查及短期研修的机会，资助参加国际学术会议时所需的所有旅费。所有加入研究队的研究生不仅可以聆听到世界一流水准的学术讲座，而且可以亲自参加中国语言学研究方法论研讨会。①

地址：首尔市城东区杏堂洞 17 汉阳大学人文科学馆 513 号

电话：82-2-2220-2508

网址：http://chinesebk.hanyang.ac.kr/

韩国外国语大学：中国研究所（The Korea Institute for China Studies）

带头人：康埈荣（Kang Jun-Young，1962— ），男，台湾政治大学博士，现为韩国外国语大学翻译系副教授，兼任韩国外国语大学中国研究所所长，主要从事"韩中关系"研究。著作有《中国》（合著），译书有《中国经济概论》等，主要论文有《论两岸关系的新局面——兼论其对南北韩交流之含义》、《韩中关系 15 年之分析》、《韩中关系的现状与展望》等。

历史沿革：韩国外国语大学中国研究所成立于 1972 年 1 月（本研究所创立初名为中国问题研究所，第一任会长是许世旭教授），1993 年 3 月改为现名。

研究特色：韩国外国语大学注重"语言"教育，并具有良好的师资和科研环境，他们发挥语言上的优势，以韩国学者的视角和中国语言为基础，分析解决实质问题，研究范围延伸至中国政治、经济、文化、文学等"中国学"领域，这是一所名副其实的中国学研究机构。

研究成果：发行核心期刊《中国研究》，《中国研究》每年发行三次，自 1975 年起至 2010 年，已经发行了 48 辑。本研究定期（校内：一个月一次，国内、国际：一年一次）举行学术研讨会，研究需要时则赴中国探访、调查、

---

① 汉阳大学中文系网址：http://chinesebk.hanyang.ac.kr/。

收集有关资料。此外，本研究所开的讲座与相关学科结合，并授予相应的学分（韩国外国语大学）。本研究所将从 2013 年至 2017 年有计划地研究"中国少数民族"这一较为薄弱的学科环节，研究将关注中国少数民族的文学、文化、社会、经济等方面。

地址：首尔市东大门区里门洞 270 韩国外国语大学本馆 1006 号

电话：82-2-2173-3498

网址：http://www.hufs.ac.kr/user/china114/

首尔大学：中国研究所（Institute for China Studies）

带头人：金光亿（Kim Kwang-Ok, 1947— ），男，在英国剑桥大学获得人类学硕士、博士。曾任首尔大学博物馆"人类民俗"部部长（1994—1996）、比较文化学研究所所长（1996—1998）、美国哈佛大学人类学科聘用教授（2000—2001）。现为首尔大学人类学系教授，兼任北京大学社会学人类学研究所客座教授、韩国文化人类学会会长等，主要从事人类学研究。著作有《革命和改革下的中国农民》、《民族与文化——韩国人类学 30 年》、《文化人类学》（共著）等，主要论文有《外国大学的教养教育》、《现代社会中传统"关系"的运行》等。

历史沿革：首尔大学中国研究所成立于 2004 年 7 月，是同类中较为"年轻"的研究机构，但是从其具体的目标和实践计划来看，取得了不少的成果。

研究特色：第一，举办"中国论坛"（China Forum），从 2005 年开始举办"中国论坛"，这是关于"现代中国"的政治、经济、社会、文化、文学等方面的讲座且对象为首尔大学学生、教授以及有兴趣的市民等，这些讲座旨在帮助增加校内外人士对中国的理解。第二，中国政策论坛（China Policy Forum），从 2005 年下半年开始，邀请有关政府官员、专家和学者做讲座，其内容多为经济、外交等方面，通过讲座能够了解到中国的现状与变化趋势。第三，举办国际、国内学术会议，本研究所每年秋季举办学术会议，如：2007

年 8 月以 "The Future of China and Korea-China Relations" 为主题举办了中韩建交 15 周年国际论坛，2008 年 11 月以 "中国的改革开放 30 年评价与未来的展望" 为主题举办了学术会议等。第四，邀请国外著名专家做讲座，每年两次邀请国外专家做学术讲座，如：2008 年 11 月邀请了香港中文大学李连江教授以 "Distrust in Government Leaders and Preference for Election in Rural China" 为题做讲座，2009 年 11 月邀请了北京大学王逸舟教授做 "中国国际关系研究" 方面的讲座等。

地址：首尔市冠岳区冠岳路 599，首尔大学社会科学学院（大学）16A 栋 107 号

电话：82-2-880-9192

网址：http://plaza.sun.ac.kr/~chi

中国学研究所（Chinese Studies Institute）

带头人：崔圭钵（Choi Kyu-Bal），男，台湾大学中国研究所硕士，高丽大学中文系博士，曾任圆光大学中文系教授，1996 年 8 月至 1997 年 2 月在复旦大学做交换教授。现为高丽大学中文系教授，兼任韩国中国语言学会副会长、韩国中国学会理事，主要从事汉语语法研究。合译书有《中国语语法研究方法论》等，主要论文有《现代汉语结果补语的意义指向》、《〈朱子语类〉所见的量词考》、《"把字句"构造起源的初探》等。

历史沿革：高丽大学中国学研究会成立于 1981 年 6 月，由金俊烨教授创立并任会长，1997 年 1 月改名为中国学研究所，5 月研究所开所典礼在高丽大学中央书馆 408 号举行。1999 年与日本社团法人中国研究所签订学术交流合作项目。2004 年 2 月研究所搬迁到高丽大学人文教学楼号 202。2008 年 8 月研究所搬迁到高丽大学弘报馆 103 号。

研究成果：本研究所与中国学有关的国内外研究所通过网络进行资源共享，展开专家间的国际学术交流活动，并发行 "韩国学术进兴财团" 资助的核

心期刊《中国学论丛》，每年发行两辑，截至目前，共发行了 25 辑。本研究所至少每年举办一次国内或国外学术交流活动，邀请国内外专家做讲座。如：2003 年 10 月中国学研究所学术会议主题为"文学与自然"，2004 年 5 月邀请海外专家讲座，2006 年 7 月国际学术会议主题为"台湾文学与文化"。

研究特色：第一，中国学资料室，本研究所拥有 5000 多种有关中国文学、语言、哲学、历史、文化等方面的图书及最新资料。第二，"中国学丛书"出版，为了满足中国学爱好者对"中国学"的要求，专门挑选相应的专家的最新研究成果，连续推出 "中国学丛书"，到目前为止，出版了 28 种与中国学有关的图书。第三，"中国人物丛书"出版，选择一百位代表中国历代文学、历史、哲学方面的人物，并请有关专家撰写人物传记，以满足对中国文学感兴趣的读书爱好者。第四，"中国文化"系列图书出版，企划并发行高水准的有关中国文化方面的图书。第五，承担高丽大学中日语言、文化教育研究 "BK21"项目（"BK21"项目指"Brain Korea21"的简称，是韩国教育部 21 世纪高等人才培养的事业之一）。本项目 2006—2012 年间已进入第二个阶段，本研究计划进行以下学术活动：举办各种国际会议及著名学者的讲座，出版学术型著述，进行海外讲学等。

地址：首尔市城北区安岩洞高丽大学弘报馆 103 号

电话：82-2-3290-1654

网址：http://www.kucsi.ac.kr/contents

七　重要学术期刊简介

《比较文学》（韩国比较文学学会主办）

韩国比较文学学会创立于 1959 年 6 月，自创立以来，主要关注中韩比较文学研究领域，20 世纪七八十年代曾多次与台湾比较文学学会举行会议，2000 年、2001 年参加了北京和南京举行的中国"比较文学大会"。2010 年 8 月第 19 次国际比较文学大会在韩国召开，郑正浩——韩国比较文学学会会长指出"希望借此国际学术大会打破比较文学理论和研究范围以西方为中心的传统，使研究对象扩大至包括韩、中、日为中心的东亚比较文学"，虽然相对来说，中韩比较文学方面的论文不多，但从长远来看，本期刊将会成为中韩比较文学的研究重镇。

地址：首尔市铜雀区黑石洞中央大学英语系韩国比较文学学会

电话：82-2-820-5100

网址：http://www.kcla.org/index.asp

韩中人文学研究（韩中人文学会主办）

韩中人文学会成立于 1996 年 4 月，会员来自韩国和中国的著名大学，同时对"韩国学"有研究的日本、中国台湾、美国、俄罗斯等国家和地区的学者也参与本学会的研究。研究内容涉及中韩语言、文化、历史、文学等，并且每年在中国和韩国举办"学术研讨会"。学会最终目标是通过中韩文学的交流以及相关课题的研究来探求中韩"人文科学"存在的普遍性，并最终确立其在世界文学的角色——展现东亚文化的"整体性"。本学会以"学术研讨会"讨论的内容为主要课题，同时发行《韩中人文学会：国际学术大会》等论文集，为中韩两国学者介绍会议的重要内容并提供相关研究资料。

地址：江原道江陵市江陵原州大学人文馆 317 号

电话：82-331-640-2105

网址：http://kochih.web.riss4u.net

中国现代文学（韩国中国现代文学学会主办）

韩国中国现代文学学会创立于 1985 年 7 月，距今已有 25 年的历史。韩国中国现代文学学会发行的期刊——《中国现代文学》相较于其他同类刊物发行较为频繁，一年四次，分别于每年的 3 月、6 月、9 月、12 月发行，这说明在韩国中国现代文学研究成果较为丰硕。《中国现代文学》不仅涉及中韩比较文学方面的论文，还涉及当代文学方面论文。另外，海外编辑委员有复旦大学的陈思和教授、上海大学的王晓明教授、台湾政治大学的陈芳明教授、日本东京大学的藤井省三教授、新加坡大学的王润华教授、美国芝加哥大学的唐小兵教授等。

地址：首尔市西大门区新村洞延世大学中文系

电话：82-2-2123-2292

网址：http://www.sinomo.com

中国学报（韩国中国学会主办）

韩国中国学会成立于 1962 年 4 月，距今有将近五十年的历史。本学会发行两种学术期刊——《国际中国学研究》（每年 12 月份发行）和《中国学报》。其中《中国学报》每年有两期（6 月、12 月），内容为中国的"文史哲"三部分："语文学部"、"史学部"、"哲学部"，虽然登载论文主要以韩文为主，通过编辑委员审议也可以中文或英文等"原文"登载。

地址：江原道春川市孝子 2 洞江原大学路 1 人文大学 3 号馆中文系

电话：82-33-250-8180

网址：http://www.sinology.or.kr/cnhs/

《中国语文论译丛刊》（中国语文论译学会主办）

《中国语文论译丛刊》的前身是 1996 年 3 月首次举办的"崇实大学中国语文研究所"，此后 1997 年 11 月在崇实大学为 100 年校庆纪念举办的第 2 次"学术发表会"上，与会专家坚定了把崇实大学中国语文研究学会发展成更大规模的学会（全国性）之信念，同时发行"个性化"的学术期刊，因此《中国语文论译丛刊》期刊较为强调中韩、韩中的互译，专门设置《学术翻译》这一专栏，收录反映学术前沿的论文及论著等作品，还对所收录文章进行推广、评论并阐述其思想。其海外理事为台湾师大的信世昌教授和天津师大的刘顺利教授。

地址：首尔市铜雀区上道 5 洞 1-1 番地崇实大学人文大学（学院）中文系

电话：82-2-820-0390

网址：http://www.sinology.or.kr/trans/

《中国语文学》（岭南中国语文学会主办）

岭南中国语文学会成立于 1980 年 5 月 17 日。本学会成立以来研究成果颇丰：1992 年本学会的学术杂志《中国语文学》第 20 辑的发行量已达到 1500 册，1995 年 7 月 28 日至 31 日，本学会在北京与中国文心雕龙学会、北京大学中文系和山东省日照市共同举办了《95 文心雕龙国际学术讨论会》。本学会多次得到"韩国学术振兴财团"赞助来发行学术期刊,《中国语文学》期刊到目前为止已发行了 54 辑。此外,夏季、秋季举办学术大会和与其他学会联办的学术大会(2000 年与韩国中语中文学会、韩国中文学会、韩国中国文化学会联合举办了学术大会,2001 年与韩国中国现代文学学会共同主办了夏季学术大会等)。

地址:庆北庆山市岭南大学文科大学(学院)中文系

电话:82-53-810-2160

网址:http://www.sinology.or.kr/Yn/

《中国语文学论集》(中国语文学研究会主办)

中国语文文学研究会成立于 1988 年 8 月,以"延世中语中文学会"名称正式创立,1995 年改名为现在的中国语文学研究会,同时学会发行的期刊名从《文镜》(本学会在 1989 年 8 月创刊的杂志)改为《中国语文学论集》,该论集从第 10 辑开始得到了"韩国学术振兴集团"的赞助。值得一提的是《中国语文学论集》发行量很大,2000 年一年发行三次,到了 2003 年发行了四次,而从 2006 年至现在一年发行六次(2 月、4 月、6 月、8 月、10 月、12 月),它是韩国关于"中国学"研究的期刊中发行次数最多的学术期刊之一。

地址:光州市东区瑞石洞 375 番地朝鲜大学中国语文化系

电话:82-62-230-6946

网址:http://www.sinology.or.kr/srcll

八　相关学术会议情况

2001 年

2001 年 4 月 18 日，由中国研究所主办的国内学术大会在韩国外国语大学举行，围绕着 "中唐李嘉祐与其诗"展开讨论。

2001 年 10 月 20 日，由韩国中国语文学主办，主题为中国人的思维方式在语言艺术中的体现，2001 年度秋季学术大会在首尔大学人文学院教授研究室举行。共 24 余名专家、学者参加了此次学术大会，会议上发表的论文有《汉字与中国文化》、《中国民间文学在文学史上的地位》、《鲁迅的 "女性观"》、《汉赋——读帝国的叙事》、《魏晋南北朝的文艺思潮论》等。

2001 年 11 月 28 日，由中国研究所主办的国内学术大会在韩国外国语大学举行，会议主题是 "如何研究唐诗"。

2002 年

2002 年 2 月 5 日，由韩国中国文学理论学会主办的 "《文心雕龙》的译注" 会议在安养大学举行，本次会议讨论的是《文》的《序志》篇和《原道》篇。

2002 年 4 月 27 日，由中国语文学研究会主办的第 66 次 "定期学术大会" 在安养大学举行。

2002 年 5 月 3 日至 4 日，由韩国中语中文学会、中国语文学研究会、韩国中国小说学会联合主办的首届韩国中语中文学国际学术发表会在延世大学召开。本会议的主题为 "两岸中国语文学五十年研究之成就与发展方向"，来自中国的北京大学、清华大学、南京大学、安徽科学院、中国社科院、台湾大学以及日本的东京大学和韩国的六十多位专家参加了此次学术发表会。会议开幕式上许世旭教授（高丽大学名誉教授）、吕进教授（西南师范大学）、齐益寿教授（台湾大学）分别做了主题演讲。会议以不同学术领域分场讨论：古典诗歌，小说与戏曲，语言与文字，现代文学，每个主题都进行了三次深入研讨。此次会议展示了中韩日学者的新研究成果，为中韩日学者提供了良好的学术交流平台。

2002 年 5 月 18 日，由韩国中国语文学会主办，召开 2002 年度春季学术大会，主题为 "汉文与中国语新的教育方法探索"，地点为首尔大学人文化馆大讲堂举行。

2002 年 6 月 1 日，由中国人文学会主办的春季 "定期学术大会" 在圆光大学松山纪念馆举行。二十多位专家学者按照文学与语言主题进行分场讨论，文学会议主题为"转型期的中国语文学"，复旦大学和安徽大学的有关专家也参加了，中韩专家发表了自己的看法并进行了热烈的讨论。

2002 年 6 月 8 日，2002 年"第 2 次《文心雕龙》译注"发表会在东国大学举行，此次发表会由韩国中国文学理论学会主办，会议讨论的是《文心雕龙》的《微圣》篇和《宗经》篇译注与解释问题。

2002 年 6 月 15 日，由中国语文研究会主办的春季"定期学术发表会"在高丽大学举行，近二十位有关学者参加了此次会议，讨论的主题包括："元刊本杂剧中的程度补语"；清初"才子佳人"小说中的叙事与作家意识；《预言》中的何其芳诗的现代性探求等。

2002 年 7 月 5 日至 6 日，2002 年"第 3 次《文心雕龙》学术大会"在岭南大学举行。

2002 年 8 月 13 日，"第 3 次《文心雕龙》译注发表会：《正纬》篇和《辩骚》篇"在 Catholic 大学举行，韩国中国文学理论学会主办此次会议。

2002 年 8 月中旬，由中国人文学会主办的秋季"定期学术大会"在全北大学举行。

2002 年 8 月 31 日，中国语文学研究会主办了第 67 次"定期学术大会"。会议上发表的论文有《关于"百家公案"的体制试论》、《"西园雅集"的历史性与其意义》、《"史传文学"与神仙说话》、《"一中一切，一切一中"——瞿秋白的佛家思想的影响》等。

2002 年 9 月 28 日，由韩国中国小说学会主办的第 52 次"定期学术发表会"在汉阳大学举行。本会议的主题是"近现代中国小说中的中国古典小说的受容情况"。十多位专家以鲁迅的《故事新编》和沈从文的《边城》、《长河》等文本来探讨中国古典文学传统的继承问题，总结其历史意义，同时也指出不足之处。

2002 年 10 月 11 日，由韩国中语中文学会、韩国中国现代文学学会、韩国中国语言学会、韩国中国小说学会联合主办韩国文化观光部资助的"淑明女子大学中文系创立 30 周年暨中国文化学会创立及韩中建交 10 周年纪念"国际学会大会在淑明女子大学召开。来自中韩两国的四十位专家参加了本次会议,在中韩学者之间,以"中国文化中的'性'问题"为主题进行了讨论与对话,借助这次会议提供的交流平台中韩专家学者对论题各抒己见。

2002 年 10 月 24 日,由中国研究所主办的国际学术大会在韩国外国语大学举行,会议主题是"中国古典文学中的韩中关系"。

2002 年 10 月 26 日,由岭南中国语文学会和韩国中国语言学会联合主办的"岭南中国语文学会学报第 40 辑发行纪念国际学会大会"在庆北大学召开。海内外近四十位专家、学者参加了本次会议,岭南大学中国语文学会李章佑教授以"基于语言的中国文学之体裁"为题目做了主题演讲。与会专家、学者围绕着《六朝艺味说的形成——从郁卒角度的考察》、《顾炎武的诗学史意义》、《中国古代童谣语言的特性》、《王安石禅诗研究》、《明代理学家与文人论"情"与"真"》等主题展开深入而热烈的讨论。

2002 年 11 月 9 日,"第 4 次《文心雕龙》第六篇《明诗》和第七篇《乐府》译注"发表会在东国大学举行,会议由韩国中国文学理论学会主办。

2002 年 11 月 27 日,由中国研究所主办的国内学术大会在韩国外国语大学举行,会议主题为"李白诗谚解本"。

2002 年 11 月 30 日,由韩国中国小说学会主办的第 53 次"定期学术发表会"在岭南大学举行。本次会议主题是"通过小说看清代社会"。会上对清代小说的特点、《聊斋志异》等作品的文本进行分析并展开充分的讨论,岭南大学中文系李章佑教授以"韩中两国的《古文真宝》再考"为题做了"特别演讲"。

2002 年 12 月 13 日至 14 日,由中国语文研究会和高丽大学共同主办的"高丽大学中文系创立 30 周年纪念"国际学术大会在高丽大学召开。来自韩国以及中国(包括香港、台湾)、日本、新加坡、德国的海内外专家、学者代表五十余人参加了本次会议。会议主题为"中国文学与东亚文化",北京师范大学的刘象愚教授以《中国文学的全球化——中西文学比较》为题做主题演讲,在大会分组发言中,李春青教授的《孟子"王者之迹熄而诗亡"辨》、户仓英美教授的《兰陵王与纳曾利——古代东亚的舞乐》、胡文彬教授的《〈红楼梦〉在中韩两国的文化交流》、刘伟林教授的《中韩诗话学比较研究》、张新颖教授的《中国文学现代困境中的语言经验》等文章的宣读极大地启发了与会者并引发了热烈的讨论。

2003 年

2003 年 2 月 11 日,由韩国文学理论学会主办的"第 71 次学术发表会"在庆尚大学举行,本学会有一个长远计划,即把《文心雕龙》翻译成韩文,因此本次会议主要做"《文心雕龙》的译注"讨论,本会议讨论的是《诠赋》篇、《杂文》篇、《物色》篇。

2003 年 3 月 15 日,由中国语文学研究会主办的第 69 次"定期学术大会"在大田大学举行。

2003 年 3 月 29 日至 30 日,由韩国中国小说学会主办的第 54 次"定期学术发表会"在顺天乡大学举行。会议以"传统的受容与变迁"为主题进行了学术讨论和对话,具体的论题有"《白蛇传》的时代意识与其象征"、"'朝鲜作家'小说与现代中国文坛的视角"等,二十余位专家参加了此次会议并做了主题发言。

2003 年 5 月 3 日,由韩国中国文学理论学会主办的"第 72 次学术大会"在东国大学举行,本次会议也是"《文心雕龙》的译注"研究,这次译注讨论对象是《练字》篇、《指瑕》篇。

2003 年 5 月 28 日，由"中国研究所"主办的国内学术大会在韩国外国语大学举行，会议主题是"李白怎么使用'诗语'"和"论中国古诗'外柔内刚'"。

2003 年 5 月 31 日，由中国文化研究学会主办的春季学术大会在淑明女子大学举行。来自中国和韩国的近二十位专家、学者参加了此次会议，会议主题为"从文化视角看中国文学"。 每位学者围绕着会议主题做了发言，并且学者们在分组讨论时对文学方面的《试论中国左翼文学的审美特征》，语言方面的《会话教学法》等发表了自己的看法。

2003 年 6 月 14 日，由中国语文研究会和"中国学研究所"联合主办的学术大会在高丽大学举行。本次会议邀请"青年学者"担任主要报告人，其中古典文学方面，徐中韦教授和沈文凡教授分别以"霸王道杂之——《三国演义》与创痛政治运作"和"唐诗分题材参论及研究构想"为题做报告，会上集中分析了作品的文本并展开了热烈的讨论。本届会议主要突出"青年学者"的研究视野、方法及成果，给学界展示了一种崭新的思路。

2003 年 6 月 28 日至 29 日，由韩国中国小说学会主办的第 55 次"定期学术发表会"于 6 月 28 日至 29 日在清州大学举行。本次会议主题为"清代白话小说的理解"，会上对此进行了具有建设性的讨论。此外，会议期间专家们寻访考察了清州古印刷博物馆、云甫之故居等清州历史遗迹。

2003 年 7 月 1 日至 3 日，由韩国中国文学理论学会主办的为期三天的"定期学术会议"在济州大学举行，会议讨论了"《文心雕龙》的译注"中的《情采》篇、《比兴》篇、《养气》篇。

2003 年 8 月 22 日至 23 日，由韩国中国学会主办的"第 23 次中国学国际学术大会"在汉阳大学召开，会议主题是"中国学研究方法论探索"。来自中国、日本、蒙古等国的专家、学者和国内高校学者近六十人参加了本会议，台湾辅仁大学的邵台新教授和李章佑教授分别以《秦汉史研究的趋势》和《中国文学研究方法变迁概观》为题做了主题讲演。讨论中涉及 "中国诗歌在韩国的研究方法"、"庄子哲学的方法论"、"台湾地区六朝志怪小说研究之回顾与前瞻"等具体研究课题，本次会议促进了国内外学者的学术交流，并将对"中国文学研究方法"起到巨大的推动作用。

2003 年 10 月 25 日，由中国文化研究会主办的秋季学术大会在淑明女子大学举行，二十余位专家、学者参加，驻韩中国大使馆李滨大使也到会致辞。会议主题为"21 世纪与中国"，在会议的主题和小组发言中，王一川教授的《The Interrelationship between Literature and Film》、金元浦教授的《当代中国小说的电影改编》的发言引起热烈讨论，本次会议开阔了中国文学研究之视野，进一步加强了中韩学者之间的交流与沟通。

2003 年 11 月 7 日至 8 日，由韩国比较文学学会主办的"2003 年度秋季国际学术大会"在成均馆大学召开，研讨会为期两天。来自中国、日本等国和国内的二十多位学者专家、学者与会，会议主题为"在东亚的翻译与文化的受容"。严绍璗、严安生、林水福、川本皓嗣、私市保彦和井上健也参加了此次会议，其中严绍璗教授以"东亚比较文学的诸位提"为题目做了发言，本会议对"东亚的翻译问题"进行了广泛的讨论。

2003 年 11 月 29 日，由韩国中国小说学会主办的第 57 次"定期学术发表会"在详明大学千年馆举行。本次会议邀请的均为在中国大陆取得博士学位的学者，以"中国大陆的中国小说研究倾向"为主题展开充分的讨论，以初步了解中国大陆小说研究的现状与趋势。

2003 年 12 月 5 日至 6 日，由韩国中国文学理论学会主办的"第五次学术大会"在群山大学举行，国内高校近二十位专家、学者到场，会议主题为"中国文学理论的再照明"。中国文学理论学会的一项长远计划研究事项是"《文心雕龙》的译注与解题"工作，每次学术大会都会有关于《文心雕龙》译注的文章，这次会议也不例外，12 月 6 日全天安排讨论《文心雕龙》的译注问题，把"《文心雕龙》的译注与解题"事业推向了一个新的阶段。

2003 年 12 月 6 日，由中国语文研究会、中国语文学会、韩国中国语文学会联合主办的"共同学术大会"在高丽大学召开。本次会议主题为"中国语文学的雅俗问题"。共有二十多名专家学者做了本次大会的主题报告,其中复旦大学的张业松教授以"雅俗问题与中国现代文学史重构"为题做了报告。小组讨论主题包括:唐传奇的"典雅型"与"通俗性";清末民初咏物词的雅俗论争;古代汉语中的雅俗表现方式;雅俗的文学含义与其意识形态等。与会者普遍认为,主题报告以及小组讨论使得参会者颇有收获。

2003 年 12 月 11 日,由中国研究所主办的国际学术大会在韩国外国语大学举行,会议主题是"中国文学中的古典与现代"。

2004 年

2004 年 3 月 27 日,由韩国中国小说学会主办的第 58 次"定期学术发表会"在汉阳大学人文馆举行,本次会议的主题为 "中国古典小说的母题"。研讨会共两场,主题如下:第一场,"明清小说与八股文"和"《九尾狐》中的狐狸形象";第二场, "《搜神记》中反映的巫术"。会上对中国古典文学的多种"母题"这一重要议题进行了热烈的讨论。

2004 年 4 月 10 日,由韩国中国理论学会主办的"首届定期学术会议"在国民大学举行,主题是"《文心雕龙》的译注与解说"。

2004 年 4 月 17 日,由韩国现代文学学会主办的"定期学术大会"在圣公会大学举行,会议的主题是"文化交流在东亚的研究方法"。

2004 年 5 月 1 日,由中国语文学研究会主办的第 71 次"定期学术大会"在金刚大学举行。本次会议的主题是"中国的语言文学与东亚的思维"。四十多位专家学者参加了本次会议,并进行了以下讨论:古典文学方面,金圣叹小说评点研究和唐代韩愈的墓志铭类文章的叙事格式等；现代文学方面，对鲁迅的"文学革命和革命文学"等的若干具体问题的讨论。

2004 年 6 月中旬，中国文化研究学会主办了 2004 年度春季国际学术发表会——中国文化的想象力：女性、庄子、文字，会议论文载于《中国文化研究》第 4 辑。

2004 年 6 月中旬，岭南中国语文学会主办了 2004 年度上半期全国学术大会，会议论文载于《中国语文学》第 43 辑。

2004 年 10 月 16 日，由韩国现代文学学会主办的"定期学术大会"在延世大学举行，会议主题是"通过文化研究扩大中国现代文学的外延"。

2004 年 11 月 6 日，由韩国比较文学学会主办的 2004 年度秋季学术大会在亚洲大学举行，会议主题是"世界中的韩国文学、韩国中的世界文学"，韩国、中国、日本专家、学者近二十人与会参加，其中吉林大学的李春姬教授和宁波大学的陈凌虹教授分别以"19 世纪韩中文学交流概况"和"中国留学生与新派剧"为题做了报告，并进行了多方位的讨论。

2004 年 11 月 6 日，由韩国中国语言学会主办的秋季学术大会在西江大学中国文化系举行。

2004 年 11 月 13 日，由韩国中国理论学会主办的"第三次定期学术会议"在汉阳大学举行，会议主题为"《文心雕龙》的译注与解题"。

2004 年 11 月 15 日，由中国研究所主办的国际学术大会在韩国外国语大学举行，会议主题为"东亚文化中的台湾、香港文化和韩国"。

2004 年 12 月 4 日，由韩国现代文学学会主办的"定期学术大会"在韩国艺术综合学校举行，会议主题为"多视角看中国电影"。

2004 年 12 月中旬，中国文化研究学会主办了 2004 年度秋季国际学术发表会——中国的传统艺术与表演文化，会议论文载于《中国文化研究》第 5 辑。

2004 年 12 月中旬，岭南中国语文学会主办了 2004 年度下半期全国学术大会，会议论文载于《中国语文学》第 44 辑。

2005 年

2005 年 2 月 19 日，由韩国中国文学理论学会主办的冬季学术会议在水原大学举行，本次会议的主题是"中国文学理论与现代沟通"。

2005 年 5 月 27 日，由中国研究所主办的国际学术大会在韩国外国语大学举行，会议主题是"多元时代中华作家的文学之道"，并邀请了北岛、莫言、陶然三位作家做讲座。国内外专家、学者二十多人参加了此次会议。北岛以《中国地下文学和〈今天〉杂志》为题发言，而莫言以《我和〈红高粱〉、电影〈红高粱〉》为题做了演讲，同时会上学者们围绕着"北岛与其诗作考察"、"论香港作家陶然的创作"、"莫言的《红高粱》与其'映像化'考察"等课题发表了各自的意见。可以与作家面对面交流，是本次会议的一个亮点。

2005 年 6 月中旬，中国文化研究学会主办了 2005 年度春季国际学术发表会——中国文化与中国人，会议论文载于《中国文化研究》第 6 辑。

2005 年 6 月中旬，岭南中国语文学会主办了 2005 年度上半期全国学术大会，会议论文载于《中国语文学》第 45 辑。

2005 年 8 月 5 日，由韩国中国小说学会和鲜文大学翻译文献研究所联合主办，在鲜文大学举行了国际学术大会，大会主题为"朝鲜时期朝译本清代小说与弹词研究"。

2005 年 10 月 8 日，由中国语文学研究会主办的第 74 次"定期学术大学"在全北大学举行。四十多位专家对"现代汉语语法"、"文学"、"学术细想"、"教育"、"音韵"等议题展开了分组探讨，而所有议题都是围绕着"现代中国语文学研究方法的探索"这一主题进行的。

2005 年 10 月 15 日，由韩国中国现代文学学会主办的"秋季定期学术大会"在崇实大学举行。

2005 年 10 月 22 日，由中国语文研究会和高丽大学联合举办的"高丽大学100 周年纪念"国际学术大会在高丽大学召开。邀请了北京大学、复旦大学、北京师范大学、香港城市大学、台湾大学的专家学者和国内学者与会，三十余位有关专家以"三千年文香——中国诗歌之传统与创新"为主题展开了深入而细致的探讨，最后由高丽大学名誉教授许世旭教授和北京大学葛晓音教授做了总结发言。

2005 年 10 月 29 日，由韩国中国小说学会举办的第 63 次"定期学术会"在详明大学举行。会议开幕式由水原大学中国语系宋真荣教授主持，韩国古小说学会会长张孝铉教授致辞，高丽大学丁福奎教授以"韩中古小说的比较文学研究的历史视角"为题做了主题发言，来自高丽大学、汉阳大学、庆熙大学、崇实大学、梨花女子大学、鲜文大学的二十位专家学者参加了会议。

2005 年 11 月 5 日，由韩国中国语言学会和韩国中语中文学会合办的"年度秋季联合学术大会"在首尔市麻浦区新水洞举行。

2005 年 11 月 12 日，由中国研究所主办的国际学术大会在江南大学举行，会议主题是"华西地区与中国学——丝绸文化"。

2005 年 12 月 17 日，由民族文学史学会和成均馆大学"大同文化研究院"联合主办的"韩中日初期叙事的形成过程与其性格"冬季学术大会在成均馆大学 600 周年纪念馆举行。参加学术会的包括来自韩国、日本等国的有关专家二十余人。学者们以日本的《源氏物语》、中国的"六朝志怪"小说、韩国的《三国遗事》等作品为对象展开了深入的探讨。

2005 年 12 月中旬，中国语文研究会主办了 2005 年度国际学术会——"中国诗歌的传统与变化"，会议论文载于《中国语文论丛》第 29 辑。

2005 年 12 月中旬，岭南中国语文学会主办了 2005 年度下半期全国学术大会，会议论文载于《中国语文学》第 46 辑。

九　其他

学者介绍

白永吉（Paik Yeong-Kil，1955— ），男，毕业于高丽大学中文系，先后在高丽大学中文系、日本早稻田大学中文系获得硕士和博士学位，曾任中国语文研究会理事、中国现代文学学会副会长、高丽大学中文系院长。现任高丽大学中文系教授，主要从事中国现代小说及中日现代小说比较研究。主要著作有《中国抗战时期现实主义文学"争论"研究》等，译书有《现代中国文化探险》等，论文有《"暴露与讽刺"论争中的郭沫若和茅盾》、《抗战时期战国策派的浪漫主义》、《金台俊的中国现代文学论及鲁迅观》、《史铁生小说的宗教性》等。

电子邮件：ykpaik@korea.ac.kr

崔溶澈（Choe Yong-Chul，1953— ），男，毕业于高丽大学中文系，先后在台湾大学中文研究所获得硕士和博士学位，曾任汉阳大学中文系副教授、中国小说研究会会长。现任高丽大学中文系教授，兼任东方文学比较研究会副会长和高丽大学中国研究所所长，主要从事中国古典文学研究。著作有《校勘本韩国汉文小说》（上　下）、《中韩辞典》、《韩国所藏中国汉籍总目》（共6卷）等，论文有《韩国所藏中国小说资料的发掘与研究》、《中国的历

代禁书小说的研究》、《韩中古典小说〈九云梦〉与〈红楼梦〉的结缘》、
《明代传奇小说〈剪灯新话〉在朝鲜的流传》等。

电子邮件：choe0419@korea.ac.kr

李玲子（Lee Young-Ja，1945— ），女，毕业于首尔大学中文系，在首
尔大学中文系获得硕士学位，在法国巴黎第七大学东洋学系获得博士学位，现
任京畿大学中文系教授，主要从事中国现代文学与中国女性学研究。著作有
《鲁迅的文学与思想》、《现代中国女性的地位》、《东洋社会与文化》等，
论文有《鲁迅的女性意识》、《韩中性别分工的社会文化机制》、《中国现代
小说中的男权主义的要素》等。

电子邮箱：yjlee@kyonggi.ac.kr

朴宰雨（Park Jae-Woo，1954— ），男，毕业于首尔大学中文系，先后
在中国台湾大学中文研究所获得硕士和博士学位，曾任韩国中国现代文学学会
会长。现为韩国外国语大学中国语系教授、兼任韩国中语中文学会会长，主要
从事中国现代文学研究。著作有《〈史记〉与〈汉书〉的比较研究》、《亚洲
文学的理解》（合著）等，译书有《腐蚀》、《爱情三部曲》、《中国现代小
说流变史》等，论文有《中国现代韩人题材小说研究》、《韩中现代文学交流
史研究》、《解放后鲁迅研究在韩国》等。

电子邮箱：pjw9006@hanmail.net

吴台锡（Oh Tae-Suk，1956— ），男，先后在首尔大学中文系获得学
士、硕士、博士学位。现为东国大学中文系教授，主要从事中国诗歌批评研
究。著作有《宋诗史》、《中国文学的认知与展望》等，主要论文有《宋代诗
学与禅学》、《中国文学与温故知新》、《中国诗与意境美学》等。

电子邮箱：estone@empal.com

　　禹埈浩（Woo Joon-Ho，1952— ），男，于韩国外国语大学中国语系获得学士、硕士、博士学位。曾任中国学研究会会长、韩国中语中文学会副会长。现为忠南大学中文系教授，主要从事中国散文研究。著作有《三纲五常的现代照明》等，主要论文有《辞赋的诗歌特性》、《诗经中的"孝"字意味研究》、《前后赤壁赋的绘画性》等。

　　电子邮箱：jhwoo@cnu.ac.kr

附录

略论中国语言文学系在韩国
的"发展史"①

　　中文系是名副其实研究与译介中国文学的学科之一，我们已经探讨了韩国研究与译介中国文学的"文情"，接下来，将继续介绍中文系在韩国的设置情况及其发展脉络。了解"中文系"发展的历史轨迹不仅有助于更加完整和立体地了解每个时代中国语言文学的教育研究机构及学科本体的发展，也有助于了解其现在的发展趋势并预测未来发展方向。

　　在韩国，"中文热"由来已久，最早可追溯到三国时期。中韩两国是近邻，从与平民百姓做贸易时有关的翻译，到与政治外交公文书有关的写作，毋庸置疑都需要"中文人才"。当时还未出现专门教授中文的大学，只能由官方主管设置一些机构来教授中文，并且从古代三国开始到高丽、朝鲜一直继承教授中文的传统。虽然各个时期的中文教育机构在"名称"上有所不同，但在课程设置方面或多或少都涉及中国语言、文学等方面，并且随着时间的推移，与中国有关的学科越来越细化并趋向专业化。本文通过介绍韩国从古代三国时期到当今教授中文以及中国文学的机构来展示中文系在韩国的发展历程以及中文和中国文学在韩国的教育传统及其发展状况。

---

① 该文载于《教育学报》2010年第2期。

一 三国时期

韩国是处在"汉字圈"的国家之一，在朝鲜时期世宗大王颁布"训民正音"之前一直沿用汉文，并且从古代的三国时期[①]（高丽、百济、新罗）就有教授中文的机构，当时的"外国语"教育从某种程度上说等同于中文教育。虽然当时的韩国文人比较熟知汉文，但汉文毕竟是外语，他们在执笔写公文或外交书时的书面语以及交谈时的口语方面仍然存在着一定的困难。因此大多数文人在心理上都有着"中国朝鲜三纲五常共是一般，但语音不通耳，若将此书，教训子弟即与华音无异"的苦衷。从这短短一句话中所包含的"语音不通耳"（听力）、"华音无异"（口语）等字眼就会发现，虽然可以看懂汉字字面的意思，但是中韩人民在交流的时候由于"听力"和"口语"上不通，互相听不懂彼此说的话。当时的政府注意到了这一情况，因此开设了一些中文教育机构专门教授汉语听力和口语，而这些科目正是外语学习过程中需要掌握的基本技能。

三国时期由于外交、经济、贸易、文化等方面的要求，以及为了更好地发展两国的外交合作关系、促进两国间的友谊，国家设立了中文教育机构为国家培养汉学家。这些中文教育机构除了教授口语和听力之外，还专门培养"翻译"专家。因此，政府机关的职位中就有了担任与中文有关工作的 "祥文师"。那么，"祥文师"这一职位具体履行什么样的工作职能呢？我们不妨引用一段高丽文臣金富轼所写的《三国史记》[②]中论三国时期"职官"的一项加以说明：

> 祥文师圣德王三十年改为通文博士，景德王又改为翰林，后置

---

① 公元4世纪至7世纪中叶，韩半岛分为三部分——高丽、百济、新罗。

② 《三国史记》是高丽时期金富轼所编撰的三国历史书（高丽、百济、新罗），是现存历史最悠久的历史书，主要记载了三国在政治上的"兴旺变迁"。

学士。①

"祥文师"这一官职随着王朝的变化其名称也有了变化,圣德王 13 年把其名改为"通文博士",景德王在位时又把"通文博士"改为"翰林",而后设立了"学士"。从"祥文"、"通文"这些字眼之中我们不难发现,"祥文师"实质上就是指那些教授中文或者担任中文翻译的公务员,而"祥文"、"通文"从字面上理解相当于"详细解释文章"、"打通文章"的意思。"祥文师"们需要做翻译公文的工作,且在翻译过程中要符合"信、达、雅"的标准。这种工作对个人的中文水平有很高的要求,因此国家专门设机构培养"祥文师"这种中文专家。虽然"祥文师"这一称号与现在的理解有很大的出入,但正需要从这种角度(他们主要教育中文或做翻译工作)去看当时的"祥文师"。因为在 1894 年之前把"外国语"称为"译语"或"译学",从事"译学"的人叫"译学人",除此之外,还把他们另称为"译语之人"、"译语人"、"译人"、"译者"、"译舌"、"舌人"、"舌者"、"通事"、"象胥"、"译官"等,研究学习"译学"的人又称为"译学生徒"②

"祥文师"等于是"译官、译学者",而"译学"同时也意味着研究、教授或学习中文。因为"译学"一词从字面上并不难看出其包含的意思,即主要学习和研究中文、做与国家外交有关的所有文件的笔译以及外交商谈等口译工作,而"祥文师"的工作也是如此。值得注意的是,随着时间的推移它的名称虽然一直在变,但是,其工作的主要内容并没有变化,甚至更深化了中文教育这一传统。

《三国史记》中也提到了中文教育机构:

　　　　天祐元年甲年,国立号为摩震,年号为武泰,始置广评省……水墇

---

① 《三国史记》卷第三十九,杂志第八,职官中。

② [韩]姜信沆:《韩国的译学》,首尔大学出版部2000年版,第2页。

（今水部），元凤省（今翰林院），飞龙省（今太業寺），物藏省（今少
府监），又置史台（掌习诸译语）^①

公元一世纪新罗统一三国，开始了"统一新罗"时期^②，新罗统一韩半岛
之后，势必对国家各个部门进行整顿，中文教育机构也不例外，专门设置了专
研外语的"史台"。"史台"的设置实质上就是为了"掌握外语、翻译外语、
学习外语"。但是，与以往不同的是在"史台"不仅可以学习中文还可以学习
其他外语。因为现存文献的缺乏很难考证"史台"教授的具体语种，但从"掌
习诸译语"中的"诸"字里可推出当时确实教授多种语言。尽管如此，从历史
传统来看中文仍然是"史台"教育中较为重视的学科。

韩国从三国时期开始教授、学习、研究中文。当时由于政治、外交和经济
方面的需求，出现了"祥文师"、"译官"等官职，即现代意义上教授、研
究、翻译中文的专业人士。而"史台"这一机构可以说是现在的外语学院。
"统一新罗"时期结束后，这些中文教育机构以及与中文有关的工作职位并没
有因此而消失，反而延续下去，并使中文教育的传统得以继承。

二 高丽时期

"统一新罗"时期之后，韩半岛又分为"三份"，历史上称这段时期为"后
三国"^③ 时期（后高丽、后百济、新罗），"后三国"仅是昙花一现，而后高丽
始祖王建统一"后三国"建国高丽。高丽时期同样继承了中文教育的传统，"通
文馆"、"汉文都监"、"译语通监"、"吏学都监"这些机构承担了外语教育

---

① 《三国史记》卷第五十，列传第十，弓裔。

② 公元一世纪，在岭南地区的新罗一举灭亡了高丽和百济，新罗统一了全国，把它称为"统
一新罗"。

③ 后高丽、后百济、新罗。

的工作。与"统一新罗"时的"史台"相比，高丽在外语教育上下了大工夫，不但在科目设置上比"统一新罗"多，而且更趋向专业化和专门化。

1276 年高丽忠烈王在位时就设置了专门教授中文的机关——"通文馆"。仅从"通文"这一名称上就可看出其与三国时期的"通文博士"、"祥文师"等有着历史渊源，因此其工作内容当然与做中韩"通文"工作有关。在《高丽史》中明确地记载了设置"通文馆"的目的以及对工作人员的要求。下面不妨引用一段《高丽史》[①]中提到的关于"通文馆"的文字：

> 通文馆忠烈王二年始置之，今禁内学官等参外，年末四十者，习汉语，禁内学官秘书、吏官、翰林、宝文阁、御书、同文官也，并式目，都兵马，迎送，谓之禁内九官。

设置"通文馆"的主要目的就是选人"习汉语"。而且从字里行间不难看出选拔"通文馆"工作者有一定的年龄和官职要求。"年末四十者"指的是年龄必须限制为四十岁以下，"今禁内学官等参外"指的是文武七品以下的官职。这两个条件兼备者才有资格学习汉语，具有一定文化修养的人才可以进入"通文馆"。为什么到高丽才出现了这种选拔现象呢？这是因为当时有一段时间有些"译人"出身卑贱，其工作作风极坏，公私不分明，只追求自己的利益，因此当时"译人"又叫"舌人"。不管在翻译质量上，还是在职业道德上他们都达不到官方的标准。

只是有一段时间由于精通外文的人较少，因此只好任用出身较为"卑贱"、"平民"之人：

> 时舌人，多起微贱，传语之间，多不以实，坏干济私……[②]

---

① 《高丽史》卷76志30百官条46—47。
② 同上。

"舌人"就是"译人",做高尚文官的"译人"一下子突然贬到只会动嘴皮子的"舌人"了。为什么要"贬"他们呢?因为他们出身 "卑贱"?还是他们做翻译的能力差?两者都不是,最主要的原因在于他们职业道德败坏、追求名利和私利,以致国家在经济和国家形象上遭受重大损失。因此政府只好提出了做"译人"起码的要求,就是上述提到的"文武七品以下的官职"这一项。"七品"以上官职的人才有资格在"通文馆"学习,虽然也可能存在一些腐败的小官,但是大部分官员必须讲究清贫的生活作风并具备高尚的道德品质,这样就在选拔学习人才方面提出了要求,这是与三国时期相比中文教育机构发展的一面。后来,高丽忠烈王二年把"通文馆"改为"司译院"继续培养处理外交事务的汉语专业人才。

在高丽除了"通文馆"以外,还有专门教授汉语的机构——"汉文通监"和专门翻译的机构——"译语都监"。"汉语通监"这一汉语教育机构与"通文馆"并存,由于专业和工作职能的侧重点不同,中文教育机构与翻译机构各设一所,只是当时比较重视外交和外语教育事业。

"通文馆"不但担任了汉语口译工作,还涉及与其他外语如蒙语、日语等有关的工作。考虑到工作效率政府又设置了"汉语通监"这一机构,以减缓"通文馆"的工作压力。因此从这个层面来看,"汉语通监"是名副其实的汉学机构。虽然在现存的文献上很难找到对"汉语通监"工作人员的要求以及它与"通文馆"在具体工作方面的区别等细节,但从林东锡教授《朝鲜译学考》一书上的考证来推断"汉语通监"侧重于教授和研究中文以及"行政"方面,而"通文馆"则侧重于口译、笔译等"实际"事务方面。

除"通文馆"和"汉语通监"之外,"吏学都监"这一机构也履行教授汉语的职能。要说明"吏学都监",首先需要理解"吏学"一词,"吏学"是研究"吏文"的一门学科,而"吏文"是指当时向中国送达的文件之中所使用的一种"汉文体",这些"汉文体"是当时元代公文中普遍采用的一种独特的文体。之所以把它称为"吏文",主要是因为这是行政文书上使用的书面文体。

值得注意的是,元代之前与中国打交道的四大文书的汉文都来自"经书"的古文,但是进入元代之后在行政文书之中都开始使用"汉吏文"(为了避免与韩国原有的"吏读文"的"吏文"一词混为一体,因此把它称为"汉吏文"),从高丽末期开始也使用"汉吏文"做四大文书,这显然对"汉吏文"知识的掌握提出了要求。①而"吏学都监"这一机构的设置恰好是为了承担外交文件(吏文)的处理、保管、发送的工作。②

总而言之,随着中韩两国的交流不断加强,到了高丽时期在整顿行政部门的时候设置了"通文馆"、"汉语通监"、"吏学都监"等教授中文的专业机构。这些机构由国家主办,相当于现在在各大学设立的中文系和其部署研究所,其目的是为了专门研究中文和培养汉语人才。政府的支持使得中文教育的传统得以沿袭,并延续至朝鲜时期。

三 朝鲜时期

到了朝鲜时期,由于继承了三国和高丽时期中文教育、研究和翻译的传统以及具体的教育研究方法,中文教育事业更为成熟,中文研究机构也更为专业化和系统化。

朝鲜从建国初期就制定了"译学政策"③,为了落实这些政策先后设置了"司译院"和"承文馆"。首先,在 1393 年设置了中文教育机构——"司译院"。"司译院"这一机构是由政府组织的专门教授和翻译外语的机构。"司译院"教授四种外语,这"四学"便是汉、蒙、日、女真。从其教育和工作内容上,我们不难发现中文是"司译院"中较为重视的外语。

---

① [韩]徐智慧:《中国语教育的历史考察》,韩国外国语大学硕士学位论文,2007年,第12页。
② 同上。
③ 建国初期(1392年)设置了"译课",过了一年之后(1393年9月)开设了"司译院"这一教育汉语机构。

为了了解"四学"在"司译院"所占的比例，我们不妨引用图表：

司译院教育科目（四学）[①]

区分	目的	设置时期	特点
汉学	事大	1393 年，太祖 2 年 9 月（高丽已存）	四学中最完善，当时译学政策中心
蒙学	交邻	1394 年，太祖 3 年之前（高丽已存）	长寿上书"教授三员内蒙古一员"
倭学	交邻	1414 年，太宗 14 年之前	壬辰倭乱以后地位格上
女真学	交邻	太宗时设（高丽已存）	1667 年（康熙 6 年）改成清学

从图表来看，在朝鲜时期，与汉语、蒙古语、日语和女真语四种语言有关的教育称作"四学"。在这"四学"之中，设立"汉学"的目的就是"事大"。"事大"是从与明朝外交关系考虑的，"交邻"指的是与邻国的"倭"（日本）、"琉球"、"女真"之关系。[②]虽然有些学者认为设置这些科目的目的当中"事大"与"交邻"两者分量是相同的，但是作者认为无论从机构设置的时间上看（"倭学"[③]课程是在 1415 年才设置日语教育的），还是从其教育"特点"上来看，目的为"事大"这意味着与其他的蒙语、日语、女真语相比把中文教育视为最重要的科目。

而司译院是专门负责"教育"和"译官"的专业中文教育机构，共由行政、教育、译官三个组成部分。其中，"教育"和"译官"部分比较专业地进行中文教育。"教育"成员有"教授、训导、译生（译学生徒）"，"译官"又分为两个部分：去中国的"赴京使行"译官和去日本的"通信使行"的译官。

其次，在 1411 年设置"承文馆"这一机构的目的是负责管理"事大交邻文书"，什么是"事大交邻文书"呢？就是外交公文书。外交公文上的用词不仅需要字斟句酌，还要很好的文笔，而这刚好是"承文馆"教授中文的目的之一。它除了教授在公文书上用的"吏文"之外，还教授口语并且有专门的口

① ［韩］徐智慧：《中国语教育的历史考察》，韩国外国语大学硕士学位论文，2007年，第16页。
② ［韩］姜信沆：《韩国的译学》，首尔大学出版部2000年版，第133页。
③ "壬辰外乱"之后与日本正式恢复了外交关系，因而需要使臣的来往。

语教材，这是与高丽时期的"吏学都监"所不同的。

要了解"承文馆"使用的口语教材，首先介绍的是《老乞大》一书。《老乞大》一书记载了高丽商人在途中与中国商人相识和相伴，并把他们在旅途中的对话写下来编成一本书。它涉及旅程、买卖、医药、住宿、饮食、宴会等主题，这对话集分为上下两集约四十个回合。① 还有一本值得介绍的书——《朴通事》。与《老乞大》相比，《朴通事》一书的难度较大，相当于现在的高级汉语口语教材。内容涉及中国的风俗习惯、辽东的风物、娱乐、骑射、丧婚、宗教等方面，它以现实生活为背景设定了一百一十一种场景。①

这些教材毫不逊色于现在的汉语口语教材，甚至可以做教材的"样本"，因为会话教材主要是让学生学单词和对话，这两本教材书都达到了这个标准，不但反映了时代特点，而且设置了各种场景的对话。

由此可见，朝鲜时期"司译院"和"承文馆"这些机构已经开始教授高级"中文"了，而"承文馆"的使臣为了更好地学习中文以及使自己的中文达到更高的水平，曾打算赴明朝留学①，但是由于种种原因没有成功，因此任用了本国的"吏文"专家金自贞和池达河等人为"承文馆"的"提调"，让他们来负责教育。②可见，在朝鲜时期相较于其他外语，更加重视中文教育，而且除了"四书五经"之外，还出现了具体的汉语口语教材，这些证实了中文教育在韩国不断深化并且专业化。因此在这种良好的语言环境之下，培养了一代又一代的"汉学家"。

以上我们看到了从三国到朝鲜时期中文教育及其机构的发展过程，从中发现从三国到朝鲜，虽然其名称稍有不同，但是其机构设置的主要目的都是教授、研究中文，虽然每个时期从事中文教育、研究以及翻译（笔译和口译）的人才或官职以及中文教育机构都有着不同的称号，比如：三国（新罗）：祥文师 → 高丽：译官（"译语之人"、"译语人"、"译人"、"译者"、"译

---

① ［韩］姜信沆：《韩国的译学》，首尔大学出版部2000年版，第137页。

② 同上。

舌"、"舌人"、"舌者"、"通事"、"象胥"等) → 朝鲜:译官("教授"、"训导"、"译生"等)。

表　　　　　　　　三国、高丽、朝鲜的译学机构的变迁[①]

时代	机构名称	设置或改称时期	特　点
三国	史台	904 年	掌习诸译语
高丽	通文馆	1276 年高丽忠烈王二年	掌译语、习汉语
	吏学都监	1340 年高丽忠惠王元年	习汉吏文、吏学于司译院（1389 年）
	司译院	1389 年高丽恭让王元年	掌译语，改通文馆为司译院
	汉文都监（汉语都监）	1391 年高丽恭让王三年	习汉语、汉文，改汉语都监，为汉文都监
朝鲜	司译院	1393 年朝鲜太祖二年	习华语、掌诸言语
	承文院	1411 年朝鲜太宗十一年	专掌事大文书、专习吏文

但是,中文教育并没有因此而滞后,反而在前代的基础上向着更加专业化和系统化的方向发展。同时,也为下一个时期的中文教育机构的设置、师资力量的提高以及学生的培养提供了充足的"养料",而这正好为近代各所大学开设中文系奠定了基础。

四　近代至今的中国语言文学系设置的情况

到了近代 19 世纪末,上述提到的这些良好的历史传统有了较大的变化,首先,建设学校。近代由于学校的建设,这些政府主管的中文教育机构被一一废除或消失了,当时大韩帝国的高宗鼓励外语教育,在 1897 年就建设了比较正式的"中文学校",学制为三年。然而,中文教育事业并不是很顺利,1910 年与日本签订了不平等的"韩日合并"条约,从此中文教育学校被迫关门,这种情况一直到 1945 年韩国独立为止。中文教育事业的发展也因此停滞了下来。

1945 年 8 月 15 日,日本宣布无条件投降,韩国也因此独立了。而后韩国

① [韩]徐智慧:《中国语教育的历史考察》,韩国外国语大学硕士学位论文,2007年,第18页。

各所大学再次纷纷开设中国语言文学系，1946 年首尔大学就在独立后的第二年首次开设了中文系，虽然在 1926 年京城帝国大学开设了"支那文学学科"，但是直到 1945 年韩国国家独立为止，韩国籍毕业生只有九位[①]。从严格意义上来说，这还算不上一个学科的"规模"。

1946 年在首尔大学首次设置了中文系之后，韩国外国语大学（1954 年）和成均馆大学（1955 年）也在 50 年代先后设置了与中文有关的学科。到了六七十年代有 16 所大学开设了与中文有关的学科，80 年代 33 所，90 年代 55 所， 2000 年至今有 12 所设置了与中文有关的学科。[②] 我们不难发现 90 年代设置的"中国学科"最多，因为在 1992 年中韩两国正式建交之后，各个领域都需要中国方面的人才，因此各所大学纷纷设置与中文有关的学科。

那么我们不禁要问：为什么叫与中文有关的学科？为什么叫"中国学科"，而不把它称为中文系呢？到目前为止，除了比较传统的中文系之外，还出现了与中文有关的学科，虽然这些学科在学生培养和学科目标上与传统的中文系稍微不同，但是它们或多或少都涉及中国语言和文学教程，具体的学科名称如下：中国语系，中国学系，中国语中国学系，中国语言文化系，中国语文化系，中国文化系，中国语通翻译系，观光中国语系，中国社会文化系，等等。

在上述罗列的学科之中，虽然在教学的侧重点上有所差异，但是或多或少都开设了中文（听力、口语、阅读）和中国文学（古代文学、现代文学）方面的科目。比如：以中国语系为例，设置中国语系的学校有韩国外国语大学、中央大学等共有 25 所大学。中国语系，我们只从这个学科名称来看也会发现其比较强调"语言"（初、中、高级汉语会话，初中级汉语讲读，汉语写作等）方面，其学科开设的科目也是如此，单单与汉语有关的科目就占到学生所学全

---

① ［韩］徐智慧：《中国语教育的历史考察》，韩国外国语大学硕士学位论文，2007年，第26页。
② 同上书，图表第四。

部科目总时间的 39%，文学（中国文学史，中国诗选，中国戏曲，中国古代小说，中国现代散文，中国现代小说等）方面的科目占 27%[①]，就是说这个学科较为重视中国语言和文学方面。从"实用性"考虑出发，古代汉语、古代文学等方面涉及的比较少。

以中国学为例，设置中国学系的学校有国民大学、启明大学等共有 25 所大学，语言（初中级汉语口语，语言实习等）方面的科目占 31%[②]，以中国语中国学为例，设置的大学有仁荷大学、仁川大学、大邱大学等共有七所，语言方面的科目占 24%，文学方面的科目占 9%[③]。这些学科都涉及了中国语言、文学、历史、文化等内容，而且由中文系出身的教授来任教，但是所在的各院、系、所培养的目标和研究重点与中文系稍有不同。中国学系比中文系涉及的范围更为广泛，研究范围不仅在语言和文学上面，而且对政治、文化、历史、经济等也有研究。其他的"中国学科"也是如此，它们之间研究的重点稍有不同，但是都把汉语和中国文学列为必修科目。

中文系是名副其实的研究以及教授中文和中国文学的学科，而各所大学设置中文系的目的与其他"中国学科"相比更加侧重于中国"语言"和"文学"的深入研究，并通过此专业培养中国语言与文学的"专家"，与此同时继承"汉文字"传统。中文系教育的内容可分为"中国语言"和"中国文学"两大部分。到目前为止，在韩国设置中文系的大学一共有 47 所，其中，国立（公立）的有17 所，私立的有30 所。

---

① 以韩国外国语大学为例，开设的学科可分为五个部分，即语言、文学、语言学、中国地域学及其他相关的科目。其中"语言"课教授较为实用的（听、说、写）汉语，语言学教授汉语语言理论方面（语法、语音、文字等）的内容。

② 以国民大学为例，没有开设文学方面的科目，却开设了"地域"课，内容涉及中国的政治、经济、文化、社会、历史等。

③ 以仁川大学为例，中国"地域学"（政治、经济、社会、文化等）方面的科目占多数（59%），除了语言和文学方面之外，也设置了语言学（汉文讲读）这一科目（2%）。

大　学	各大学的中国语言文学系设置年代	数量（所）
国（公）立大学	首尔大学（1946 年） 忠南大学（1977 年），全南大学（1979 年），全北大学（1979 年），庆尚大学（1979 年），釜山大学（1979 年），庆北大学（1979 年） 忠北大学（1980 年），公州大学（1982 年），放送通信大学（1984 年），江原大学（1985 年），木浦大学（1985 年），顺川大学（1988 年） 安东大学（1992 年），济州大学（1992 年），江陵大学（1994 年），群山大学（1994 年）	17
私立大学	成均馆大学（1955 年） 高丽大学（1972 年），檀国大学（1972 年），淑明女子大学（1972 年），延世大学（1974 年），清州大学（1975 年），岭南大学（1976 年），东国大学（1979 年），明知大学（1979 年） 汉阳大学（1980 年），庆星大学（1980 年），诚信女子大学（1980 年），建国大学（1981 年），国民大学（1981 年），梨花女子大学（1981 年），西原大学（1982 年），东亚大学（1982 年），东义大学（1983 年），京畿大学（1984 年），圆光大学（1984 年），大邱 Catholic 大学（1984 年），曝园大学（1988 年），德成女子大学（1989 年）韩神大学（1989 年），顺天乡大学（1989 年） 崇实大学（1992 年），首尔女子大学（1992 年），Catholic 大学（1995 年），协成大学（1997 年），圣洁大学（1998 年）	30
共　计		47

上述图表显示的各所大学设置中文系的情况如下：20 世纪四五十年代设置中文系的大学先后有国立的首尔大学和私立的成均馆大学，到了 70 年代，国立的六所大学和私立的八所大学设置了中文系，到了 80 年代末至 90 年代初，中韩两国正式建交前后再次热起了"中文"学习之潮，韩国各大学纷纷设置了中文系，因此这一时期开设中文系的大学数目很可观，共计 31 所，其中国立的有 10 所，私立的 21 所。

五　关于当代中文系在韩国设置情况的浅析

在韩国中文和中国文学教育由来已久，这些传统从三国至今一直得以继承，虽然 1949 年中华人民共和国成立之后由于政治上的原因，中韩两国在政治、经济、学术、文化等整个领域都交流得较少，但在这种特殊的历史背景下，韩国的中文以及中国文学教育，并没有因此停下脚步，前辈学者去中国台湾（赴台湾的）继续深造使得中文以及中国文学的研究也取得了不少的成果。中国文学的专家许世旭教授（高丽大学名誉教授）、金台俊教授（首尔大学名誉教授）等杰出学者都曾在中国台湾获得硕士或博士学位。

此后，1992 年中韩两国正式建交之后，随着中韩两国交流的不断密切，自然需要经济、政治、贸易、社会、文化等方面的人才，而与中文有关的人才自然也不例外。因此韩国再次掀起了"中文热"，而中文系在本科阶段的培养目标就是培养具有良好的"中文水平和文学修养的人才"，这正符合当时时代需要，因此 80 年代至 90 年代，是韩国各所大学设置中文系最多的年代。

要比较全面地了解中文系的情况，就要了解韩国各所大学中文教学的内容，通过对韩国学校中文专业开设的科目的分析，简单地了解中文系在韩国的发展情况。在韩国最早设置中文系的国立大学就是首尔大学，而私立的是成均馆大学。虽然不能断言，这两所大学所开设的科目以及其采用的教材可以代表整个韩国的中文系教育内容，但是，由于它们的学科在韩国有着悠久的历史，并且在中国语言和文学研究方面拥有自己的权威性机构（首尔大学有中国语研究所，成均馆大学有现代中国研究所、比较文化研究所等）。因此我们通过分析这两所大学的科目，可以大致地了解到中文系在韩国的"面貌"。

首尔大学中文系是 1946 年设置的，并继承了中文学科在韩国发展的悠久传统。虽然首尔大学的"前身"京城帝国大学在 1926 年设置了"支那文学科"，但是直到解放之前（1945 年）此学科的毕业生还不超过十位。[①]此后，1945 年 8 月韩国国家独立之后的第二年即 1946 年首尔大学正式设置了中文系，当时中文系是属于"文理科大学文学部"的，而且与鲁迅先生交锋

---

① 参照首尔大学中文系网址：www.snucll.snu.ac.kr。

过的金九经先生也在此任教。到 50 年代，由于韩国战争的爆发曾面临着关门的危机，但是到了 1953 年，经过再次整顿后继续授课，到了七八十年代，由于台湾留学归来的教授等的加入壮大了"研究师资"的队伍，加之有少部分与大陆学术上的交流，从而使得学术研究上慢慢有了规模并有了一定的研究成果。现在，在韩国"人文大学"中，首尔大学一直比较活跃地与中国大陆一些大学进行校外交流活动，如交换教授、暑假短期培训等。这些教学活动以及研究成果的积累，使得首尔大学已经成为韩内中国语言与文学方面的"权威机构"了。

而成均馆大学在 1955 年设置了中文系，是私立大学之中较早设立的大学之一，距今已经有五十多年的历史传统了，迅速发展的成均馆大学的中文系很快便有了规模，到 1958 年已开设了硕士研究生课程，十三年之后，又开设了博士点。与此同时，在 1964 年与台湾政治大学、1968 与台湾师范大学，1993 年又和中国大陆的山东大学缔结了交流合作关系，每年相互派遣教授和学生。①

首尔大学和成均馆大学的中文系具有悠久的历史，把这两个最早设置中文系的大学作为国立和私立大学的代表来分析其开设的科目，我们会比较全面地了解中文系在韩国教授的内容以及研究的大致方向。下面，看一下在首尔大学和成均馆大学的中文系所开设的本科科目有哪一些：

年 级	专业科目名称	
	首尔大学	成均馆大学
一年级	中国的语言与文字	汉语发音的理解
	中国的大众文化	初级汉语会话（一、二）
	中国现代名作的世界	·
	中国古典文学探索	·

---

① 参照成均馆大学中文系网址：http://home.skku.edu/~liberal/major/intro.html?major=chinese。

续表

年级	专业科目名称	
	首尔大学	成均馆大学
二年级	中国历代诗歌讲读（一、二）	基础中国古文（一、二）
	汉文讲读（一、二）	中国文学史（一、二）
	中级汉语（一、二）	中级汉语讲读（一、二）
	中国语学概论（一、二）	中级汉语会话（一、二）
	·	语法（一、二）
	·	汉语基础"文型"练习
	·	中韩翻译练习
三年级	中国文学史（一、二）	高级汉语口语（一、二）
	中国语会话作文（一、二）	时事汉语
	现代中国的文学与社会	实用汉语
	高级汉语	影视汉语
	中国社会文化论特讲	中国名诗鉴赏（一、二）
	中国历代散文讲读（一、二）	中国发音的理解（一、二）
	中国传统文化的意义与现代中国（用英语讲义）	中国小说概论
	中国语教育论（教育类）\单数年（第一学期）	中国文学的理解
	中国教科论理与论述（教育类）\ 整数年（第一学期）	中国诗曲的理解
	中国现代文学讲读	中国现代文学的理解
	中国语教材研究与其指导法（教育类）\整数年（第二学期）	
	·	中国戏曲的理解
	·	中国方言的理解
	·	中国历代散文的理解
四年级	中国语语法	高级汉语讲读
	中国现代文学论	贸易汉语
	中国历代小说讲读（一、二）	中国经济的理解
	中国诗曲讲读	中国历史的理解
	中国表演艺术	中国政治的理解
	中文论文写作	中国现代文学讲读
	《诗经》与《楚辞》	汉语写作练习

按上述的图表进行语言、文学、文化以及教育的分类并进行分类统计，可初步地了解中文系开课比率。如下表：

分类项目	首尔大学	比率	成均馆大学	比率
语言	中国的语言与文字 汉文讲读 2 中级汉语 2 中国语会话作文 高级汉语，中国语语法 中文论文写作 2	28%	汉语发音的理解 初级汉语会话 2 基础中国古文 2 中级汉语讲读 2 中级汉语会话 2 语法 2 汉语基础"文型"练习 中韩翻译练习 高级汉语口语 2 时事汉语 实用汉语 影视汉语 高级汉语讲读 贸易汉语 汉语写作练习	60%
语言学	中国语学概论 2	6%	中国发音的理解 2	6%
文学	中国现代名作的世界 中国古典文学探索 中国历代诗歌讲读 2 中国文学史 2 现代中国的文学与社会 中国历代散文讲读 2 中国现代文学讲读 中国现代文学论 中国历代小说讲读 2 中国诗曲讲读 《诗经》与《楚辞》	47%	中国文学史 2 中国名诗鉴赏 2 中国小说概论 中国文学的理解 中国诗曲的理解 中国现代文学的理解 中国现代文学讲读	26%
文化（经济、历史、政治）	中国的大众文化 中国社会文化论特讲 中国传统文化的意义与现代中国 中国表演艺术	12%	中国经济的理解 中国历史的理解 中国政治的理解	9%
教育（师范类）	中国语教育论 中国教科论理与论述 中国语教材研究与其指导法	6%		0%

根据上述的图表分析，具有传统历史的首尔大学和成均馆大学的中文系都开设了古代汉语课（汉文、基础中国古文课），这是与现代的趋势正相反的，

因为最近设置的与中文相关的学科较为重视实用的现代汉语（听、说、写作等），并不强调古代汉语和文学方面的知识，甚至根本不开古代汉语和文学方面的课。比如 2005 年在国立釜庆大学"国际大学院"设置了"中国学科"，其开设的科目之中，就有初级实用汉语课和高级实用汉语课，但却没有关于文学和古代汉语方面的课。这些可以说明最近新开设的与中国有关的学科的特点，即比较重视与"实际"相联系，而且从学科名称来看教育与研究侧重点在于与中韩有关的政治、地理、经济、贸易方面。

首尔大学和成均馆大学的中文系所开设的课程可以分为四类，具体来说有语言、文学、文化、教育四门课程。其中，首尔大学中文系语言和文学类占75%（语言类课占 28%，文学类课占 47%），成均馆大学占 86%（语言类课占60%，文学类课占 26%）。整体来说，文学类开的课在首尔大学占的比率较大，可语言类是成均馆大学较多。值得注意的是在首尔大学文化类课之中"中国传统文化的意义与现代中国"课程是用英文来授课的，这对中文系的学生来说比较新鲜，研究中国语文文学可用英文史料，这需要用一种新的更为开阔的"眼光"来看待。而成均馆大学专门开设了"中韩翻译练习"课程，这门课对中文系的学生来说是比较实际的，通过实际的"翻译" 过程，学生们学到"斟酌用词、注意措辞"等方面的技能，虽然这对中文和韩语双语提出了很高的要求，但是通过"中韩翻译练习"这种课程可以学习翻译技巧，进而提高学生对中、韩文的敏感度。

六　结论

以上略谈了中文系在韩国的历史演变过程，从中发现中文的教育传统是从三国时期的"史台"开始的，其机构一直在演变，如今已演变成现代的中文系了。因为中韩两国是近邻，从古代开始两国在政治、经济、贸易等方面已成为亲密的合作伙伴。毋庸置疑，在中韩两国交流过程之中，需要在各个领域起桥梁作用的人才即中文人才，因此中国语言文学的教育和研究在韩国受到重视，并且韩国从古代三国时期已经有中文教育与研究的传统，这个传统一直延续至今。

到目前为止，中韩建交已经 18 年了，现在中韩两国在政治、学术、文化、贸易等方面也有了前所未有的发展。而各所大学的中文系都在发展过程中摸索着前进。与此同时，尝试开设了"崭新"的科目（如：首尔大学的英文授课课程，成均馆大学的中韩翻译课程），这些科目不但在学术方面开阔了学生的视野，而且与时俱进，使学生学到了实际"用得上"的内容，而那些传统的学科也仍然重视纯文学理论的科目，开设了古代汉语与文学方面的科目。随着时间的推移，除了中文系以外，很多大学新开设了与中文有关的学科，比如中国学系、中国文化系、韩中翻译系、中国地域系等。虽然这些学科研究侧重点不同，但其基础还是中文教育。这些学科之间互相交流、借鉴教学方法，这对中文教育发展而言，有积极的作用，而这也是中文学科能够更加全面发展的根源所在。

参考文献

[1] [韩]金富轼：《三国史记》，金钟权译，先进文化社 1979 年版。

[2] [韩]金宗瑞等：《高丽史》，金钟权译，凡潮社 1963 年版。

[3] [韩]姜信沆：《韩国的译学》，首尔大学出版部 2000 年版。

[4] [韩]徐智慧：《中国语教育的历史考察》，韩国外国语大学硕士论文，2007 年。

后　记

　　对我来说，这次做韩国中国文学"文情报告"是一个挑战，然而我从中也获益匪浅，因为学术研究的过程同时也是学习的过程。

　　2009 年寒假期间我在韩国收集了大量的资料，并把大部分时间花在了收集、整理资料以及消化研究成果上。在韩国时，我几乎每天与韩国国会图书馆打交道，按国会图书馆规定，每个人当天只能借 20 本书，每次借 5 本，还书之后才可以再借 5 本，这样来回共 4 次。国会图书馆借书处的"司书"金先生考虑到我的特殊情况，为我大开方便之门，允许我一次性取 20 本书而且每次都面带微笑地给我 20 本书，特此致谢。

　　2001 年至 2005 年，韩国翻译、评论及研究中国文学方面的资料多如浩海，而本人采取如下方法进行材料的收集。首先，基本著作、译作出版材料在韩国国立中央图书馆与国会图书馆这两个地方收集，其中在国立中央图书馆有《韩国出版年鉴》一书，《年鉴》分为《资料篇》与《目录篇》两个部分，主要参考的是《目录篇》。《目录篇》相当于"索引"，年度出版图书整理得一目了然；在国会图书馆也有《大韩民国出版物总目录》，《总目录》与《年鉴》编排方式不同，而且该目录收入了年鉴疏漏的一些书目。这样，《年鉴》与《总目录》互为补充，在韩国中国文学的译本、重要论著译本等材料基本上都找到了。

其次，韩国年度重要论文材料方面，在首尔大学、高丽大学、成均馆大学、庆熙大学等学校的图书馆以及相关网站上收集了第一手材料，主要是高校的硕士和博士论文，还参考了一些"专业工具书"，如韩文版的《中国学研究论述目录》、《中国语文学年鉴》等，基本上把握了年度重要论文材料。

而在介绍中国文学的研究机构、重要期刊和中国文学相关学术会议方面，首先调查了在高校中文系设立的中国文学以及相关的研究所和其核心期刊；然后在此基础上具体地查找韩国中国现代文学协会、中国语言研究会、中国语文学论集、中国语文学、中国散文会等学会设置的网站以及其刊物。

在这次工作中尤其是做索引工作中往往会遇到不标记汉字人名、出版社商号名的情况。这是因为韩国有一段时间掀起了使用"纯国文"运动，这导致有些企业、人名、商品名直接用不带汉字的"纯韩文名字"。因此所列举的资料文献中有些作者名没有与之相对应的汉字，而另外一些虽有汉字词却未做标记，这让我一时间不知所措，虽花费了不少时间查证，但仍然有些尚未查到，所以只能把一些"纯韩文"人名、出版社商号翻成罗马字母——英文式标记，以尽量接近原音、保持其"原貌"。

同时，值得一提的是，许多资料如研究著作、学位论文以及期刊论文的索引中，能看到耳熟能详的"中文名字"以及著名专家的姓名，这是因为在韩国关于"中国学"的期刊都收入了"中文原稿"，而且直接用"中文"形式登载，这为中韩学者提供了一个很好的互相交流与沟通的平台，希望更多的中国学者踊跃在韩国各大期刊上投稿以此来搭建中韩文学交流的桥梁。

本书是北京师范大学"211 工程"第三期建设课题中的《新世纪国外中国文学译介与研究 文情报告》子项目工作——韩国部分，感谢王向远教授给我这样一个机会来参加这个项目。从我着手收集资料起至写作过程中，王教授给了我莫大的关心和帮助，如果没有王老师的鼓励，这本书可能还在摸索之中。

本人本来打算做关于各学刊会长以及著名汉学家的访问——访谈录的工作、附载中国文学韩译本和研究著作的封面——书影，但实际上尚未做到的还很多；本想给读者提供关于"中国文学在韩国译介与研究情况"的方方面面，但是也由于种种原因没能完成。这些未完成的工作是下一次做"文情报告"时候的一个内容，希望以后能继续对"在韩国中国文学译介与研究"这一课题作出更深入的研究。

希望这次工作能搭建起一座中韩文学交流的桥梁。虽然找资料力求不漏，但由于本人水平有限以及受地域和时间的限制，工作中难免会有疏漏，如有疏漏或错误之信息，待在以后《新世纪国外中国文学译介与研究 文情报告 2006—2010》（韩国卷）的文章中改正、补充和完善，希望读者给予批评指正。

[韩]文大一

2010 年 7 月 10 日于北师大

韩文后记

본서는 베이징사범대학교 '211 프로젝트' 제 3 기 프로젝트인
〈신세기 중국문학의 번역 및 연구상황〉 중의 한국편이다. 먼저 저자에게
이번 '문정보고 (文情報告)' 프로젝트에 참가할 수 있는 기회를 주신
왕샹위안 (王向遠) 교수님께 깊은 감사를 드린다. 본 과제는 왕샹위안
교수님의 격려아래 시작하게 되었다. 자료수집에서부터 집필과정에
이르기까지 왕샹위안 교수님께서는 저자에게 무한한 관심을
보내주셨으며, 차근차근 잘 이끌어주셨다. 왕샹위안 교수님의 격려를
통해 저자는 '커다란 힘'을 얻어 본 과제에 몰입할 수 있었으며,
연구하는 동안 내내 즐거운 마음을 갖을 수 있었다. 이러한 왕샹위안
교수님의 격려는 저자의 힘이 될 뿐만 아니라 본 프로젝트 연구의
중요성과 필요성을 다시 한번 인증하는 것이라 생각된다.

저자는 본래 각 학술지 회장 및 저명한 한학자 (漢學者) 들을
방문하여 본 서에 탐방록을 싣고 중국문학 한역본 (韓譯本) 및
연구저서들의 표지를 실을 계획이었다. 그러나 실질적으로 많은 한계에
부딪혀 계획을 모두 이루지 못하였다. 또한 독자들에게 '한국에서
중국문학의 번역 및 연구상황'에 대해 다각적으로 설명하고 싶었으나,
많은 한계와 장애물에 의해 다 완성하지 못하였다. 이러한 미완성인

부분들은 다음 '문정보고'를 집필할 때 반드시 연구하여 완성해야 할 내용들이다. 더욱 분발하여 '한국에서 중국문학의 번역 및 연구상황'에 대한 연구가 계속되어 더 깊게 연구되길 바라는 바이다.

더불어, 이 연구를 통해 중한 문학교류가 더욱더 활발하게 이루어지기를 희망한다. 저자는 이번 연구를 진행하면서 최대한 많은 자료를 싣고 누락되는 자료가 없도록 최선을 다했다. 하지만 저자 자신의 한계 및 시간적 혹은 지역적인 제약으로 인하여 연구작업을 진행하는 가운데 자료가 누락되는 것을 면하기는 힘들다. 만약 누락되었거나 혹은 잘못된 정보가 있다면, 〈신세기 중국문학의 번역 및 연구상황 2006−2010〉 (한국편) 에서 개정 및 보충시켜 더욱 완정하게 할 것이니, 많은 지도편달을 빌어 마지않는다.

마지막으로 나의 모든 것을 사랑으로 감싸준 아내에게 감사하다는 말을 전하고 싶다. 우습게도 가장 가까운 사람이라는 이유 때문에 정식으로 감사하는 말을 내내 하지 못했다. 이제야 이 작은 책을 빌미로 감사의 마음을 전한다.

2011 년 10 월 8 일

베이징사범대학에서 문대일

中韩文译名对照表

A

安芮璇　（안병순）

安炳国　（안병국）

安炳三　（안병삼）

安承雄　（안승웅）

安东焕　（안동환）

安吉焕　（안길환）

安荣银　（안영은）

安熙珍　（안희진）

安祥馥　（안상복）

安载晧　（안재호）

安赞淳　（안찬순）

安正熏　（안정훈）

安重源　（안중원）

B

白承奎　（백승규）

白池云　（백지운）

白恩姬　（백은희）

白光俊　（백광준）

白　浣　（백　완）

白昇烨　（백승엽）

白永吉　（백영길）

白元淡　（백원담）

白祯喜　（백진희）

白钟仁　（백종인）

边成圭　（변성규）

卞贵男　（변귀남）

表兰姬　（표난희）

C

蔡孟珍　（채맹진）

蔡守民　（채수민）

蔡心妍　（채심연）

蔡钟翔　（채종상）

曹成龙	（조성룡）	崔桂花	（최규화）
曹圭百	（조규백）	崔亨燮	（최형섭）
曹惠英	（조혜영）	崔亨旭	（최형욱）
曹俊兵	（조준병）	崔桓	（최 형）
曹明和	（조명화）	崔吉容	（최길용）
曹淑子	（조숙자）	崔洛民	（최낙민）
车美京	（차미경）	崔美兰	（최미란）
车泰根	（차태근）	崔末顺	（최말순）
车雄焕	（차웅환）	崔南圭	（최남규）
车泫定	（차현정）	崔琴玉	（최금옥）
车柱環	（차주환）	崔然淑	（최연숙）
成恩利	（성은리）	崔日义	（최일의）
成谨济	（성근제）	崔溶澈	（최용철）
成润淑	（성윤숙）	崔世谷	（최세윤）
成玉礼	（성옥례）	崔顺美	（최순미）
成允淑	（성윤숙）	崔完植	（최완식）
池荣在	（지영재）	崔文奎	（최문규）
池世桦	（지세화）	崔信爱	（최신애）
崔炳圭	（최병규）	崔雄赫	（최웅혁）
崔炳学	（최병학）	崔秀景	（최수경）
崔昌源	（최창원）	崔琇景	（최수경）
崔成卿	（최성경）	崔移山	（최이산）
崔承现	（최승현）	崔银京	（최은경）
崔恩京	（최은경）	崔银晶	（최은정）
崔恩英	（최은영）	崔有得	（최유득）
崔恩珍	（최은진）	崔宇锡	（최우석）
崔奉源	（최봉원）	崔元贞	（최원진）

崔允姬　　（최윤희）

崔在赫　　（최재혁）

崔真娥　　（최진아）

崔钟世　　（최종세）

崔钟太　　（최종태）

D

丁范镇　　（정범진）

丁奎福　　（정규복）

都瑨美　　（도진미）

F

方长安　　（방장안）

方水京　　（방수경）

方知暎　　（방지영）

方准浩　　（방준호）

G

高八美　　（고팔미）

高道旭　　（고도욱）

高点福　　（고점복）

高光敏　　（고광민）

高美贤　　（고미현）

高旼喜　　（고민희）

高奈延　　（고나연）

高仁德　　（고인덕）

高淑姬　　（고숙희）

高旭东　　（고욱동）

高玉海　　（고옥해）

高真娥　　（고진아）

高真雅　　（고진아）

郭树竞　　（곽수경）

郭先花　　（곽선화）

郭秀莲　　（곽수연）

郭银京　　（곽은경）

H

韩秉坤　　（한병곤）

韩昌洙　　（한창수）

韩成求　　（한성구）

韩惠京　　（한혜경）

韩美希　　（한미희）

韩少慧　　（한소혜）

韩相德　　（한상덕）

韩晓明　　（한효명）

韩学重　　（한학중）

韩在喜　　（한재희）

韩钟镇　　（한종진）

韩宗完　　（한종완）

河炅心　　（하경심）

河男锡　　（하남석）

河永三　　（하영삼）

河运清　　（하운청）

河在哲　　（하재철）

洪本健 （홍본건）　　　　黄一权 （황일권）

洪炳辉 （홍병휘）　　　　黄义白 （황의백）

洪炳惠 （홍병혜）　　　　黄智裕 （황지유）

洪承姬 （홍승희）

洪承直 （홍승직）　　　　**J**

洪承植 （홍승직）　　　　姜必任 （강필임）

洪恩姬 （홍은희）　　　　姜昌求 （강창구）

洪光勋 （홍광훈）　　　　姜恩秉 （강은병）

洪锦珠 （홍금주）　　　　姜炅范 （강경범）

洪京兑 （홍경태）　　　　姜京实 （강경실）

洪俊荣 （홍준영）　　　　姜鲸求 （강경구）

洪焌荧 （홍준형）　　　　姜玲妹 （강령매）

洪瑞妍 （홍서연）　　　　姜旼昊 （강민호）

洪润基 （홍윤기）　　　　姜启哲 （강계철）

洪尚勋 （홍상훈）　　　　姜庆姬 （강경희）

洪昔杓 （홍석표）　　　　姜声调 （강성조）

洪性子 （홍성자）　　　　姜声渭 （강성위）

洪允姬 （홍윤희）　　　　姜熙妵 （강희연）

洪在玄 （홍배현）　　　　姜熙正 （강희정）

扈光秀 （호광수）　　　　姜贤敬 （강현경）

扈荣沈 （호영심）　　　　姜贤静 （강현정）

黄珵喜 （황성희）　　　　姜信硕 （강신석）

黄松文 （황송문）　　　　姜信雄 （강신웅）

黄晳映 （황석영）　　　　姜　玉 （강　옥）

黄晓娟 （황효연）　　　　姜元起 （강원기）

黄瑄周 （황선주）　　　　姜允玉 （강윤옥）

黄炫国 （황현국）　　　　姜泽求 （강택구）

姜正万	（강정만）	金光洲	（김광주）
姜忠姬	（강충희）	金炅南	（김형남）
姜宗妊	（강종임）	金贵锡	（김귀석）
金爱鲜	（김애선）	金海明	（김해명）
金白铉	（김백현）	金河林	（김하림）
金炳爱	（김병애）	金亨兰	（김형란）
金炳基	（김병기）	金弘光	（김홍광）
金灿渊	（김찬연）	金宏谦	（김홍겸）
金昌辰	（김창진）	金洪谦	（김홍겸）
金昌祐	（김창호）	金洪信	（김홍신）
金昌焕	（김창환）	金会埈	（김회준）
金昌庆	（김창경）	金惠经	（김혜경）
金长焕	（김장환）	金惠俊	（김회준）
金长善	（김장선）	金惠英	（김혜영）
金春仙	（김춘선）	金慧善	（김혜선）
金道焕	（김도환）	金基哲	（김기철）
金道荣	（김도영）	金进暎	（김진영）
金东旭	（김동욱）	金晋郁	（김진욱）
金东震	（김동진）	金景美	（김경미）
金都根	（김도근）	金景南	（김경남）
金兑妍	（김태연）	金景硕	（김경석）
金兑垠	（김태은）	金俊渊	（김준연）
金恩河	（김은하）	金埈亨	（김준형）
金恩珠	（김은주）	金良守	（김양수）
金俸延	（김봉연）	金柳京	（김유경）
金福姬	（김복희）	金龙云	（김용운）
金光永	（김광영）	金美爱	（김미애）

金美兰　（김미란）　　　　金善子　（김선자）

金美廷　（김미정）　　　　金善字　（김선자）

金民那　（김민나）　　　　金尚光　（김상광）

金旻钟　（김민종）　　　　金尚浩　（김상호）

金政廷　（김민정）　　　　金尚源　（김상원）

金敏镐　（김민호）　　　　金胜心　（김성심）

金潤希　（김윤희）　　　　金胜渊　（김성연）

金明姬　（김명희）　　　　金时俊　（김시준）

金明求　（김명구）　　　　金始衍　（김시연）

金明石　（김명석）　　　　金世焕　（김세환）

金明信　（김명신）　　　　金世敬　（김세경）

金明学　（김명학）　　　　金守良　（김수양）

金南利　（김남이）　　　　金顺慎　（김순진）

金南喜　（김남희）　　　　金硕嬉　（김석희）

金南伊　（김남윤）　　　　金松姬　（김송희）

金南钟　（김남종）　　　　金松竹　（김송죽）

金卿东　（김경동）　　　　金素贤　（김소현）

金庆国　（김경국）　　　　金素贞　（김소진）

金庆天　（김경천）　　　　金泰成　（김태성）

金丘庸　（김구용）　　　　金泰风　（김태봉）

金仁善　（김인선）　　　　金泰宽　（김태관）

金仁顺　（김인순）　　　　金泰万　（김태만）

金仁哲　（김인철）　　　　金万源　（김만원）

金荣九　（김영구）　　　　金希珍　（김희진）

金荣哲　（김영철）　　　　金锡起　（김석기）

金容杓　（김용표）　　　　金锡准　（김석준）

金润秀　（김윤수）　　　　金熙玉　（김희옥）

金禧宝	（김희보）	金瑛玉	（김영옥）
金贤淑	（김현숙）	金映志	（김영지）
金贤珠	（김현주）	金永文	（김영문）
金相姝	（김상숙）	金永哲	（김영철）
金相泰	（김상태）	金泳信	（김영신）
金庠澔	（김양호）	金玉姬	（김옥희）
金晓民	（김소민）	金遇锡	（김우석）
金孝宣	（김효선）	金元东	（김원동）
金孝柍	（김효양）	金元揆	（김원규）
金孝珍	（김효진）	金元中	（김원중）
金孝真	（김효진）	金源熙	（김원희）
金修研	（김수연）	金越会	（김월회）
金秀玹	（김수현）	金宰民	（김재민）
金秀延	（김수연）	金宰旭	（김재욱）
金秀妍	（김수연）	金在乘	（김재승）
金炫廷	（김현정）	金在容	（김재용）
金学主	（김학주）	金在善	（김재선）
金寅浩	（김인호）	金宅圭	（김재규）
金彦河	（김언하）	金哲镐	（김철호）
金宜贞	（김의정）	金贞女	（김진녀）
金宜镇	（김의진）	金贞熙	（김진희）
金垠希	（김은희）	金珍奎	（김진규）
金寅浩	（김인호）	金镇卿	（김진경）
金银雅	（김은아）	金镇永	（김진영）
金银珠	（김은주）	金震共	（김진공）
金英美	（김영미）	金震坤	（김진곤）
金英淑	（김영숙）	金炡旭	（김정욱）

金正起　（김정기）

金芝鲜　（김지선）

金志淑　（김지숙）

金志暎　（김지영）

金志洙　（김지수）

金钟均　（김종준）

金钟美　（김종미）

金钟声　（김종성）

金钟赞　（김종찬）

金钟珍　（김종진）

金周昌　（김주창）

金周淳　（김주순）

金洙景　（김수경）

具洸范　（구광범）

具教贤　（구교현）

具景谟　（구경모）

具良根　（구량근）

具文奎　（구문규）

具仙智　（구선지）

柳承罗　（유승나）

K

康泰权　（강태권）

孔翔哲　（공상철）

孔冀斗　（공기두）

L

李宝暻　（이보경）

李炳官　（이병관）

李炳汉　（이병한）

李炳赫　（이병혁）

李埰文　（이채문）

李昌淑　（이창숙）

李昌铉　（이창현）

李承信　（이승신）

李春永　（이춘영）

李琮民　（이종민）

李琮敏　（이종민）

李东二　（이동이）

李东乡　（이동향）

李东玉　（이동옥）

李东震　（이동진）

李恩英　（이은영）

李恩贞　（이은진）

李风相　（이봉상）

李庚夏　（이경하）

李光步　（이광보）

李光哲　（이광철）

李广荣　（이광영）

李桂花　（이규화）

李桂柱　（이규주）

李国熙　（이국희）

李海英　（이해영）

李海元　（이해원）　　　　李南钟　（이남종）

李禾范　（이화범）　　　　李情玉　（이정옥）

李和泳　（이화영）　　　　李权洪　（이권홍）

李亨花　（이형화）　　　　李仁泽　（이인택）

李恒奎　（이항규）　　　　李任珠　（이인주）

李鸿祥　（이홍상）　　　　李容宰　（이용재）

李浣杓　（이완표）　　　　李善美　（이선미）

李姬贞　（이희진）　　　　李商千　（이상천）

李基勉　（이기면）　　　　李昇姬　（이승희）

李济雨　（이제우）　　　　李胜渊　（이승연）

李甲男　（이갑남）　　　　李时活　（이시활）

李金恂　（이금순）　　　　李奭炯　（이석형）

李京珉　（이경민）　　　　李寿莲　（이수연）

李敬一　（이경일）　　　　李受珉　（이수민）

李静慧　（이정혜）　　　　李淑娟　（이숙연）

李娟熙　（이연희）　　　　李台薰　（이태훈）

李俊国　（이준국）　　　　李泰昌　（이태창）

李浚植　（이준식）　　　　李泰俊　（이태준）

李康范　（이강범）　　　　李腾渊　（이등연）

李康齐　（이강제）　　　　李铁熙　（이철희）

李揆一　（이규일）　　　　李廷吉　（이정길）

李来宗　（이래종）　　　　李廷宰　（이정재）

李玲子　（이령자）　　　　李廷珍　（이정진）

李陆禾　（이육화）　　　　李庭仁　（이정인）

李美淑　（이미숙）　　　　李文赫　（이문혁）

李玟淑　（이민숙）　　　　李沃夏　（이옥하）

李南晖　（이남휘）　　　　李无尽　（이무진）

李熙均	（이희준）	李银姬	（이은희）
李熙贤	（이희현）	李英淑	（이영숙）
李熙宗	（이희종）	李永朱	（이영수）
李仙玉	（이선옥）	李有镇	（이유진）
李先玉	（이선옥）	李宇正	（이우정）
李鲜熙	（이선희）	李元吉	（이원길）
李暹淑	（이섬숙）	李元燮	（이원섭）
李贤淑	（이현숙）	李允雅	（이윤아）
李显雨	（이현우）	李載胜	（이재승）
李相德	（이상덕）	李再薰	（이재훈）
李相圭	（이상규）	李在珉	（이재민）
李相龙	（이상용）	李在夏	（이재복）
李相宜	（이상의）	李章佑	（이장우）
李相雨	（이상우）	李昭妗	（이소령）
李相哲	（이상철）	李昭炫	（이소현）
李新东	（이신동）	李哲理	（이철리）
李雄吉	（이웅길）	李珍淑	（이진숙）
李秀雄	（이수웅）	李镇国	（이진국）
李旭渊	（이욱연）	李政林	（이정림）
李宣和	（이선화）	李政勋	（이정훈）
李宣侚	（이선순）	李知恩	（이지은）
李延吉	（이연길）	李知芸	（이지운）
李义活	（이의활）	李治翰	（이치한）
李翼熙	（이익희）	李致洙	（이치주）
李垠尚	（이은상）	李智英	（이지영）
李垠周	（이은주）	李钟汉	（이종한）
李寅浩	（이인호）	李钟振	（이종진）

李珠海	（이주해）	林振镐	（임진호）
李珠姬	（이주희）	林钟旭	（임종욱）
李珠鲁	（이주노）	刘根辉	（유근휘）
李宗顺	（이종순）	刘京哲	（유경철）
梁承德	（양승덕）	刘景钟	（유경종）
梁东淑	（양동숙）	刘美景	（유미경）
梁贵淑	（양귀숙）	刘民红	（유민홍）
梁会锡	（양회석）	刘权钟	（유권종）
梁瑞荣	（양서영）	刘世钟	（유세종）
梁淑萍	（양숙평）	刘僖俊	（유희준）
梁伍镇	（양오진）	刘志荣	（유지영）
梁忠烈	（양충렬）	刘尊明	（유준명）
林采佑	（임채우）	柳昌辰	（류창진）
林承坯	（임승배）	柳昌娇	（류창교）
林春城	（임춘성）	柳承址	（류승지）
林春美	（임춘미）	柳东春	（류동춘）
林春英	（임춘영）	柳福春	（류복춘）
林大根	（임대근）	柳烘钟	（류홍종）
林东锡	（임동석）	柳江夏	（류강하）
林东哲	（임동철）	柳明熙	（류명희）
林亨锡	（임형석）	柳荣银	（류영은）
林佳熹	（임가희）	柳晟俊	（류성준）
林玲淑	（임령숙）	柳索影	（유소영）
林麒默	（임기묵）	柳己洙	（류이수）
林芮辰	（임예진）	柳茎杓	（류영표）
林孝燮	（임효섭）	柳泳夏	（류용하）
林永鹤	（임영학）	柳在润	（류재윤）

柳在元　（류재원）

柳珍姬　（류진희）

柳中夏　（류중하）

柳种睦　（류종목）

卢惠淑　（노혜숙）

卢昇淑　（노승숙）

卢相均　（노상준）

卢垠静　（노은정）

卢在俊　（노재준）

鲁长时　（노장시）

鲁惠淑　（노혜숙）

鲁贞银　（노정은）

罗彩勋　（나채훈）

罗善姬　（나선희）

罗贤美　（나현미）

M

马仲可　（마중가）

闵定庆　（민정경）

闵庚三　（민경삼）

闵惠贞　（민혜진）

闵宽东　（민관동）

闵正基　（민정기）

N

南敏洙　（남민주）

南贤玉　（남현옥）

南玉姬　（남옥희）

南在祐　（남재우）

南哲镇　（남철진）

南钟镐　（남종호）

南宗镇　（남종진）

P

裴炳俊　（배병준）

裴丹尼尔　（배다니엘）

裴得烈　（배득열）

裴仁秀　（배인수）

裴桃任　（배도임）

裴秀晶　（배수정）

裴渊姬　（배연희）

裴真永　（배진영）

彭铁浩　（팽철호）

朴安洙　（박안수）

朴炳仙　（박병선）

朴成勋　（박성훈）

朴春迎　（박춘영）

朴春植　（박춘식）

朴娥英　（박아영）

朴恩珠　（박은수）

朴桂花　（박규화）

朴桂圣　（박규성）

朴泓俊　（박홍준）

朴惠淑　（박혜숙）

朴佶长	（박길장）	朴锡	（박 석）
朴瑾浩	（박근호）	朴现圭	（박현규）
朴璟兰	（박경란）	朴孝燮	（박효섭）
朴璟实	（박경실）	朴秀美	（박수미）
朴敬姬	（박경희）	朴姻熹	（박인희）
朴兰英	（박난영）	朴英姬	（박영희）
朴鲁宗	（박노종）	朴英顺	（박영순）
朴孟烈	（박맹렬）	朴英子	（박영자）
朴玟贞	（박민진）	朴永焕	（박영환）
朴敏雄	（박민웅）	朴永钟	（박영종）
朴明爱	（박명애）	朴禹勋	（박우훈）
朴明真	（박명진）	朴云锡	（박운석）
朴南用	（박남용）	朴宰范	（박재범）
朴捧淳	（박봉순）	朴宰雨	（박재우）
朴奇雨	（박기우）	朴在范	（박재범）
朴卿希	（박경희）	朴在渊	（박재연）
朴仁成	（박인성）	朴昭贤	（박소현）
朴仁喜	（박인희）	朴贞姬	（박진희）
朴三洙	（박삼수）	朴真	（박 진）
朴胜显	（박성현）	朴镇泰	（박진태）
朴晟镇	（박성진）	朴正九	（박정구）
朴世旭	（박세욱）	朴正元	（박정원）
朴顺哲	（박순철）	朴志玹	（박지현）
朴泰德	（박태덕）	朴钟淑	（박종숙）
朴廷恩	（박정은）	朴钟渊	（박종원）
朴亭顺	（박정순）	朴姿英	（박자영）
朴完镐	（박완호）	朴姿映	（박자영）

朴宗秀 (박종수)

Q

齐慧源 (기혜원)

奇泰完 (기태완)

奇修延 (기수연)

千炳敦 (천병돈)

千贤耕 (천현경)

钱明奇 (전명기)

钱玧希 (전윤희)

丘仁焕 (구인환)

全赫锡 (전혁석)

全弘哲 (전홍철)

全炯俊 (전형준)

全南玧 (전남윤)

全寅初 (전인초)

全寅永 (전인영)

全英兰 (전영란)

全昭映 (전소영)

权都京 (권도경)

权镐钟 (권호종)

权赫赞 (권혁찬)

权惠庆 (권혜경)

权惠秀 (권혜수)

权宁爱 (권령애)

权容玉 (권용옥)

权锡焕 (권석환)

权修展 (권수전)

权应相 (권응상)

R

任洪彬 (임홍빈)

任季宰 (임계재)

任明信 (임명신)

任寿爀 (임수혁)

任银实 (임은실)

任佑卿 (임우경)

任元彬 (임원빈)

任振镐 (임진호)

S

申秉澈 (신병철)

申宏铁 (신홍철)

申洪哲 (신홍철)

申旻也 (신민아)

申荣福 (신영복)

申夏闰 (신하윤)

申修英 (신수영)

申铉锡 (신현석)

申载焕 (신재환)

申振浩 (신진호)

申镇植 (신진식)

申正浩 (신정호)

申智英 (신지영)

申柱锡　　（신주석）　　　　孙多玉　　（손다옥）

沈伯俊　　（심백준）　　　　孙惠兰　　（손혜란）

沈成镐　　（심성호）　　　　孙僖珠　　（손희주）

沈亨哲　　（심형철）　　　　孙英美　　（손영미）

沈惠英　　（심혜영）　　　　孙宰善　　（손재선）

沈揆昊　　（심규호）　　　　孙婭爱　　（손정애）

沈南淑　　（심남숙）　　　　孙宗燮　　（손종섭）

沈文凡　　（심문범）　　　　孙宗旭　　（손종욱）

沈禹英　　（심우영）

沈致烈　　（심치열）　　　　**T**

宋承锡　　（송승석）　　　　唐润熙　　（당윤희）

宋贵兰　　（송귀란）　　　　田炳锡　　（전병석）

宋景爱　　（송경애）　　　　田英淑　　（전영숙）

宋龙准　　（송용준）

宋伦美　　（송윤미）　　　　**W**

宋美南　　（송미남）　　　　魏幸复　　（위행복）

宋天镐　　（송천호）　　　　文炳淳　　（문병순）

宋琬培　　（송완배）　　　　文承勇　　（문승용）

宋熹准　　（송희준）　　　　文丁彬　　（문정빈）

宋幸根　　（송행근）　　　　文丁来　　（문정래）

宋炫儿　　（송현아）　　　　文丁珍　　（문정진）

宋永程　　（송영정）　　　　文宽洙　　（문관수）

宋源燦　　（송원찬）　　　　文明淑　　（문명숙）

宋贞和　　（송진화）　　　　文盛哉　　（문성재）

宋真荣　　（송진영）　　　　文炫善　　（문현선）

宋镇韩　　（송진한）　　　　吴淳邦　　（오순방）

孙灿植　　（손찬식）　　　　吴宏一　　（오홍일）

吴京嬉	（오경희）	许根培	（허근배）
吴美淑	（오미숙）	许庚寅	（허경인）
吴庆第	（오경제）	许世旭	（허세욱）
吴台锡	（오태석）	许贞美	（허진미）
吴万钟	（오만중）	薛相泰	（설상태）
吴宪必	（오헌필）		
吴相烈	（오상열）		
吴相顺	（오상순）	**Y**	
吴秀卿	（오수경）	严英旭	（엄영욱）
吴眩娃	（오현주）	杨兑银	（양태은）
吴有美	（오유미）	尹恩子	（윤은자）
吴允淑	（오윤숙）	尹京汉	（윤경한）
吴贞兰	（오진란）	尹美淑	（윤미숙）
吴正润	（오정윤）	尹荣根	（윤영근）
吴洙亨	（오주형）	尹寿荣	（윤수영）
		尹锡宇	（윤석우）
		尹贤淑	（윤현숙）
X		尹银廷	（윤은정）
咸恩仙	（함은선）	尹银雪	（윤은설）
辛夏宁	（신하령）	尹泳褵	（윤영조）
辛永实	（신영실）	尹正铉	（윤정현）
徐光德	（서광덕）	俞炳甲	（유병갑）
徐敬浩	（서경호）	俞炳礼	（유병례）
徐义永	（서의영）	俞景朝	（유경조）
徐银淑	（서은숙）	俞圣浚	（유성준）
徐裕源	（서유원）	俞泰揆	（유태규）
徐元南	（서원남）	俞为民	（유위민）
徐贞姬	（서진희）	禹埈浩	（우준호）

禹康植　（우강식）

禹仁浩　（우인호）

禹在镐　（우재호）

Z

张春锡　（장춘석）

张春植　（장춘식）

张东天　（장동천）

张海明　（장해명）

张基槿　（장기근）

张埈荣　（장준영）

张美卿　（장미경）

张荣基　（장영기）

张淑贤　（장숙현）

张松建　（장송건）

张同道　（장동도）

张新颖　（장신영）

张修龄　（장수령）

张秀烈　（장수열）

张永伯　（장영백）

张允瑄　（장윤선）

张贞海　（장진해）

张贞兰　（장진란）

张智慧　（장지혜）

赵宽熙　（조관희）

赵炳奂　（조병환）

赵晨元　（조신원）

赵成千　（조성천）

赵诚焕　（조성환）

赵大浩　（조대호）

赵得昌　（조득창）

赵奉来　（조봉래）

赵洪善　（조홍선）

赵焕成　（조환성）

赵浚熙　（조준희）

赵美娟　（조미연）

赵美媛　（조미원）

赵淑子　（조숙자）

赵汶修　（조문수）

赵显国　（조선국）

赵宪章　（조헌장）

赵星基　（조성기）

赵殷尚　（조은상）

赵映显　（조영현）

赵正来　（조정래）

郑炳润　（정병윤）

郑传寅　（정전인）

郑淳模　（정순모）

郑大雄　（정대웅）

郑东补　（정동보）

郑飞石　（정비석）

郑镐俊　（정호준）

郑鹤顺　（정학순）

郑焕钟　（정환종）

郑基先　（정기선）　　　　郑永福　（정영복）

郑晋培　（정진배）　　　　郑有善　（정유선）

郑瞖暻　（정민경）　　　　郑有真　（정유진）

郑荣豪　（정영호）　　　　郑雨光　（정우광）

郑圣恩　（정성은）　　　　郑玉顺　（정옥순）

郑守国　（정수국）　　　　郑元基　（정원기）

郑台业　（정태업）　　　　郑元祉　（정원지）

郑太铉　（정태현）　　　　郑原基　（정원기）

郑晚浩　（정완호）　　　　郑在亮　（정재량）

郑沃根　（정옥근）　　　　郑在书　（정재서）

郑锡元　（정석원）　　　　郑镇杰　（정진걸）

郑相泓　（정상홍）　　　　郑智仁　（정지인）

郑宣景　（정선경）　　　　周宰嬉　（주재희）

郑永斌　（정영빈）